中公文庫

ゆめはるか吉屋信子

秋灯机の上の幾山河（中）

田辺聖子

中央公論新社

目次

〔上巻目次〕

〔下巻目次〕

ゆめはるか吉屋信子

秋灯《あきともし》机の上の幾山河（中）

潮みちて

1

父の病気は胃癌だった。

信子と忠明が着いて二日目の夜、七月三十一日（大正八年〈一九一九〉）に父は亡くなった。この前後のあわただしい家族の動き、それにつづく葬儀に材を取ったと思われるのが『異母兄と牡丹の苗』（「婦人倶楽部」昭和3・10〜11）である。この中篇小説については先述した（「紫の矢絣・海老茶の袴」上巻207頁〜）。多分に私小説風な小説なので、このときの信子の様子などを想像しやすい。

官舎の人々のお悔み、役所の若い人々が小机を出して受付など引きうけてくれる、母をはじめ一族の女たちは白無垢の喪服に身を包み、お寺まで俥《くるま》でいく。棺は輿《こし》に担がれて門を出るのである。近所の人々や役所の下僚のおかみさんたちが見送って泣いてくれた。

お寺の本堂で読経や焼香の行なわれるあいだ、信子は父のことを思い出していた。男の

子ばっかり愛顧する父だったが、それでも信子の熱望に負けて東京へ出してくれた。文学をやりたいという信子に、

〈男の子だったら、かまわんがなあ……〉

と嘆息した父。信子の花嫁姿を夢みてか、東京へ信子を伴って、松坂屋で丸帯を買ってくれた父。

（お父さんを何ひとつ安心させてあげられないでしまった……）

そんなことを考えているうち葬式は終った。身内の者たちはお寺の奥の間へ案内された。信子は暑さと数日来の疲労でふらふらっとした。一同は驚いて広間に座蒲団を集め、信子を寝かせた。

〈軽い脳貧血だろう、家へ葡萄《ぶどう》酒を取りにやればいい〉

忠明がいい、男たちは揃って火葬場へいった。葡萄酒がとどき、信子は早速、飲ませられる。薬用葡萄酒だったが、おいしいと思った。もうすっかり気分はよくなっていた。ふと、いつも眩暈《めまい》がするの、頭痛がするの、と訴えてくるゆきえのことを思った。ふらっと一瞬、足が地につかないような頼りない思い、あの不安をゆきえは訴えたかったのか。『地の果まで』を書くのにかまけ、ろくろく、ゆきえに向きあってやらなかったのが、心いたくかえりみられた。

（ゆき――父は亡くなったのよ、あたしのことを心配しながら。……これから何とかして

あたしは一人で生きてゆかねばならない。……ああ、もしあの小説が当選したら。そしたらあたしは生涯、小説家になろう。でも駄目だったら。いいえ、そんなことはない、少女時代から投書して以来、入選しなかったことはなかったのだもの。でも、あれが最後の投稿だ、と決心して出したのだから、駄目でももう、投稿などしない）

ゆきえのことを思い、投稿作品のことを思い、父のことを思い、信子は呆然とする。

ゆきえとは別れを告げる間さえなかった。「チチキトク」の電報であわただしく池田を離れるとき、札幌の駅をこれこれの時間に通過すると電報を打ったのだが間に合わなかったのだ。ゆきえの手紙。

「何と言つていゝやら、これも運命の悪戯《いたずら》かお打ちになつたといふ電報はどうしたことかまだとゞきません。たつた今手にしたお手紙で、初めてもう貴女の池田にいらつしやらないといふことがわかりました。私はあらゆるものを呪ひます。私に残されたたつた一つのものが永遠に奪ひ去られた様なさびしさを感じます。あゝ口惜しい、憎らしい。なぜ電報が早く来なかつたのか。貴女が列車の窓から私を探して居る時私は何もしらずに眠つてゐた。呪はれたる子は呪ひ返さずには居られない。貴女のもう北海道にゐないと言ふ事をはつきり思ふことは死《しぬ》程苦しい。

この秋、君と相みる日をのみまつ。君なき都は灰燼の様だ。運命を呪へ。

御自愛を祈る。幸枝」（大正8・7・28付）

「その後お身体は如何。……お家はまだ忙しいですか。人も大勢いらつしやるでせう。人一人永遠に奪はれた家の淋しさ、何となしの物足りなさを思ひやつて居ます。お母様もお身体にお障りありませんか。お気の毒な女の方ですね。信さんも身体気をつけて下さい。過食を慎しんで下さい、夜は殊に。（中略）今お宅ではいろんな相談事で大変でせう。しつかりと腰帯しめておやりなさい。あく迄も主張は主張として。気のよわいのん。一人のいら立たしい日が毎日続く。だん／＼とすべての事が平気になつて行くんぢやないかと思はれる時がちよい／＼あります。さういふ時には自分の無価値と無能を一番はつきり感じます。でもなんともないのです。甘味の薄いよう《ママ》かんを食べてる様に。兎《と》に角《かく》、秋からは一緒に暮らしませう。おとなしくね。先の様に態《わざ》といぢめると気が狂つて死にますよ。私はどうもこう《ママ》も出来ない駄々つ子ですからね。（但し病気中だけ）貴女のことを二六時中考へて居ます。貴女に取り縋《すが》る様な気持ちになつたり、貴女をしつかりとかい抱いて接吻したい衝動にかられたり、とにかく夢許《ばか》り見ます。病気があまりよくもなさゝうなんです。気の苛立ち加減で大体わかります。その中診察を受けて見ておしらせします。お手紙下さい。早く／＼

ゆきえ

のぶ子様」（大正8・8・14付）

ゆきえは役者になろうかと考えたり、アメリカへ信子を誘って渡ることを夢みている。とにかく家を出たいという。信子は父亡きあと、宇都宮を離れなければならない、一周忌をすませて上京し、長兄の東京の家にいくということをゆきえに知らせたらしい。

「あなたが東京へゆくんなら私もゆく。あなたの手紙の言葉がきらひだ。〝愛し合つてゆきたいと思ひます〟何故こんな言葉を使ふんですか。のんのばか。愛す愛せでいゝぢやないか。なまぬる。手紙かいて頂戴。母はどうにでも私の言ひなり次第ですが、禿頭の意思は一度聴取する必要がありますから知らせます」（大正8・8・18付）

「お便りが絶えて暫く経ちました。黄色いポプラの葉が乾き切つた土の上をころ〳〵ところんで行きます。北海道は立派な初冬になりました。どんなにしておくらしかとほんと《ママ》うにお案じ申してをります。こひしい信様。（中略）何故お手紙下さらないの。いつ迄も私を愛すとおつしやつたのは嘘ですか。貴女はもう私に対して水の様に冷たくなつていらつしやるでせうか。そ《ママ》うとはどうしてもおもふことの出来ない私が卑怯なのでせうか。お手紙下さい。おまち申します。さよ《ママ》うなら。幸枝」（大正8・11・6付）

ゆきえは追いつめられていた。東京へ出てタイピストとして自立したいというのは信子と暮したいということだったが、父はタイプライターなどいつでも習える、それよりまず来年三月まで家にいて、新学期から英語塾へもどり、学校だけは卒業せよ、それまで家にぶらぶらしているのがいやだというならどこか気の張らぬ小学校へでも勤めて小遣いとりをしたらよかろう、という。常識的な大人らしい意見である。ゆきえはいった。

〈わたし、教師なんかつとまらないわ〉

〈ものごとには辛抱が要《い》るんだ。おまえのように何もできないできないというなら、これから東京へ出てタイプライターを習って自活するなんて、とてもできないにきまってる〉

〈できないくらい、わかってます〉

　さすがに父は立腹した。

〈それなら勉強などすっかりやめてしまえ〉

〈むろんやめます。でも家はもう出ます。お金なんか一文も要りません。きっと自活の道を拓いてみせます〉

〈あなた、この子は病気ですから……〉

　ヒステリックなゆきえの声に、母がおろおろして父をなだめる。感情を昂ぶらせたゆきえが、ほんとに家出を決行しないかと父は恐れたらしく口をつぐんだ。ゆきえが一人でパンのために働く、などという気強い生活を張ってゆけるはずもないのは、両親もゆきえ自身も知っていた。

〈昨日、伯母さんの持ってきた縁談だけどね。こんどはいいお話みたいだよ〉

　あとで母はそっとゆきえにいう。父母はゆきえを手もとにおくか、望ましい男に托するか、したがっていた。――結婚なんかしたくない。男の従属物になるより、女と暮したい。

のんと再び、甘い生活に入りたい。……ゆきえの手紙は再び信子の机上に降り積りはじめる。

　そのころ信子はゆきえの手紙に触発されたように、再びペンをとって長篇を書きはじめていた。『屋根裏の二處女』である。兄たちがそれぞれ任地へ帰ったあとの宇都宮の家は、信子とマサと、弟の義明しかいない。

　ゆきえと離れて信子はかえってまざまざと〈ゆきえ〉像を描くことができた。それは生ま身の〈ゆきえ〉ではなく、〈秋津さん〉であった。久遠《くおん》の女人、ともいうべき女《ひと》だった。そこでは信子自身、昇華されて、〈秋津さん〉の〈章子《あきこ》〉になる。二人はかたみに手をとりあい、女の身も魂もひとつに溶けあって、はろばろと天界へかけりゆくのである。ゆきえとの愛が信子の想像欲を刺激したのだ。

　ゆきえは離れ住んでいながら異常に磨ぎすまされた感覚で、信子が自分の人生圏外に去りそうな不安を知る。自分を信子から奪うのは小説だと知る。ゆきえは直観で、信子がまたもや〈小説〉に没頭していることを予感する。

「私は小説家は大きらひだ。小説か（家）といふ点に於て私は貴女もきらひだ。何だか小説家は大きらひだ。私は死にたい。しかも私はきらひな女の母といふものを背負つてゐる。母は私が養はねばならなかつたのです（今度わかつた）。そんなことはどうでもいい。伯母は私の縁談で来たのです。父も母も大層進んでゐる。私は結婚等したら死んでしまふ。

しかも目茶〳〵な死に様だから頭から断つた。あゝもうたへられないことだ。いつか貴女はよく私に結婚をすゝめて呉れましたつけね、性欲に苦しめられてるんだから結婚しさへすれば貴女は仕合せだつて。わたしはたへられない。もう〳〵わたしはよわすぎる、きつと死ぬ、高慢なあなたは高らかに笑ひ乍《なが》ら私を去つてゆくでせうね。今でも死ねる気がします。私はあなたがすきだ。今日は二十一日、去年の今夜、かなしくてもうかけません。芸術は人間の心の奥底のさみしさをとりのぞく力をもつて居るかしら。小説家をよして頂戴。いや私はこんなことをあなたに願ふことは出来ない。貴女はあなた、私は私ね、やつぱり。

さみしいさみしいたまらなく悲しい」（大正8・12・23付）

文中「去年の今夜」とあるのは二人の愛の思い出でもあったのだろうか。翌日、ゆきえは後悔してすぐまた手紙を書く。ゆきえはよく、極小サイズの封筒を用いるが、これも横八センチ、縦十二、三センチ（上辺を破られている。信子は鋏を用いず、いつも手で破ったらしい）のものである。便箋はいつも通りノートの一ページをちぎったもの、シミがあり、インキは変色してはいるものの、まだ薄れてはいず、明瞭に読める。

「のん、雪がわるかつた。堪忍して頂戴、あんな手紙を出して。あれを読む時ののんを想像するととても苦しい。のん、雪はのんをはなれてどこへ行ける、何処の男の胸に抱かれる、のんと雪の大嫌《きらい》な男、結婚なんか誰（が）するものか。来春からのんと同棲だ、それより外にゆきのゆく道はない。その代りあんなに暴れちやいやだ。ゆきもおとなしくしてのんを可愛がる。異性の手？　ねとぼけちやいけない。異性の手は臭くつてきたなくてかたい。のんの手は柔かできれいだ。のんの馬鹿。何故俺をコケツトと呼んだ。それだからいけない。来春は何時になるかまだきめてない。しかしなるべく早く。途中宇都宮へより、のんにりんごを上げ上京し、久岡さんのところへゆき、家を探しのんを呼びよせる。いゝでせう。何をそんなに心配する。馬鹿、ゆきは決して多情な女と思へばとんでもない間違ひだ。のんを愛さなくなる時、死だ、のんを他の人に思ひかへるには、ゆきはあまりに高慢だ。安心して頂戴、お嫁に等、死んでもゆきやしない、のんと暮す。美しい生活。お《ママ》ばの方にも直《す》ぐ断る様に話しました、それは初めからゆく気なんかありやしない、ゆきがよめに行つたらどうなるとおもふ。永久にのんを抱く、そして抱かれる。ゆきの全生活をしてかくあらしめよ。どうぞゆきの人生の淋しさを被《おお》つてくれ、どうぞ暖い接吻で被つてくれ、ともすれば死なんとおもふよわい雪を、ね。これはほんと《ママ》うにどうし様もない、しよつ中寂しいんだから。だけどのん、ゆきの身体を丈夫にしてね、二人で静かにくらしたい、そればかりが願ひ、又明日かく。気狂ひになつちやいけない。ニツコリ笑つて見せなくちや。のんの手紙はいつも涙が出る。のんは仕合《しあわせ》な人だ。雪

のん」（大正8・12・24）

この手紙も宇都宮へ届けられた。

その宇都宮では信子はすでに『屋根裏の二處女』を脱稿しており、洛陽堂が印税なしでいいなら出版してやろうということになっていた。屈辱的だけれども、それでもいい、と信子は思った。あの神田・青年会館の寄宿舎での青春、若い娘たちの群像、ゆきえとのかぐわしい思い出、それらを小説というかたちにして永遠にとどめておきたい、と願ったから。……母は父を喪った悲しみに虚脱して、いまはもう、信子が終日机に向っていても何もいわなかった。それればかりではない、母が信子の営為をみとめなくてはならない運命が、その年の暮れには待っていた。

大正八年十二月二十二日だった、と信子はいう〈「『地の果まで』について」朝日新聞、昭和38・1・19〜20〉（全文は『全集』2のあとがきで読むことができる）。

大阪朝日新聞社から、信子が一等に当選したという電報が届いたのだ。

〈お母さん！　これ見て……〉

ふだんからかんだかい、少女じみた声の信子は、一層、声を張って母にいった。マサには小説が一等に選ばれたことがどういう意味をもつのかよくわからない。しかし信子の仕事が世間に認められ、報われたのだ、という手応えはもてた。

〈まあ、お父さんが生きておいでだったら、どんなにか喜んで安心なさっただろうに……〉

と泣きながら電報を仏壇に供えていた。

信子は部屋へ引き籠った。これが最後の投稿と決心して送った作品が一等になった。……飛びあがるほど嬉しいかと予期していたのに、現実には沈鬱な気分におそわれたのだ。

（ああ……これで一生、文学というものをやるのか）

重荷がどさっと背にのしかかるような、「しいんとした気持になった」（同）。

あれほど小説家になりたくてしかたがなかったのに。もう引っ返せないぞ、と思うと、かえってそらおそろしくなってしまったのだ。

「うれしさあまって哀しかったのか……うれしいでは言葉が足りず、哀しいでは言葉の過ぎる複雑な感じだった」（同）

と信子はいっている。

大阪朝日から追いかけて、一等当選の感想文と写真を送れ、という電報がきた。信子は自分の生いたちとこの一年の動静を、感傷的な美文で綴った。十二月二十二日、とあるので当選通知を受けたその日に一気に書いたものであろう（〈千代年譜〉に二十四日とあるのは誤り）。信子はこう締めくくっている。

「『地の果まで』の若い女主人公が暗い否定から明るい肯定へ、狭い自我から広い自我へ、高く強い神性の力を仰いで静《しずか》に静に、与へられた生命《いのち》の路を踏みゆく様に、私も細《ほそ》やかながら柔かな優しい光を自分の行く手に認めた様に思はれます、もし許される事ならば私は眼に見えぬ竪琴を抱いて、我が胸に湧く思ひを奏でつつ、地球の上に生くる世の人達とごいつしよに、地の果までも、あゝ地の果までも歩み続けたうございます」（一等当選の感想文）

写真は束髪に着物（被布《ひふ》を重ねている）でモッサリした表情の信子（まだ断髪にしていない）。これは大阪朝日、十二月二十七日付夕刊である。

応募総数百六十二篇、賞金二千円、二等は岡山の男性で千五百円。佳作四篇まで努力賞の「若干の金品」が贈られると発表された。一等当選作品は新年（大正九年）の元旦から掲載されるが、ただしこの企画は大阪朝日なので、大阪版だけである。東京にも出ればいいのに、と信子はいまになって欲が出た。尤《もっと》も選外佳作の作者の住所を見ると十二名のうち半数は東京在住である。全国から応募があったといってよく、自信を持ってもよさそうだった。それにしても、三人の選者、幸田露伴、徳田秋聲、内田魯庵《ろあん》の先生方に悲観したのは全く自分の無智と無教養だったと信子は思った。あんなご年配では、とても新時代のセンスなどわかって頂けまい、と悲観したのに、みよ、はかない若い女の才能の芽を、さすがに古豪の先生方は見逃されなかったではないか、——それを思うと信子は、やっと、じんじんと喜びがあふれてきた。どんな批評をして下さるのだろう、と楽しみだった。

賞金の二千円を受けると信子はまず最初に、かねて欲しくてたまらなかったビクターの蓄音機と洋楽レコードを買いこんだ。信子は音楽好きだった。

宇都宮の本屋で広辞林を買う。これからいよいよ必要となるもの。日記も忘れてはいけない。

信子の当選を母の次に喜んでくれたのはもちろん、三兄の忠明だった。お父さんが生きていられるうちにこの知らせがあればよかったのにね、と残念がるのも母や信子と同じだった。出版は洛陽堂から、ということにきまった。洛陽堂は『屋根裏の二處女』の印税を支払うから、『地の果まで』もうちで出させてほしい、といったのだ。信子は『地の果まで』のおかげで、人なみに世間へ出る『屋根裏の二處女』が嬉しかった。

『地の果まで』の扉に信子は、

「父の霊に献《ささ》ぐ」

と入れよう、ときめていた。

大正九年一月一日の日記に信子は書く。

「心の上に外の世界に、一つの大いなる喜びと共にあの寂しさやあの悲しみを与へてくれた、記念すべき年がいつて、手もつけない新しい一年が潮の様におしよせる。その境目の鐘の音を聞いて私は静かに祈つた。目に見えぬものゝ力に。……

私をここまで連れて来て引張りあげた或る力に。……

机のまはりのごた／＼を片付けた。

自分は与へられ得た自分の此の運命を細く強く生かし切りたいと切に望む」

信子は、〈おんな小説家〉として世に立つことの難しさを予知している。「細々」という言葉が頻出するのはそのためである。文壇はまだ男性の縄張りだ。女が素手でなぐりこみをかけるのは大変なことだ。その自覚がある。しかし、信子は自分を「引張りあげた或る力」を信じている。

その一端は、女同士の愛と支えだ。その日の最後の行に、

「――幸枝さんを思ふ――」

とある。

信子はこの時点ではまだゆきえとの仲を信じ、ゆきえにも愛をもっていたのであろう。

二日には大阪朝日が送られてきた。たしかに信子の名が大新聞で活字になっている。「挿絵に言い《ママ》分もある」が「感謝」――信子は作家の喜びを強く感ずる。

正月のうちから人々がやってくる。新聞社のインタビュー、出版社の人々。しかし中にはマナーの悪い男もいたとみえ、信子は「無智の図々しさ、馬鹿、言語道断、不快」と日記にむしゃくしゃを吐きつけている。地元新聞の記者である。晴れがましい舞台へひっぱり出され、はじめていろんな人間のタイプに接して、信子は腹を立てることが多い。郵便局までゆけば、「道中の田舎町の正月の不快さ、兵隊さんとざいご（在郷）つぽばかり、いや／＼、憂鬱になつてしまつた」と容赦ない。傍若無人に正月酒に酔い罵る男たちを見ての感想だろう。

賞金が入ったので信子は母と、暖いところへ避寒旅行にいくことを思いつく。三人の選考の先生に礼状を書いたり（評はまだ見ていないのだが）旅支度をしたり、と忙しかった。そんなときにゆきえから手紙がきた。和紙の巻紙に万年筆でかいたちぐはぐなもの、三、四枚にちぎれているが、インキは褪せず判読可能である。

信子は当選をゆきえにすぐ知らせたのか、あるいは興津《おきつ》へも誘ったのだろうか。

「ゆふべは嬉しくて十二時すぎまでねむれなかつた。朝眼の覚め際に大変いゝ夢を見た。起きたらバラ色のすばらしい幸福の朝だつた。とにかくうれしい。すぐ父に話したところ、父は目的なしに上京したつて仕方がないと言ひました。けれども、のんのお心に大変動かされたらしくいつになく大した上機嫌だつた。たしかに許すと思ふ。母は勿論。私は第一、何でもかでも行く。たつた二人の海岸の静な生活……ゆきの長い間のあこがれが実現される。のんは大変えらい。一等当選で二千円とつた。これからもうんとお金を儲けなくちやならない。のんがどんなに喜んでるかと思ふとひとりでに涙が出て来る。

一生二人だ。異性の手に渡ると思ふか。私は白状する。若しか今度の幸福に酔つてしまつて或はのんがゆきをもういらなくなりはしないかと恐れた。（許してね）けどどんなにのんがゆきを捨ててしまつても、ゆきは死ぬ迄初恋の美しい夢に生き様《ママ》とおもつた。（中略）暖い朝の海で蓄音機をして唄をうたつてのんに英語を教へる。お正月もらつた小遣で英語の『アンナカレニナ』を買つた。シエレーの詩は大すきだ。平易で、美しい、たまらない恋の話が一杯ある。教へてあげる。すぐわかる。もうとうに知つてい《ママ》るだらうけれど、英語でよむと又格別だから。どこへゆくの、興津つてどこだか、ゆきしらないの」

ゆきえは書いているうちに、自分で自分の文章に煽られ、いまにも実現するような気になってしまったらしい。空想癖ばかり先行して実行力も決断の意志も持ち合せていないことを忘れている。

「早く逢ひたい、ゆきも正月から何かして働く。そしてのんの手助けをする。夫婦共稼《かせぎ》だ。二人はとうの昔に結婚してい《ママ》るんだから。それが同棲するのだ、いゝぢやないの。もう何もいはないでゆく。そして一生懸命勉強して働く。のんの命ずるまゝに働く。そして二人の王国をつくる」

信子はこの手紙にショックを受ける。ちがう、ちがうという叫びが思わず口をついて出る。

こんな関係を夢みていたのではなかった。これじゃまるで、現代の男と女の構図そのままではないか、一方が稼ぎ、一方が従属して飼われることを〈愛〉の名で呼ぶ。信子は全き対等と愛を女同士のむすびつきに期待していたのに。それにお金、とは。……日記に書く。

「幸枝から手紙が来た。もつとお金をも《ママ》うけなくちやあいけない、には、驚いてさびしかつた」（大正9・1・6）

なぜすべて周囲は卑陋《ひろう》で貧困でひねこびているのか。信子は銀行でも腹を立てる。青い顔の洋服男どもの横柄さ、母と町で食事をしたら洋食屋の牡蠣《かき》は餅のようにべたべたした。蓄音機屋の狭さ。（ああ、田舎まちはいやだ）田舎まちだけではない、「少女画報」の広告は「ずいぶん失敬だ。断然寄稿しない」と信子は八つ当りしている。楽しみにしていた母との興津ゆきも身内の一人がついてきたので信子には思惑がちがった。

信子はこのころからゆきえに心が離れ出したらしい。幸枝の手紙より、洋服の注文をする、ということに夢中になっている。これを機に自分が大きく変っていきたかった。束髪に結って武家娘みたいな着物を着せられるより、自分のデザインを自分で描きたかった。

待ちに待った選者評の載った新聞がきた（大阪朝日、大正9・1・18）。興津の旅館にいる信子がそれを手にしたのは一月二十一日である。

まず、幸田露伴はいう、三人の選者が異議なく推せる佳篇を得んことを望んでいたが、十二分にそれが満たされたとはいえない、しかし、「七八分の結果を得たことは先づ〳〵喜んでよい」といい、『地の果まで』を優秀作と認めている。

「これは一寸《ちよつと》見ると筆つきが稚弱《ちじやく》のやうであるが、其の尖鋭を以て目《もく》すべきでも無く、又潑剌《はつらつ》縦横を以て評すべきでも無い中に、中々感心すべき佳處《かしよ》を有して居て、そして惻々《そくそく》として人を動かすものが有り、一体の傾向も欹側《きそく》（田辺注、一方的に片寄る意か）した趣味のもので無くて、善良であることを多とせねばならぬと思はせられた。或点に於ては此《この》篇より勝《すぐ》れた作もあつたがまづ総体に於て佳作として認めて差支《さしつかえ》無いと、喜んでこれを認めたのである」

信子は今こそ舞いあがりそうに嬉しくなった。露伴のような文豪に佳作、と折紙つけられたのだ。じんわりと勝利の快感が湧きおこった。しかし更なる喜びは徳田秋聲の暖かな讃辞だった。露伴の文章の詰屈《きっくつ》とことかわり、秋聲のそれはさすがに読みやすい。

「『地の果まで』は婦人の作と思はれる（田辺注、応募原稿はすべて匿名の規則だ。信子はヒロインの名をそのまま春藤みどりとして提出したのだった）。是《これ》と云つて傑出した点は認められないかも知れないが、新時代に可也《かなり》な理解をもつてゐる点や、構想といふ構想のない中に、自《おのず》からなる事件の推移と運命の展開を来《きた》してゐる点や、殊に多くの人物が、荘介《しょうすけ》や、主人公の友人の運命論者の敏子といふ傍系に到るまで悉く夫夫《それぞれ》の個性を具備してゐる点に於て、十分作者の芸術的天分を見ることが出来ると思ふ。関子《せきこ》と麟一《りんいち》との恋愛は関子の性格がやゝ朦朧《もうろう》に失《しつ》してゐるだけ、物足りなかつたが、其他の点では或程度の成功を収めてゐると云ふに憚らない。

期日が切迫したので十分に書くことができないが、多少でも新聞小説に鮮新《せんしん》の気を注《そそ》ぐことのできる是等《これら》の作品を、無名の人人のなかから得た事を、私は読者と共に悦びたい。殊にも『地の果まで』によつて現今の新聞小説の水準をいくらか高めることが出来れば幸ひである」

秋聲は元来、尾崎紅葉門下の俊足で「葉門の四天王」といわれたうちの一人だが、作家的本質は自然主義小説にあった。すでに『黴《かび》』や『爛《ただれ》』『あらくれ』によって文壇に抜きがたい地歩を占めていた。この年大正九年の秋には田山花袋とともに生誕五十年を仲間に祝ってもらうことになるのだが、市井の庶民を描き続けてきた秋聲は、信子の作品のかるやかな足どりの中にリアリティと洞察力を見てとったのだろう。多数の登場人物を采配し、それぞれの個性を描き分け、「構想といふ構想のない中に、自からなる事件の推移と運命の展開を来」すというのは本来、信子の作品の魅力をなす特色で一べつで秋聲はそのユニークな才能を看破したわけである。新人をほめる、ほめ方も素直でクセがない。新潮社の訪問記者だった中村武羅夫《むらお》は、秋聲には天性の人間味があってそこが無条件に魅力だったといっている（『明治大正の文学者』留女書店、昭和24）。右の選評には端正公平な中にも暖い滋味がある、信子は嬉しさのあまり、涙ぐみそうになった。

皮肉なもので、信子が最も望みをかけた内田魯庵だけが点がからい。今回は成績振わず取るべきものがないのに当惑したとある。「ほかの二選者とは全く意見を異《こと》にしてゐた。私の見方が間違ってゐたかも知れぬが、私には此《この》二篇は選外にすら価しないものであった」。魯庵は選外佳作の内の一作を推し、結局、票割れであるが、二対一で『地の果まで』が通ったということであろう。彼はみずからの推す作品を「メスよりも鋭い」といい、それに比べれば当選作は「比較的無疵」というだけで、私はツマラヌ作だと思ったと平たく明言する。

信子は日記に書く。

「秋聲先生に感謝する。いゝ小父さん。

露伴先生。いいお祖父さま。

魯庵が何んだ。キラ〳〵する洋刀《メス》が何んだ。ツマラヌが何だ。こっちは家庭小説として苦しみを忍んで書いたものなのだ。

かなり興奮した」（大正9・1・21）

ちょっと前から喫《す》い、しばらくやめていた煙草《たばこ》をまた信子は手にした。魯庵なんかどうだっていいじゃないか、ともかく露伴と秋聲がほめてくれたのだ。そうだ、いつか秋聲先生のところへお礼を申しあげにいこう。

ゆきえのことは自然の成りゆきに任せよう。

信子にはいま、したいことがいっぱいある。さしあたって東京の洋服屋に注文した服。それにこの海辺に来て思いついたのだが、可愛い洋風の、小ぢんまりした家を建てたい。フランスやイタリアへ洋行してみたい。……夢はきりもなく拡がる。煙草（弥生）を思いきり喫う。旨い……あたしは勝ったんだ。……信子はほほえむ。

2

信子がはじめて徳田秋聲を訪問したのは、彼女の日記によれば大正九年（一九二〇）四月十二日である。本当はもっと早くお礼に行くべきであったのだが、案外、気が小さく、人見知りする信子は、いままで逡巡していたのだった。文壇の大家というのは信子にとって「ヒマラヤの絶頂のようにはるかにそびえた存在」に思われたからだった（『私の見た人』）。文学雑誌の写真ではたびたび秋聲は見ているけれど。……

緊張して、秋聲宅、本郷森川町一番地の住居の門をくぐった。古びた門柱の表札は墨も薄れているが〈徳田末雄〉と読めた。秋聲の本名である。玄関へ入っておとなうと、取次の女中さんが、あがってすぐ前の襖《ふすま》を開けた。畳がみえたので、ここが応接間なのかと信子はうかうかと踏みこんではっとした。

そこに秋聲がいた。彼の仕事場だったのだ。八畳間の、床の間の脇に紫檀《したん》の机を据え、自然主義の巨匠は坐っていた。黒っぽい地味な着物と羽織で小柄だった。

信子の第一印象は、

（写真の通りのお顔だわ。苦《にが》い胃散をいま飲んだみたいに苦いお顔）

というものだった。——しかし信子は秋聲の表情から誠実とやさしみを感じ取る。二十四歳の信子からみるとひどく老人のように見えたが、まだ五十歳になったばかりだった。

かたくなっている信子に秋聲はすぐ、

〈あの作品はよかったね〉

といった。

〈若い人々の気持がよく出ているし、性格も充分、描き分けられている。事件と性格がからみ合ってそれぞれの運命が展開してゆくあたりも無理がなくてね……〉

〈はあ……はあ……〉

あまりの嬉しさに信子はたしかな返事もできない。

秋聲の声は渋くて低い。言葉をえらんで、ぽつぽつというのだが、ひとこと、ひとことが心に沁み入る気がする。いかにも、師の君と呼びたい存在に思えた。先生、という言葉がおのずと口をついて出そうであった。

〈あたらしい才能だと思いましたよ。しかもそんなに若くて、ね。……読者もきっと喜んでいるでしょう〉

秋聲はヘビースモーカーであった。話しながら煙管《きせる》を手にしてひっきりなしに吸う。黒い竹の羅宇《らう》に雁首《がんくび》と吸口が銀のもの、同じ煙管がもう一本、原稿用紙のかたわらの万年筆に並べておかれてある。紙巻煙草に押されて煙管は廃れつつあるころだったが、秋聲は煙管に飽きると、紙巻煙草をくわえた。

お茶を運んできたはま夫人にも秋聲は信子を紹介した。信子はただもう、わけもなくお辞儀して持参した菓子箱を置いて帰ろうとすると、

〈文壇に知っている人がいますか〉

と秋聲は訊《き》いた。信子はまた顔を赤らめて誰も——と答えた。生田花世、岡本かの子、中村武羅夫らに一度ばかり会ったのを、〈知遇を得ています〉などといえようか。信子は律儀で、ハッタリなどかませられない気質《たち》なのである。

〈ここへ時々来るといいね。作家や編集者と会う機会もあるし話も聞かれる、それもまあ、勉強の一つかな〉

秋聲の誘いは暖く、実《じつ》があった。お愛想に、また遊びにおいで、——といわれるのより具体的だった。信子はじつは、こう聞きたかったのだ。

（私、本当に才能があるのでしょうか？　これから小説家としてやっていけるのでしょうか？）

あてのない将来への不安が、秋聲の励ましにも、はかばかしい返事をさせないのだった。秋聲宅を出ると、どっと汗が出てきた。帰り道に喫茶店へ入り、洋菓子と紅茶をとって、心をおちつけた。大仕事をなしとげた心地だった。そして秋聲の、いかにも〈先生〉と呼ばずにいられぬような篤実な人柄の薫染《くんせん》を享《う》けた気がした。信子は今までもその後も師と

呼ぶべき人を持たなかったが、強いて挙げるとすれば秋聲であった。文学的骨格の正しい秋聲にデビュー直後めぐりあえたことは、信子にとって幸いだった。秋聲と信子とでは作風は極端に異なるけれど、生活者として誠実や人間的洞察力という資質が似通い、二人を師弟関係のような親しさで結びつけたのであろう。秋聲はその後も信子に親愛を示しつづけてくれた。

　信子のほうは人見知りが強くて、せっかく誘われたのに、それきり秋聲の家へ行く勇気が持てなかった。が、のち大正十五年になってはま夫人が急逝し、門弟たちが秋聲を慰めるため月に一度、秋聲宅へ集ることになり、〈二日会〉というそのサロンのメンバーに信子も誘われることになる。その会合にきたのが山田順子で、秋聲はたちまち秋田美人の順子に惹溺し、文壇スキャンダルとして噂にのぼった。秋聲の老年の痴情を嗤《わら》う人々に、信子は義憤をおぼえる。

（先生は正直でいらっしゃるのだ、人間らしくていいじゃないの）

　そういう信子のあたまには、島崎藤村のことがある。藤村は大正二年フランスへ旅立ったが、それは妻亡きあと、家事の手伝いにきてくれた姪との危険な関係（〈「新生」事件〉と呼ぶ人もある）を清算するためであった。姪とは子までなした仲だった。藤村は帰国後、それを告白した小説『新生』を発表する。罪をあばくことによって新生を求めようとする藤村の人と作品に、批判もあったが、世評の多くは大胆な告白を文学者の誠実さのあらわれ、と見た。信子によれば「世人は藤村を気高い殉教者のごとく認めてだれも非難する声を放たなかった」(『私の見た人』)。信子はそれを、「藤村には世の侮りを受けぬ用意周到な身がまえ」があるせい、とみる。ひきかえて朴直なる秋聲はどうか。老残の痴情を嘲笑されたのみ、

「わが先生は身がまえどころか、すきまだらけで、正直者がバカをみたのだと思った」

信子は師のために憤慨する。もっともこれは六、七年のちの話。

信子と家族が父の一周忌をすませ、宇都宮の家を出たのは大正九年八月三十日である。

「十時の汽車で立つ《ママ》。もう宇都宮へも小幡町のこの家へも来ないと思ふと、さびしい。あゝ種々の思ひ出を持つ家よ、さらば！　街よ！　さらば」

と信子はしるす。母と弟は巣鴨の貞一兄の家へ、信子は日記で見るとＹＷＣＡの寄宿舎へまた戻ったようである。

信子の日記の文字は楷・行・草が混って読み難いが、この年前半彼女はしばしば上京している。知人宅に逗留したり、下宿したりしていたらしい。四月二十六日の項に読売新聞の小さい消息欄を切り抜いて貼ってある。

「吉屋信子嬢　宇都宮から出京　麻布飯倉五ノ五九津田氏方に逗留中」

この津田なる家と信子の関係はわからないが、日記に「四月より一ヶ月30ＹＥＮ」とあ

るから下宿していたのであろう。信子は小さな有名人なのであった。母と弟が泊ると宿泊代として五円払っている。下宿ではあまりいい食事が出なかったのか、ある晩お刺身が出たのを、信子は、

「天下の一大事――」

と諧謔している。

その間も信子は仕事をしていた。『花物語』の短篇は書き続けていたし、童話も書いた。下宿には〈私は自活している〉といったと信子は日記に書く。原稿料、賞金に加え、信子が印税というものを貰ったのは『屋根裏の二處女』によってであった。洛陽堂は百円を支払った。

嬉しかったのは「新潮」から短篇の注文が来たこと。信子は勇んで『ミス・Rと私』二十一枚を書き、同誌の編集者中根駒十郎あて送った。どきどきしながら反応を待ったが、幸い突っ返されることなく、「新潮」三月号に載った。これは正月に興津へ避寒旅行にいくまでに書きあげていたらしい、とすれば「新潮」の注文は、信子が懸賞小説に一位入選の報を得てすぐさまらしく、その対応の機敏さはいかにも新人発掘に熱心な「新潮」らしい。

今まで投稿はしていたけれど、本欄への原稿注文は信子にとって凱旋のようなものだった。

また「文章世界」からも注文が来、これには『姉妹』を送った。これも長年投稿しつづけた雑誌だ。古風にいえば故郷へ錦を着て帰るような感慨がある。

『ミス・Rと私』も『姉妹』も、評判は悪くはなかった。信子はのちに、この二作は〈純文学的作品だった〉といっている。

『ミス・Rと私』は美しい混血の新任女教師に寄せる女学生の〈私〉の、愛と失意の物語である。もう一人、悪役といってもいい級友がいて、これが女教師の関心を奪ってしまう。この級友の人物造型がよく出来ており、それによって、目鼻立ちのくっきりした作品に仕上っている。趣向としては『花物語』の系統であるが、美文調を洗い落して文飾がない。信子の持つ硬質の批判精神と詩的情緒がうまく融合して好短篇となっている。信子の本質は〈純文学作家〉なのである。

『姉妹』は美貌の妹のほうにさきに起きた縁談をめぐって、姉の〈私〉と周囲との感情のさざなみを描く。やわらかい筆致で書いているが、世間の俗性を弾劾する、真綿の中の針は鋭い。これも好評であった。

そして六月に入り、大阪朝日新聞社の記者大江素天から、来年、大阪・東京両朝日に長篇小説を書いてもらえないだろうかという原稿依頼がきた。信子は承諾する。

　そのころ札幌の菊池ゆきえも上京したらしい。ゆきえの父からの葉書が残っているが、これが癖の強い悪筆で、半分ぐらいしか読めない。

「拝啓幸枝御厄介に相成《あいなり》候《そうろう》事《こと》篤く御礼申上候」

と始まり、ゆきえが青年会館でタイピスター研修をするため寄宿舎へいく、「何卒不悪《あしからず》御諒察被下度《くだされたく》候」「素志貫徹ナサシムル様特に《ママ》御願申上度、唯本人ハ誠ニ気儘《きまま》ニ候故、之《こ》レノミ気カカリニ御座候」。

親ごころの闇は果しなく、やはり娘の望むままに上京させるつもりらしかった。

信子は津田方を出て、中沖という家に短期間逗留し、ついで再びYWCAの寄宿舎へ入ったらしい。「舎費二十二円三十五銭払ヒズミ」と六月九日の項にある。二十一日の日記に、「カフエー・パウリスタにてポークカツとオムレツを食す、ポークカツ35、オムレツ35、70センなり。此の寄宿舎にては栄養不良の恐れあるやも知れず、されども或程度までけんやく」

と書いているので、将来にそなえて節倹のため、下宿より廉《やす》い寄宿舎に移ったのか。それでも信子はビスケットや菓子のほかに、いつも花を買うのを欠かさない。やはり『花物語』の作者らしい。日記の中で、

「菊池寛は歌つて曰く、

『中学生なんぞその名の心地よき
中学校の小使たらんか』

私は歌つて曰《い》う《ママ》、

『女学生あはれその名の慕《したわ》しき
女学校の小使たらめ』」（大正9・6・9）

　そのころ、母はまだ宇都宮にいる。母は信子を案じて小包など送ってくれる。果物、菓子のほか絹手袋が入っていた。夏手袋であろう。「母！　あゝ恋しいよ！」と信子は書いている。しかし信子もよく母に送金していた。母に五円送る、という走り書が日記の各所に散見する。母と娘の絆は世の常の母子と同じく強い。

　そしてこの年の信子に、私たちは興趣をそそられずにはいられない。寄宿舎へ戻ったか戻らないかのころ、信子に好きな人ができる。やはり同じ寄宿舎にいる星光子という娘である。姿かたちの美しい人らしく、「星さんは今の私の気持を慰さむるに足る人なり」とある（4・22）

　ついで信子は恐ろしいことを思いつく。

「今までは幸枝より天下に無いよと思ふ《ママ》てゐた、それで少し執着が強すぎて大いに失敗したのだ。それも田舎にすんでゐるからだつた。思へば口惜しい。これからもう少し広い世界へ解放された生活をするつもりだ」（同）

　信子の一すじ縄でゆかぬ大胆奔放な性格の一面が示唆されている。『地の果まで』を読めば、ずいぶんユニークなキャラクターも信子はやすやすと操っている。小宇宙の主宰者となり得る信子なのだから、このくらいの気概を持って当然であった。

従ってゆきえと昔のままの生活に戻れるわけはなく、部屋は再び別々になったらしいが、「ゆきにスカートを破られた」などという一行が見られる。その原因も感慨も記されていない、無表情な文章が不気味である。

ゆきえの父が上京してきた。その日の日記。

「入浴す。髪を洗ふ。創作欲出づ。銭湯にゆきたる留守、菊池氏の父上田舎菓子一折を持ちて尋ね来らる。

うす気味わるし。

ビスケット、五十戔《ママ》。おいしくないからたべない。花物語を少しかく」（7・4）

菊池氏とは結局、面会しなかったようである。ゆきえの父がどんな目的で来たのか分らないが、信子はゆきえを興津へも呼んだらしく（それはごく短い滞在だった上、信子の母や兄がいっしょにいて、ゆきえが想像していたような甘美な朝夕ではなかったので、ゆきえの意に充たなかった）その礼も兼ねてのことであろう。

「うす気味わるし」という一行に注意したい。信子はゆきえが同棲するために、信子に〈もっとお金を儲けなくてはいけない〉といった言葉にひっかかっている。世俗の男と女の仲に堕《お》とそうとするゆきえに幻滅している。ゆきえの父は、あるいはゆきえの意を汲んで信子にそれを慫慂《しょうよう》するため来たのか。信子の警戒心と猜疑が「うす気味わるし」という文句になったのであろう。

ゆきえとの破局は九月に来た。ゆきえを避け出した信子に対抗してゆきえは二人の共通の友人（足利幼稚園関係の人らしい）、鈴木氏や原田さんといった人々に、二人の仲を誇張して告白したらしい。それどころではない、「アルウィン様を訪れ一切を告げたるよし」（9・5）。

――このアルウィン様というのは玉成保母養成所の経営者であろう。信子はすでにそこを退いているが、信子を傷つける行為であるにちがいない。信子は憤慨して日記に書く。

「あゝ勇気ある女なる哉。呆れかつ驚き、痛々しくなれり。彼女はしかも言を我に及ぼして問題中のものとして、しかもへまなることのみ言ひて大いに名誉を傷つけ、我の立場を汚す。腹が立ちてならん」（同）

信子の憤懣にゆきえは気付かぬふりをして、なお信子にまつわりつく。

「彼女はわがハンケチを洗ひねつが私にあるとて体温器を下へ取りにゆきなどなして騒ぎつくしてくれたり」（同）

二人の心はすっかり離れた。騒ぎつくしてくれたという冷笑的な口吻《こうふん》により、信子の心がさめたことがわかる。信子はゆきえが帰ってから気分直しに外出して親子丼を食べたり、床屋で顔《あた》を剃ってもらった。大好きな葡萄を買って食べた。「うまかつた」と書いている。〈原田さん〉なる友人は、アルウィン様のところへ出かけ、会見していろいろ弁じて信子の名誉を回復してきてくれたらしかった。気は晴れぬものの、少しほっとする。信子は夜、エンラク軒でビフテキ、ビール、トマトサラダを〈原田さん〉と食べ、両国まで彼女を送った。「河の夕景よろし」――

信子の関心は、いま星さんから深堀さんという麗人に移っている。深堀さんも英学塾か女子大の学生らしい。信子が深堀さんにのぼせていると同宿の仲間がはやすので、深堀さんはびっくりして頬を染め向うへいってしまう。やさしいながらユーモアも解する麗人らしく、朝、洗面所で信子に会うと、〈お久しぶり〉とおどけたりする。

誰かが、〈菊池さんが帰ってるわ〉といった。ゆきえはあのあと寮を離れていたらしい。このときの信子の反応が凄い。

「毒婦よ。私はもうお前に用はない」（9・13）

信子は深堀さんが学校から帰ってくるのを待ちこがれる。そのくせ帰ったらしい声を聞いても出てゆく勇気がない、意気地なしなのである。再び女学生の昔に戻ったようにわくわくして。パール・ホワイト（アメリカの映画女優）が好きな深堀さんのために信子はブロマイドを机に飾ったりする。深堀さんは皆といっしょに信子の部屋までそれを見にくる。きれいなやさしい笑い声まで好きだ。……

そしてゆきえが最後に信子に逢いにきたとき、信子は逢わず、手紙を書いてわざわざ神保町のポストにまで入れにいった。同じ寄宿舎にいるのに。……

その別れの手紙に何が書かれていたのかは永遠に謎であるが、日記（9・16）に「たゞ最後の幕を円滑にしたいばかり」。年の暮れ近く、友人を介してゆきえの手紙がまたくるが信子はもう返事しない。「あゝすべてよ。きのふの夢」

以後、ゆきえは母病気の電報で帰郷したままになる。

信子がＹＷＣＡの寄宿舎にいたのはいつまでか、よくわからない。〈千代年譜〉には巣鴨の長兄宅にいたようになっているが、大正九年はＹＷＣＡ寄宿舎のほか下宿を転々していたらしい。そのためかなり収入も増えたはずなのに、いつも金に困っている。その間もずっと書きつづけ、本も読み、活動にも寄席《よせ》にもいった。二葉亭四迷に感心したり、吉田絃二郎や内村鑑三も読む。講演会にもいく。神近市子や昇曙夢《のぼりしょむ》の話も面白く、石川三四郎はフレッシュな感じ、長谷川如是閑は面白くないので「私達は退場した」。

大正九年という一年はいっぺんに本が五冊も出た年であった。『屋根裏の二處女』『花物語』の一、二巻（発売たちまち増刷している）『地の果まで』それに童話の『野薔薇の約束』――みな洛陽堂の刊行だが、印税の支払いその他で洛陽堂に不明朗な点があったらしく、信子は腹を立てて神経衰弱になりそうだった。翌大正十年には著作の版権を洛陽堂から引き上げている。『地の果まで』は新潮社から出すことにきめ、以後、信子と新潮社の間に交誼《こうぎ》が生れる。

年がかわるともう、次の朝日新聞連載小説にかからなくてはならなかった。

大正十年一月一日の日記に信子は「アルウィン邸へ歌留多会に行つた」と書いているから、ゆきえに関する不快な事件は清算されたのだろう。信子は新しい希望にみちている。

「おめでたう。自らへ言ふ。
伊太利亜《イタリア》へ！
創作。若葉に悩む頃。大阪朝日？」

信子はイタリア行きを夢みている。いつかは。しかし一人で？

「寂寥と哀愁。それは私の心の大切な糧である」（大正10・4・4）

春、信子は鵠沼《くげぬま》にいき、中屋旅館の離れに滞在して、朝日の連載を書くことにした。中耳炎を病んでそのあとの療養を兼ねてのことだった。二階の八畳を書斎にした。

「今日より新生活に入る。鵠沼よ私に善いものを生ましておくれ」（4・27）

鵠沼は浜が広く波音が高い。

「鵠沼や松の花粉の散る真昼」　信子

アテネインキを買い、作品プランを練る。「心の灯」というタイトルを考えたが、朝日の大江素天記者から再考を示唆され、「海の極みまで」を考えつく。「地の果まで」を書いたのだから、「海の極みまで」というタイトルは二作目としてふさわしかった。信子は海が好きだ。鵠沼へ来たからこのタイトルが考えつけたのだと嬉しかった。

今度も若い兄妹を主人公に、若々しい青春小説を書きたかった。そして亡くなった父のゆかりの宇都宮や長州の萩という舞台を設定したかった。それになつかしい北海道も。

「かゝんかな、かゝんかな、今私はかくより外救はれない。あゝ。神よ守らせ給へ」（5・17）

〈千代年譜〉によれば兄の忠明が北海道から東京の本社に移り、大森西沼に居を構えて母や信子を迎えたとある。

中村武羅夫によれば「日本の婦人で、最も率先して断髪にしたのは、吉屋さんなどだらう」（『誰だ？　花園を荒す者は！』）という。

「イの一番か、どうかは分らないが、イの二番目か三番目くらゐには早く、吉屋さんは断髪にした。確か、大正十年頃だつたらう」

中村の記憶は正しく、信子は十年の日記に「断髪を思ふ」と書いているから、そのあとで髪を断《き》ったようだ。そしてまた、大正十年以降とおぼしい写真は、ほとんど洋装である。断髪といっても耳がかくれるほど長く、ふんわりと拡がっている。写真ではたいていワンピースにストッキングだが、乗馬ファッションも愛用したのか、中村はいう、「吉屋さんは、朝日新聞に『海の極みまで』を書くために、暫く鵠沼に来てゐたことがある。その時分、吉屋さんは、もう断髪にして、ズボンを穿《は》いて、鞭を振り〳〵散歩してゐるのを、家族の者たちが見て来ては、びつくりして噂をしてゐるのを、聞いたことがあるやうに思ふ」。

中村は当時胃腸病のため鵠沼へ静養に来ていたのだ。このごろ『地上』を書いて一躍人気作家になった島清《しませい》こと島田清次郎も鵠沼にいて、信子と同じ宿屋にいた。彼は演説の稽古をするため、浜に引きあげられた舟の上に立って大声を張りあげたりした。信子は島田の奇矯な振舞いの噂を聞くことがあったのでなるほどと思ったりした。『地上』は生田長江の推薦で大正八年新潮社から刊行されたが、爆発的に売れ、二十歳の青年作家は得意の絶頂だった。大正十年頃ではその第三部まで出ているはず（私の買い求めた古本は第一部が昭和二年で二百六十九版とある。かくもそのかみの青年を熱狂せしめた小説を読んでみなければ、と殊勝な考えで買ったのだが、現代人が読むと平板で退屈である）。信子は日記の中で、

「『地上』を読む。小愚汚賤、驚くにあまりあり。これを推讃したる生田長江氏堺枯川氏の芸術観驚くにあまりあり」（大正9・9・10）

とくりかえしてこきおろしている。信子が反発したのは特にその前半、廓の女たちの哀れな運命が綴られているからだろう。『日本近代文学大事典』（講談社）の解説（杉森久英）では、

「この小説は第一次大戦末期の思想界の動揺を反映して、青年の心情に共感を呼ぶものがあり」

となっている。その島田は信子を、先年の懸賞小説当選者と知って訪れたらしい。中村のいうところでは、信子に、〈今におれがもっと偉くなって、百円の家賃の家を借りるから、そのときにはお前を家政婦に雇ってやる〉といったそうだ。すると信子がぷんぷん怒ったので〈人が好意でいってやったのに、あべこべに怒るなんてけしからん〉と中村に憤慨したよし。このころから少し常軌を逸していたらしい。

『海の極みまで』は十回書きあげるごとに大江記者に送った。

県知事を父とする兄と妹、父は汚職でつまずき自殺するが、理想主義者の兄と、驕慢で奔放な妹がそれぞれの人生行路を歩むうちに、信仰や恋愛に真剣に向きあう。『地上』ののっぺりした平面描写と比べ、こちらはカラフルで衝撃は強烈である。ただあまりに物語性を強調したため、ラストはややあざといが、信子の構想力を見ることができる。いろんな階層、性格の人物を拉してきてあざやかに料理している。ことに冒頭シーンは印象的だ。宇都宮の町の桜大路、県庁前の大通り、桜吹雪をあびて馬を走らせる美青年。仙台の二高（三兄・忠明の学んだところ）に在学中の、主人公である。あまり上手な乗り手ではなく、汗しとど、辛うじて手綱をあやつり、県庁正門から官舎へ入ってゆく。……何と心にくい出だしであろう。

この作品も好評をもって迎えられ、初めて映画化された。翌年には河合武雄、伊井蓉峰《ようほう》、喜多村緑郎らの新派舞台で上演された。

母マサにとってはそれはいかにも晴れがましいことで、もうこの頃には信子が小説を書くことに不服をいうこともなくなっていた。そればかりではない、娘を〈見直す〉ことになったらしい。

大正十一年の正月らしいのだが、少女雑誌の出版社が寄稿者を帝劇に招待してくれた。あいにく信子は風邪を引き外出できなくなった。切符は貰っていたのでもったいないからと母は出かけていった。親孝行できてよかったわと信子は思ったのだが、舞台以上に予期せぬ効果をあげてすばらしい親孝行になってしまった。おそくに帰ったマサは、風邪の床についている信子の枕もとにぺたんと坐って、

〈長谷川時雨《しぐれ》さんにあったのだよ！〉

と息をはずませて告げるではないか。席が隣だったという。

母の知る著名女流は下田歌子や、愛国婦人会の奥村五百子であった。文学趣味のないマサは一葉女史ぐらいは知っていたけれども、他は関心がないようだった。しかし明治末ごろから時雨の名が新聞雑誌によく見られるようになり、さすがにマサの目にも触れていたのである。

写真で見た通りの美しい長谷川時雨がすらりと隣席に身をおいたとき、マサはすぐわかった。招待側の出版社としては大先輩のベテラン女流作家の時雨女史と、新進の若い女流を隣り合せにして近付きにさせようという親切な配慮だったのかもしれぬが、あいにく信

子は来られず、

〈娘のかわりにわたくしがお招きを受けてまかり出ましたわけで〉

マサは小さくなっていった。〈時雨さん〉はにっこりして、

〈お嬢さんのお作はよく拝見していますよ。まだお若いのに、いいお仕事をなさって、感心していますの〉

といった。そしてマサをやさしくいたわり、さまざまな心づかいを示して、招待側が設けた食堂の席へ同伴し、卓上の土瓶からお茶をつぐやら手洗いに同道するやら。座席へも案内し、

〈そりゃもう、至れりつくせりにお世話頂いたのだよ〉

マサは昂奮のさめやらぬ顔だった。〈時雨さん〉に〈お嬢さんのお作はよく拝見していますよ。いいお仕事をなさって〉といわれたのにはすっかり恐縮し、嬉しさのあまり、信子の仕事を見直したのであろう。

〈綺麗な年増の、姿のよい方でねえ〉

とマサはなおも飽きず〈時雨さん〉をほめたたえていた。

信子は礼状を書いた。時雨女史から返事が来た。お母上は上品な方で、お話相手があってたのしかった、お気が向いたらお遊びにおいで下さい、とある。

（あの母と話して、たのしいはずはなかろうに……）

と信子はくすぐったかったが、〈時雨さん〉の女らしいやさしみが嬉しい。しかしこれもいつもの癖で、心臆して〈時雨さん〉の家を訪れることはできなかった。

しかしその一、二年あと、信子は歌舞伎座で時雨にあう。すらりと横に立った時雨は、

〈あなたのものを三上がたいへん褒めていますよ〉

といった。三上於菟吉《おときち》はひとまわり下の夫で、ただいまの人気作家である。〈時雨さん〉はそれをいうため、わざわざ席をたって信子のそばへきてくれたのだった。嬉しかった。嫋々《じょうじょう》たるすがたの美女で、粋で、しかも品よく綺麗だった。これはどうでも時雨さんのお邸へ上らねばなるまい、と信子は恐縮してしまった。

そのころ、三宅やす子にも会った。各方面の代表婦人たちをあつめての昼食会で、帝国ホテルの小宴会場であった。かけ出しの小説家たる信子にも声がかかったので、これはやっぱり出席せねばと信子は洋服を新調してはりきって出かけた。

平塚らいてうやその他婦選獲得運動の有名女史がたくさんいた。信子はだんだん気圧されて、自分のような新参者が来るべきところではなかったのかと、控え室で肩身せまくいると、ふいに背後からやわらかい声でささやかれた。

〈あなた、櫛を持っていらっしゃらない？〉

ふりかえると薄藤色の着物が、色白のふっくらした顔によく似合う、上品な名流夫人というような人だった。三宅やす子さんだとすぐわかった。ハンドバッグの中の小さい櫛を

信子は渡し、微笑しあった。あたたかい表情に、信子は姉に向うようなしたしみと友情を感じた。やす子も、一べつで新進女流作家の信子の、曇りない人柄を見てとってなつかしさをおぼえたらしい。以後、二人はよき女ともだちとなる。

しかし、更なる嘉《よみ》すべき友人に、間をおかず信子はあう。いままでの信子が持った学友たちは、やがて学校なり寄宿舎なりを出ると結婚して信子の人生圏内から去った。

「美しき人みなわれをうらぎりて　男に嫁ぐうつし世かなし」

という信子の歌がそのころの日記に書かれている。しかし〈嘉すべき友人〉は、ついに嫁がず、信子と終生、人生を同じくした。門馬千代である。

3

大正十二年（一九二三）に門馬千代を知る前後、信子はほかにもいろいろ新しい知己を得た。信子はそれらの人々の思い出を『私の見た人』や『自伝的女流文壇史』で楽しそうに書きのこしている。信子は人間好きで好奇心強く、新しい個性にめぐりあうことに感動するたちだった。

——もっとも、大正末期は女流文学の流れでいえば端境期で、一時停頓《あしぶみ》の状態である。野上弥生子は別格として（大正十二年に彼女は三十八歳、前年に『海神丸』を書いて好評を得、すでにゆるぎない中堅作家だった）、田村俊子は海外に去り、水野仙子《せんこ》や素木《しらき》しづらは惜しくも早逝していた。

天才少女とうたわれた中条百合子もブランクの時期だ。大正七年、建築家である父の中条精一郎が郵船ビル設計準備に渡米するのについて、同伴して留学の旅にのぼった。信子は新聞でその写真を見る。鍔《つば》の広いボンネットをいただき、軽快なブラウス・スカート姿、足もとに大きな旅行鞄《トランク》。

（十八で「中央公論」に処女作を載せて天才少女といわれ、名門のお茶の水高女からいままた、アメリカ留学……）

信子はまぶしい思いでそれを見た。人おのおの宿命があるとはいえ、この〈天才少女〉の、とびきりのエリートコースの輝やかしさ。

ところがその翌年、また彼女のニュースが新聞に載った。それは海外噂話というような、「うっかりすると見逃すような記事」（『自伝的女流文壇史』）だったのだが、信子の眼は、百合子に関するかぎりどんな小さなニュースも見逃さないのである。〈天才少女〉をつねに意識していた証拠だ。

それは若き女流作家中条百合子が、ニューヨークで古代イラン語専攻の学究荒木茂と結婚したというものだった。――これもまた信子にはまぶしい〈人生の打ち上げ花火〉だった。

しかしこの結婚は破綻した。百合子はみずから年譜にしるす。（『現代文学全集』田村俊子・野上弥生子・中条百合子、改造社、昭和6）

「大正十年——この年から足かけ四年ばかりは泥沼時代だつた。小ブルジョア的な排他的な両親の家庭から脱出したつもりであたりを見まはしたら自分と男とのおちこんでゐるのは、やつぱりケチな、狭い、気稟《きひん》のない家庭の中だつた。檻の野獣のやうに苦しんだ。相手をも苦しめた。相手は十五年アメリカで苦労したあげく、休みたがつてゐたのだ」

百合子がその時代の苦悩を長篇『伸子』にまとめるのはこの数年あとである。離婚後、ロシア文学者湯浅芳子と高田老松町の一室で同居生活をはじめた。昭和二年（一九二七）から三年間にわたるソビエト滞在にも同行する。百合子は彼女によってマルクス主義に開眼させられる。聡明で学殖ゆたかな同性の友との共同生活は、男性との結婚生活より百合子を安定させ、向上充溢させたのであろう。同居は昭和七年二月の百合子と宮本顕治との結婚まで続く。

この百合子と、信子がはじめて会ったのは昭和二年の春で三宅やす子の出版祝賀会の席上だった。

初対面の席上、百合子は歯切れのよい口調でぴしゃっといった。

〈わたし、あなたに好意持ってるのよ〉

——信子は怯《ひる》んでしまった。百合子ほどの見識ある作家が他愛ないリップサービスをするはずはない、だから素直に喜べばいいのだろうが……信子は屈折した思いを味わう。それは信子ひとりの感懐なので百合子は知らないことだけれど、そのかみ、〈天才少女〉の出現に、ライバル意識や羨望をかきたてられたこと、本郷動坂《どうざか》の中条邸、百合子の生家の門をわざわざ眺めにいったほど、いつも意識していたこと、――そんな、もろもろの思いがあるので、百合子の言葉に舌軽な社交辞令を返せないのだった。信子には〈あなたに好意持ってるのよ〉という言葉はやや高飛車に受け取られ、まるで〈だから怖がらないでいいのよ〉という「意味の通行証を与えられた気がした」――しかしのちに信子はモスクワやパリで百合子と湯浅芳子に快く接待され、それを感謝している。

帰国後も会った。ある会合で、そのころ流行《はや》りの銀狐のストールを信子も肩にかけて出た。ぱったりと百合子に会い、とたんに彼女は、

〈吉屋さんも堕落したわねえ!〉

というやいなや、白いむっちりした手で、銀狐の尻尾《しっぽ》をぐいと引きぬくようにひっぱるではないか。

「女人藝術」にいた若林つやの思い出によれば、「中条（百合子）さんが、窓へ花を飾るのはプチブルよなんて言いながらコティのコンパクトを取り出して鼻の頭を叩いていたのを思い出します」（尾形明子『女人芸術の人びと』ドメス出版、昭和56）。

ということである。プチブル家庭の出身でありながらソ連から帰国するなり、百合子は

日本プロレタリア作家同盟に加わっている。『伸子』を書き終え、百合子は更に新しい自分の文学地平を開拓すべく、プロレタリア文学に転回していた。その経緯が日常会話のうちにも「堕落」という冗談を発せしめたのであろう。信子などまでが、文壇的小成に安んじてプチブルの仲間入りをし、毛皮を首に捲いて有閑婦人気取り、いずれこんな資本主義の階級社会は打破されるのに——という思想的優越感の、ちょっぴり匂う表現である。また〈わたし、あなたに好意持ってるのよ〉という、外国語の直訳体のような日本語も、生活者の言葉ではない。インテリの観念的用語でユーモアに乏しい（そういえば百合子の小説にも、あまりユーモアは感じられないが）。

信子は一応、社会主義も咀嚼《そしゃく》していたが、それより前に生活者だった。政治的主義、信条と別にもっと土俗的な、庶民の直感のようなセンスを信じている。信子自身、林芙美子や平林たい子に比べると、出自はプチブルといえそうであるが、心根はフツーの庶民だった。社会的正義感は強いが政治や主義に党せず偏せず、かといってブルジョア趣味にも淫せず、

〈フツーの庶民の、オシャレや美しいもの、友情などが大好きな女〉

という感覚で生きているのだった。

（銀狐のストールくらいで、堕落、なんてちゃんちゃらおかしいじゃない？）

と信子は思った。

（ま、毛皮の衿巻が現代《いま》の流行《はやり》のように、贅沢なもの・美しいものイコール人間的堕落、ときめつけるのも、コンミニストの流行りの類型的発想なのかもしれないわ）

そう思えば、それも百合子の個性らしく、またよし、という気になり、面白かった。

百合子はこのあと、夫顕治の検挙、自身の執筆禁止という昭和の冬の時代を生きぬき、戦後、花開く。大正末から昭和終戦まで、長い雌伏《しふく》時代である。

この大正末期、女流作家たちのほとんどが雌伏時代だったといっていい。

岡本かの子も仏教研究に打ちこんではいるが、このころまだ小説に手を染めていない。文壇デビュー作といわれる『鶴は病みき』を書いたのは昭和も十一年になってからである。

宇野千代は信子より一歳下、デビューは大正十年、時事新報懸賞小説に『脂粉の顔』が当選、七枚の短篇だった。山口県岩国の出身で、若いときから青春彷徨の人生だった。この美貌の才女は男たちにもてて、それが彼女自身の文才をも育てた。すでに結婚して札幌にいたのだが、当選を機に上京、そのまま作家生活に入って夫と離婚した。懸賞小説で二席となった尾崎士郎と同棲して大森馬込村に住む。

信子が宇野千代を知ったのは門馬千代を知るよりすこし遅い。大正十三年に大森不入斗《いりやまず》に住んでいたころである。ある作家の出版記念会で彼女と初対面の挨拶をした。帰途は大森駅まで電車の中で語りあい、それでも飽かず、これから互いに往来しようとアドレスを交換した。その翌日、さっそく千代はたずねてきた。
〈ゆうべのあとで、今日また顔が見たくなったのよ〉
その殺し文句にも実行力（信子は人のうちを気軽に訪れにくい、人見知りするところがある）にも感心したが、千代の美しさにも感じ入った。美しい女《ひと》の好きな信子にとって、彼女はなんと心地よく映ったことだろう。

着物は茄子紺《なすこん》の滝縞《たきじま》、その衿には黒繻子《じゅす》がかかっている。髪は明治の頃のS巻《エスまき》というふうに巻きあげられ、そこに珊瑚の簪《かんざし》がある。瓜実《うりざね》顔の、日本風美女の典型といってよかった。

手にしたおみやげは真っ白な半紙二、三枚に包んだ松茸、只今、はしりの物。すべてにわたって、粋で、水際だって、すっきりした美女のたたずまいである。沓脱石《くつぬぎいし》に脱いだのは、お納戸《なんど》色（ねずみ色を帯びた藍色）の鼻緒の黒塗りの下駄だった。女学生っぽい趣味のぬけない信子には太刀打ちできぬ、大人の女のセンスである。

ふたりでひとときを楽しくしゃべり合い、千代が帰るとき、信子はいった。
〈その珊瑚の簪、とてもいいわね〉
〈そお？　あげるわ〉

千代は無造作に髪から抜く。信子は狼狽し、
〈あら、とんでもない、そんな、お高価《たか》いもの……〉

〈あんたバカねえ、これ練りものよ〉

そして千代は唇に手をあて、オッホッホッというように笑った。

信子はそれを本のしおりに使った。

どこといって共通点はなさそうな二人なのに（強いていえば、信子の両親が山口の萩の出身、千代も同じ山口の岩国出身、ということぐらいか）気が合って交際がはじまった。

信子は千代と尾崎士郎の住む馬込の家へも訪れた。尾崎が少しどもりがちに挨拶するのが（尾崎は少年時、吃音を克服するため雄弁術を学んでいる）信子には男らしく真率に映った。尾崎はそれまで社会主義運動家として活躍していたが、宇野千代を知る前後に、運動から身を引いて文学に転向していたのである。

信子は馬込の家の、書斎へ入ってみて、「創作いちずに暮す青年作家と女流作家の妻との若々しい生活が溢れていた」（随筆「宇野千代言行録」「別冊文藝春秋」昭和39・6、『吉屋信子全集』12所収）と単純に感激しているが、物書き同士の息づまる葛藤が、ないはずはなかった。宇野千代は純文学の短篇を、ぼつぼつ発表している程度だし、尾崎士郎も彼の代表作『人生劇場』が評価されて人気作家となったのはずいぶんあとのことだから、この時代は経済的にも二人に問題が多かったろう。

しかし宇野千代は天性、くよくよしない人柄で明るく、信子にも姐御のようにふるまい、

〈小説が巧くなるにはあなたも恋愛しなけりゃだめ〉

と教えた。ちょうど大森駅近くのガード下をくぐる時で、

〈恋愛するには男に惚れなきゃだめなの、わかった？〉

そのとたん、頭上に百雷の落ちるような東海道線急行列車の凄まじい轟音がひびいた。信子は肝を潰して思わずガード下を駈け出していった。宇野千代は背後から叫んだ。

「男に惚れるのがそんなに怖いの、あなたってよくよくコドモねえ！」（同）

信子はただ列車の通過音におびえただけであったのだが。――

林芙美子や平林たい子らはこのころどうしていたろうか。

林芙美子は信子より七歳下、大正十二年には十九歳である。前年、尾道市立高等女学校を卒業、恋人を追って上京したが、恋人には逃げられた。芙美子のタガをはずしたような放浪がはじまる。カフェの女給、女店員、さまざまな仕事をし、新しい詩人仲間の交遊で刺激を受け、のちに『放浪記』というタイトルでベストセラーになった本の、原型というべき「歌日記」を書きはじめていた。ふっくらした頬、体つきはずんぐりしているがどこか愛らしく、美人ではないが、女給になったりすると人をそらさぬ天性のあしらい上手で、客たちに愛された。すでに世間の苦渋をしたたか舐めていたが、起きあがり小法師《こぼし》のように人生的復原力に富み、いつも陽気だった。そのくせ、目つきに妙な哀切なものがあって、男心をかきみだした。いくらでもこの時期、詩ができた。〈詩の季節〉であった。小説はまだ書いていない。

平林たい子も同じような年頃、明治三十八年（一九〇五）生れ、大正十二年に十八歳だった。前年、長野県立諏訪高女を卒業するなり上京し、自分のみつけた職場、中央郵便局の交換手見習いになり、かたわら神田駿河台の英語学校に通っていた。女学生の頃から社会主義思想に惹かれていたので、勤務中、堺利彦に電話した。それが職場でバレて二か月でクビになってしまう。このころ堺は山川均らと日本共産党を秘密裡に結成し、共産党の合法大衆政党化を意図していた。自分でも多くの小説や随筆評論を書き、社会主義運動の合法化、宣伝につとめていたが、一般庶民からみればやはりアカの一味にちがいなかったろう。

たい子は失職してしかたなく堺利彦をたずねていった。堺はこのごろ家出人が多くてねと困りながらも、たい子をドイツ書籍を扱う日独商会の事務員に嵌《は》めこんでくれた。そこは平民社時代の社会主義者、守田有秋の関係している会社で、京橋第一相互ビルにあった。このころのたい子を職場にたずねた、堺の娘、近藤真柄《まがら》は、

「浅いエクボのある笑顔が愛くるしかった」（『平林たい子追悼文集』平林たい子記念文学会、昭和48）

といっている。目鼻立ちととのい、張りのある目、話しぶりは明るく若々しかった。まだ過酷な獄中暮しの経験もなく、アナーキイなどんぞこ暮しにも昵《なず》んでいないころのたい子は、若くて健康な娘だった。しかしこのころからアナーキストのグループに近づいてゆ

く。大正十二年の関東大震災で検挙され、東京を離れることを条件に釈放される。身も心も放浪して文芸戦線同人の小堀甚二と結婚したのは昭和二年（一九二七）、この年大阪朝日新聞の懸賞短篇小説に『嘲る』が入選している。

壺井栄は香川県の小豆島生れ、信子より三歳年少である。大正十二年のころは村役場に勤めていた。同郷の壺井繁治と結婚したのは十四年、上京して住んだ世田谷町太子堂の二軒長屋には隣に林芙美子が詩人の野村吉哉と棲み、近くには平林たい子が飯田徳太郎と棲んでいた。男たちはいずれもアナーキストで（繁治もそうだったが）、田舎者の勤勉、質素、律儀が身に沁みついた栄は、彼らの野放図で自堕落な暮しぶりにびっくりさせられる。栄は昭和十年になって小説を書きはじめた。たい子、芙美子らに比べてずっとその文学的出発は遅い。

とまれ、大正末、女流文壇はまだ混沌としていて停頓《あしぶみ》状態だったという所以《ゆえん》である。

……

大橋房《ふさ》、のちの、ささき・ふさという女流作家に会ったのもこのころ。

信子は中条百合子と同じく大橋房という人にも関心があった。ふさ（以下、筆名のふさを用いる）の処女出版は大正八年、ちょうど信子が『地の果まで』で当選した年である。もっとも、ふさの本は児童文学書で『イスラエル物語』というのだった。キリスト教関係の本を専門に出版している警醒社から出ている。それでも同時期にデビューした同性作家だ。

関心を持たずにいられない。ふさは信子より一歳年少、青山学院英文科出身の、良家の娘だった。長兄は昭和初期に警視総監から貴族院議員になった人、次兄は陸軍大学のロシア語教官、そういう兄妹の末っ子だという（『自伝的女流文壇史』）。ふさは在学中からキリスト教婦人矯風会に加わり、ガントレット恒子の秘書もつとめた。

ガントレット恒子は婦人運動家で、女子教育や婦人参政権獲得運動の熱心な推進者でもあった。英人教師エドワード・ガントレットと結婚し、国際結婚第一号といわれた。六人の子を育てるかたわら、国際舞台でも活躍した。

（実際、私などは日本女性史に迂遠な者だが、明治うまれの女たちに明敏な人の多いこと、今更のように感嘆する。維新の男たちに俊秀が多かった如く、続く明治うまれの女たちにも気節と叡知に富む人が輩出している）

ガントレット恒子の薫陶を享《う》けたふさも、大正十二年には渡欧して、ローマで開かれた第九回万国婦人参政権大会に参加、講演して、日本婦人を代表し、古風にいえば万丈の気を吐いた、というところだった。婦人矯風会の機関誌に「男女貞操論」を書き……などというと、いかにもこわもての女流に思えるが、これが全く違う。

信子がある作家の出版記念会で会ったふさは、薄いオールドローズ色の服をまとい、色白のふっくらした知的な美人で、物静かな女性だった。信子はすぐ、ふさだ、とわかった。

〈あ、お引き合せしましょう〉

といったのは沖野岩三郎だった。彼は信子より二十歳ばかり上、ユニテリアン教会の牧師だったが小説の筆をとりはじめ、賀川豊彦とともに牧師作家として親しまれている。信子より二年早く大阪朝日の懸賞小説に二席として当選した。信子の当選の時は祝詞と自著を送ってくれた先輩作家である。

〈ちょうど年頃も同じくらいですね、これから前途洋々、お二人で大いにお書きなさい〉

沖野の言葉に二人は微笑し合って、よろしくね、といった。ふさは断髪しており、コティの香水が匂った。紫烟を優雅にくゆらす手つきもエレガントだった。バーナード・ショウを愛読し、それも原書で楽しんでいるという噂だった。そして低い柔かいトーンで、信子にいった。

〈有島さんもいらしてるの、もうお会いになってご存じでしょう？〉

〈いいえ〉

信子は有島武郎のように有名な作家に向き合うのはおっくうだったから、まだ知らない。有島は当時、一部の読者にはアイドルのように親しまれ崇拝されて、たいへんな人気作家だった。

ふさは信子を連れて、その控え室の一隅のテーブルの前へいった。和服の端正な好紳士がぽつんと一人で坐っていた。

「温雅柔和な眉目」だった、と信子はいう（『自伝的女流文壇史』）。

美しく洗練されたふさと、色の黒い田舎女学生のような信子、二人の若い物書きを迎え、有島はもてなしように困ったのだろう、

〈手品をひとつお目にかけましょうか〉

と卓上の灰皿からマッチをとると、何本かのマッチの軸を指先にはさんで、

〈ね、よく数えておいて下さい〉

手品でマッチの数がふえていく。ふさと信子は声をあげて感心した。花やいだ声をあげる機会を作ってくれた彼の気くばりに感謝しつつ。……信子は有島のやさしさに心を動かされた。『或る女』や『惜しみなく愛は奪ふ』などの名作を書いた作家が、取るに足らぬような若手の女流作家に手品をしてみせてくれたサービス精神は、そのころの、かいなでの、日本男児にないものだった。

このときが有島に逢った最初で最後だった。

有島は二年のち、軽井沢の山荘で情死した。相手の波多野秋子はふさの青山学院での同級生で、「婦人公論」の美人記者として有名だった。

ふさはそののち、時事新報社文芸部主任で作家の佐佐木茂索と結婚している。媒酌は芥川龍之介で、佐佐木はふさに似合いの長身瀟洒《しょうしゃ》な美青年だった（芥川は佐佐木のことを

〈白鱚《しろぎす》〉にたとえたりしている）。彼は作家としても一家を成したが、菊池寛の文藝春秋社に入社して総編集長となり、芥川賞・直木賞を制定したりした。戦後、社長になる。

大橋房はペンネームささき・ふさになった。実をいうと、私も少女時代〈ささき・ふさ〉の小説を読んで好もしかったのを記憶しているので、信子が書きとどめていてくれたことは嬉しい。

「ふささんはいかにも一見華やかなようで、常に内省的知識人の憂愁めいたものをたたえたひとだった」（同）

と信子はふさの人間性と文学の雰囲気を正確にキャッチする。ふさの小説はバターやアップルティーの匂いがした。少女時代、手当り次第に私は本を読んでいたが、（吉屋信子を除けば）女流の小説は何となく埃くさい労働小説か、醬油くさい家庭婦人の嘆きぶしというようなものが多かった。そんな中へ、ふさは一陣の涼風を運んできた。いまも記憶にある、ふさの小説の中の小さな美しいシーン。

てのひらに握りしめる銀紙に包まれた小さなまるいチョコレート。

不良女学生が、下校途中、そっと穿《は》きかえる黒いシルクのストッキング。

サーカスの男装少女。

異次元のような小説世界。信子はその魅力を知り、ふさを敬愛したのであろう、ふさの思い出のくだりはしみじみとなつかしげだ。

大正十一年、九月初旬の残暑きびしい午後、信子は大森駅のプラットホームで電車を待っていた。ホームには二、三人の人影しかない。近くにいた老紳士がステッキを振って信子のそばへやってきた。カンカン帽の下から白髪がはみ出している。アルパカの黒い夏上衣に、皺のよった白麻ズボンである。丸い眼鏡に白い口髭、しかしその表情には毅然としながら闊達なものがあって、凡々たる老爺《ろうや》とは思われない。

老紳士は口を開いた。

〈ふるや信子さんではありませんか〉

〈ふるやではありません。吉屋と申します〉

紳士はからからと笑った。

〈おお、よしやさんか、友人に古谷久綱という、伊藤博文の秘書をしたのが居りましたのでつい間違えました〉

伊藤博文……なんて古いこと。伊藤がハルビン駅で暗殺されたのは明治四十二年（一九〇九）、信子がほんの少女だったころだ。この老紳士は昨日のことのようにいう。

〈あなたは実にペン字の達人ですな。末の娘があなたのペン習字帳で稽古しております〉

〈あ、それはわたしの字ではございません〉

信子はあわてて訂正する。出版社が信子の女性用手紙文を書道家に書かせて、ペン習字帳として刊行しているのである。老紳士はペン習字まで信子の書いたものと誤解したのであろう。

〈ふむふむ、なるほど、婦人に関する出版物のことは私はよくわかりませんでした。弟は小説家でありますが、私は老新聞記者で〉

信子はやっとわかった、この老紳士は、蘇峰《そほう》・徳富猪一郎《いいちろう》なのだ。国民新聞社長で、しかも主筆、明治の初めから日本の言論界をリードしてきた大立者、本人は老新聞記者と韜《とう》晦《かい》するが、一世の文明批評家といってよかった。弟の小説家はもちろん『不如帰《ほととぎす》』で有名な蘆花《ろか》にほかならない。信子も昔は蘆花のファンで、『自然と人生』や『みゝずのたはこと』など読んだ。しかし最近の蘆花には幻滅している。蘆花は自分と妻は第二のアダムとイブだと自覚したというのだ。蘆花夫妻は大正八年に世界一周の旅をしたがその旅行記『日本から日本へ』の中で自分たちを日子《ひこ》、日女《ひめ》と称している。信子はそれを独断と偏見にみちたエリート意識と解釈して反発した。が、そのことはいまこの老紳士にいうには及ぶまい。……

新橋までの電車の中で、蘇峰はいった。

〈あなたにこれから大いに国民新聞のため役立って頂きたい。今日にも編集局にあなたをご紹介したいが、如何《いかが》かな〉

信子は用はあとまわしにすることにし、快諾した。国民新聞の連載小説でも書かしてもらえるかしら、という欲が出たのだ。

日吉町の青ペンキ塗りの木造洋館（信子は「色あせた」と表現する）の社屋の社長室で、信子は編集局員の一人に紹介された。蘇峰は彼にいう、

〈このかたの名前をまちがえてな、はったとにらまれて叱責され、まことに恐縮した。かかる活発なるご婦人を紙上の婦人座談会にご出席を乞うたらどうかな〉

蘇峰はにやにや笑い、信子は虫のいいことを妄想してうっかりついてきた自分を恥じて逃げ出そうとすると、蘇峰は書棚の自著をひと抱え持ち出して贈ってくれた。『支那漫遊記』と『近世日本国民史』の「豊臣氏時代」五巻、一度に渡され、抱えて歩くとあまりの重さに「胃下垂になるようだった」（『私の見た人』）。

信子には蘇峰が茫漠としてみえ、老獪《ろうかい》なのか偉いのか、はかりかねるところがあったが、しかしそれをきっかけに六十歳の彼と馴染み、親しくなる。国士というような蘇峰は日本の敗戦後A級戦犯容疑者となった。ただ老齢と病いのため自宅拘禁となり、一切の公職公賞を辞退して、ライフワークの『近世日本国民史』を書きつづけ、九十歳のとき百巻を完成させた。戦後信子は一介の隠士となった蘇峰のもとへも訪れ、旧誼をあたためている。——蘇峰にあてた信子の手紙はいまも神奈川県二宮町の「徳富蘇峰記念館」に収められている。信子が蘇峰に親しんだのは、蘇峰のうちなる女性敬愛の精神に触れたからではなかろうか、蘇峰は女性を尊敬することのできた、明治男としては稀有な男だった。それも蘇

峰の育った家庭環境のせいだ。母久子も凡婦ではなく、姉には熊本女学校校長の竹崎順子、妹に横井小楠《しょうなん》（幕末の思想家）夫人の津世子、婦人運動家の矢嶋楫子《かじこ》、蘇峰の姪に廃娼運動の久布白落実《くぶしろおちみ》、──一族の女たちは女傑ぞろいだった。蘇峰は早くに〈女〉の叡知と精神の高邁、俊敏な行動力を認識していた。

蘇峰には婦人論も多いが、彼があらまほしい女性として提唱するイメージには、身近の女傑のすがたがあったのではあるまいか。

「要は、立たんと欲せば自《みず》から立つ可し、新たにせんと欲せば、自から新たにす可し。日本婦人の運命は、日本婦人自から之を開拓せねばならぬ」（『婦人の新教養』主婦之友社、昭和15）──暖い激励である。

翌大正十二年五月、蘇峰の『近世日本国民史』の「織田氏時代」「豊臣氏時代」の十冊に対して帝国学士院より恩賜賞が贈られた。

信子はその祝賀会へ出かけた。思いがけなく與謝野晶子が夫の寛と来ていて、信子は嬉しい衝撃を受けた。蘇峰が紹介してくれた。そこでも彼は信子の名をふるやと間違えて叱られたと嬉しそうに話すのである。叱った、なんて……と信子は初対面の晶子の前で恐縮すると、晶子は真顔で、

〈それは当然でございますよ、お名前を間違ってはいけませんわ〉──静かにいった。

その声、その存在。信子は「胸がときめいた」とするす（『私の見た人』）。

「少女の日からはるかに仰ぎ見た偉大な女性がいまわが目の前に！」

信子が晶子の服装を書きとどめていないのは惜しい。晶子このとき四十五歳、十年ほど前のヨーロッパ旅行以来、折々洋装をする晶子は、このときもドレスだったかもしれない。というのはその三月ほど前、たまたま寛の五十歳の祝賀会が帝国ホテルで開かれており、そのときの写真は色目は不明だがサテンのような光沢のある濃い色のドレスなのである（『新潮日本文学アルバム』）。もう一枚、やはり大正十二年の写真も薄地の洋装で長いパールのネックレス、花飾りのついた大きな帽子《ボンネ》。だからこの祝賀会も洋装だったかもしれぬ。

信子はむろん、ドレスか。

晶子は二十七歳の若い信子（当時の家庭婦人の二十七歳は老けていたろうが、仕事を持って自活している信子は若々しかった）を同じテーブルに招き、夫の寛と自分の間の椅子に坐らせた。体つきの大きな、いかめしい顔立ちの寛だが、人当りは柔和で、手ずから卓上の日本酒の小壜を取り、

〈冷酒は洋酒のようにご婦人にも飲めますよ〉

といって信子と妻の小さいグラスについだ。

與謝野寛――すでにその名は歴史的ひびきを帯びている。昔から晶子と寛の歌を諳《そら》んじて人生の支えとも喜びともしてきた信子だから（むろん、晶子の歌のほうをずっとたくさんおぼえているけれども）寛にも敬愛をこめた挨拶がしたかった。とっさのこととて、う

ろおぼえの一首しか思い出せない。信子は勇気をふるっていった。

〈先生のお歌――春の月ほのに黄ばめる長縁《ちょうえん》を行道《ぎょうどう》びとに似て歌ふかな――春の月を、黄といわれた感覚が新鮮で好きでございました〉

のちに信子は「いかに小ざかしい私であったろう」と反省しているが、寛にとっては不快であったはずはなく、男らしい武骨な顔に、はにかんだような、とまどった表情が浮んだ。それよりも邪気なく喜びを見せたのは晶子だった。ぱっと顔が輝いた。

〈主人の歌は立派なものでございます。私はその弟子ですものね〉

晶子は低い声できっぱりいった。

寛は淡々としていう、〈わたしは志を果し得ないが、妻はどうやら望むところに達したようで〉。

信子にさし挟むべき言葉はない。信子如き若輩の才覚では、このときの会話の重みは手にあまった。寛はその昔は晶子の師であったけれど、いまは逆転して妻の晶子が世にもてはやされている。明治が終るより早く「明星」は廃刊し、「アララギ」が興ったいま、寛は時勢に影響力を持ち得ぬ流れの外の人になっていた。それに引きかえ、晶子は評論に歌に、いよいよ忙しかった。しかし晶子はつねに夫を気にかけていた。寛の気持を傷つけぬよう気遣い、彼に生き甲斐を持たせようと心を砕いていた。そんな晶子にとって初対面の新進女流作家が、晶子の歌よりも寛の歌をおぼえていてくれたことは、何とも嬉しいことだったにちがいない。

信子はその日から晶子に親しんでもらえることになった。

徳富蘇峰と知り合った信子はそれが縁で更に新しい世界の女性たちを知る。この頃から増えてきた女性の知的労働者たち——女性教師、婦人運動家、女性編集者、女性記者らである。

——時間があとさきに飛ぶが、大正十一年の秋、信子は蘇峰が姪の久布白落実のために開いた外遊壮行会へ出席した。そこで国民新聞の女性記者だった金子（のちの山高）しげりと初めて会う。信子より三歳下、細ぶちの丸い眼鏡をかけて凜とした気の強そうな、しかし一本気なところの感じられる女性だった。

しげりのほうでも、紺の細身の服を折からの夕時雨《しぐれ》に濡らして、颯爽とあがってきた気鋭の若い女に目をとめた。吉屋信子さんだ、と誰かにささやかれ、なるほど、とうなずいた。若さと腕力のあふれる筆勢の小説を読んでいたからだ。しげりも昔は投稿少女で、彼女のほうはもっぱら短歌だったが。二人は文学という点でも惹かれあい、たちまち、作家と新聞記者という社会的な垣根を超えてうちとける。——そのしげりの大の親友が、門馬千代なのであった。

4

金子しげり、のちの山高しげりが信子の青春期の友人グループにいたことを、私は嘉《よみ》すべきことに思う。母子福祉運動を日本の社会に定着せしめ、終生、日本の母性のためにたたかいつづけた、慧敏《けいびん》にして心あたたかい、女性の味方だったしげり。信子はしげりと五十年にわたる親交をむすんだ。信子が、この三歳年少の、気鋭の女性から享《う》けたものは多い。

　信子としげりは、小説家と婦人記者として会ったときからすぐ親しくなった。信子はいかにも利かぬ気らしい、勝気そうな、けれど挑むような視線や、引きしまった口もとに邪心は一点も見られない女、直情径行だが私欲に濁っていないしげりの、澄んだ心にすぐ感応して、

（心ゆるせる女《ひと》）

と思った。それに話してみればしげりは幼時から文学少女だったこともわかった。読書力も旺盛で、「少女の友」の投書の常連であり、優秀作に送られる記念の銀時計も、十六の女学生のときに貰ったという。

〈まあ、あなたも⁉〉

信子は投書家仲間だったと知って、まるで古い身内に邂逅《かいこう》したように、更に心を開いた。

〈でもあたしは、吉屋さんみたいに作文じゃないの。短歌なのよ。茂里子《しげりこ》というペンネームだったわ〉

〈どんなお歌？　おぼえてる？〉

〈たいてい忘れっちまったけど、六つ年下の妹がなぜか、あたしの歌をおぼえてるの。「白梅は京の在所の二十二の君が好める宵闇の花」――だとか、「フランスの踊り子を見る心地して宵の小窓にチューリップ咲く」――なんて。ふふ、少女の感傷ね、お恥かしいわ〉

〈すてきじゃない。晶子ばりね、あたしは短歌だけはだめだったからうらやましいわ〉

信子としげりは話が弾んだ。父を亡《うしな》ったこと、長女であること、身の上も似ているが、ただこのときしげりはすでに結婚し、男の子も挙げていた。

しげりの人生軌跡を、彼女の著書『母子福祉四十年』（翔文社、昭和52）や『随想集　山鶯』（牧羊社、昭和50）、『溶岩流――若き日の山高しげり』（山高東《あずま》編、ドメス出版、昭和58）などから辿ってみよう。

しげりの両親は資料でみると、なかなか見識のある、すぐれた人たちであったらしい。両親とも西国のさむらいの出だった。父は紀州藩の家老の家に生れ、ご一新の瓦解後、身を立てようとして（この時代の青年の例に洩れず）笈《きゅう》を負うて上京する。東京師範学校を出て、三重県師範学校に奉職した。

母は三重県の津の生れ。藤堂藩士の娘だった。幼くして天然痘を患い、痘痕《あばた》を顔にのこした。この明治初年ころにはすでに種痘も行なわれていたはずだが、旧弊な両親は娘のためにこれを忌避したのであった。思いやりが裏目に出て、痘痕をとどめた娘を一族は不憫がった。祖母は尼にしようといい、母は音曲の師匠に、と配慮したが、娘は学問を志した。東京の女子師範学校（のちの東京女子高等師範学校）に学び、ゆくゆくは教壇に立って、学問で身を立てたい、とけなげにいうのであった。結婚を人生の視野に入れず、独立することを考えたのであろう。

まだ鉄道は横浜と新橋の間しか通じていず、人々に陸蒸気《おかじょうき》と呼ばれていた、そんな時代である。娘は青春の鬱屈を、野心と希望でうちはらいながら、単身、東京へ向う。髪を引っつめ、衿をかたく合せ、澄んだ眼を未来に向けて。

津から四日市までは人力車で、四日市から船で横浜へ、そしてはじめて乗る陸蒸気で東京の地を踏む。

明治という時代の、ふつふつとたぎる地熱を思わずにいられない。男ばかりでなく、女の功名心や気魄をもそそりたてるエネルギーがこの時代、充満していたのであろう。

娘は無事、お茶の水を出て、郷里の三重県師範学校の教壇に立った。そして思いがけぬ人生の転機を迎えることになった。職場の同僚、山高青年に求婚されたのである。結婚のことは娘の人生の青写真にはなかったのに。

山高青年には親のきめた婚約者があった。美人だったが従妹に当る人で、開明的な青年は血族結婚の弊害を忌避して、同僚の女教師を選んだという。

しかし実をいうと、青年は同僚女教師の好学心や進取の気象、聡明さに魅せられ、敬愛の念を抱いたのであろう。脂粉で装わぬ痘痕の顔に揺曳《ようえい》する、知性、やさしさ、堅実な人生観、それを洞察して、愛したのであろう。

（しげりの父は女子教育に一家言あった人で、のちたびたび文部省入りを慫慂《しょうよう》されるが固辞して受けず、生涯を女子教育の現場に捧げた。女性に対する共感と洞察力を養った人らしい）

職場の同僚として結婚した山高夫妻は、理解し合って仲のいい夫婦だったと、しげりは誇りをもって両親のことをいっている。はじめに娘が生れ、息子が生れるまで、妻はまだ共働きしていた。しげりが生れたころはもう主婦になって家庭へ入っていたが。

父は創設された群馬県女子師範学校の校長として招かれ、一家は前橋に移り住んだ。ここでしげりの妹も生れた。前橋での生活は楽しかった。教育者の家庭は質素だが、堅実で明るく、姉が病身のため、元気でやんちゃなしげりは両親から愛された。

幼いしげりは、父が毎月、詰衿服の胸ポケットからうやうやしく取り出す、鼠色の粗末な封筒をよくおぼえていた。その表の字を、

〈支那雀《しなすずめ》〉と幼女は思いこんでいた。それは文部省とあったのだ。一家は〈支那雀〉によって生活を支えられていたわけである。

幼女はしげりという自分の名がいえない。ゲゲちゃんと呼び、それが家族の愛称になった。五つのゲゲちゃんは、朝早くめざめると枕を持って父の床へはいる。そんなとき、天井でさわぐ鼠の音を聞いて、「天井の節穴のぞく鼠かな」と作って、父にあたまを撫でられた。父や母が俳句や歌を嗜《たしな》むので、三十一文字は歌、十七字は俳句、ということはわきまえていた。

ゲゲちゃんは戸外《そと》遊びの大好きな子で、ちっともじっとしていなかった。小学生になっても春の温気《うんき》のむんむんする蓮華田をころころ寝ころがるのが好きだったり、禁じられている桑の実を口へ入れて唇が染まったり、石垣の蛇を怖がったりした。家は町外れにあったから、北の窓からは赤城山が、西には榛名山が見えた。ゲゲちゃんは、榛名山の稜線をおでこの女のひとが廂髪《ひさしがみ》結ってるみたい……と、いつも見ていた。

小学四年の春に、父が急逝する。まだ四十五歳だった。校葬は長い行列となり、担がれてゆく棺に花吹雪が散った。

若くして母は寡婦となった。総領娘は病人で、あと取りの兄はやっと中学を出たばかり、しげり九歳、妹の東《あずま》三歳。四児を抱え、母は二十年ぶりに教壇に立って一家を支えるのである。のちにしげりが母子福祉運動に入ってゆくのは、母子家庭の辛労と窮迫をつぶさに味わったからだ、といっている。桐生、四日市、丹波篠山、甲府、母は住地が変っても、女学校教師や、女子寮の舎監として働きつづけたのである。

まことに毅然とした人である。ただこのとき、母を支えてくれるねえやがいた。しげりたちの幼いときから家族同様に面倒をみてくれたきよであった。父亡き山高家では働く母が父代りであり、やさしいが物ごとのけじめは凜としたねえやのきよが、母代りであった。働く女にこういう後ろ楯がいれば、後顧の憂いなく働けようというものである。大正二年（一九一三）、一家は東京へ転任したので、しげりは四日市の女学校から東京府立第二高女へ転校する。補欠試験に受かって、三年に編入されてみると、そのクラスに門馬千代がいた。おそろしく勉強のできる女学生だったという。ただ当時の女学校は良妻賢母教育だから裁縫や手芸が大切な科目となっている。千代は不器用を自任していたので、そちらの点はよくないから、首席にはなれないが、学力は一等と誰も認めていた。

頬骨がたかいが、眼のきれいな、さかしげな少女だった。門馬千代の父はもと相馬藩士で、上京後国文学を専攻し、教職についた（のち立教女学校の校長という）。しげりと知り合ったころは教頭だったが、家には国文学や古典の蔵書が多く、千代は父の蔵書を片端から読んでいた。

おたがい教育者の家庭という共通点もあり、家も近いから二人はおのずと〈千代ちゃん〉〈しげりさん〉と呼び合う仲よしになった。同い年の十五歳、しげりが一月生れで、千代より一月お姉さんだった。ふたりとも質素な筒袖、おさげを三つ編みにして先をリボンで結んでいた。連れ立って下校するとどちらかの家へいき、手当り次第に本を読んだ。しげりは門馬家の蔵書を、千代はしげりの兄の本棚から「冒険世界」や「武俠世界」など、少年向きの活劇ものを。……

　千代の母はそのころ三十代で目の大きいほっそりした美人、クラスでも〈きれいなお母さん〉として評判だった。しかし千代は母に似ず、その上、おしゃれっけが微塵もない。

（どうして千代ちゃんって、こう田舎っぺいなんだろう）

　としげりまで思った。田舎から出てきたしげりのほうが、おしゃれに関心がある。それに社交的というか情熱家というか、きりっとした風貌が美しくもあって、転校して間なしに上級生や下級生に〈S《エス》〉の相手が出来た。上級生のときは、千代はそんなに嫉妬しないが、下級生が相手だと心が騒ぐらしく、

〈いやなしげりさん。あんな子の、どこがいいの〉

　と憎らしそうにいう。そんなことから思わず大喧嘩になってしまう。勝気なしげりは感情が激すると、自分でも猛々しい衝動が抑えきれなくて、激越な言葉がほとばしってしまう。相手を屈服させるまで言い募った。

　しげりの激情については妹の東さんもいう。東さんは姉と年の離れているせいもあるが、

姉の激しい気性が怖かった。忘れられないのは東京へ引っ越した八つの年のことだ。しげりは何が気に障ったのか、手近にあった鬱金《うこん》色のしごきで、いきなり妹を家の柱にくくりつけた。悲鳴をきいてねえやのきよが飛んできて東さんを抱え、しごきをほどいた。小さい妹は恐怖に錯乱し、泣き叫んで手に負えない。夕方まで裏の家にあずかってもらったが、よほど強い印象だったのか、異様に昂奮して、食欲も失ったそうである。東さんは大人になるまで鬱金色ショックは続いたといっている。

しげりは田舎から都会へ出てきたばかりで、精神的に不安定な時期だったのであろう。衝動のままに烈しい言葉を浴びせるが、あとできまって後悔する。しげりは自分の部屋へ入るが早いか、〈千代ちゃん〉に釈明の手紙を長々と書く。……あのときあなたはこういったけど、あたしは敢て言い返さなかった、でも本当はこういいたかったの……。綿々と思いの丈を書きつづり、書くと明日まで待てなくて、小学生の妹を使いに出してやる。と、千代のほうからも手紙を持って、これは自身が郵便屋さんになって、やってくる。思うに、こういう応酬のうちに少女たちは人間的な精神交流の呼吸を学び、理解し愛し合う人間の生きかたの心髄をさぐるのかもしれない。

〈お母さん論争〉というのもあった。どういうはずみか、千代が、

〈あたしはお母さんが死んだら、あたしも死ぬ〉

という。しげりは、母は大好きであるけれども、そんなことは考えたこともない。

〈へーえ、そんな馬鹿なことないわ。あたしにはあたしの人生があるわ〉

〈お母さんのいない人生なんて考えられないもの〉

〈そういう考えかたこそ、考えられないわ〉

と二人でいい合ったという。……

はしなくもその言葉は二人の未来の人生を暗示していた。しげりは母を捨ててわが道をゆき、弟妹を多く抱えて一家の長女、という自覚の強かった千代は、家族を顧みるあまり、なかなか自分の主張を通せなかった。

それはともかく、大正五年、第二高女を卒業して二人はお茶の水の女子師範に入った。千代は母の理解があったのと、元来、理科志望だったから、迷わず理科を選択した。しげりは母の母校へ進学することは、家庭でも当然のように思われていたけれど、この時点でまだ津田英学塾へいくべきか、迷っていた。それでも結局、お茶の水の文科に入る。しげりと千代は三つ編みのおさげを解いて束髪に結い、袖丈をつめ、肩揚をおろして女高師の生徒になった。

このとき府立第二高女の、もう一人の親友（偶然その名も千代子というのだが）は、進学せずに家庭へ入った。本郷の本屋の娘で、親のきめた相手と結婚させられた。ほんとは結婚なんかしたくないの、本屋を手伝って、ゆくゆくは出版もできたらどんなにいいだろう、そうしたら千代ちゃんもしげりちゃんも、いい本を書いてね、そんなことをいっていたのに、子供を生んで亡くなってしまった。信子はその話をしげりたちから聞き、ながく胸にあたためていた。のちの長篇『女の友情』は、この三人の友情がヒントになっている。

　お茶の水は全寮制でしげりと千代も寄宿舎へ入らなければならない。しげりは寮の規則をまじめに遵守するほうではなく、夜の黙学時間というのが殊ににが手、そっと廊下へ出て校庭をあるく。と、向うから同じように千代がやってくる。二人でクローバを踏み、星を仰いでおしゃべりに時を移す。老樹の茂る裏庭まで歩いて消燈時間まで徘徊する。

　しげりはまた、ここでも上級生と仲よくなった。千代に紹介するとその上級生は千代にすっかりのぼせてしまった。上級生は背が高かったので彼女をまん中に連れ立って歩く三人へ、生徒たちは〈聖徳太子〉なる綽名《あだな》を与えた。太子が幼い王子を両脇に伴われた、あのよく知られた肖像画からである。千代は素朴で何の飾り気もないが、どうも彼女にはふしぎな魅力があったらしい。専門の学習は余裕綽々《しゃくしゃく》とこなし、ふだんはもっぱら哲学書や文学書を読んでいた。白樺派の全盛期だったので長与善郎の『項羽と劉邦』など、しげりと論じた。いずれは東北大の女博士だと皆に一目おかれていた。当時、東北大だけが女性に門戸を開いていたのである。

　前途洋々の千代にくらべ、しげりは学業半ばにしてすでに学校に飽いていた。胸を病んで入院し湘南に転地療養を命じられる。折も折、兄が急死した。早稲田を出、就職もきまり、これで母の長年の苦労も報われるかにみえたとき、事故死したのだ。一家の責任は長女のしげりの肩にかかった。母としては卒業後、就職して家を支えてもらいたい、と希望するのは当然であろう。しげりはそんな責任はまっぴらだという。しげりは結婚を考えていた。児童文学者であり「少女の友」の編集者である渋沢青年だった。しげりに控えめなプロポーズをした。同じようなころに、結婚を打診した青年学究の金子がいた。

しげりは二人の間でゆれ動いた。

しげりが家長の責任をのがれ、学校も退学して結婚したいといったとき、母はどんなに落胆したであろう。家の事情を思い、学業を終えたら教壇に立って、家計を助けてほしい、せめて妹の学業が成るまで、母とともに働いてほしい。……ことをわけて言い聞かせても、しげりは二尺指《ざし》で畳を叩いて言い募り、母の言葉にいちいち反発し、言い負かした。

母には身内はすでになく、ただ一人姪が東京にいた。母は姪のもとへしげりを連れてゆき、姪にも説得してもらおうと思ったらしかったが、それもむなしかった。気性の烈しいしげりはいったん言い出すと、誰が相手であろうと遮二無二、我を通すのだ。

姪の娘がそのころ十二、三で、修羅場の情景をおぼえていた。老いてのち、妹の東さんにいったという。

「うちの家に山高のおばさんがおいでて、しげりさんと、えらい難しい言い争いをしておいでた。うちの母も、おばさんお気の毒になあ、というとった。おばさん、うちの母に泣いておいでだった。しげりさんて、きつい娘さんやな、うち、こわかったわ……」（『溶岩流――若き日の山高しげり』）

結婚するといいつつ、しげりは最後まで二人の青年の間にあって迷っていたらしい。しかしいつしか、金子青年のほうに気持が傾いていた。金子は渋沢の存在を知って、いったんは身を引こうとした。しかししげりは責めたてた。

〈結婚してくれないんなら、いっしょに死んで下さい〉

――金子は幼時、母を失い、父と二人で「世間離れの生活をしていた超学者肌の人」（同）だった。妹の東さんはしげりについてうまい表現をしている。物静かな金子は「火の粉を散らした振袖の様な姉に舞いこまれて面喰ったらしい」（同）というのである。

彼はのちに述懐している。〈何が何だか分らないうち、気がついたら子供が出来ていた〉

いわばしげりは「活火山、言動ことごとく溶岩流であった」（同）と東さんはいう。まわりのものすべてを呑みこんで押し流してしまう。自分本位で、他を傷つけているのを理解するゆとりがない。自分に正直に、自分が最高と思う道をまっしぐらに、と願うばかりだ。大正七年、十九歳の物狂おしい青春。しかしこの情熱こそ、のちに一つの運動の指導者となる牽引力を育てたのであろう。

翌大正八年、東さんはこの一月五日のことをおぼえている。松井須磨子のあと追い心中が報道された日だ。十四歳の東さんはこの日、お琴の弾き初め会で、うきうきと晴着の支度をしていた。しげりはそれを手伝っていたが、そこへ新聞が配達された。しげりは目を走らせるなり、東さんの赤い帯を力まかせにぎゅっと絞めあげ、

〈あんた、女優になりなさい、姉さんはもう出来ないけど、あんたは……〉

と目に涙を浮べていた。妹はびっくりして、

〈苦しいよう……〉

と叫んだ。

われとわが情熱をもてあまし、はけばのない人生に苦しむしげりを、よく伝える挿話だ。

大正八年、しげりは結婚する。母を悲しませ、もう一人の青年を傷つけてとびこんだ家庭だったが、索漠《さくばく》たる生活がそこに待っていた。米騒動の翌年で物価は高く、月給五十円のサラリーマンの奥さんでは、赤ん坊が生れるのに小幅一尺五十銭のメリンスにも手が出ない。もっともしげりは若いころからやりまわしが巧くて、何かと工夫をした。夫の友人たちが新世帯を覗きにきたことがある。前触れもなかったので食器も足らない。しげりは庭の八つ手の葉を洗って皿代りにし、炊きたての松茸飯をおむすびにして盛って出した。好評だったのはいうまでもない。「婦人之友」を見て、手づくりで火なし焜炉《こんろ》をつくってしまう。蜜柑箱のような木箱に紙を貼り、底に古毛糸の屑などを敷いて、保温器に仕立てるのである。煮立たせた鍋をそこへ入れておくと、ふっくら煮通って、夜まで暖い。

そんな生活をしているうち、子供も育ち、丸髷も板について、いっぱしの糠《ぬか》味噌女房で

あった。

大正九年、門馬千代はめでたく卒業して東北の女学校へ数学教師として赴任する。一方、しげりと夫の間にはどこがということなく違和感が深まっていた。ねえやのきよに来てもらい（この点についても、しげりは母の気持を思いやることをしない。母は何十年、きよを頼りに暮していたのに、いま、老いてきよを手放す心ぼそさはどんなであったろう。しかし母は、しげりを案じて、敢てきよをさし向けてくれたのであった）、子育てを助けてもらっているけれど、結婚生活は煩瑣《はんさ》で、毎日が砂を噛むように味気ない。こんなはずではなかった。もっと充実したものだと思っていた。……しげりの胸に失望がひろがってゆく。しげりはその思いを千代に書き送った。

千代から来た手紙は冷静だった。

〈はじめっからそうなるのではないかと思っていました〉

しげりはそれにショックを受ける。のちに会ったとき、

〈なぜ、はじめにそういってくれなかったの〉

と恨んだら、千代は澄んだ眼をあて、

〈いったって仕方ないじゃないの？〉

——いって諾《き》くあなたなの？　という言外の意が感じられ、しげりは思った。そうなんだ、自分であたまを打って自分で納得しなきゃわからないところがあたしにはあるんだ。

――

東京と東北で手紙のやりとりをするうち、千代がぐんぐんと成長してゆくのが手にとるようにわかった。しげりは「身も世もない心地がした」と告白している。浮世のしがらみに足をとられ、はばたき悩んでいるしげりに、きよがささやいた。

〈働きなさい、坊ちゃんはわたしが見ます〉

きよも、働く女（しげりの母）を見てきた女だった。生活を支えるための労働だけではない、女が社会にかかわることの何たるかを肌で知っている女なのだった。

しげりは千代の父の口ききで国民新聞の婦人記者になることができた。千代が父に頼んでくれたのだ。放たれた矢のように、しげりはいきいきと社会へ飛び出した。

それは大正十一年の、しげりの記憶では晩秋の午後だったという。そのころ信子は本郷駒込林町の、物古りた広い家で、兄忠明夫婦、母、弟らと住んでいた。しげりの見たところ、そのとき信子は屈託があるのか沈んでいた。

（信子のこの頃の日記に、「さりげなく人と話は交せども　この侘びしさをいかになすべき」などとあり、寂寥《せきりょう》は我が心の糧なるものぞ」などとも書きつけているから、親友を求めていたのであろう。なおまた渡欧の意図もあって、仏語講座の案内書を貰いにいったりしている）

しげりが訪れて何かとしゃべり出すと、信子も気が晴れたらしく活発になった。そのうち何のことからか、信子は、

〈女に友情なんかあるもんですか〉

とうそぶく。

〈あるわよ〉

しげりは動じないで自信をもって反論する。

〈女だって刎頸《ふんけい》の交わり、断金《だんきん》の友情、というものがあるわよ〉

刎頸は生死を誓いあった仲で、共に首を刎ねられても悔いない、という友情を指す。断金も、堅い友情は金属をも断つほどだという形容である。

ともにこの友情の形容詞は、男の専有物であった。男たちは友情を謳《うた》い陶酔するのに男しか視界に入れてないようにみえる。しげりが、わざわざ〈女だって〉と挿入するのは、女に「刎頸の友」「断金の交わり」を使うのはいかにも似つかわしくない、という、社会の慣習を意識しているからだ。

二人はおすしをつまみながら、いつまでもそのことを話し合った。

〈うそだと思うなら、見せてあげてもいいわ、あたしの刎頸の友を〉

しげりはいった。

信子が千代とはじめて会ったのは大正十二年の一月十二日の誕生日だ。そのまえ、一月

十日の日記に信子は、

「金子氏より速達にて十二日に友人を伴ひ訪ねらるゝ由」

とある。十二日、信子は二十七歳だった。

しげりと千代は二十四歳。

信子の家では、信子の客にいつもすしを出したらしくて、この日も三人でときを忘れて話し合い、すしをつまんで楽しんだ。

千代はこの頃、東京へ戻り麹町高女に奉職していた。若いころの写真を見ると眉美しく、切れ長の眼、額のかたちよく、いかにも知的な近代女性、という面輪《おもわ》である。文学のこと、男たち、女たちのことなど話は尽きない。信子がそれでもあなたたちは上級学校へあがれてよかったわ、あたしも行きたかったけれど、女に高等教育は要《い》らないと父が反対するんですもの、などといい、

〈そのかわりに、あたしをなだめるつもりか、父はなにを買ってくれたと思う？　丸帯よ。嫁入支度のつもりなのよ〉

と信子がいうと、女客はどっと笑う。

〈男の子は大学へ進学させるのが当り前みたいに思っているくせにねえ……〉

〈そういえば〉

と三人の中で唯一のミセスで、ママであるしげりは、

〈あたしの男の子の教育、というのはね、まず二つあるの。一つは男の子にもご飯をたかせる。も一つは玩具《おもちゃ》でも武器をもたせないってこと。——男だって一生食事するのに、いつも人任せなんて不自然じゃない？　それに鉄砲も刀も持たせたくないもの〉

〈それ、すごい教育ね〉

　窓のそとに夕闇が落ちてきても、三人の話は弾んでとまらない。

　信子は翌日も茫然として過す。翌日、早速、千代から手紙がきた。

（いまに残るその手紙は一枚の便箋に、たよりなげな、はかない文字がくねくねとつづけられている。インクも薄れているが、女の熱い嘆息が感じられそうだ）

「信子様
　きのふはほんとに　ありがたうございました。あんなに長くお邪魔を致しまして——でもほんたうに気持ちがよくつてかへるのがすつかりいやになつてしまつたのでございますもの。

　でもあんまりおしやべり致しましたでせう。くたぶれてしまつて、かへりにあの闇《くら》い道へ出ましたらつい嘆息をしてしまひました。

　どうぞ又伺はせて下さいまし。直ぐに又伺ひたくつてたまらなくなりはしないかと思へて。

　明日は日曜でございますのね。陽の暖い、明るい好い日である様に。どうぞ御機嫌よろしう。

　　　　　　　　　　　　三千代

信子様」

　この封筒は信子の心はずみを思わせて、指で乱暴に上辺を破られている。信子はいそぎ読みたくて、おののく指で千切ったにちがいない。

　右の手紙に対する信子の返事もみつけることができる。信子は十三日か十四日、どこかへ出かけていたとみえる。

「たつた一日、ああたつた一日、都に千代ちゃんを残して離れいつてゐた時間がどんなに切ないものだつたか！

　私今日はつきりと　あまりにはつきり愛する人への強い〱思慕を見出しました。

　私の千代ちゃん――火曜日にはきつとお顔を見せて下さい　けれど――もし来られるなら今晩（月曜）でも一寸一寸来て会つて下さい　もう決して悪止めせずに直ぐにお返ししますから　でも無理をする様だつたら我慢しますけれど――もの苦しい気持が今から思ひやられて寂しい！

　私の千代ちゃん　今　午後十二時半です

　　十五日夜　　信

千代子様」

信子は一目見て千代のすべてが気に入ってしまったのだった。情熱はあるがよくコントロールがきき、知性と情のバランスのとれた女人。しげりの一本気も好もしいが、千代の謙抑《けんよく》な節度、そのかげに仄《ほの》見える熱い心、信子はそんなものを求めていたのだ。ものわかりよく、教養ゆたかで。……

雪の日、千代は便箋に綴る。

「けふはほんとう《ママ》におめにかゝりたい気が致しましたの。（中略）けふこんなに雪が降らなかつたら私きつとお伺ひしてゐた事と存じます。あんまりひどい降り様で、こんな時よそへ上つたりすれば、何か大変な火急な用事でも出来たのかとお家の皆様がびつくり遊ばして私を御覧になるだらうと思つて——だのに私は何にも一言もお話しなければならない事なんか知らないんですもの。私やめましたの。その内にお伺ひ致します。もしかその時がお留守だつても、私ちつとも何ともございませんの。ですからそんな事は、いつもちつともお気に遊ばさずに下さいませね。唯、物をかいていらつしやる時には——あ、それも唯、その通りに仰有《おつしや》つて下されば、私、ほんとにうれしく思ひます。（中略）お丈夫で御機嫌よういらしつて下さいませ。

とりとめのない手紙をかいてしまひました。

今夜はだまつてねてしまふのには、あんまり静かで、あまり寂しすぎる様な気がして。

さよう《ママ》なら。二十五日。　三千代

信子様」

纏綿《てんめん》たる手紙であるが、千代のそれには菊池ゆきえのものにはない、やさしみと知性がある。それは信子の心を暖くつつむ。信子は心弾んで返事をかく。

「とりとめのないことをしるされし御手紙、私は幾年ぶりでさういふなつかしいたよりを手にすることが出来たのでせう。私はあまりに用務を帯びた手紙、目的を持つ手紙、それらの多くを手にしてばかりゐるし、自分も又さういふものをかゝねばならなかつたのですし、考へれば寂しいものですのに。

あの雪の夜、おかきになつたの、ひとしほ心なつかしく拝見しましたの。何故お訪ね下さらなかつたのでせう、よけいな才《ママ》三者の思惑を計算する心理は、これまさしくお茶の水の理科型《ママ》ではないでせうか、妄言多謝。

近頃私は机にほとんど向はず、ぼんやりしてゐます。こんなへんなそぐはぬ気持ちの時は音楽と美しき空想の劇が与へられてほしいと思ひます。いな、それよりももつと欲しいものがあるのでせう、それは人の心なのかも知れません。

市《いち》にゆかば暖かき毛皮のショールは求め得べし　あゝされど　あたゝかき人の心はあがなふ術《すべ》もなし――」

信子はペンを措《お》き、ほの暖い期待が心身をほとびかせるのをおぼえる。もう孤独じゃない、もう寂しくない。……

5

大正十二年（一九二三）の春の信子の日記は空白である。信子は千代との交信にうちこんで日記にまで手がまわらなかったらしい。

そして千代の手紙も熱っぽい。理科系の人も情熱と表現力を持つと、こんなにみずみずしい文章を物するのかと思わせられる。ただし字は、はっきりいって悪筆である。千代のそれまでの人生では字の巧拙は関心外だったということがわかる。学生時代にノートを取る時の我流の崩しかた、早いが勝ち、という感じで書きなぐった字が、そのまま社会人になっても固定してしまったという所であろう。美しい字を見て羨ましく思い、かなわぬまでも真似てみようという心弾みは、千代の人生では欠落している感覚だったらしい。しかしそれも、理科系人間の、優等生らしくほほえましい。千代から信子へ。

「来週はお忙しいつて仰有《おっしゃ》つたけど、土曜をあけて下さいね、お姉さま。

いけませんこと？　私、いやだわ。

ね、ね、好いでせう。きいて頂戴ね。

だけどあの、もしだめなら好《い》いのですわ。

私、あなたの重荷になるのではいやですの。

私、会はないだつて好い。
でも、ほんとにお忙しいの、ほんとに、姉さま。私ね、私も忙しいんですけれど、あのね、いつも私達、何にもお話しないでお別れしてしまふ様ですのねえ。然《そ》うはお思ひにならない？　そしてあなたの様なお仕事をなさる方《かた》に私がお邪魔をしに行つてもかまはないのでせうか。私、心配してますの。あなたにはやはり出来るだけの仕事をして戴きたいと思はないわけには行かないのですもの。

私のたつた一人の大切な方。私、いつもどんなに多く、あなたの事ばかり考へてゐるでせう。（中略）愛する人、私を失望させないで下さい。私を信じて下さいね。そして私を信じさせて下さいまし。

　永劫に流転してやむ時のない諸相の中に、唯一つ人間の愛だけが、欠ける事なくうつろふ事がないものである事を知るならば、私、人間に生れた事を何といつて感謝したら好いのだらう。

　おゝその時こそ、人間がはじめてあのいとはしい機械力の法則からのがれ、暴逆な自然の無慈悲な意志に反撥して、輝やかしい人間の勝利をうたふ事が出来るのです。

私、人間である事をよろこびたい。然《さ》うでなければあのみじめに自然の力の下によろめいてうごめく動物の群にすぎないのであれば、私、死んだ方が好い。どんなに好いか。

私の魂よ——私の恋人——私はあなたを何と呼んだらいいのだらう。

私はあの完全な理想美の愛の世界を地上にいますぐ下さいなんて、大それた事を企んではゐませんの。私達は稚《わか》いまづしいをとめたち、私、私達にふさはしい愛だけを望んでゐます。生き〳〵とした感情に盛られた、私達と一緒の脈動をする涙もよろこびも、ほほえ《ママ》みも、そしてかげも光りもいつぱい。いのち二つで。

あなたを私とおんなじ低さにまでひき下げたとはお思ひにならないでせう。然《そ》うぢやないんですね。わかつて下さいね。私、あなたのもつていらつしやるもの、純情や叡知や、あゝ何でもを、どんなにadore（田辺注、敬慕）してゐるかわからない。

けふはもう私　よしませう　さようなら《ママ》

あした　おめにかかれるかしら　ほんとに　ぢや　さようなら《ママ》」（大正12・3・14付）

大正は勿論、昭和も戦前の高等女学校の教師は謹厳で沈着で、近寄りがたい感じがあった。女教師たちは和服のときは紺サージの袴《はかま》を胸高に着け、チョークに汚れる髪をぴしっと引きしめ、無駄なジョークや、舌長なプライバシイを洩らさない。笑わせてくれるような授業は、男の、中年の先生にきまっていた。私自身の思い出のイメージでも、そうだった。

尤も、昭和も十年代から終戦までは軍国主義だから、よけいそんなきびしい雰囲気だったのであろう。

大正時代はまだしも社会の気分はゆるやかであったとはいえ、教職の身にはきびしい圧力があった。しかし千代はそれに心身を蝕まれることなく、のびやかに自我を解き放っている。女学校数学教師の紺サージの袴の紐の奥に、ふっくらした乳房を抱き、その熱い鼓動をいつくしみ、信子に訴えかけている。

恋を恋するらしい若い娘の気分も、ちらと揺曳《ようえい》しているが、信子のたぐいまれな心の純粋さと情の濃さに惹かれ、その才能を愛慕するのに千代は手放しである。

そして信子より千代への手紙。こちらははるかに読みやすい、字に人格の宿ったしっかりした筆蹟。

「君に対する愛の目覚めによつて
わが心にうるほい《ママ》生じぬ。
君を知りたるはわが一生にとりて
如何によきこととなる。おゝ
君は天よりの使の如くわが魂に働く。
君を眺むる者は優しく妙なる思ひに浸さる。
卑《へ》り下れる君は純潔の天使　尊きわが導者《どうしゃ》。
君によりて新しき道わが前にひらけけり。
もしも世に我が名を称《とな》ふる時来《きた》らば
そは総《すべ》て君の贈物。

如何に感謝するとも尽きじ。

心に欠点多く頭脳の力偏狭に育ちたる私ではあるが、自分をより善く美しく生かしてゆく決心です。たゞあなたの愛によりて私のこの決心と、そして仕事を助けて下さいね。貴方の又決心と仕事のために私は出来るだけ役立つ者になりたいのです」（大正12・4・16付）

信子は作家の直観からか、将来の千代の支援を予見している如くである。ただ、この時点では、自分もまた千代に力を貸し、役立ちたいといっている。信子の理想の人間関係はどちらかがどちらかを犠牲にして成功するのではなく、対等のカップルが双方で支えあってゆく、というものだった。男相手ではそれは実現すべくもないことを信子は知っている。双方、互角で渡り合おうとする人間関係は、心ざまも教養も情熱も美意識も倫理観も、ともに釣りあう同性の間でしか成立しないことを洞察している。

ただこの大正十二年の前半は信子も千代も忙しかった。千代は父が病んで入院し、信子は来年の「婦人之友」へ連載する作品を書くため、四月終りから五月はじめまで長崎へ取材旅行に出かけていた。福岡の信子から東京小石川の千代あて。

「今、長崎からかへりました。

かんにんして下さい。支那の麻薬をかいだ様にぽうとして十日——けれど様々の人の世のこと、過ぎし日のこと——を知りました、わけてもあなたにまだお話しなかつたけれども、さんた・まりあの信仰のことで少しわかつたことも嬉しいことでした。長崎へ来たのはけつして無駄ではなかつたのです。

ずゐ《ママ》ぶん寂しい辛さややるせないことは忘られぬほどあつたのですけれど、自己否定で一時暗かつた——けれども外形はたいへんよい状態でした。

この町の人々は皆文学好きで、大阪朝日の勢力の強い土地で——だから——それに又、小説好きの学者のゐる土地でした——、出立の際停車場で多数の人々の見送りを受け花束を貰ひました。そしてカメラを四方から向けられて、あんまり私にそぐはない——千代ちやんは吹き出すでせう。そしてその時私がどんなにまごついたか思つてお《ママ》かしいでせう。それに至るところで大事にされて色紙や短冊や芳名録をつきつけられて、私が筆をとつたのを考へて、千代ちやんはゲラ〳〵笑ふでせう、それよりも町の大家の別邸の晩食に招かれた際、お茶（法式のまつちや）を出されて飲み方をしらない私が断髪をかきあげて、眼玉をか《ママ》いてんさせた有様を十分に想像下さるでせう。

しかし、そんなことはどうでもよい、どんな場合にも、私の心の底からの憂鬱と寂しさがどうして離れ得るでせう、千代ちやん、どんなに〳〵あなたを愛してゐるでせう。『婦人之友』へかく意気のためにこそ思ひ切つて都を離れて来た私です、千代ちやん暫くはなれてゐる間に、――少しだつて少しだつて変つてはいけません、悪い意味で――堪え《ママ》て頂戴ね、もうすぐ会へるの、広島の宮島見るのも鹿児島も皆見るのをよして、真直にかへります。母のために別府にだけ、明日参ります、そして四日に東京へ向け特別列車で立《ママ》ちます。一夜を寝台で再び明かして、翌五日午後七時二十分着京です。六日は日曜ですから、朝から林町へゐ《ママ》らして頂戴、どんなに会ひたいでせう。六日、六日、五月六日、二人のために善き成長を示しあふ日であれかし――（不明）にて信《のぶ》。

　千代子様」

　信子の「婦人之友」連載は七月号から始まる『薔薇の冠』である（〈千代年譜〉に大正十三年七月より十四年七月、とあるのは誤り。正確には十二年七月より十三年七月まで）。明治二年（一八六九）の長崎の切支丹迫害から明治三十八年に至る一家族の物語である。信仰と愛、それに女性への抑圧と自由を求める魂のたたかい。ここでも精神の高貴と卑俗、男と女の相剋が描かれていて、信子の懐抱するテーマがそろっている。ただ編年体で主人公が変るので視点が定まらず、宗教と魂の自立というテーマにも今一つ切りこみが不足だから『地の果まで』のように物語宇宙の構築力に欠けるが、しかしいたるところに、物語の芽吹きがある。

　信子が力を入れたことがわかる作品だった。

これは信子が婦人雑誌に書いた初めての連載、ということになる。信子は新聞小説を二つ書いて、今度はどうかして婦人雑誌に書きたいと切望していた。そこへ連載の話があったのが「婦人之友」だった。信子は嬉しかった。この雑誌には思い入れがあるのだった。

思えば十年ばかりも前。田舎の女学校を卒業して東京に憧れていたころ。東京で小説家になりたい、それにはまず手はじめに雑誌の婦人記者になりたい。どの雑誌がいいだろう……。そうだ、「婦人之友」がいい！

（主宰者の羽仁もと子先生がすてきなんだもの！）——そう、思ったのだった。

少女の信子は何も分らぬながら「婦人之友」と羽仁もと子のたたずまいに、他の凡百の雑誌にない、精神的なもの、高邁な気韻を感じ取っていたのだった。

（羽仁もと子先生に手紙を書いて婦人記者に採用して頂くよう、お願いしてみよう）

信子はそう思いつき、喜んで母にいってみたが、頑強な母の反対にあって、その希望はあえなく潰れた。

そんな思い出があったゆえ、「婦人之友」からの原稿依頼はわくわくするくらい嬉しかった。どうしてそんな話がきたのかというと、「婦人之友」編集部員滝田秀吉の推薦によるものだという。滝田は信子と同じ時に大阪朝日の懸賞小説に応募し、選外佳作となっていた。自分の作品は落ちたが、当選した信子の力量をみとめ、連載起用を示唆したという。信子は『私の見た人』の「羽仁もと子夫妻」の項で滝田の名を挙げ、その宏量を感謝している。

信子は勇んで婦人之友社を訪れた。

すでに一年前に自由学園が建っていた。「ライト式の新鮮な校舎」と信子はいう。

新鮮なのは校舎だけではなかった。羽仁もと子とその夫吉一《よしかず》が大正十年に東京府北豊島郡高田町大字雑司ヶ谷（現・豊島区西池袋）に創設した自由学園は、高等女学校令によらない、キリスト教的自由主義に基づく新鮮な発想の女学校だった。羽仁もと子夫妻は長女説子の小学校卒業を機に創立する。もっと自由に、実のある学問を日本の少女たちに授けたい、自労自治的教育を施して、進歩した家庭人、有為の社会人を育成したいというのが抱負だった。校舎は大正十一年に成った。

校舎はハイカラだが婦人之友社はその手前にある古ぼけた日本家屋で、畳敷きの編集部にはテーブルがずらりと並んでいた。

はじめて会う羽仁夫妻に信子は緊張した。

もと子夫人は小柄で地味な着物だった。瞼がやや腫れぼったく、化粧気のない素顔、一見田舎のおばさん風だが、おのずとみなぎる精神力に信子は感応して圧倒された。

（やっぱり、すばらしい女性だわ……）

と信子は心を搏《う》たれた。これはもう、才能や機転とは別次元の、人間のスケールの問題であろう。

〈わたくしも小さいころから本が好きで、小説を書きたいと思っていたこともありました

よ〉

ともと子は信子にやさしくいった。青森県八戸生れの彼女はいまも東北弁が抜けないが、それが却って人柄の重厚さを思わせて好もしかった。

並んで立つ吉一はまだ壮年の、端正な好紳士であった。このとき吉一四十三歳、もと子は五十歳である。

信子はこの夫妻の経歴のあらましを知っていた。二人はともに報知新聞の記者だった。もと子は日本初の婦人記者だったのだ。職場の同僚として吉一はもと子と出会い、七歳年上の婦人記者のたぐい稀な稟質《ひんしつ》を見抜いて求婚した。信子は女性の才能と品性に敬意をもつ男性には、好意を寄せずにいられない。「羽仁もと子夫妻」の「伯楽の夫」なる章で、吉一のことを「非凡の男性」といっている。

その「非凡の男性」も信子を前に小説のことを語りつつ、

〈私は徳田秋聲のものが好きですね〉

とにこやかにいった。これまた渋い、大人の好み、と信子は思った。

夫妻が「家庭之友」（「婦人之友」の前身）を創刊して開明的な家庭、主婦の地位向上を提唱したのは古く明治三十六年であったが、それから五年後に「婦人之友」と改め編集者に女性を多く入れている。それについての羽仁吉一の所感を見よう（読売新聞、大正4・9・13）。

「使ふ側から見た夫婦共稼ぎ」

「近頃新聞雑誌に大分婦人が働くやうになりました。雑誌では婦人の雑誌と銘を打ちながら、全く男子の手だけで発行されて居るのが沢山御座《ござ》いますが羽仁吉一氏経営の『婦人之友』社は殆んど婦人の力によつて作られて居ります。共稼《ともかせぎ》をして居る婦人に就《つい》ての氏のお話は次のやうでございました。

『婦人記者と申しても雑誌の方と新聞の方と二方面ありまして夫々趣《おもむき》を異《こと》にして居りますので、婦人記者といつても一概に論ずる事は出来ないかも知れません。殊に私の雑誌は実際的方面に最も力を入れ、それを一の特徴として居りますので、婦人記者に対する考へも或は他の雑誌社のそれとは異《ちが》つて居りませう。婦人之友社では、奥さんの記者をよく採用すると申されますが、私の方では特別に左様《さよう》きめて居るわけではなく現に独身の方にもお願ひして居るのですが、どちらかといへば雑誌が雑誌だけに、奥さんの方が都合がよいのです。独身者で家事のことも育児の経験もない人がとりますと、どうかすると机上の空論になる事があります。一方奥様の人がした時はどうかといふに、毎日の自分の生活の事であるから、それに就《つい》ては自身も種々考へ、又意見ももつて居る、他人の話を聞いてもよくのみ込める、ですから書くことが、しつくりと真《しん》に触れて居ります。奥様の人の記者にはそんな都合のよい事もありますが、一方困るのは全く後顧《こうこ》なしに仕事に打ちこむ事が出来難い事です。そこへ行くと独身の人は思ふ存分に活動が出来ます。独身の記者と奥様の記者とを強ひて区別すれば、そんなものですが、然しそれは末の問題で、何よりも当人の頭脳が大事であります。真個《しんこ》に頭脳のよい人は、独身とか妻とかいふ境遇如何《いかん》に関せず、その力を発揮するものであります』」

大正四年（一九一五）に、働く女性にこれだけの理解を示す男性は珍らしい。こういう吉一だからこそ、もと子の天稟《てんぴん》を認めたのであろう。

もう一人、早くからもと子を認めた女流の名士がいた。信子がそれを知ったのは、昭和三年（一九二八）刊の、羽仁もと子著『平生を語る』によってだったという。

もと子は吉一とは初婚ではなく、離婚を経験していた。東京府立第一高女を卒業後、明治女学校に学び、「女学雑誌」（明治中期の雑誌。婦人の啓蒙を志して発行された文芸誌、キリスト教志向が認められる）の編集にもタッチしたようである。郷里へ帰って盛岡のミッションスクールで教鞭をとり、やがて結婚する。

しかしこの初婚の相手はもと子の心を満たし得ず、彼女は離婚して上京する。新人生を開拓したいと思い、どんな仕事でもいいと決心して、周旋人の世話で女中として住み込んだのが、九段下通りの吉岡荒太という医師の邸だった。そこの奥さんも女医で弥生といった。

一か月もたつと、吉岡夫妻はこの新参の東北なまりの女中が、ただものではないと気付いた。人柄から態度挙措《きょそ》のおくゆかしさ、おのずと感得される教養、なみなみのおさんどんではあるまいと見抜いたのだった。身の上を問われて、もと子はつつまず、学歴や職歴、破鏡の身の、第二の人生開拓の意志まで語った。

吉岡夫妻はもと子に同情し、力添えを約する。夫妻はもと子を家族同様に待遇して、その経歴や教養にふさわしい職場を求めるようにすすめ、奔走してくれた。その結果、報知新聞入社がきまり、日本初、女性記者第一号となったのだった。更に羽仁吉一という名伯楽を得て、もと子は天賦の才を発揮することができたのである。

しかし住み込み女中さんとしてやってきた無名の松岡もと子を、凡ならざる女人《ひと》、と認めた吉岡夫妻も非凡だ。ことにも吉岡弥生女子は日本の女医の大先輩であり、女医養成に生涯を賭けた人であったが、もと子が名士として脚光を浴びたのちも、あれは昔、わが家に〈奉公〉していた人で、などとは決して口にしなかった。

世間は三十年後、もと子の自伝ではじめてそれを知ったのである。明治の女たちの気骨と高邁を、見るべきである。

信子は『薔薇の冠』を書きあぐね、ふと、千代を誘って夏休みに、信州の温泉宿へでもいってみようか、と思いついた。

〈将来《さき》にいろんな楽しみがあれば生きやすいんじゃない？〉

〈そうね、それにわたしは夏休みしか、休めないんですもの。……朝も夜も一緒にいられ

ておしゃべりできて、信州の野原を散歩できるなんてすてき……〉

千代は日曜というと信子を訪れているが、いつもあわただしかった。ゆっくり共にいられれば、と思うが、学校教師の身は時間に束縛されて思うようにならない。それでも二人で会う時間を多くしようと、六月からアテネ・フランセで夜のフランス語のレッスンをとっている。いつかはパリへ旅するため。

この年の六月七日の信子の日記に、

「千代子製の洋服を着る。夏靴」

とあるのが興を引く。千代はすでにこの頃から信子のために服を作ったりしていたのかもしれない。もともと勉強ひとすじの少女時代を送った人だが、理論的な頭脳のもち主であり、感性もゆたかな人だから、料理も裁縫も、やればできる女性らしい。それについて千代の親友山高しげりが『山鶯』で書いている。後年、千代は信子と共に暮して、信子のセーターを編み、ドレスを裁断し、手際よい料理を調《ととの》え（フランス風でも純日本風でも何でもこなしたそうである）たりするのを、昔の級友は「あの門馬さんが」と「飛び上」っておどろくかもしれないが、しげりは「あの千代ちゃんが」とは思わない、という。裁縫が大きらいで、「羽織の袵下《おくみさが》りは何寸」ときくような女《ひと》だったが（田辺注、羽織には袵下りはない）そういう、女の手仕事に疎《うと》い女でも「女の本能は潜在していた」んだ、としげりはいう。愛する人のために自分の手で身のまわりをととのえてやりたいという、本能的なやさしい希求。しげりの反応が面白い。

「（そういう女の本能を）掘り出しえない女学校の教育こそが恥ずかしい」

しかし、千代のいとなみの対象が、信子という「女性」であることが、しげりにはちょっと、「変り種の花」をみるような淡い違和感はあるけれど、と後年率直に告白している。ともかく何にしろ、こんなゆきとどいた人にこまかい心づかいを示される〈信子さん〉は幸福な人だというのが、二人の親友であるしげりの、後年の結論である。

さて、その、千代製作の第一号らしき夏服だが、どうもそれではないかと思われる写真が残されている。女性ばかり四人、うち二人は着物の娘と、袴の女学生だが、信子と千代の方はお揃いの白いドレス、コットンらしい生地で、裾に二段の飾りがついたワンピース。半袖で袖口にややギャザーがあり、白レースがついているらしい。ウエストに濃色の幅広の布を結んでいる。衿は広くあき、涼しげなデザインである。白いストッキングに、信子は白靴、千代は黒靴。この写真の千代は美しい。信子はこのころの写真に共通の、かたい表情で（仏頂面といっていい）まだカメラに慣れていない不安定な、不機嫌な顔（信子の写真の表情がいきいきとし出すのは、帰朝以後である）。——二人はそのお揃いの夏服を携えて信州の旅に発《た》つ日をまちかねた。

ほとんど一週間にいっぺん会うくせに、あいかわらずまめに手紙を交し合う。

千代から信子へ。

「お話しかけたい事でいつぱいでございます。どんな言葉もいまの気持をかくのには足りない様な気が致します。どんなにどんなに愛してゐるでせう。おゝしかし、此の言葉は外々《よそよそ》しい。そつぽむいて上の空でいつてゐる様です。いやいや。泪《なみだ》に濡れてつつぷして、身をあがいて、私の魂が声を限りに叫んでゐたあの言葉をそのまゝに伝へられないなら、私は頼りない言葉に口を閉《とざ》して、私の胸の貧しい知慧とあまりに多い情熱との激しいあえ《ママ》ぎを、あなたの御胸にしつかりと抱きしめて下さるまで、唯、身をすりよせて待ちませう。

愛する方――唯一人の愛する方。

淋しい夜のひとりのへや。そこは唯、あなたと私の時間だけ。私、椅子に埋つてあなたと御一緒だつた時の事を思ひ出します。机の上に片頰をおしつけてよりよい将来の空想に、たのしげなまばたきをくりかへすでせう」（大正12・6・9付）

信子から千代へ。

「千代子様　信子寂しいのですけれど――いやな寂しさではありません。独《ママ》り（田辺注、浊〈＝濁〉り？）のある重苦しいのではなく――澄んでゐるのです。そして何故か、しいんと深いのです。これなら助かると思ひます。この寂しさから何か生れて来るのでせう。この寂しさを与へたのは貴女《あなた》の愛でした。（過去であつてはならぬ。です。これからも）私が曽《か》つて盲目的に信じた故に苦しく哀れにみぢ《ママ》めに泥まぶれになつた『愛』、それは貴女の前には真の姿を現してくれました。

私をたよりにして下さい。私は貴女にたよられることに一つの生の路をはっきり見出します。無気力な自分ながらも！

内にふれぬもの、それらに指一本でも労したくなくなりました。

貴女は私を純粋にして高めて下さるのです。

貴女にふれる時、私はきよめられてゆく気がします。

つたない幼稚な表現――この手紙はもう私を疲れさせます。少し身体もいけないのでせう、羅宇屋《らうや》（田辺注、煙管《きせる》の竹の管をすげかえてくれる商売。屋台を引き、笛を吹いて町を廻った）の笛の様にぴいーって耳鳴りがしますもの、身も心も弱い自分――この寂しさはあんまり切ない。九日夜。十二時二十分」（大正12・6・10付）

――信子ははじめて弱音を吐ける対象を得て甘えている。この手紙には自足したゆとりがある。信子はやっと愛と信頼を手にしたのである。

七月八日・九日の日記。

「八日（日）朝、下階へ降りてゆくと母が新聞をひろげて有島武郎さんが自殺したよといふ。その瞬間書斎で深夜思想の破滅から寂しい自殺かと思つたが、事実は異る、元禄模様の女の伊達巻《だてまき》で別荘内での美人と心中だつた。歓喜して！

ともあれかくもあれ痛ましい。

夕方千代子さん来る。電車道までお送りする。さびし。

九日（月）

有島さんのことを考へる。同性愛だつたらと考へる。問題にもならずに幾多の人々の苦しみ（不明）く《ママ》のを思つて泪ぐむ。

苦心して少女画報のものをかく。

いよ〳〵この世界ともお別れだ。ともかく幼ない歩みながら歩み出して見やう《ママ》」

大人の小説を書きたいという悲願は有島武郎心中のニュースより強いようである。

七月二十二日に千代と信州山田温泉に出発する。夜汽車である。例によりスクエアな母は弟・義明とともに几帳面に駅へ見送りに来る。千代との旅を心待ちして弾んでいた信子なのに、

「肉親の見送りもかなしい。さびしい」

と、箱入娘の甘えがいつまでも尾《び》骶骨《ていこつ》に残っているらしい。

軽井沢あたりで高原の夜明けとなった。月見草がいっぱい群がり咲いていた。須坂から自動車で山田温泉へ着く。湯へ入って疲れをやすめる間もなく信子は原稿にかかる。『薔薇の冠』は苦渋をきわめ、「原稿苦し」の字が日記を毎日のように埋める。宿をかえてみ、一回分の原稿を仕上げてやっと信子は人心地つく。絵葉書を母や忠明夫妻、弟に書いた。母からも葉書がくる。「食事よし部屋よし」と日記にあるので、替った宿は信子たちの意に適ったのであろう。山の湯へ入り、信子は昼寝したり持ってきた『ジャン・クリスト

フ』を読んだりした。日記には弾んで、

「シュミーズ一つにて渓流へ入る、面白し」

　渓流は急だった。金子しげりも夏服で泊りにやってくる。菊屋の奈良漬、チョコレートをお土産に持ってきた。一つ蚊帳に三人が寝て、しげりの久しぶりのズケズケした毒舌を信子は面白がった。しげりはいう、

〈有島さんの死は、人生や文学という高尚なものじゃないわよ、性的悲劇よ、エロチックな関係を曝露したにすぎないじゃないの、波多野某女は問題以下。心中して果てるなんて最低よ〉

〈そうね、愛するあかしが一緒に死ぬことなんて、……それ、まちがいみたいな気がするわ。それはほんとうに愛する事ではないでしょう〉

　千代がつぶやく。

〈ねえ、信子さんどう思って?〉

〈あたし? あたしだったら、死ぬ前に、きっとおいしいものをおなか一ぱい、食べたくなるわよ。そしたら眠くなってちょっとひと寝入りしてから、と思うにきまってるわ、今夜こそ、今夜こそと思いつつ……〉

〈もうっ。またふざけてっ〉

と三人で大さわぎだった。しげりは秋草の萩の花など折って暑い東京へ帰っていった。

こんな山の中でもお盆には盆おどりがある。男ばかり踊っていた。小さい提灯《ちょうちん》をともして人々は墓まいりにゆく。信子は旅愁が身に沁むように思った。

「床《とこ》の間の掛軸《かけじ》変りぬ長逗留」

信子は日記にそんな句を書きつけ「秋気やゝに動く気配あり」としるす。信子は再び次回の『薔薇の冠』を書き出し、千代はフランス語の独習に励む。ときには二人で公娼廃止の論議に熱くなったりする。月のよい夜、二人は枕を並べ、腕をかわし、安らかな眠りに入る。この人のそばしか、もうおちつけないと信子は思う。信子はささやく。

〈千代ちゃん？　もう寝た？〉

〈なあに。信子さん〉

千代は切れ長の眼を静かにみひらき、低く答える。

〈いつか、きっと、小さな可愛いおうちを建てましょうね。そして二人で住むの〉

〈夢のようなお話ね〉

〈実現してみせるわ、あたし。——だって、東京へ戻ればあなたとあたし、またそれぞれの家族のもとへ帰らなくちゃならないんですもの。——いつもいつも一緒にいたいもの〉

八月も終りになった。雷が鳴って信州は早い秋であった。煎餅《せんべい》や轆轤《ろくろ》細工などの土産物を買って、二人は宿を発った。馬車で豊野へ出、そこから汽車で長野へ。善光寺見物をして東京行きに乗りこむ。上野へ着いたら弟が迎えにきてくれていた。夜だった。

そこから千代と別れなければならなかった。一か月以上も一緒に暮したら、ほかの人間なら飽いたり、いやな点も目につくだろうに、信子はもう一日も離れていたくない気が強くなるばかりだった。

〈お疲れの出ないようにね、信子さん〉

千代はさわやかな笑みを残して去ってゆく。

〈千代ちゃんこそ。――またね〉

また、すぐ会いたい……信子はそう思う。

それが八月三十一日の夜だった。

翌日、九月一日、わりに早く目覚め、留守中の郵便物に目を通した。まだ昼食を摂《と》っていないお昼前――正確には午前十一時五十八分四十四秒、信子がまだ経験したことのない大きな地震が来た。あっと思い、元禄模様の浴衣にはだしというふだん着姿で、信子は二階から走り下りて庭へ出た。上下動が激しい。大地が波うつ。母がよろけて土に手をついた。信子ははっとしてその手を引きあげ、庭の片隅の古い大きな樫の木の幹のそばに皆で固まった。やっと地震がおさまる。信子は二階の書斎が気になってならない。書きかけの原稿もある。資料もある、……家の中へ入ってみた。

〈信子、揺りかえしがくるから危いよ〉

と叫ぶ母になま返事をして。……家の中は壁土でざらざらしているが幸い倒壊はしていない。二階へ上ると、お気に入りの青い絹笠のスタンドがころげおちていた。

再び烈震が襲う。信子は恐怖で足をもつらせながら階段をころがりおりた。大家さんの主婦が呼びにきてくれる。

〈藤堂さんのお邸へ避難しましょう、早く〉

隣は藤堂子爵邸で庭はひろびろとしていた。

ふと空を見ると異様な入道雲が出現していた。その雲の下に黒煙と火の手があがった。爆音が聞える。〈火事だ〉〈こっちへくるぞ〉——信子は胸をつかれる。

（千代ちゃん。無事でいて！）

なおつづく余震。マグニチュード七・九の大地震が関東地方を襲ったのだった。〈帝大が燃えている〉〈一高も焼け落ちたぞ！〉火の手が近づきつつある。……

6

その夜は信子たちはお隣の空地で野宿した。遠く南の空は赤く映え、爆発音がしきりにひびく。小石川の砲兵工廠が焼けて爆弾が爆発しているのだという。余震はなお、止《や》まず、家の中へは恐ろしくて入れない。えんえんと燃える空、いつこちらへ飛火するか、生きた心地もない、日本橋が燃えている、三越も焼け落ちた、神田もやられたと噂が噂をよぶ。

やっと夜が仄々《ほのぼの》あけたが、空の赤焼けはなお一層ひどくなった。火の手はなおもおさまらず、東京は劫火に巻かれているらしかった。

横浜がやられている、全市全滅という噂を聞いたのはいつ頃だったのか、家族はみな胸を痛めた。四兄の孝明が神奈川県庁に勤めて横浜にいるのだった。信子はこの頃千代がたびたび部屋へ遊びにくるようになったので、インテリアに関心を持ち、〈横浜の小さい兄さん〉に、〈ハイカラなレースのカーテンを買ってきて〉と頼んだばかりだった。兄は火の海の中を無事に逃げてくれただろうか、そして千代は。……

（千代ちゃんと別々に死ぬことになるのかしら）

たとえ死ぬにしても一緒なら。……しかしこの驚天動地のさなか、それを望むこともできない。信子のいままでのささやかな仕事も、（これで終りかしら）と思うと、さすがに愛着の念が抑えきれない。もしここへ火が来れば、あのなつかしい小さな書斎（というほどの立派なものでもないのだが、信子自身はそう心の中で認識している）ともお別れなのだ、と思うと、一目、お別れがいいたかった。わが家へ取ってかえして、びくびくしながら二階への階段をあがる。薄暗い中に書棚の金文字が浮いてみえた。椅子の背に掛けた友禅のカバーの紅色も、テーブルも窓際のベッドも、キューピー人形も。

（みんな、さよなら）

信子は涙をこらえて二階から下りる。あり合せのものを皆で分けて食べ、不安な二夜めだった。なお火は燃えに燃えているとみえ、東も西も南も、空は赤かった。その夜は更に恐ろしかった、朝鮮人が来襲して放火してゆく、井戸に毒を入れるという流言蜚語《ひご》が乱れ交うのである。すでに戒厳令が布告されており、町内の男たちは提灯を手に手に、夜警団を組織して町内の警戒に当った。兄の忠明も狩り出される。不安は増すばかりの恐ろしい一夜だった。

三日の朝になって信子たちはやっと家へ帰った。庭の朝顔が変りなく咲いているのが印象的だった。余震はしきりに重なり、心は安まらないが、火事の心配は去ったらしい。本郷三丁目までは無事だった。火は本所・深川・浅草・上野あたりを一嘗めし、ようやく熄《や》んだ、という噂。未曽有の大地震に追い打ちをかけた大火、その中で信子の家が無事だったのは幸いである。

ただ次の困窮は食糧と水だった。水道は断水のまま。井戸のあるうちへ水汲みにいくのだが、これも水が涸れて少い。行列をして汲ませてもらう。米櫃の米が切れたが、米屋にも白米が入らず売ってくれない。八百屋も閉めたままだから、やっと配給された玄米を炊いて、缶詰を開ける。それでも文句はいえない。ともかく焼けなかったから衣類も道具もあり、屋根の下で眠れるのだ。電気も来ぬまま、夜は蠟燭《ろうそく》も惜しんで暗い中でみな身をよせあって寝た。二階は危いので当分は使わぬよう、と信子はいわれた。

四日の午後だった。唐突に、疲れ切った千代がやってきた。信子もそのとき、虫の知らせか、ふと戸外へ出てみたのだった。信子の日記。

「九月四日（火）千代子さん来訪。うれしうれし、言ふ可き言葉もなくたゞ上の空にて語る。共に戸外に出づるも家人やかまし、別れがたきまゝ肴町まで送りゆく。心残りて忘れられず」

千代は小石川大塚仲町三六の自宅から、心配のあまり、本郷駒込林町一九六の信子の家まで歩いてきたのだった。電車も電話も不通、新聞も出ていない。東京はズタズタになり、叩きのめされ、焦土と屍体の町に化している。安否をたしかめようと思えば、歩いて捜しあるくことしかできない。このときどれだけ多くの人が家族縁者、友人知己を求めて彷徨したかしれない。千代もその一人だった。

もしかして家も焼け落ち、信子も行方知れずになっているのではないかと心配したが、家のたたずまいも変らず、しかも門の前に立って信じられぬように目をみはっているのは信子ではないか。信子は叫ぶ。

〈千代ちゃん、よく無事で生きていてくれたわね！〉

〈信子さんも！〉

思わず双方かけ寄って抱擁せずにいられなんだであろう、何から語ろうか、

（別々に死ぬかと思ったら悲しかった）

と告白すべきか、

（生きて会えた、やっぱり二人は縁があるのだ）
と祝福すべきか。「上の空にて語る」という信子の日記の短い一節が二人の思いを伝える。

二階が使えぬため家族がみな一階に集っているので千代をその中へ割りこませることもできない。千代は遠慮した。

〈いいの、無事な顔さえ見たからもう安心、帰るわ〉

〈じゃそこまで送るわ〉

母のマサが、若い娘の身空で、この物騒なときに出歩くものではない、と止めた。朝鮮人襲来の流言に加え、社会主義者らがそれを煽動しているというのだ。噂に昂奮した男たちが手に手に竹槍や斧や日本刀を携えて、怪しい者とみれば誰何《すいか》するより先に撲りかかるというような、怖ろしい風評が伝わっていた。

〈そこまでよ、ついそこまで〉

と信子は言い捨てて、素足に下駄をつっかけて出た。千代のうちも無事だったという。多い家族（千代の下に五人の弟妹がいる）の一人も欠けず、ありがたいことだと思うけれど、でももし信子さんに何かあったら生きていない、と思いつめていた、と千代ははにかんで話す。信子はまだ〈小さい兄さん〉の消息が知れないことを話した。〈横浜は火の海で何十万死んだか知れないというから心配なの〉というと、〈大丈夫よ、信子さんは運の強い人だもの、お兄さんもそのご縁できっと助かっていらっしゃるわ〉と千代は慰める。震源地は伊豆大島付近の海底で、だから鎌倉・横須賀も全滅、という噂だった。鎌倉には文士が多く住む、彼らはどうしたろうと信子は思った。

別れにくくて肴町まで送り、そこで千代とやっと別れた。まだ日は長い頃であるけれど、電気が通じない町は何となく不安感がある。信子はわが家に通じる坂道へ足を早めた。戒厳令下なので町角のところどころに若い兵士が立って警戒しているが、その一人に信子は高飛車に咎《とが》められた。

〈どこへいく？〉

地方から集められてきた兵士らしい訛《なま》りがある。信子の洋装断髪が奇異に映ったのだろう。不逞のやからの一味か、社会主義の女闘士とでも思ったか。信子は不信感のみなぎる彼の猜疑的な顔つきもいやだし、何より、高圧的な物言いがきらいだ。上京したての頃、満員の電車に女こどもを蹴散らして飛び乗る兵隊を見て以来、兵隊ぎらいになった。すべてあらあらしく、人にのしかかる男は大きらいだ。

〈うちへ帰るんです〉

自然と顎のあがるような口調になった。

〈うちとはどこか〉

〈すぐそこです〉

信子は言い捨てて歩き出す。兵隊はにらみつけて無言のまま信子についてくる。逃げようったって許さんぞ、という気分でいるのがわかった。それほど物情騒然たる町の様子だし、男たちは殺気立っていたから無理もないのだが。——

すぐ家の門に着いた。そこに母のマサが娘の帰りを案じて待っていた。母は〈兵隊さん〉を見るなり、嬉しげにお辞儀した。

〈お送り頂いてありがとうございます。ほんとうに物騒でございますものね〉

母には信子をエスコートしてきてくれた頼もしい兵隊さんにみえたのだ。そしてマサの上品な姿と物言い、端正な面立ちは、〈兵隊さん〉にとって充分、良民、とみえたのであろう。つまり信子の断髪は異端だが、母の〈武家のご後室さま〉といった小さな髷は信用するに足るものだったらしい。

〈失敬しました〉

と彼は挙手の礼をして踵《きびす》をかえした。

(この話には後日談があって、のちにその〈兵隊さん〉から信子の寄稿する少女雑誌の編集部気付で便りがきた。妹の読む雑誌の写真で吉屋信子さんだと知ったという「お詫びのはがき」だった)

信子の兄孝明も、ほどなく身一つで横浜を逃れて来、家族たちは一人も欠けなかった僥倖《ぎょうこう》を喜んだ。

東京の大火がようやく消えたのは三日朝である。南北三十九町、東西三里、市の大半は廃墟となった。東京の新聞社は多く焼失したので信子たちには詳細は分らない。大阪の記者たちが決死の冒険で続々と入りこみ、詳しい惨状を日本中へ伝えた。

ライト設計の日比谷の帝国ホテルが焼け残り、東京朝日はそこを仮事務所にして、とりあえず号外を発行しはじめたのは四日だった。

この日は四回発行した。やっと新聞が出るようになって、はじめて信子たちにも大震災の被害の大きさがわかった。ことに厨川《くりやがわ》白村が鎌倉で大海嘯《つなみ》にさらわれ、遭難したニュースはいたましかった。信子は彼のベストセラー『近代の恋愛観』を愛読したのに。――ついでにいうと、この大災厄で遭難した名流文士は意外にも白村一人である（俳人では隅田川畔で二十七歳の命をおとした富田木歩《もっぽ》などいるけれど）。作家・文人はどうしていたか。

與謝野晶子は麹町富士見町の自宅で、早目の昼食を摂り、川崎の歌会へ出ようと着物を着替えていた。そこへ激震がきたので子供たちをピアノや机の下に入れたが、揺れやまないので決心して一同で家を抜け出し、お濠の土堤で二日野宿した。家は無事だったが晶子の関係する神田の文化学院が焼け、刊行寸前の『源氏物語』現代語訳の原稿は灰燼に帰した。

生田花世は家から四、五丁の牛込郵便局のドアを開けて入ったとたん、だった。「局内の地面が油のやうに流れ出してドアの外面に溢出するやうな感じ」といっている〈「文章倶楽部」大正12・10〉（以下、作家の動静は本誌と交蘭社刊『噫東京《ああとうきょう》』〈大正12・11〉、及び大阪朝日〈大正12・9・6〉の記事による。みな、震災直後のニュースなので、きわめてなまなましい）。花世は地震だと思うと家が心配だった。小さな家なので潰れたろう、夫の生田春月は生き埋めになったろう、引き出さなければいけない、強い義務感で歩こうとするが、まだ大地は揺れつづけていて、遊動円木の上を歩くようにあと戻りする。両側の家から飛び出した人々も揺れ、家々も躍っていた。瓦がざらざら落ちて砕ける。やっと帰ってみると辛うじて家は建っており、春月は白い単衣《ひとえ》で呆然と佇《たたず》んでいた。二人で飯田橋の高架線土手へ逃げ、夜になった。日本橋方面は火が家から家へ、赤い飛魚のように飛び移っている。神田の大通りはさながら万燈を並べたように燃え、ニコライ堂の銀の十字架に青い炎の舌がメラメラと伸び、円屋根の焼ける瞬間を、花世は見た。

平林たい子は戸塚の貸家に住んでいた。当時のアナーキストの例にたがわず、家賃を払わないで居坐って家主と係争中の家だった。高台だから警視庁の燃えるのがよく見えた。当時は帝劇の右隣にあったのだ。たい子と、やはりアナーキストである同棲相手の男は警視庁の燃えるさまに手を拍ってはやしたてた。そのうち各所から火の手があがり、黒煙が天を掩《おお》う。みんな、自分たちと平等に貧乏になったんだと思うと、アナーキストのたい子は痛快な思いだった。しかし二度とない大事件だからこれは見ておかねばならぬと、人の逃げてくる道を、逆に火の迫る江東地区へ向って見物に出かけた。毎日出かけるので近所の人に怪しい社会主義者だと密告されて、たい子たちは捕えられた。戸塚署の留置場は混雑を極めていた。朝鮮人と社会主義者と、それに、戒厳令下、兵隊に反抗したというだけの市民が続々と送りこまれてくる。たい子はその時点では知らなかったが、この時すでに南葛飾《かつしか》労働運動の指揮者たち八人が亀戸署で虐殺されていたのである。震災の混乱に乗じて社会主義者を一掃しようとする軍と警察の仕業だった。亀戸事件といわれるもの。官憲テロばかりではない、一般人も異常心理に煽られて暴徒化していた。〈朝鮮人暴動す〉というデマはいつのまにか、〈不逞鮮人数百名が武器を携えて東京市内へ来襲〉というスケールの大きな流言に成長し、それはおそるべきスピードで流布していった。

災禍に気のすさんだ市民は自警団を組織して朝鮮人・中国人とみれば暴行を加えて殺傷した。軍隊もこれに手をかして、東京中に血なまぐさい殺気がみなぎり、女こども・老人たちは生きた心地もなかった。犠牲者の朝鮮人は正確には不明だが約三千人、中国人百六、七人に及ぶ（今井清一『日本の歴史』23、中央公論社、昭和41）。この蛮行は日本全国に及び、犠牲朝鮮人の数は「六千人を越えるのである」と（日本近代史研究会編『図説国民の歴史』13、国文社、昭和39）。日本歴史の恥辱の汚点である。

たい子も社会主義者の一味として扱われ、危いところだった。深夜、七、八人の拘留者と共に戸塚署から戸山ヶ原に連れ出され一時間ほど立たされた。憲兵の魔手から警察が助けてくれるつもりだったのか、それとも憲兵が殺す準備に連れ出したのか、たい子には分らなかった。そこから市ヶ谷刑務所に入れられ、釈放されたのは十月末。もう寒いのに浴衣一枚というあわれな姿だったが、東京を出るという条件で釈放されたので、下関の知人を頼っておちていった。

林芙美子は本郷根津の貸間で地震にあい、避難船で大阪までゆき、そこから尾道に帰った。それは電柱の貼紙で、灘の酒屋の船が大阪へかえるから避難者に便宜を提供するとあるのをみつけたからだった。船はもう乗れぬくらい満員だったが、なんとかもぐりこませてもらった。あいかわらず、芙美子らしい敏捷な処世の身ごなしである。

岡本かの子は夫の一平や息子の太郎とともに鎌倉にいた。駅前の料亭平野屋の貸間で、前には広い芝生があり、ゆったりと夏を過していた。偶然、隣室に、同じく避暑に来ていた芥川龍之介がいた。かの子にとってはあこがれの天才作家である。大喜びでしばしば彼の部屋へ遊びにいって文学論を聞いたりした。

九月一日、一平たちは帰京しようとしたが、かの子が外出前のいつもの癖で、紐がないとか、帯がうまく締らないとかいってぐずぐずしている。そのうち昼近くになったので、昼食をすませてから発ちましょうよ、とかの子はいった。こんなことをしていたら、今日中に帰れやしないと一平が文句をいいつつ、あわただしく早昼《はやびる》をすませ、三人が箸を置いたとたん、烈震が襲った。部屋が音たてて崩れ、三人は芝生にころがり出た。もし、かの子が生来のぐずから出発を遅らせないでいれば、乗った電車は藤沢駅近くで転覆していたはずだし、あるいは鎌倉駅でプラットホームの屋根の下敷きになっていたかもしれなかった。白金三光町の東京の家は無事だったが、電気も水道もまだ修復できない東京をあとに、島根へ避難する。

鎌倉には文士が多くいた。別荘にいた流行作家の久米《くめ》正雄は地震の被害もなく、火事にもあわず、かつ東京の本郷の自宅も無事だったということで幸運を羨まれた。芥川龍之介は鎌倉から帰京して間なしだったが、家は田端なので無事、家の中に避難してきた縁者をあまた迎え、彼らと共に玄米の握りめしを食べ、夜は町内の男たちと提灯を持ち、長髪を秋風に吹かせて警備に出ている。

老大家の広津柳浪も鎌倉で家が倒れたが、同じ鎌倉組で、家の倒壊をまぬかれた田中純の家に避難。水上瀧太郎は別荘の裏山を越えて逃げのび、いち早く帰京した。

里見弴《とん》は兄の有島生馬と上京中だったが、赤坂の宿で危いところを逃げた。逗子の家は倒壊したが、家族は無事だった。

葛西善蔵は建長寺内の宝珠院にいたが、間一髪その下敷から逃れ、老和尚夫婦が埋まったのを救出した。二日野宿し、電話ボックスで寝たり、炎天に照らされて歩き、やっと汽車の屋根につかまって東京へ戻った。

谷崎潤一郎は箱根小涌谷のホテルにいた。ホテルを出て乗合自動車に乗り山間の崖道で大地震に遭う。右は深い谷、上から大きい石がごろごろ落ちてくるなかを、運転手はいま停《と》めてはかえって危険だと走らせる。生きた心地もなかった。満員の乗客の半分は外国人だったが、停めろ停めろと叫ぶ。走っている間も片っぱしから路肩が欠けてゆく。走り去る後ろに大石が落下する。やっと少し平らなところへ出て車は停まった。谷崎はそこから間道を伝ってホテルへ戻ってみると、ホテルはぺしゃんこになっていた。箱根を越え三島から沼津へ出、辛うじて汽車に乗った。妻子を二、三日前、横浜へ帰したばかりなので、その安否が心配でたまらず、神戸から横浜へ船でゆこうと思い、神戸をめざした。あの身の毛もよだつ崖道のバス、ぺしゃんこになったホテルを思うと、生きているのが奇蹟のようである。しかし横浜の妻子を思うと、自分も一緒に横浜にいればよかった、と、さしも豪気な谷崎も涙が出てきた。一刻もはやく妻子の消息を、と焦りつつ神戸へ向っていた（幸い、彼の家族は無事だった）。

　片岡鐵兵は神楽坂の下宿にいた。激震で下宿は波のように揺れる。同じ下宿にいる広津和郎《かずお》を呼ぶと、広津は悠々と洗面所で髭を剃っていた。落ちつきはらって、

〈いやあ、この地震では断水するかもしれないからね〉

　というではないか。二人はきしむ音をたてる下宿を抜け出し、裏手の若宮八幡の境内に避難した。場所がら付近の芸者たちがいっぱい集っていた。彼女たちは大地が揺れるたび悲鳴をあげた。泣き出す女もいた。

二人はまだ揺れやまぬ路を踏みしめながら神楽坂通りへ出、市ヶ谷見附まできた。避難者の中に評論家の直木三十三《みそぞう》（のちの三十五。彼が小説を書き出すのは震災以後である）が家族とともに避難していた。九段坂上で佐佐木茂索に会った。佐佐木はまだ火事がひどくないころいち早く上野から逃げ出したという。

片岡と広津は夕陽と灼熱で真っ赤な空の下を再び牛込へ取って返した。夜の九時頃やっと、震源地が大島付近で、鎌倉、横浜も全滅という情報を得た。するとそれまで冷静だった広津が青くなって顫《ふる》え出し、〈親父（柳浪）はどうしたろう〉と心配する。通信交通すべてズタズタだから、鎌倉まで十三里を歩いていく、とそこから片岡と別れた。

夜が明けて片岡も東京を出ようと思い、菊池寛の家へ金を借りにゆこうとしたが、下町はまだ燃えていて近寄ることもできない。どうやら関西へ逃れ、阪神沿線魚崎の知人宅に着いたのは四日午前一時だった。命からがら、という退京のありさま。

命からがらでは長田幹彦もそうだった。当日の昼、日本橋の加島銀行本店へ小切手の換金にゆき、外で待たせた自動車に乗った刹那、突然、大音響と共に、いま出たばかりの加島銀行がめちゃめちゃに倒壊した。

西條八十は池袋の家をその日の朝十時ごろ出て、書きあげた原稿を速達にして送るべく郵便局へ出かけた。風はあったが、天気はよく、気持のいい朝だったという。帰り道、ゆきつけの理髪屋《とこや》の前までくると、彼のファンである職人が挨拶したので、髪の伸びているのを思い出し、ふらりとそこへ入った。三十分ほど新聞を読みながら順番をまち、あたまの後を刈ったところで震動がきた。大したことはあるまいと思ってそのまま坐っていたが、いよいよ揺れは激しくなり、〈先生危い！〉と職人が抱えるように連れ出してくれた。出てみると両側の家がみごとに揺れている。前の氷屋の縁台の下に職人たちはもぐりこみ、〈先生、ここへおはいんなさい〉と声を嗄《か》らして叫ぶ。

しかし八十は、（まさか、詩人のぼくが、氷屋の縁台の下で死んだとあっては体裁わるいじゃないか）と思い、じっとがまんして軒下にいた。それより家が心配だ。妻は入院中だが、目の不自由な老母と、幼い娘が二人、それに女中が二人、いや、年かさの女中は使いに出ていたのではあるまいか、そう思うと心配でならない。揺れがややおさまったので駈け出すと第二の烈震がきた。八十は足をとられ、往来へ投げ出された。瓦が落ちてきて、いやというほど背を打った。あたりは濛々たる土埃、すぐはね起きて駈けた。自宅の裏庭の井戸のまわりに二人の女中がそれぞれ娘を背負い、二人して老母をかばっていた。八十の姿を見て、女中たちは張りつめていた緊張がとけて、わっと泣き出した。

八十はそのとき、首のまわりによだれかけのような理髪屋《とこや》の白いエプロンをつけたままなのを発見した。病院の妻も無事だった。

この八十は『噫《ああ》東京』に「大東京を弔《とむら》ふ」なる一篇の詩を載せている。少し長いが震災後まもないうちに詩人が書き上げた作品だけに感動も生々しく、十万の震災殃死《おうし》者への手向けにもなろうかと思われるので再録する。

大東京を弔ふ　西條八十

少年の日
私の手飼ひの小鳥は
野良猫のために嚙み殺された、
古びた籠のほとりに
落ちてゐた美しい小羽根《こばね》を
私は幾日間飽かず眺め、流涕したことか、
そのまゝの傷ましい思ひを、ああ東京よ、
私は今おまへの上に感ずる。

虐《むごた》らしくも引き裂かれた残骸《ざんがい》よ、
散乱した羽毛《うもう》よ、
ああ永遠に逝《ゆ》きて返らぬものゝ愛惜《いとお》しさ——
その上に、大輪の月の夜々《よなよな》
白紙《しらかみ》のやうに蒼白《あおざ》めてはのぼり、且《かつ》沈み、

私は昨日も今日も、さびしく、
飢ゑた獣《けだもの》のごとく彷徨《ほうこう》する。

ただ見る、茫乎《ぼうこ》として天空に連る褐色の焦土、
ところ〴〵黝《うすぐろ》く、丘のごとく横たはる壊《くず》れた土蔵、煉瓦塀、燻《くすぶ》れる金庫——
又、ジプシイのそれに似た亜鉛張《とたんば》りの避難小屋——
さうしてこの雉子《きぎす》も啼《な》かぬ焼野原を
点々木瓜《ぼけ》の花のごとく彩るは
罹災民の喰ひさした西瓜の皮だ。

けふ昼私は旅人のやうに草鞋《わらじ》がけでこの野を過《よぎ》り
被服廠《ひふくしょう》あとに山と積まれた
赤大根《あかだいこん》のやうな無惨な焼死体に
心ばかり野菊の花を手向けて来た、
その帰途《かえりみち》、神田橋畔《きょうはん》に
私は天空を晦《くら》くして低飛《ていひ》する燕《つばくら》の大群を見た、
かれらもやはりその塒《ねぐら》を失つたのだ、

大《だい》なる包みを背負つて
薄暮の街頭を右往左往する人々とひとしく。
——

だがもう秋だ、
塒を失つた渡鳥《わたりどり》は、日ならず海の彼方に
温い住家を捜《もと》めて行くであらう、
けれども哀れなる人の子は、この糧《かて》をも褥《しとね》をも持たぬ市民等《ら》は。——

黄昏《たそがれ》、疲れて郊外の我家に戻れば、
ここは又別世界に似た静けさ、蕭《しめや》かさ、
一本の蠟燭《ろうそく》の下に家族等はつどひ
小《さゝ》やかな夕餉《ゆうげ》を認《したた》めてゐる
何もかも旧《もと》の儘《まま》だ、
白昼《まひる》路傍に観《み》たあの痛ましい大景《たいけい》は、
つひに一個の幻では無《な》かつたらうか？

けれども耳もとの事実が、直《ただ》ちにその明るい疑念を裏切る、

京橋の家を焼かれた兄夫婦が、
この春盲《めし》ひた老母に、暗い一隅でから話しかける、
「お母さん、私たちもう二度とあの東京は見られませんよ。あなたと同じ事ですよ」
一同は愕然として、覚えず箸の手を止め一斉に、落ちくぼんだ老母の眼窩《めくぼ》を見つめる、
さうしてその睫《まつげ》のかげに秘められた
孔雀の彩羽《いろは》のごと燈火美《うる》はしい昨日の都会の縮図にかぎりない哀慕の念をよせる。

朝鮮人虐殺事件は日本人の恥辱ではあるがその狂躁の折にも知性ある人は次のように書いている。詩人の人見東明は東京近郊の村に住んでいた。家は無事で家族もつつがなかったが、東京の空を焦す火と煙を見た。中央線の線路を伝って甲州方面へ避難する罹災者が次から次へ潮のように村を通過した。人見は村人と共に、麦湯や握飯を接待した。そのうち朝鮮人来襲の噂が村にもとびこんできた。村の青年たちは日本刀や鳶口《とびぐち》、竹槍、鉄棒などを持って畑道を右往左往する。そして口々に叫ぶ、〈鮮人たちが大挙攻めてくる、彼らはみな恐ろしい爆弾を持っている、東京・横浜の大火は彼らの爆弾投下のせいである〉
——村の半鐘は乱打され、太鼓は叩かれる、けたたましい喊声。人見は、
（ばかな、狂気の沙汰だ）

　と腹を立てる。なだめようにも殺気立った村の男たちは耳をかそうともせぬ。人見は八つの子供がおびえてわなわなと顫えているのを抱いてやりながら、家族の者だけでもと、デマにちがいないことを説く。すっかりおびえている小さい子もかわいそうだが、それにも増して朝鮮人たちはどんなに恐怖していることであろうか、と思いやる。殺された者も少くないと聞き「なんといふ残忍なことでありませうか」人見は憤懣をこめて書く。

「気の毒なのは朝鮮人です。多数の中にはこの機に憤懣の情を多少満足させた者があるかも知れないが、徒党を組んで運動をするなどゝは到底常識では是認《ぜにん》出来ない事であります。大正十二年九月一日の零時に大地震があつて京浜の警備がゆるむとでも云ふ事が予知出来てゐたならば、その機に乗ずる者もないとは云へないが、世界中誰れ一人にも知らす事なく、突如として起つた大地震に、のみならず人々がやうやく身をもつて遁《のが》れ得た非常時に当つて、左様な事が演ぜられやう《ママ》とは夢にも思へない事であります。（中略）東京の空の赤みは夜明近くなつて薄らいだが警鐘の乱打は依然として物凄い音をたてゝ騒然としてゐます。まあ馬鹿な人達の狂態を想像して下さい。大正の十二年。而も文化の進んでゐるべきはづ《ママ》の帝都に近い所に於てすらかうであります。往昔《おうせき》の天変地異に対して様々な迷信や流言蜚語が真実とされたのも当然であります。かうなりますと、文明、知識、といふものも案外たよりにならないものであります。

　私は丁度《ちょうど》はじめて衆愚といふものの存在を明らかに見ました。そして、その力の恐ろ

しさをも知りました。そして人間が馬鹿らしくなりました」(「文章倶楽部」大正12・10)

人見はこれを災害後間《ま》なしに書いている。詩人の透徹した知性は事の本質を見抜く。

細田民樹も「社会主義者の為に」を書き、群衆の軽挙妄動を憂えた。細田はまだプロレタリア文学を書いていない時だったが、軍隊に徴せられて反軍思想を育てていた。

「大火の原因に就いては、社会主義者も濡衣を着せられてゐるやうだ。世界の社会主義発達史の上に、天災に乗じて成功した記録は、恐らくないだらう。主義者はそれを知つてゐる筈だ。また社会主義の戦法としても、天災の惨禍に輪《ママ》をかけて、民衆の同感を失ひ、却つて憎悪を徴発するやうな、そんなどぢはふまない筈だ。(中略)主義者が放火したといふ事実の有無よりも、寧ろそんな流言の澎湃《ほうはい》として生まれたことが、かなり雄弁に、現在の人心傾向を語つてゐるのではないか」(同)

現在では災害による民心の動揺、不安感、絶望感から大きい社会的暴動が起きるのを恐れた官憲が、先手を打って朝鮮人・社会主義者暴動のデマを故意に流したのではないかといわれるが、人見や細田もその機微を洞察していたかもしれない。しかしそこまでは書けぬ時代状況である。それにしても良識と知性ある人々は分別を失なわなかったが、その声は弱かった。右の雑誌も発売後、すみやかに発禁となった。

電灯が信子の家にもやっとついたのは九月七日だった。信子は八日になって、はじめて道明兄さんと上野の山へいき、焦土の東京を一望する。――まあこれがあの美しかった東京であろうか、見るかぎり一面の焼野が原、むごたらしい褐色の荒廃。信子が大正四年（一九一五）に上京したとき東京はまばゆいばかり美しかった。何かがはじまる、人生が開けてゆく、そう思って胸を躍らせた東京。それはいま死んだ。目路《めじ》のかぎり焦土だ。上野の山にはまだ避難者がかずしれずいた。その中を尋ね人ののぼりや紙きれを打ち振って空しく歩き続ける人々。焼失した上野停車場でいつくるともしれぬ汽車を待つ人々。

上野東照宮の五重塔は無事だ。西郷さんの銅像は尋ね人の貼札で下のほうは掩われていた。浅草方面を見ると十二階が中ほどから折れていた。観音堂の屋根がわずかにみえ、五重塔が奇蹟的に残っている。そのほかは目を遮《さえぎ》るものもなく空漠の焦土、悪夢のようだ。観音堂には当時十五万もの人が避難していたが、二日の午前二時頃、周囲が火の海になった。千束町、隅田川、下谷、泉橋方面からの四か所の火の手がお堂を取りまく。これはたまらぬと避難民の半分は死物狂いで上野の方へ逃げ出した。脱出する勇気のない人々は死を覚悟して、口々に念仏を唱えながら、知るも知らぬも互いにひしと抱きあい、最後のときを待っていた。ところが寄せてきた火の手はお堂からの向い風に吹き返され、何度かの火の手はつねに押し返されて、とうとうお堂は守られた。あけ方五時ごろ、周囲を焼き払った火は勢いおとろえ、危地を脱した。人々は観音さまのご利益と、涙を流して手を合せないものはなかったという。信子はそんな話を人に聞いた。——それにしても、それにしても。……銀座のカフェ、ニコライ堂の青銅のドーム、丸の内の近代ビル、みな消えていった夢。

「いちはやく冬のマントをひきまはし銀座いそげば降る霙《みぞれ》かな」　北原白秋

「夜ふけし夏の銀座のしきいしのつめたきを踏みよろぼひあゆむ」　若山牧水

「プラタナス街ゆく女らがまなぶたに血潮いろさし夏さりにけり」　中村憲吉

「顔見せの幟《のぼり》の首に目をさます新富町の冬のあけがた」　吉井勇

――うたびとたちの東京讃歌はいまも耳にあるのに、いま、その東京は焼けただれた死都となった。……が、信子の心の底に力強く湧きおこるものがある。すっかり壊れよ、一から生れ返ればいいのだ。文学も何も。

「これからだと思ふ。キ（既）成文壇はこわ《ママ》れてしまへ大地震に――」（大正12・9・8）

信子は昂ぶって日記にそうしるす。

7

信子が甘粕《あまかす》憲兵大尉による大杉栄の虐殺を知ったのは、九月も二十五日であった。事件は九日も前に起ったのに、憲兵隊や当局は秘し隠しつづけており、新聞社その他の追及やスクープに、ついに掩い切れず発表したのであった。

〈まあ、大杉さんの坊ちゃんが。……何とむごいこと……〉

母のマサは新聞をひらいて声をあげた。

社会主義者らが震災後、続々と検束されていることは信子も知っていた。しかし連行してすぐ死に到らしめるというような不法行為があっていいものだろうか。しかも世間に責められてやっと発表した文章からして、まるで甘粕のやったことに正当性をみとめるような、庇い立てしているような口吻であった。

「甘粕憲兵大尉は本月十六日夜大杉栄外二名の者を某所に同行し、之《これ》を死に到したり。右犯行の動機は甘粕大尉が平素より社会主義者の行動を、国家に有害なりと思惟《しい》しをりたる折柄、今回の大震災に際し、無政府主義者の巨頭たる大杉栄等が、震災秩序未だ整はざるに乗じ、如何なる不逞行為に出づるやも計り難きを憂ひ、自ら国家の害毒を芟除《さんじょ》せんとしたるに在るものゝ如し」(田辺注、句読点筆者、東京朝日新聞、大正12・9・25)

甘粕はすでに軍法会議に伏せられているのであったが、その時点では一般庶民は、犠牲者の「外二名」が誰か、「某所」がどこなのか知ることはできなかった。

しかし母の、〈むごいこと……〉に信子は共感した。

〈お母さん、大杉さんのこと新聞で見てびっくりするのは、これで二度めねえ〉

〈ほんとだね、あれは七年前だったかしら〉

大杉は女性問題のスキャンダルで世間を騒がせている。葉山事件とも日蔭茶屋事件ともいわれたものだが、大杉をめぐる三角・四角関係のもつれである。大杉には妻・保子がいたが、一方、東京日日新聞の婦人記者・神近市子とも親しくなっていた。更に伊藤野枝《のえ》にめぐりあう。俊敏で情熱的な野枝は、平塚らいてうから雑誌「青鞜《せいとう》」の編集を引き継いだばかりだった。野枝はたちまち大杉に惹かれる。——無政府主義者の論客としても翻訳家としても、労働運動指導者としても大杉は他を抜いた存在だった。スケールの大きい革命家といえよう。大杉の個性は女たちにとって強烈な魅力だったらしい。

野枝はそのころ同棲していた辻潤（評論家にして翻訳家）を捨てて大杉のもとへ走った。神近は理智的な女性だったが、それでも女の情念に抗しがたかった。大正五年（一九一六）十一月、野枝をつれて原稿執筆のため葉山の日蔭茶屋に投宿した大杉を、嫉妬に狂った神近市子は追ってくる。神近は無理心中するつもりで大杉の首筋を短刀で刺した。大杉はあやうく一命をとりとめ、神近は自首して服役した。

その騒動のあらましを新聞はにぎやかに報じていた。その写真を見て母はびっくりしたのだった。

〈まあ、これは大杉さんの坊ちゃんだよ〉

信子の父の任地新潟新発田《しばた》で、家のちかくに住んでいた大杉少佐の長男だという。大杉少佐は日露戦争当時、歩兵十六聯隊の大隊長として武勲ある軍人だった。その息子だから、

〈陸軍幼年学校へ進まれたはずだよ、みるからにかしこそうな、りりしい坊ちゃんだったけれどねえ。そのころの面影にそっくり。——それにしてもあの坊ちゃんが、いつの間に

おそろしい社会主義者なんぞに……〉

アカや社会主義というと疫病神のように恐れる母は、合点がゆかぬらしかった。

〈へーえ。そうなの、あたしはそのころ三つか四つ、かしら。おぼえてるはずないわね、新発田のことなんて〉

と信子は奇遇を――といったって、向うは知らないことだけれど――興がった。そんなはかない縁《えにし》があるとは思いがけないことだったが、信子は大杉栄にその著書で親昵《しんじつ》していた。大杉訳のダーウィンの『種の起原』を買って読みかけている最中だったのだ。学識のあるインテリで、反逆的な思想家でありながら、浮世の愛欲にまみれて新聞沙汰になる、そんな人生半径の大きい大杉栄に、

（日本男児にはちょっと珍らしいひと）

と信子は興味と関心を持った（が、複数の女たちと関係を持って、彼女らを苦しめたのではないかという拘わりもたしかにあった）。

ある年、徳田秋聲が鵠沼《くげぬま》海岸の東屋旅館に保養しているのを信子は見舞に出かけた。その座敷に目のぎょろりとした男が、宿の丹前姿であぐらをかいて、〈徳田先生〉と熱心にしゃべっていた。

大杉栄だと信子はすぐ思った。

大杉は信子を無視して秋聲としゃべっていたが、やがていきなり立ちあがると、信子に、

〈おい、きみ、ピンポンやろう〉
と誘った。彼なりに信子に気をつかい、サービスのつもりだったのか。彼も信子の名を察していたのかもしれない。新時代の、新進女流作家をどうもてなそうかと一瞬考えて、のびやかな長身で四肢の発達した信子をスポーツウーマンとみとめ、ピンポンを提案したのだろう。初対面の男女、というものは大正時代ではぎごちない対応になりやすいが、ピンポンで近づきになるというアイデアは、大杉の開明的な、そしてやさしい性質を示唆している。気おくれし勝ちな、はにかみやすい大正女性のためらいも、ピンポンなら容易にふっとばしてしまうだろう。

　案の定、宿屋のピンポン台に向うと、信子は遠慮も気づまりもどこかへ消えてしまった。大杉のボールは最初から烈しい。ボールが割れるほどの強い打ちこみかたで、信子はたちまち汗だくになった。悲鳴、歓声、冬だというのに汗がとび散り、悪戦苦闘の連続で、終ると互いに笑っていっぺんにへだてが取れた。

　思えばそれが、大杉栄を見た最初で最後だったのだ。

　大杉は幼年学校を中退して東京外国語学校の仏語科へ入っている。文学好きで多情多感な少年は規律ずくめの軍の学校に馴染めなかったのだ。俊敏の人で、たちまち六か国語に通じた。平民新聞に感激して平民社に出入りしたのが、社会主義に開眼するきっかけとなる。翻訳や著述の間に労働大衆のための実践行動を起した。きびしい弾圧下、幾度も投獄されながら、彼の存在は大きくなっていった。

「征服の事実がその頂上に達した今日に於ては、諧調はもはや美ではない。美はただ乱調に在る」大杉の言葉に青年たちは陶酔する。彼の思想・芸術観は青年を惹きつけた。やがていつか、警察や軍部を警戒させるほどの「無政府主義者の巨頭」となっていった。

大杉は大正十一年十二月、国際アナキスト大会出席のためにヨーロッパへ密航している。翌十二年のパリのメーデーで飛び入り演説をして発覚し、禁錮三か月の刑を受けて七月末、日本へ強制送還されたばかりだ。

震災のときには一家は淀橋柏木の家にいて無事だった。妻となった野枝との間にはすでに五人の子がいた。野枝は貧乏世帯を切り盛りし、いつも家に何人か寄寓している青年たちの面倒見もよく、その合間に原稿も書き、大杉をよく支え、主義者の妻として同志たちの間でも信頼が厚かった。

子供は長女魔子《まこ》（七つ――みな数え年で）次女イマ（五つ。この子は妹夫婦の養女となる）三女エマ（三つ）四女ルイズ（二つ）八月に生れたばかりの長男ネストル（ロシアの革命家ネストルの伝記起草中に生れたので）である。大杉は子煩悩な男であった。信子は『私の見た人』の「大杉栄」のくだりで、大杉がパリのラ・サンテ監獄に拘留中、長女の名を呼んで、

「おみやげどっさり、うんとこしょ
お菓子におべべにキスにキス
踊って待てよ魔子
待てよ魔子魔子」

と毎日これをくり返したのを知り、

「子ぼんのうのよきパパだったにちがいない」

と哀惜している。

事件当時、大杉家に寄寓していた青年の話では、震災後、さすがに身の危険を感じ、大杉は遠出をつつしんでいたものの、近所の内田魯庵《ろあん》の家へ毎日のように魔子をつれ、小さいルイズを乳母車に乗せて出かけたり、町内の夜警にまわったりした。人々に〈ご苦労さん〉と声をかけ、ともに提灯を提げて歩いたそうである。大杉は近所の人々に評判もよく、〈噂だけ聞くと無政府主義者ってどんな怖い人かと思うけど、ほんとにいい人だね〉といわれたりしている。食客《いそうろう》の青年も、先生はとてもぼくたちにやさしかった、と。これはのちのことだが、野枝の叔父が大杉について書いたものがある〈代準介《だいじゅんすけ》『牟田《むた》の落穂』〉（私は未見なので『図説国民の歴史』13〈前出〉から再掲させて頂く）。

「大杉と云えば、在世中誰しも恐ろしき怪物の様に誤り伝えられ居たりしが、其《その》個性に於ては実に親切、温情に厚く、予初めて面会せし時など吃《きつ》して語るを得ず（田辺注、大杉は吃るくせがあった）、野枝の通訳にて挨拶を終えたり。親《したし》みの重なるに従い、稍《やや》常人に近し、或る時、試みに、社会運動は如何《いかん》、容易に実現せざるべしと云いしに、是《これ》は五百年、千年、又は永劫実現せざるやも知れず、さりながら主義としてこの道程を辿り行く事、吾《わが》任務なりと云えり」

　大杉は外出を控えている間、フランスから到着した雑誌を読んだり、この秋改造社から刊行するはずの『自叙伝』に手を入れたりし、

〈こんなにゆっくりできるのも地震のおかげだね。地震さまさまだ〉

と諧謔していた。産後の野枝を気づかい、子守りはいつも彼の役目だった。近所にいて最近の大杉の生活を見ていた魯庵は、「大杉は処士横議《しょしおうぎ》（田辺注、インテリの議論倒れ、というような意味で使っているか。『孟子』にある言葉。宮仕えせぬプライドたかい教養人がほしいままに空論をたたかわす、というニュアンスであろう）の徒《と》であって然《そ》ういふ由井正雪みたいな陰謀家でも実行家でも無《な》い」（読売新聞、大正12・10・8）といっている。大杉は身辺に十五、六名の子分をいつも集めて陰謀をたくらんでいるという風説が立ち、それをまじめに信じているものもあったが、魯庵は「（大杉）生来の倨傲と狷介《けんかい》が累《るい》をなして近年は子分らしいものからも同じ主義者の友人からも離れて孤立してゐた。震災当時の大杉の家は女きれ《ママ》ばかりで男は大杉一人であった。然《そ》ういふ、大杉の生活の実情を知るものは、大杉の思想が怎《ど》んなに危険であつても、又怎んなに物騒な人物であつても、現在

の大杉は昼は一日児共《こども》のお守りをし、夜は近所の自警団に加はつて非常を警《いまし》めてゐる安全無事な男であると知りぬいてゐた」（同）

「中学時代の写真を見ると頗《すこぶ》る柔和な美少年であつたが、多年の迫害の為《た》め人相が険しくなつた」「革命家通有の眼がギロリと光つて鳥渡《ちょっと》親しみ難い風があつた。交際《つきあ》つて見れば正直で親切で相当な同情もあり、話は吃りながらも上手な方で、何にでも理解があつて然《そ》う偏屈ではなかつた。警察の眼が絶えず身辺に光つてゐたから主義者以外の友人はおのづと余り近づかなくなつたが大杉を憎んだり呪つたりするものは誰も無《な》かつた」（同）

　内田魯庵の筆は抑えた怒りとやりきれなさをほとばしらせている。なんで無法に殺すんだ、法治国家の、これがありかたか――と慟哭しているようである。

　大杉は地震後、半月ばかりたってはじめて外出した。特高の尾行がいつものようについたが殊更のこともなく無事帰宅した。これならもう心配は不用だろうと九月十六日、妻の伊藤野枝と連れ立ち鶴見に避難していた大杉の弟をたずね、そこへあずけられていた甥の七つの橘宗一《むねかず》少年（大杉の妹アヤメの子）が、東京を見たいというままに連れて帰った。帰途そのまま三人とも行方不明になった。

　大杉の友人や同志が、どこかの警察へ拘留されたのかと尋ねまわったが、どこも知らぬという答え。とすれば軍隊に拉致されたか。憲兵隊へかけあうが、ここでもいない、とつっぱねられた。そのうち軍部の動きがあわただしくなった。戒厳司令官や憲兵司令官が更《こう》迭《てつ》される。某憲兵大尉がひそかに軍法会議に付《ふ》されたらしい、その理由は不法殺人だという。大杉が殺《や》られたのではないかと同志らや、大杉の秘書村木源次郎は直感する。

新聞がスクープした号外は発禁になったが、ごうごうたる世間の非難と疑惑に、政府も軍もついに隠し通すことができず、甘粕の犯行を発表する。しかもそのときですら「大杉外二名」であり犯行の場所は「某所」だった。

思想界の権威三十二氏で組織された廿三日会（震災復興問題に関して意見を提出する会で、メンバーは各方面の有識者であった。すなわち、馬場恒吾、千葉亀雄、吉野作造、鶴見祐輔、中野正剛、山川均、安部磯雄、三宅雄二郎、末弘厳太郎らである）は、大杉殺害の真相を速かに天下に公表せよと、総理大臣、陸軍大臣、軍法会議判士長あてに建議書を提出する。

大杉殺害の真相と共に「外二名」の被害者の氏名年齢、被害の場所を公表せよ。

軍法会議を公開せよ。新聞記事差し止めは解除せよ。

ついに政治問題となった。世論に押し切られ、甘粕の裁判は公開となる。

十月八日付の各新聞に出た甘粕の聴取書は世間を震撼せしめた。

甘粕は大杉のような社会主義者の巨頭を検束しないでおくのは「遺憾」だと思い、部下を率いて大杉と野枝、宗一少年を麴町憲兵分隊に連行した。大杉は白い背広、野枝は薄色の羽二重《はぶたえ》地の洋装、宗一少年は大柄の絞りの浴衣だった。三人は別々の部屋に入れられ、甘粕は訊問のふりをして背後から絞殺した。死体は素裸にして憲兵隊用の古井戸に投げこみ、その上に瓦礫や煉瓦を投げこんで所在をかくした。衣類は甘粕らがずたずたに切り刻み、遺留品の金時計その他は金槌で叩きこわしてその夜のうちに焼跡へ捨てた。それでいて甘粕は〈三人を釈放し、帰宅させた〉と淀橋署に偽っているのだから、やりくちが暴力団より悪辣で、心事は陋劣《ろうれつ》であった。

しかも大杉夫妻は憲兵隊の自動車に乗せられるとき、自分たちは仕方がないが、この子供は関係ないのだから、家まで届けてやってほしいと哀願したが甘粕は耳もかさなかったという。九月十九日になって死体は井戸から引きあげられ、二日後第一師団で解剖されたのち、三宅坂の衛戍《えいじゅ》病院に置かれてあった。大杉の近親・同志に引き渡されたのは二十五日である。すでに死体は腐爛していて、石《せっ》こうでやっと人のかたちをととのえてあり、大杉も野枝も弁別できなかったという。

甘粕はいう、「私が大杉栄を殺害しようと思ひましたのは憲兵分隊長としての職権でやらうとしたのではありません。一個人として国家のため殺害する必要があると信じましたからであります」（東京朝日新聞、大正12・10・8）。

甘粕を糾弾する投書は新聞社に殺到した。

「甘粕が職権を以て拘引し官服を纏つて殺害しながら、個人として殺害したと弁明するならば、今後彼ら憲兵が職権執行に対しては十分拒絶の理由を発見します」（大阪毎日新聞、

大正12・10・19）

「大杉は無政府主義の宣伝者であつたが甘粕は無政府主義の実行者である。官憲の力を以て政府の行ふ法を無視して私刑を行つた。言ひ換へれば政府も法律も無くてもよい、自分の思ふ儘《まま》に制裁を加へるといふ恐ろしい無政府主義の実行者だ。国法を無視する無政府主義者だ」（同）

　これに対し、賛成・擁護論も多く寄せられた。減刑嘆願書の署名を求める人々も多く街頭に見られた。

「甘粕大尉の大杉殺害事件は武人として真に国を憂ふる赤心より出でたる処置にして……」（同）

「理屈を抜きにして甘粕大尉と聞くと我々青年の心には偉いなあと痛感させられます」（同）

　信子は甘粕擁護論を読むと、むかむかしてしまう。

国を憂うる赤心から、おんなや子供を殺してもいいの？　宗一少年は鴨志田という上等兵が殺したと証言しているが、甘粕の指示があればこそ、だろう。国家を思ってすればどんな乱暴なことも残虐なことも善になるのか。

　信子は大杉栄の思想には同調しないけれども、あたまからそれを封圧して有無をいわさず殺してしまうというような暴力主義は、そのまま日本の病弊である男権至上主義に思われ、軍人ぎらいがますます嵩じてしまう。宗一少年の愛らしい笑顔や、遺児となった魔子たちのいじらしい写真を見ると、甘粕のような鬼畜にひとしい男を崇拝したり擁護したりするこの日本の国そのものまでおぞましくみえるのだった。

信子が新聞で読んで久しぶりに胸の晴れる思いをしたのは、山脇高女校長の山脇房子女史の言葉だった。

「大杉夫妻が果して殺さねばならぬ程の、それ程の大悪人でせうか。聞けば二人とも非常に頭の良い勉強家で、殊に野枝さんといふのは相当内助の功もある立派な人だと聞きました。子供を殺したといふ点に於ては一言の弁解も出来ない事で甘粕さんを国士とか何んとか云つてゐる人達もこれには困る事でせう。殊に殺してから自分の犯跡をかくさうとされた態度が何んといふ卑怯な男らしくない方でせう。私は結論として大杉さんを殺した事は大杉さんの悪の程度によつては止むを得ないとも思ひますが、甘粕さんが堂々と名乗り出なかつた卑怯を残念に思ふと共に、大杉さんのやうな人を殺さずに生かして置いて、若《も》し悪い事があるならばそれを訓戒して真に国の為にその立派な頭を使つて貰ふ様にしたかつたと思ひます」（読売新聞、大正12・10・10）

　問然するところなき批判である。しかも山脇女史はこの話の前に「女であるから殺してはいけないとは申しません」といっている。女・こどもまで殺すな、という世間の糾弾には与《くみ》しない、その主義を憎んで殺すという場合、女だから目こぼしされるという蔑視を拒んでいる。ただ子供の虐殺は無条件に許さぬというのである。

（そうよ、こうでなくちゃ。やっぱり女の見かただわ）

　と信子は満足だった。

　新聞に出た大杉の遺児たちは、当歳の赤ん坊はいつも誰かに抱かれているから別としても、みな愛らしかった。とりわけ大杉がパリでもしのびつづけた長女の魔子は生いゆく先の美しさを見せてかわいい少女だった。

　大杉夫妻は平素から子供たちに、

〈パパとママはいつどこで死なないといけないかもしれない。そのときはほかのおじさんやおばさんたちのいいつけをよく守るんだよ〉

　といい聞かせていた。大杉らの死を知った秘書の村木源次郎は、魔子のショックをやわらげようと、それとなく告げた。

〈魔子ちゃん、パパさんやママさんは、みんなといっしょにあるところへ呼ばれていってね。当分帰ってこられないんだよ。ひょっとしたらもうずっと帰ってこないかもしれない。淋しくても元気を出そうね〉

　魔子は数日の家うちのあわただしさ、大人たちの顔色や態度から、ただならぬことが起きているらしいのを、さかしくも感じ取っていたのであろう。泣き出しもせず、おとなしくうなずいて、

〈あたし、ちゃんと知ってるわ〉
といった。居合せた大人たちは涙が出て困った。

野枝の叔父、代準介が〈大杉ら虐殺さる〉の号外を見て驚いて福岡から上京してきた。『牟田の落穂』によれば、まだ戒厳令下のもと、軍法会議に出頭して死体を引き取り、午後、落合火葬場に運んだ。一族中の長老だったので代がすべて取り仕切り、遺児四人、遺骨三人分を携えて帰途に着いた。汽車は復旧ならずまだ開通していないので中仙道に廻ったが、ただでさえ混乱の車中に、幼児四人と迎えの女中らとの旅の困難はひとかたではなかったという。特高三名が塩尻まで送ってくれて助かった。不心得者が大杉の遺族だというので無体なことをしでかしはしないかと配慮してくれたのだろう。

新聞記者の取材攻撃に弱らされた。

野枝の郷里は福岡県の今宿《いまじゅく》村（現・福岡市西区）だった。玄界灘に面した淋しい村で、かつて大杉はここの眺望を気に入っていた。野枝の両親は家から近い松原に、代が分骨して持ち帰った三人の遺骨を埋め、葬式を出した。

代は子供たちの改名届けを出す。大杉好みのハイカラな名は取りあげられた。これからひっそり生きてほしい、主義者の子、虐殺された親をもつ子、と人にささやかれぬように、しかしすこやかに育ってほしいという保護者たちの願いから、魔子は真子に、エマは笑子に、ルイズは留意子に、ネストルは栄に。

東京の街では甘粕の判決を控えて、減刑嘆願がさかんだった。信子もいたるところで出くわした。いかにも右翼風な、国粋主義者らしい男たち、在郷軍人といった人々が大声で叫ぶ。

〈同情すべき甘粕大尉の助命嘆願に署名して下さい〉

〈署名しない方々は社会主義者でしょう。そういう人にはお願いしません〉

叫び声は日を追うごとに恫喝的になってくる。信子は憤怒にあたまがくらくらする。女や罪のない子供の虐殺に賛成しない者は、社会主義者ということになるではないか。子供を殺して何の助命嘆願。それじゃ生活苦のために自分の子を殺したって罪にならないわけね。信子はそういってやりたかった。

帰宅して母に話すと、母も街頭で署名を求められたことがあるといった。いそいでいますから、と手を振ってことわったが、長州の武家出身らしく、忠君愛国でこり固まったような母が、このたびだけは力《りき》んで、

〈わたしはけっして署名しませんよ。むごい殺され方をした大杉の坊ちゃんがかわいそうだから〉

といった。

〈そうよ、お母さん、あたしも絶対、しないわ〉

このときばかりは信子とマサが意見一致して、たかぶった思いでうなずきあった。

十二月に入って軍法会議の判決があり、甘粕大尉は懲役十年、殺人を手伝った森曹長は三年、上等兵鴨志田らは無罪だった。しかも甘粕は三年服役しただけで出獄後ヨーロッパへ渡った。何となく背後に彼を〈擁護〉するもののあるような、たたずまいである。のち、昭和三年（一九二八）にパリへいった信子は、ちらりと甘粕を見ている。パリ滞在中、知人の奥さんをアパートへ訪問したら留守だった。

そのとき廊下ですれちがったのは、濃茶のソフトと同色の外套、眼鏡をかけたやや丸顔の、日本人の男だった。このアパートには邦人の家族が二、三家族、並びの部屋に住んでいるので、日本人を見かけるのは当然なのだけれど。……

帰ろうとすると、隣室から訪ねる奥さんが出てきた。口早に、

〈ね、ね、吉屋さん、いまお隣に、そら、あの甘粕大尉が来ていたのよ〉

〈え？　それじゃ、いますれ違った……？〉

〈そうよ、ついさっき帰ったばかり〉

信子はふり返ったがもうその姿はなく、灰色の冷えたコンクリートはしいんとしていた。たしか懲役十年だったのに、もう悠々とパリなんかで遊んで——と信子は考えた。なんでパリへ来たのだろう。

（もしかしたら自分で消した大杉栄が生前いったパリを自分も見たかったのかしら）

などと甘いことを考える。甘粕の後半生は謎が多い。彼の犯行の後にいる大きな影も暗

示される。減刑して早く出獄させてもらった代り、特務的な仕事に使われていたのかもしれぬ。ずっとのち満洲にわたり、満洲政界のドンとなって暗躍し、終戦の日、ピストル自殺を遂げたのは人々の記憶にもまだとどめられているだろう。

彼もまた畳の上で死ねない宿業を負うていたらしい。

昭和五、六年ごろのことだろうか、魔子の女学生姿の写真が「婦人之友」に載ったことがある。信子は、

（まあ、あの魔子ちゃんが……）

と事件当時のあどけない幼女の姿と思いくらべて眺めた。四人の子供たちのうち、末っ子の男の子は夭折したが、あとの娘たちは元気に生い立った。

魔子ちゃんのインタビュー記事を読んでいると、彼女の小さな書棚に信子の少女小説が数冊並んでいると報じられていた。

「ひどく胸が熱くなってしまった」（『私の見た人』）

と信子は書いている。

震災のときに女たちの力は果敢に発揮された。男たちが途方にくれているとき、焦土の街頭へいちはやく飛び出して、果物、煙草《たばこ》、新聞売りをはじめたのは女たちだった。それに若い看護婦の活躍もめざましかった。全国の赤十字から救護にかけつけた看護婦

たちは患者とともにテントに起居して看護した。ラングーン米《まい》のおにぎりに梅干、それも日に一回から二回、文字通り不眠不休で働いたという。

それもナイチンゲールだが、声の夜鶯《ナイチンゲール》の電話交換手もよく働いた。十五、六歳の少女が多い交換手だから大地震がきた瞬間は、〈キャーッ〉とばかりいっせいに交換台を離れて主事や監督の袖にすがったが、交換台の信号ランプの赤い灯が点滅しているのを見れば、思わず交換台にかけよらないではいられない。責任感が少女たちをつき動かした。赤い灯がともればコードをつながねばならぬ。余震と火事の恐怖におびえながら、通話機関が断たれるまで交換台を離れなかった。電話が通じない間は中央郵便局の援助に働いた。やっと五日に臨時電話所が開設されたが罹災者が多くて出勤者は五十名に過ぎない。少女らは片手にコード、片手に握りめしをつかんで執務したという。総員五千二百名の交換手のうち、行方不明八百名、殉職者十名。出勤した交換手は八日までは全く不眠不休だったという。

それを聞いて犬養逓相も髯面に思わず涙を滴らせたという新聞の記事もあった。

信子はそんな少女たちが好きだ。職責を果そうとする健気な娘たちに心から喝采を送った。

けれど信子の仕事場はいまはない。雑誌という雑誌は全滅、「印刷文化の大打撃」という文字さえ新聞にみえる。文士たちは地方や関西に移る人も多い。谷崎潤一郎は兵庫県の芦屋に、室生犀星は郷里金沢に帰った。

菊池寛は「完全なる衣食住なくして何の文学ぞや。衣食住の保證なき者に対しては芸術は贅沢品だ」（時事新報、大正12・10・20）といい、信子にはそれは、〈文学も当分だめだ〉という弱音のように聞える。

そうかしら？　と信子は思う。どんなときだって、人は文学で心の飢渇を癒やされるのではないかしら。坪内逍遥老は、〈今まであまりに無用の印刷物が多すぎた。これを機会にしばらく一掃すれば精神文化の一利益であろう〉という。無用の印刷物かもしれない作品を書いている信子には耳が痛い。しかし信子は、あの大震災のさなか、信子の『花物語』一冊を抱えて逃げてゆく少女もいる、と信じたかった（それは後年、私の現実となった。私は空襲の中を、吉屋信子の少女小説を抱いて退避したのであった）。

いつかはまた、東京に小説も戻る、と信子は思いたかった。それまでを再び『薔薇の冠』の取材に長崎へ行ってみよう。今度は千代と共に。

千代は勤務していた麴町高女が焼失して失職していた。彼女は遊んでいられる身ではなかったので、すぐ就職先を捜さねばならなかった。長女だから多い弟妹の扶養責任の一端を担わなければいけない。両親には東京での就職はむつかしいから地方で捜すという口実を与え、先に長崎へ発つ。信子は日記にしるす。

「万難を排し吾は決然として彼女の許に赴き夢美しの長崎に小さき甘き巣をいとなまん」

（大正12・10・26）

早く千代と長崎に住みたい。そう思う信子は家族のことなどついつい、上の空になったかもしれぬ。

旅行用の鞄を求めた。二十二円五十銭。うきうきしている信子に、母は何かいったのか、信子は母の言葉に反発している。ああでも、もういい、「出立の日待ち遠し」。
「おゝ日よとく去れ、彼の君を見るまで」（10・27）

8

長崎での生活は二か月ばかりだが、まるで〈夢のよう〉だった。しかしいつまでもそうしているわけにはいかない。千代のほうは切端つまっていた。折よく、学校時代の友人が下関高等女学校に奉職していたのを、結婚でやめるあとがまに坐ることになった。信子は共に下関に住んだ。ここでの生活は半年あまり。信子は先に帰京し、やがて八か月ほどのち、千代も帰京する。東京の高女に就職がきまり、やっと念願の東京で働けることになったのだ。もう大正十四年（一九二五）も春になっていた。

同じ東京にいてさえ、日《ひ》文《ぶみ》夜《よ》文《ぶみ》で文通し合っていた二人であるから、東京と下関に別れていた八か月のあいだ、どんなに繁々と手紙はとり交されたことであろう。その間だけでも八十数通に及ぶ。

千代は長崎時代のことを手紙で回想している。

「長崎にゐる間中二人でくらせましたのねえ。時々みんなが邪魔しましたけれど、それでも二人つきりの家でしたわねえ。私、籠を提げて買物に行きましたわねえ。そしてあの台所で御飯をたいてそして鍋料理のまゝごとみたいなのしましたつけねえ。二人でこたつにむかひ合つて、本をよんだりあみものをしたり、笑ひあつたり、ぢつと考へ事したり、時々喧嘩したり――

仏蘭西《フランス》が好《い》い、あめりかが好いつて、いひ合ひましたつけ。それから街へ買物に行つたり、活動をみに行つたり――私、あんな生活で好いからもう一度したいの。

もうこんなに別れてゐるのいや――姉様、どうかして頂戴、私なんて小さな望みでせう、私ひとにかくれてでも好いの、あんな小さいお家とあんな貧しいお道具で好いの、姉様さへあつたら。

私けふはだめ、泣けてばかりゐるのですの。長崎にあのまま居たかつたわねえ。だけどどこでも私の事を雇つてくれないのですもの。なんて意地悪な長崎でせう」（大正13・6・25付）

信子は「婦人之友」に連載中の『薔薇の冠』に苦闘しているが、千代は求職に奔走していた。

しかしそれでいて、長崎は楽しかった。二人は時計屋の離れを借りて毎日、町を歩いた。日曜には教会にゆき、オルガ様という修道女と親しむ。「寂しみの影強ければ優しき感じさえ《ママ》あり、あはれ深き混血児の君よ」（信子の日記、大正13・1・1）信子は美しい修道女に長崎の夢を塗り重ねる。

　焦土の東京から逃れくれば、海を抱いた緑濃い長崎は幻灯の中の世界に思われた。十字架と殉教の物語が日常次元で息づいており、それと共に甕《かめ》の中で逸楽がひそかに醱酵するような、どこかしどけないたのしい気分もこの町には感じられた。それは信子がこれまで漠然ともっていた先入観かもしれないけれど。——

　信子ははやくに『花物語』の「月見草」で長崎を書いている。おゆうさんの物語である。

「私の母は長崎の蘭医の娘だったので、母は亡くなる少し前からはなしたの。それはねえ、海が紫の絹糸を引いたように遠くかすんで和蘭陀船《おらんだぶね》が、もの悲しい笛を鳴らして、流離の海路の旅を愁う、船唄のように響くのだったよって、和蘭陀船が赤い帆柱をたてて港へ入って来た時、浜へ出てゆくと、大粒の朝鮮卵が籠からこぼれるほど盛ってあったり、異国のお酒をいっぱい入れた土甕《どがめ》が、船子《ふなこ》たちの飲むにまかせて砂地に据えてあるのに名も知らぬ蔓草《つるぐさ》が巻きついて、小さな白いほろゝ、さびしげな花が咲いていたりしてね、母さんはそのころ、いつでも紅い八ツ口に手をさし入れて、薬草蔵《やくそうぐら》の欄干によっては、じいっと海を見つめているのが、くせだったよ。ある時ねえ、浜へ出て砂地に佇《たたず》んでいたら、誰《たれ》か眼

かくしを後ろからするのだったゆえ、

（いやよ、だあれ）

と、やっとのことで手をよりほどいて後ろをふり向くと、まあいつの間に来たのか、白いひげのたれた、もの優しい顔のお爺さんが黒い法衣《ころも》のような着物をきて、にこにこ笑って立っていたので、母さんは恥かしがって逃げようとしたら、

（いい子じゃ、逃げるでない）

と言って、いきなり母さんを抱きあげる、恐ろしゅうなって、ほろほろと泣いたら、白いひげのお爺さんは、

（わしが悪かったの、お泣きやるな）

となまりのある言葉で、こう言うて優しく背《せな》をなでて、黒い着物の袖から金色《きんいろ》の——それはお祭のからくりで見た佐倉《さくら》宗《そう》五郎《ごろう》のしばられた磔《はりつけ》刑の木のような形した——ものを出して、母さんの小さい掌《て》に握らせたというの、母さんがその黄金《こが》作《ねづく》りのものを手にして濡れて涙の瞳に沖を見やれば、波の彼方《かなた》を染めて赤く流れる入日にまぶしく、きらきらと金の十字が光ったのを忘れないって」

そんな物語を夢想していた信子が現実に長崎に、千代と住んでいるのだ。心弾まぬわけがあろうか。

しかし千代の下関高女就職がきまり、年あけ匆々、下関へ移る。大正十三年（一九二四）

であった。長崎での元日には急須で「我家のお屠蘇《とそ》」を汲みかわした二人だったが六日にははや出発せねばならない。「なごりの皿うどん、記念さつえい」(信子の日記、大正13・1・6)。オルガ様には薔薇の花と自著を贈って別れた。

下関へ着き、とりあえず二階借りをする。千代は校長先生の家で新年会があるというので出かけてゆき、帰りはおそくなり八時だった。「我寂しく二階に一人待つ。いらだたし、いらだたし、かへり来るより不平一時にばくはつ」(同1・13)

わがままで子供みたいな信子である。家事のできない信子と違い、千代は有能だったし働き者だった。学校から帰るなりすぐ台所で夕食の支度にかかる。

「千代ちゃんかへりて働く。彼女よ、この生活にも心から満足してくれるのか! 私は早く強くなつて二人の愛の生活を育くもうよ!」(同1・15)

貸家を探さねばならなかった。「路悪く悲し」——そんな中にも二人はコトブキ館や山陽倶楽部といった劇場へほとんど毎日のように活動(映画)を見に通う。書く苦しみから逃れたい思いもあったのかもしれない。

信子は『薔薇の冠』に手こずっていた。編年体の小説では主人公の動かしようがなかった。大正十三年の日記の前半はしばしば『薔薇の冠』についての苦渋がしるされる。これは恥辱の冠だと信子はしるす。

「悔《く》い！　悔い！　あゝ恥辱の冠はばらの冠の名によつて私の頭上におかれた！　筋だ、筋だ、筋も無くなぜかいた、あの筋はあまりに漠然過ぎるではないか」（同3・10）

信子は「高下駄をはいて背のびするな」と自戒する。幼時からキリスト教には親しんでいたものの、深く研究したわけではなく、信教が一つのモチーフとなっているこの小説は信子の分に過ぎたものといわねばならなかった。信子は風呂敷を拡げすぎたと反省する。

　その反省は信子に二つのことを自覚させた。

一つは必ず周到な作品の青写真を用意すること。取材の努力を惜しまず、緻密な構想をたてること。

一つは抱負と目標である。「家庭小説」というジャンルをこの時点で信子は発想する。

「家庭小説。清純にて人間味あり、女性的にこまやかに美しく詩的なもの」（同3・11）

信子は併行して『空の彼方へ』を書きはじめる。目標に沿うた作品を書いてみたくてならなかったのだ。同時に大阪朝日の社会部長大江素天へあてて「依頼の手紙を出す」とあるから（同3・26）発表の可能性の有無を打診したのかもしれない。大江とは『地の果まで』のときに知遇を得ていた。

　信子がけんめいに書いていると千代は機嫌を悪くする。

〈どうしたの〉といえば、

〈信子さん少しもかまってくれないから〉

〈ばかねえ、あたしだって千代ちゃんが出勤したあと、どれだけ淋しいかわかってるの？千代ちゃんが帰ってきてやっと元気が出るんだわ、出たから書けるのよ〉

と笑いあって二人の暮しは充実していた。いつかアメリカへいこう、いややはりフランスだと夢は果しなく、合間に千代はカレーをつくったり、おいしいお浸しを食膳にのぼらせたりする。実に器用な人で、料理の才能と共に裁縫の腕も立つらしく、信子に銘仙を買って来て袷《あわせ》の着物を縫い、果ては信子のケープと帽子まで縫ってしまう。いい貸家がみつかり、二人のまずしたことはオルガンを買うことだった。日々を楽しもうとする二人の心はずみが感じられる。信子はどっさり好きな楽譜を買ってきた。『空の彼方へ』を書きはじめたので信子もやや精神のバランスがとれ、『薔薇の冠』に対する自己嫌悪は薄れたかにみえる。しかし『薔薇の冠』に対する「婦人之友」編集部の反応は悪くはなく、「ほめて下さる」と信子の日記にはある。「然し私は自分で決して満足出来ない作品であることを悲しむ」（同2・27）

信子は一応作家だから、下関でも一部には名士である。東洋日報社からインタビューに来、写真をとろうとした。千代も一緒にと乞われるが千代は拒む。狭い下関の町、学校の先生といえば人の噂にもなりやすい。あくまで千代は影の人でいたいと思う。千代の学校で音楽会があった。町の人もいくので信子ものぞきたがったが、千代は〈目立つから来ないで〉と止めた。東京でも珍らしがられた断髪のヘアスタイルが、旧弊な下関でどう見られるか、社会感覚の尋常に発達した常識人である千代は、そのへんの機微を洞察していた（それでいて信子の、すらりとした長身と美しい脚に似合う断髪を千代は愛し、その近代美をいっそう引き立てるようなケープを作るのである）。信子は、〈われながらよく似合ってうれしい〉と日記に書いている。

千代が写真に入らないのを信子は単純に悲しむ。

「早く二人そろつて堂々と写真班のレンズに入り度きと切に願ふ。神よ守らせ給へ！」（同4・6）

しかし二人の仲むつまじいくらしを見て、隣家の小父さんが歌を贈ってくれた。

「門馬・吉屋の両女史の御同棲をみて
むつまじく二人住まひて咲く花の春をやまたん人のゆかしき」

――「だつてサ」と信子は書いている（同2・26）。

実をいうと、何を怒ったのか、「夜は争闘篇があつた」と信子が日記に書くこともあったらしい（いま書いている『空の彼方へ』の章は「恋愛篇・受難篇・復活篇」などとなっているので、日記にもそのスタイルを流用したのだろう）。

信子はあとでその部分をインキで乱暴に消しているが千代の手足をしばり「猿くつわをはめていじ《ママ》めた。（サディズム！）」（同4・10）。ちょっとエロティシズムの匂い立つページである。つづいての記述はインクの色もかわり、

「葱は丸太の様に切つた。
メリー・ピックフォードを今日久しぶりに見た」
と脈絡なくおかしい。

下関の生活も終るときがきた。千代は東京から父の病いが篤いという電報で呼び戻される。信子も帰り風がたった。東京へ戻りたいが、家に帰るのはおっくうだ。学校があるので千代は帰ってきたが、父の症状ははかばかしくないという。信子が東京へ帰れば、二人は下関と東京、離れて暮さなければならない。しかし信子は下関にも飽いた。復興が日に日に進んでいるという東京を見たい。ついに七月末帰京する。

大森不入斗《いりやまず》一四三八に引っ越したのは九月に入ってからだった。いつまでも忠明の本郷の家にもいられず、独立する力を得た信子はあちこち家捜しをして大森にきめた。母と（ということはまだ独り者の弟の義明もついてくることになる）暮すつもりである。この母と娘は反発しながら、それ以上の強い絆で結ばれていた。忠明や道明の兄たちが引越しを手伝ってくれ、松坂屋から箪笥を運ばせ、すでに信子はこのときから戸主であった。千代との約束を思って、アテネ・フランセへ規則書を貰いにいった。いつか二人でフランスへゆく、そのときのためにフランス語を学ぼうというのだ。

それに『花物語』を出した交蘭社から個人雑誌を出してはどうかという話が持ちこまれた。信子は個人雑誌の編集者に千代を起用することを思いつき、勇んで手紙を書く。

「これうれしい手紙よ　二人にとつて、ね」

とまずはじめに書く。

「(中略）あつ千代ちやん　おめでとう《ママ》、雑誌出すの、私が。そして帰京するのよ、あなたは。

今日交蘭社の主人来たの、雑誌として競争的に出すのは少し困る、自分の目的は吉屋信子個人雑誌のパンフレットを是非やらせて貰ひたいと云ふの。大丈夫売れる、私一人で、と言つたら、え丶大丈夫、『花物語』の読者だけでも充分に出す予算がありますつて言ふの、内容は純創作でよく、これから交蘭社も『屋根裏の二處女』出版を皮切りにいよ〳〵大人相手の文壇的にも乗り出してゆきたいのですつて。少年少女では不足でさびしいつて生意気ね。（中略）さういふつもりなら、その代り私ね、約六十頁のコントのよう《ママ》な四六判の雑誌で埋めてゆくの。原稿料はあまり外の雑誌よりもくれないの。でも利益があれば二つ割りにしてくれるつていふの、（原稿料の外に）

どうい丶でしよ、約束したわ。

そして自分の個人雑誌だけれど同性のよき作家のために進んで頁をさいてあげると宣言するの。

そして千代ちやんの評論をのせるのよ、わかつた？　しげりさんの戯曲ものせないといけないでしよ？　のせないとあのひとふくれるね、たしかに。

あゝうれしいわ、そしてね編輯はかんたんらしいから私の家で自分で好《すき》な様に引き受けたの、そして千代ちやんを私が助手に（個人的に）頼むの、そして百円あげるの、いゝでしよ、これでがまんするのよ、だつて編輯なんて二日かかれば出来ます。（中略）私が改めて貴女を秘書官にするの、辞令が出たから、さあ早くおかへりなさい。お父さんへうまく言はねばいぢめるぞ。どうしてもかへるのよ。

今、家へいくら送つてゐるの、教へて頂戴ね。着物でも何んでも私買つてあげるからね、早くかへつて来て頂戴ね。仏蘭西へも一寸の旅なら行つて来られるの、来年の秋でも、さ来年の三月から夏までの間ならね。

家も今すてきにやすいから建てませう、黒薔薇《くろしょうび》の家に愛する二人棲めり、うれしいね。〈黒薔薇〉て題にしやう《ママ》と思ふがいかが。千代ちやんもいそいでよき雑誌の名題を考へて直ぐ知らせて頂戴。いゝ子だから。

手紙よこして頂戴、千代ちやんの手紙来ない日はとても堪え《ママ》られないの、十二月までなんて長すぎる、より早くかへつて手伝つてよう、一月（十四年来年よ）からいよいよ出すのよ。原稿は十一月一杯にまとめてね、十二月二十日には初号が華々しく打つて出るの。大丈夫、もう私の作品は全部一年一ヶ月だけよていが組んであるの。すでに七十何枚かいてあるわ。実は中央公論へ持つてゆくつもりで大努力のやつ。（中略）手紙頂戴よ、きつと。そしてあなた帰京するの、そして私の編輯所へ毎日通ふの。そして入り浸りで泊りこんでゐればいいのね、毎日どんなに可愛がつてあげませう、なめたりさすつたり、あなたがやせるほどかあ《ママ》いがるの、いやだと言つて泣き出してもきかないでかわ《ママ》いがるの、いいきものきせてかわ《ママ》いがるの、そして勉強させるの、あなたはまだ勉強しなければいけない、私も一緒にするから、ね、早くかへつて頂戴、長い手紙毎日毎日いくつもかいてかかさず送らないの、私怒つてしまつてよ。そしてほかの人を一寸愛して間に合わ《ママ》せたりするかもしれないの、いい? いやでしよ、ぢやあ、毎日手紙かくのよ、ホントは嘘よ、誰もあなた以外の女性など愛すること出来ないから、安心して手紙かいて頂戴。

私のひとに　　　　信子

てがみ／＼てがみ／＼きつと早く
すぐ頂戴」（大正13・10・10付）

いちずで性急な信子はこうと思うとほかのことは念頭から消えてゆくらしい。

「お手紙頂かなくなつて、約十日です。今日の最終便をもの狂ほしい気持で待つたがもう絶望です。おお悪魔、よく二年にわたつてお前はこの私をひきつけてゐた、けれども悪魔よ、いまといふ今私はもう歯をくひしばり血みどろになつてもお前と別れて一人で生きてゆかねばならぬ、どんなに恋しいか、辛いか、悪魔よ、でも感謝しよう、ふたとせ、あの美しいゆめを見せてくれたから」（同10・13付）

千代は東京の父の病いが快方に向わず、上の弟まで病気になったという便りで、心労ただならぬ上に、学校も日直だ、職員会議だと激務であった。信子が去ったので食事の支度をする気も起きず、賄《まかない》つきの下宿に移っていたが、多くない給料をやりくりして家へ送金もしなければならなかった。わかい女の、細い肩に多くの負担がかかって、知らぬ他国の風は冷い。千代にとって唯一つの慰安は信子に手紙を書くことだった。

「愛する愛する信子さま、私のために考へて下さいね、できるだけみんなの気持を痛めずにあなたとよい生活が出来るやうに――それは欲張りかも知れないわ、両方望むなんてね、だけど私は自分の幸福を求めるために外の人傷つける事が出来ないの、もつとほんとう《ママ》にいへば、さうしては完全な私の幸福が、そして二人の幸福が来ない事を知つてゐるのですわ、私を支へて頂戴ね、私の勇敢な騎士様」（同10・2付）

「信子さんいやよ、ちやんとして頂戴よ、あなたつてほんとに頼りにならない、どうしたつていふのでせう、私が冷《ママ》たいつて。馬鹿ねえ。馬鹿ねえ。――私、前よりも愛してゐると思つてゐます。ほんとうよ、ほんとう《ママ》ですよ。神様にかけて、私、誓ひます。どんなに愛してゐるか。（中略）私はあなたのお手紙が来ない間中、どんなにみじめで淋しくて頼りなくつて、もう死んでしまひたい様だつたか」（同10・15付）

　こんな千代に、信子はすぐ焦《じ》れて、悪魔呼ばわりをし、また忽《たちま》ち思い直して、電報で詫びるのである。

「黒薔薇」については信子の手紙にくわしいが、これについても千代の反応は冷静である。

「あのねえ、あなたの個人雑誌の事ねえ。今からではおそいかも知れないけど、でもよく考へて御覧にならなければいけないわ。然《そ》うなれば外《ほか》の雑誌へはおかきにならないわけでせう。それから随分毎月重荷ですよ。然《そ》うぢやない？　出さなければならないと決まるんですもの。それに私、一寸心配ですわ。それから私、あなたの秘書になるのはいやよ。お断わりしますわ。

お怒りになつては困るけれど、そんな風にあなたの仕事を手伝う《ママ》のはいや。私、外《ほか》の仕事をしながらなら、喜んで手伝つてあげますし、秘書の仕事もしてあげるけど、専門になるのはいや。

あなた有頂天になつてはいや、いまからだつてまだ考へる余地はあるでせう。然《そ》ういつては何だけど、あなたはお人好しなのですもの、唯少し急いで、二人が一緒になれるだけの事のために、長い間の不利益になる様な事を、考へなしにやつてはいや。考え《ママ》て下さいな、私だつてそれだけの事をやつてゐられて？　そしてあなたからお金を貰つてゐられて？　私、交蘭社の主人の気持がよくわからないわ。あなたは私が帰京出来るかどうかといふ事は度外において、暫くよく考へて、ほんとに御自分によいかどうかみてみて下さいな。（中略）もつとあなたが力を注ぐ仕事がありさうに思へるけれど」（同10・13付）

「あなたが発表なさりたいと思へばいくらでも発表する事は出来ると思ふわ、おんなじ発表するならあなたの個人雑誌の限られた読者よりも、もつと広い方が好《い》い。ね、然《そ》うでせ

う」（同10・14付）

「個人雑誌を出すのにたくさんお金でもあればともかく何もなかつたら、そんなよけいジヤアナリズムに支配されるの、わからないのかな。それもあなたの馬鹿な夢でなければよいがとあやぶみます。だけどあなたがやつてみやう《ママ》と思ふならなさいまし。だけど私は外《ほか》の仕事がみつからなくつちやかへりませんわ。それははつきり申し上げておきますわ」

（同10・14付）

「信子さん、個人雑誌を出すなんていふ事は一寸大きな事だのに、あなたは私に相談しても下さらないなんて、ひどいと思ひますわ。あなたはそれでどんな風に、私を、あなたの生活に関《かか》はらせていらつしやるの。さつきは唯、一生懸命にかいたので、そんな事を考へつかなかつたけれど、考へてみれば淋しい様な——あなたが愛して下さると仰有《おつしや》るのは、生活に無ければならないと仰有るのは、それは唯、私の身体ですの？——私、いやですわ、そんならもつと美しくつて明るくつてコケツトリーのゆたかな人がいつぱいあるでせう。

　あなたの大切な生活の外においてお置きになるなら、私どんなにあなたの傍にゐやう《ママ》とあなたとは大変遠い人になるわけですもの。私東京にかへるのなんか、いやになりますわ。

　私を勘定に入れて下さらなくちやいや。——私に相談して下さいな、愛するお姉様、あなたの事を、あなた御自身よりも考へてあげられるのは私だけですわ。（中略）私、あす電報打と《ママ》うかしら。〝ザツシヤメラレヌカ〟つて。あなたにはもつと純粋な立場に立つて

ゐて下さい。そしてそんな横道へ行かずに小さく固まらずに出来るだけやつて行つて下さい」(同10・14付)

千代は愛の前に自我の尊厳を崩すことのない女だった。何ものもその志を奪うことはできない。玲瓏《れいろう》たる人柄のすずやかなかおりは、七十年のちの私たちをも薫染《くんせん》するかのようである。信子が愛したのも、彼女のそんな人格の気韻であろう。千代はまた佳《よ》い女だった。そして信子の情と千代の理智がうまく拮抗し、絶好のコンビとなったのは当然だろうという気がする。

信子は離れ住むいとしい人への心もとなさから、千代を養女に、と考えつく(後年それは実現したが、すでにこの頃から考えていたのだ)。年は三つ下にすぎないが、信子は戸籍だけでも二人一緒にしたかった。その案を示したときの千代の返事もさわやかだ。

「お《ママ》かしな手紙有難う。だけどいやよ。養女なんて私、いやよ。そんな事きらひ。私はこのままで好《い》いのよ。あなたは戸主におなりになる事は好いけれど、そんな事考へるなど、戸籍なんて何？おまけに裾模様なんてほんとにいやな人だこと。私、社会的に公表するつていふのもいやよ。

私は静かな隠棲が好きなんですもの、つまらない、つまり私、東京つていふ巷の中にかくれすみたいと思つてゐるだけよ、私達が何も社会的に結合を認識して貰はなくたつてちつともかまはないぢやないの、まさか内縁ぢやなし、二人とも独立した人間である方がどんなに好いか――それだからつて私、自分の独立を失ひたくない、あなたに隷属《れいぞく》するのがいやといふのぢやありませんの、私達はもつと社会の規範の外に出て、私達には私達自身の独自な結合の形式があり、それは社会の如何なる力、これを認識し或いは否定する――それらの力に依りて左右される事のない、つまり社会的形式を無視し、社会的勢力の外にありたいと思ふの。

私の大好きなおとぎ話の女王様。
あなたは何て大きな子供でせう。いつまでおままごとをしてゆくおつもりですの。（中略）私、多分世間へ出たいなどと思ひませんし、二人の社会的の位置なり職業なり傾向などすら差異があつて少しもかまはないと思ふの。

そんな事気にしちやいやよ、それより馬鹿げた事で世間の非難を受けて貴い生活を乱したくないと思ふ。要心だけが、私の世間に対してもつ関心なのです」（同9・28付）

文中の〈裾模様〉とあるのは、あるいは信子から養女縁組披露宴でもやって裾模様の着物を千代に着せようという提案でもあったろうか。信子のその手紙は失なわれているが、ここでは千代の〈社会的例外〉とでもいうべき、二人の関係についての見解がのべられている。千代のあたまのよさも感じられるが、見識もかくべつのものがある。たおやかな容姿に似ず、社会の例外になることを辞さない不逞な使嗾《しそう》もある。信子の陰にかくれて見えないが、千代もなかなかの、ひそやかな逸物である。

「黒薔薇」はセピア色の表紙に黒字で「吉屋信子パンフレット　黒薔薇」とあり、六十ページほどの瀟洒な小冊子、信子の意向か交蘭社の思惑か、少女小説臭を排して、長篇の連載一本、短篇一本、感想（評論というべきもの）や随筆がある。すべて信子一人でページを埋めているので、ファンには嬉しいプレゼントであろう。一冊三十銭、一万刷ったというが売れ行きはよかったという。東京のある書店では売れ足の早いのは「キング」が筆頭で五番目に「黒薔薇」があがったという。

　信子は小説は別として評論や感想に、思うさま、誰に遠慮もせず、社会風潮を斬っている。ときに文壇や作家に及ぶことがある。

「菊池寛氏の作品に就きて或る傾向を難ず」

　菊池の小説の愛すべき美点をかずかずあげながら、「遺憾ながら其処に現れた女性の表現が一般男性の低い概念を一歩も出でぬ恨みがある」と。そして『羽衣』という作品を悪趣味であると痛烈に弾劾する。〈向う意気強い〉という言葉があるが、

（個人雑誌だもの、これくらい書かなくっちゃ）

という信子の気概が感じられて面白い。

　菊池はこれに対し、きちんと返事をくれ、怒るかと思いのほか、信子の元気のよさが気に入ったらしかった。以後、菊池は信子をよく庇護してくれる、親しい男友達の一人となった。

「黒薔薇」はよく売れ、当ったというべきであろう、新聞評でとりあげられたりしたが、文壇にもちょっとした反応をもたらした。五号の随筆「憎まれ草」に、「改造」四月号の男性作家の作を「どれもこれも女性を対照《ママ》としたうす汚ないエロチックな伏字だくさんの御名文のお揃ひである」とこきおろしているのだ。怖いもの知らずの颯爽たる足どりである。

「世の男の方達よ、貴方達も、もういゝかげんに酒と女と遊びの概念から解放されておしまひなさいな。女性と申すものを、必ずエロチックな対象としてのみ受け入れる伝統的概念から男性が一日も早く解放されなければ、男性の人生に於ける段階は位置低きものであつて、又人類の理想への進路を常に阻《はば》むものである」

信子は自信を得たのだ。自分のゆくてがきまった。清新な家庭小説。理想の女性を描くこと。そして千代の支えがうしろにある。もう恐れるものはないと思った。

千代にも朗報がとどいた。金子しげりが口をきいてくれて、東京の頌栄高女に就職がきまったのだ。校長は「少女世界」の編集長だった沼田笠峰《りゅうほう》で、信子の少女時代からの知己だった。

千代は帰京した。信子は潮がみちてきたのを感ずる。

〈千代ちゃん、どうしても家をつくりましょう。可愛い、お伽話みたいな、バンガロー風のうち。小ちゃくていい……屋根が赤くって、壁は卵色の洋館……〉

信子は千代の手を離さない。いまは千代も反対せずにうなずき返す。

〈いいわ、あたし、図面引いてみる〉

〈フランス窓があって露台《バルコン》に出られて。そして、あの〉

と信子はせきこみ、

〈水洗便所にできないかしら、あれ夢だったの〉

千代はふき出してしまう。

〈夢は叶えるためにあるんだわ、ほかには？〉

〈いっしょに棲むこと。いい？〉

〈じゃ、あたしのいうこときく？〉

と千代は微笑する。

〈もちろん、何でも。だって千代ちゃんのいうこと、いつもまちがってないんだもの〉

〈じゃ、そのネクタイおよしなさい〉

信子は春らしいシャツに男もののネクタイをつけていた。

〈ネクタイ、いけない？〉

〈ううん、そうじゃないの。とてもよく似合う。信子さんの断髪にそのネクタイ、新鮮で新時代の美だわ。ただネクタイの柄がね、渋すぎてよ。あたし、いいの見立てるわ〉

千代は信子のネクタイを指ではじく。その指を信子はやわらかく、咥《くわ》える。……

パリの夢

1

大正十五年（一九二六）新年匆々《そうそう》、〈東京市外下落合二、一〇八〉なる番地に、瀟洒《しょうしゃ》なバンガロー風の家が建った。信子は「小屋」といっているが、羽目板や鎧《よろい》扉のある、小さいがベランダもついた、女好みのかわいい家だった。そのベランダで籐椅子に坐ってうつむいて編物をしているカーディガン姿の信子や、書斎の机の前にやや半身をひらいて、右手にペンを持ち、右斜めの横顔をみせている信子の写真が残されている。——この写真の信子がいい。

三十になったばかり、意志的な美しい顔だ。

表情にもう迷いはない。

ＹＷＣＡの寮にいたころ、幼稚園保母養成所にいたころの、鬱屈した、不逞に拗ねた表情はない。そのころの写真は束髪の髪も乱れて老けており、まるで大正十五年ごろの信子の〈伯母さん〉のようにみえる。

いまの信子はきりっと断髪していてずっと若々しい。耳がわずかにかくれるくらいの長さだから現代からいえば、大げさに断髪などというほどのものではないけれど、一九二〇年代半ばでは異端のヘアスタイルである。

白いシャツブラウスにネクタイがのぞく。手編み（おそらく千代の丹精であろう）のV《ヴィ》ネックセーター、色はわからぬが暖かそうなものを着て、左手は机におき、右手はペンを握ったまま、チェックのスカートの膝においている。やわらかそうな指である。

ペンは軸の長い筆記ペン。万年筆ではない。

斜め横顔なので高い鼻梁が際立ち、意志的につよく結ばれた、やや厚い唇、濃い眉、強い眼の光……いかにも新進気鋭の女流作家というおもむき。

これは素人写真ではなく、主婦之友社のカメラマンが撮影したもので、信子自身も気に入った写真の一つ。撮影は昭和二年（一九二七）で、この年「主婦之友」誌上に『空の彼方へ』が連載されることがきまり、同誌の口絵写真としてとられたもの。

のちに新潮社から昭和十年に刊行された『吉屋信子全集』の口絵にもこの写真を信子は掲げ、月報に書いている。

「八年前の此の風貌は、その当時の意気と共に私は好きで、その時の気持を忘れぬ為に今も書斎にかけて置く写真でございます。

もちろん、この写真の主は少しも美人ではございません。見るからに原始的な断髪で、手編のスエーターを着込み、ペンを持つて眼を光らして居ます」

大正十五年、昭和二年（昭和元年は大正十五年十二月二十五日より七日間のみ、改元があってすぐ昭和二年になった）ごろの信子は求められるままに短篇を書き、また「婦人之友」に二度目の長篇『寧楽《ねいらく》秘抄』を連載すべく用意していた。『薔薇の冠』であんなに苦しんだのに、奈良の天平時代にあこがれがあって……と思わず洩らしたのを、「婦人之友」の編集者が、ではそれをどうか、とすすめたのである。信子には珍らしい歴史に材をとった作品、「光明皇后のお姿を写してインドの工人文答《もんとう》師が十一面観音像を造ったという伝説にヒントを得ての勝手な幻想を描いた内容だった」（『私の見た人』「羽仁もと子夫妻」）。

それともう一作、書きすすめていたのは『空の彼方へ』という長篇。清新な家庭小説を、という抱負で書きはじめたが、これはまだどこに発表するあてもなかった。

『寧楽秘抄』を「婦人之友」に連載するに当り、信子はある心づもりをしていた。そのギャラに手をつけず、それは家を建てる費用にあてようと決心したのだ。ずっと少女小説は書きつづけていたし、短篇も売れるので生活費は安定して得られるものの、新築資金を貯めるところまではいかない（千代への手紙に、母の浪費癖を愚痴ったりしているが、母もたぶん自分のために費消するのではなく、手許不如意の息子たちへ融通していたのかもしれない。信子の愚痴や恨みごとに対して、千代はその返事で、理智的なこの人らしく、

〈家庭の揉めごとをきくのはまっぴらですわ。それに親の悪口をいう人なんか、きらいよ〉
と手きびしくたしなめている）
『寧楽秘抄』の文答師は観音像を造り、作者は家を建てようという寸法だった。しかしささやかな〈小屋〉の建築は思ったより早く進捗《しんちょく》して資金が不足した。
信子は原稿料の前借りを思いつく。少女小説の出版社でもどこでも、信子の意向を迎えて承諾してくれるだろうと思われたが、信子は「婦人之友」の羽仁夫妻に頼みたかった。夫妻にならば、人に気臆れしがちな信子も勇を鼓《こ》して申し出られそうな親しみがあった。思いきって信子は自由学園へ出かけた。ちょうど羽仁吉一が門内の庭に立ち、校舎の屋上を眺めていた。長身の背広姿であった。
夕方で生徒の姿は見えず、あたりはしんとしていた。信子が近付いて、これこれの用件でうかがったのですが、と顔を赤らめながら話すと、半ばも聞かぬうちに、
〈それだけの額ですみますか?〉
と苦労人らしい羽仁の言葉だった。
〈建築というものはわずかな費用を節すると、あとで必ず後悔するものですから、不正な費用でなければ思い切ってかけて置くほうがいいですよ〉そして更に、
〈それだけでいいのですか〉
と念を押した。やさしい心くばりである。「前払いなど問題でなく建築のことを心配し

て下すった」（『私の見た人』）と信子は感激する。そして信子をほんのちょっと待たせたま、すぐ一葉の小切手を渡し、信子が受け取りを書こうとすると、〈あなたがおぼえていればいい〉と静かにいって、信子を門まで送った。

無論、信子はのちに返済し、またこんな借金を生涯二度としなかったけれど、それほど信子にとって羽仁夫妻には甘えやすい雰囲気があるのだった。しかしこの羽仁吉一のたずまいは好もしい。

何にせよ、下落合の家は出来あがった。信子の日記によれば借地百三十坪、地代金二十円六十銭、十四年十一月より、とある。この地代は一年分であろう。前年から借りている。

信子に『櫟林《くぬぎばやし》の家』という短篇がある。昭和六年の作で「婦人公論」十一月号に発表したもの、信子に珍らしい私小説風のタッチで、郊外の洋館に住む若い女二人の話である。何となくこの家のイメージがある。

「郊外の櫟林の丘の上に立つ小さい十坪の洋館、屋根は赤く壁は卵色、窓は北に高く切られて階下《した》はアトリエに使われていた（田辺注、私小説風に書くとき信子はヒロインにきまって画家という職業を与えている）。二階は南に仏蘭西扉《フランスドア》をつけて人造石を敷いた露台《バルコン》に出る寝室に作られてある。子供のない若い画家夫婦の棲むにふさわしいその家よ、けれども蔦のからまった低い門柱の上に仲よくならんだ短冊型の表札二枚、A子……B子……女名前の二つだった」（『吉屋信子全集』2）

信子の家は三月ごろに最終的に工事が完了したらしく、三月十二日の日記（大正15）に、「新しい表札を出す」とある。いよいよ、一戸の戸主となって独立したのだ。信子は生涯に、五、六度家を建てているが、この下落合の家が最初である。千代の表札も出ていたかもしれない。千代はあいかわらず高等女学校の教師という勤めをもち、折々は大塚の実家へも帰って父母を顧み、弟妹の面倒を見ていたらしい。頼りになる長女なのであったが、この家が出来てからはむろん信子と棲んだ。信子のもとへやってくる編集者たちに昼食を供したりしている。

信子はこのころから帝劇の劇評やら、衆議院の傍聴記やら、婦人雑誌のインタビュアーやら、という小さな仕事を依頼されるようになった。信子はそれらを精力的に消化《こな》したけれども、長篇で婦人雑誌に進出したかった。

『空の彼方へ』は朝日新聞に打診したが掲載見込みは薄く、

（「主婦之友」あたりから、載せてあげます——といってきて下さらないかしら）

と信子は虫のいいことを夢想していた。

夢想——そうなのだ。空想癖の強い信子はそれからそれへと空想を走らせ、われながらそれで充足してしまってうっとりするところがある。

〈こうしてかわいいうちができて、千子《ちこ》がそばにいてくれるだけでうれしいんだけど、次はフランスゆきね。パリで……ふたりきりのアパートで暮すの。シャンゼリゼー、凱旋門、

ブーローニュの森。ああ、すてきっ〉

千代は冷静だった。

〈外遊するにはまずお金よ。二人で一年滞在して、さあ、いくらかかるかしら、五千円？一万円？……まあ恐ろしいようなお金だこと。夢のようだわ。でもそのつもりでこつこつ貯めれば、きっと実現してよ、わたし、信子さんのために資金設計するわ。悪いことしたり、一攫千金《いっかくせんきん》を夢みるような横着なことさえしなければ、神さまはきっと味方して下さって、夢は実現してよ〉

信子にとって千代の堅実な人生観は煙たいくらいである。

櫟林の丘の四季、そして女ふたりの暮しを『櫟林の家』から覗いてみよう。

「春に櫟林がうす青く芽を煙らせた。晩春にはその木々に寂しき虫の集りて眠るが如き栗の花に似た綿毛の花が小雨に濡れて咲いた。夏は彼女等《ら》が秋の展覧会出品のため山や海へ出かけた後《のち》、閉ざされた窓に櫟の青葉は茂り覆《おお》うて留守を守り門の小径《こみち》に雑草は丈《たけ》のびた……秋は櫟の落葉は雨と散ってアトリエの赤い瓦に積った。冬は細いチョコレート色の枝々に囲まれたアトリエのストーブに火は赤々と、A子は蓄音機に聴き入り傍でB子はA子へ着せるセーターを編んでいた」

このB子はむろん、千代がモデルであろう。

千代のおもかげが髣髴《ほうふつ》とする。

「『Aちゃん紅茶淹《い》れて頂戴、今私編棒《あみぼう》離すの惜しいんですもの』

『はい、引受けたッ』

勢いよく立ち上ったA子は紅茶器を取りに台所へ走り出す拍子に床《ゆか》に投げ出してあったレコードの上を踏んで――ペリペリバリバリ、

『あらッ、気を付けて！』

B子が慌《あわ》ててひろい上げるレコードの切々《きれぎれ》、

『アンダンテ・カンタビーレが真《まっ》二つよ』

『かんべんしてね』

A子が少してれて言った。

『いやなずるいA子、なんでもかんべんしてねで納まると思っているのよ』

B子の苦笑する通り、ほんとにA子はずるかった。いつもいつもそうだった。折角《せっかく》B子が縫ってくれた新しい服はすぐ鉤裂《かぎざき》か、絵具をべたべたつけるか、B子の買った気に入りの瀬戸物はすぐこわすし、硝子戸は割るし、B子がお客様の当《あて》があって買っておいたお菓子はすぐ食べてしまうし、それでB子が叱ると、けろりと『かんべんしてね』だった。

B子がどんなに忙しくても、A子は怠《なま》けて家のことをしなかった。ストーブの火は一度もA子は焚《た》きつけなかった。御飯の支度も万一A子に任せたら、いかなる恐るべきものを皿に載せるかわからなかった。B子は勢い損な役にまわってしまうのだった。そんなときさすがに気がとがめるのか、A子はちょっとてれて『かんべんしてね』を連発した。

『私はA子をかんべんするために生れて来たようなものね』

B子はしみじみあるときそう言った」

千代もただしいと信じるときは固執する。

わがままな信子が朝寝をして来訪客に面会しないというのへ、千代は怒った。信子はヒステリーだという。信子の日記に「彼女は善良なり、されど短気にして節度なし、残念」（大正15・11・3）。信子のほうがずいぶん「節度なし」だった。

実際信子も、子供のようなエゴを発揮する。自分は母や弟のいる大森の家へよくいくのだが、千代が実家の大塚へいくのをいやがった。わがままを言い募り、悶着を起し、日記には「ひとりゐるのも淋しい。千子《ちこ》よりもつとやさしい家庭的なグッドウィルのある女の人と暮したい。彼女にはすぐれた心持もあるが、又、一寸かたい石のやうなものを持つてゐる。打ちくだけてしやうしや（田辺注、瀟洒か？）の處がない」（昭和2・11・7）などと勝手なことをいっている。が、たちまち仲直りし、その年の暮れには、

「千代に別荘を求むる覚悟をなす」

などと書いている。

下落合に住んだ頃から更にいろんな文学者や作家と知り合うことが多くなった。大正十五年の一月匆々徳田秋聲夫人が脳溢血で急逝した。信子は、いつも優しく迎えてくれたは

ま夫人、お菓子を包んで手渡してくれた夫人の死を悲しみながら、早速かけつけた。門弟たちは傷心の秋聲を慰めるため、毎日二日（夫人の命日だった）に寄ろうと申し合せ、二日会と名付けた。信子はそのメンバーに誘われたおかげで、正宗白鳥や室生犀星と出会えた。さらにはのちに秋聲の愛人となり、いわゆる〈順子もの〉とよばれる作品を書かせた山田順子ともあう。

はじめて山田順子を見たのははま夫人の埋骨式の日だった。門弟たちがお寺の墓地を出てうちつれ、ぞろぞろとあるいている中に、信子ははっとするほど美しい女《ひと》をみつけた。美人好きの信子のことだから、目を輝やかせ、

〈あのひと誰？〉

と、信子よりずっと先に秋聲に師事している先輩女流作家に尋ねた。

〈あら、まだ知らなかったの、あれが山田順子よ〉

信子は世間の噂で彼女の名を知っていた。

竹久夢二の愛人として新聞に出たからだ。新進女流作家としてこのほど『流れるままに』と題した長篇小説を出版したが、その装幀を依頼するため夢二を訪れたところ、夢二はたちまち著者の美貌に魅了され、同棲していた愛人のお葉をすてて山田順子と棲むようになった。このゴシップは最近のマスコミの好餌となっていた。

なるほど夢二好みの美女だと信子は思った。黒に地紋の綸子《りんず》の羽織、白足袋、黒塗りの

下駄、髪は古風な、S巻《エスまき》といった形に結い、瓜ざね顔に少し受け口の唇の形も好もしい。まるで鏑木《かぶらき》清方《きよかた》の名作、「築地明石町」の明治美女そのままの風情だった。

〈でも、あの山田順子さんが、なんで今日、ここへ来ているの？〉

〈あたりまえよ、あの出版は先生が紹介したんですもの〉

へーえ、と信子はおどろいた。信子は文壇ニュースに昏《くら》く、さして関心もなかったので、文壇では周知のことでも、知らないことが多い。思わず、

〈あんな綺麗なひとの書くものなら読んでみたいわ〉

というと、先輩女流作家は軽蔑したように眉をけわしくあつめた。

〈およしなさい、とても読めやしないわ、甘ったるくて！　なんで先生ともあろうかたが、あんな作品をお世話なさったのかしら〉

あながち職業的なジェラシイというものでもなさそうで、その女流作家は秋聲の名を惜しむ門人の反発という気分らしかった。

〈あのひと夢二の愛人じゃなかったの？〉

〈とっくに切れたみたい。だから目下、先生のとこへ、ひそかに空巣ねらいよ〉

あ、秋聲先生はいま、やもめでいらっしゃるから。……と、反応の鈍い信子にも空巣ねらいの意味がわかったものの、かりにも作家を志す人間が、色じかけで〈秋聲先生〉をたぶらかすなんて、潔癖で単純な信子には想像もできない。小説のうえではいろいろ空想を

塗り重ね、おはなしを作っていくのに。……まして謹厳端正を絵に描いたような〈秋聲先生〉が、いくら美人とはいえ、作家志望の女弟子とどうかなってしまうということは、信子には考えにくかった。

しかし世の中は意外の連続である。秋聲はこの〈老いらくの恋〉の陥穽《かんせい》におちるのだ。二人が愛人関係に入るのは間もなくだった。三十も年齢の違う二人の仲はマスコミのさらしものになった。しかも秋聲は悪びれない（信子はそこが好きだったが）。

〈順子は芸術品である〉

と放言したりするので文壇のみならず社会的にも嘲笑の的となった。

信子がそのことにつき、島崎藤村の〈「新生」事件〉と思いくらべて、義憤を感じたことは先述した。藤村のほうの不始末はかえって文学的献身の如く厳粛に扱われ、作家としての良心のあかしのように見做《みな》されたのに、秋聲は老残の情痴と嘲笑されたのだ。

しかし信子はじめ、門人たちは秋聲のよさを知って庇った。先生は身構えて厳粛荘重な生き方で身を鎧《よろ》う、ということをなさらないからだ。裏も表もない天衣無縫、八方やぶれのかただからだ。醜態を露出してもしかたがないという、人間味丸出しのかたなんだから。……そんなふうに擁護する一方で、山田順子は憎まれた。

藤村の事件の相手は、身を恥じ、世に隠れて息を殺していた。消息を絶ち、叔父（藤村）の名誉を守るかの如く、「不幸を一身に負うて」（『自伝的女流文壇史』）隠れた。そこへくると順子はちがう。自己顕示欲の強い、「鳴物入りの賑やかにはでな女だった」（同）それで秋聲門下の人々はよけい彼女を憎んだ。

〈先生のほうは純粋だけれども、順子は先生を利用しようとしているんだ、先生を踏台にして文壇へ出ようとしているんじゃないか、功利的なやつだ〉

と順子への反感は強い。

しかし美人好きの信子は、案外憎めないところがあると見ていた。〈二日会〉で会い、順子が信子の隣に座を占めて、十年の知己のようになれなれしく話しかけたのがきっかけで、親しく口をきくようになったが、まず驚いたのは順子の多弁だった。

それに彼女は東北訛《なま》りが強く、その訛りのある言葉で文学論を挑む。絶えず〈芸術〉という言葉を挟むのが好きだったが、彼女の美しい唇から洩れると〈ゲイズツ〉に聞えた。

これには信子も幻滅したが、しかもその〈ゲイズツ〉がひっきりなしに発せられる。

秋聲は惚れた欲目で、〈訛りさえ妙《たえ》なる調べに思えるね〉と満悦したが、順子の〈ゲイズツ〉が出ると満座は「一種異様の雰囲気に包まれがちだった」（同）と信子は書いている。門弟たちは彼女の訛りはともかく、人もなげな〈文学論〉を片腹いたく感じ、反発したのであろう。その反発は、彼女が秋聲に、

〈先生の衣鉢《いはつ》は私に継がして〉

とせがんだという噂でいっそう、その度を増した。自然主義の老大家として文学史上に

も残ろうという秋聲先生の後継者に、とは、なんと身のほどわきまえぬ傲慢よ、と〈二日会〉の連中は唖然とする。

信子が順子を憎めないというのは、傲慢からの言動ではなく、無智だからだと洞察しているせいだ。このへん、信子の、何にもたじろがず、まどわされぬ人間観察力が示されている。

「〈先生の衣鉢を継がして！〉など恐れ気もなく口にする彼女は、その美貌の三分の一には白痴美が含まれている気がした。それだけに彼女には女の聡明さも欠けているかわり、女らしい小意地の悪さや粘った陰険さもなく、まったく野放図な無邪気さがだらしなくフワフワしているのだと思った。それから三十幾年経た今も私は彼女は憎めないだらしのないお人好しだったと信じている」（同）

山田順子は秋田生れ、夫の弁護士と離婚後上京、作家的業績よりも文壇ゴシップの供給源として名高い存在。しかし信子の同性、それも美しき同性に対する目はつねに暖い。

男性作家では久米正雄を知った。大正十四年五月の一夜、帝国ホテルで催された「近松秋江氏生誕五十年祝賀会」の会場。久米は今朝洋服屋から届いたような、薄茶チェックの背広に濃朱のネクタイ、みごとなダンディぶりでみるからに花やかだった。

久米は漱石門下で、漱石の長女筆子を松岡譲と争って失恋した。彼はその体験を素材に小説を書き、文壇に打って出る。大正末にはすでに流行作家になっていた（失恋ものの集大成というべき『破船』は新鮮な抒情があふれており、私も若いときに読んで感動したのをおぼえている）。信子がはじめて会ったころの久米はすでに美しい艶子夫人を得、文名大いにあがって収入も多い時代。長谷川時雨や三宅やす子が信子を久米に紹介すると、

〈ほう、女流文壇にニューフェース現われたりかな。お手やわらかに〉

と持ちあげて人あたりよかった。美男というのではないが、口髭黒々と颯爽たる風情、信子はのち、久米正雄とは外遊先でも行を共にし、親しくなる。久米が三汀《さんてい》と号して俳句に長《た》けていることも、親交をうながす契機になる。

長谷川時雨に会いにいったのは昭和二年（一九二七）陽春のころ。いつも顔があえば何かとやさしい言葉をかけてくれる時雨に、いちどは表敬訪問せねばと信子は千疋屋で果物を詰めさせ、

（これじゃまるで入院患者のお見舞いだわ）

とひるみながら左内坂を上っていった。『評伝　長谷川時雨』（岩橋邦枝、筑摩書房、平成5）によれば時雨とひとまわり下の流行作家である若い夫、三上於菟吉の住む家は昭和二年初頭に引っ越した市ヶ谷左内町三十一番地だったとあるから信子の記憶は正確だ。冠木《かぶき》門を開けて玄関まで石畳、左手の塀のなかが庭、取次の女中が引込むとすぐ時雨が裾さばきもさわやかに現われた。

とっくに四十は過ぎているが嫋々《じょうじょう》と美しく、昔の名妓がいま名ある士の夫人になった

ような、――といっても花柳界ふうというのではない、すっきりと粋で品良かった。

玄関左手の、庭に面した座敷に通され、お茶よお菓子よと接待され、ついで、

〈あなた、洋酒は？　これならいけますよ〉

とキュラソーの綺麗な壜とグラスを出された。

信子はそのもてなしに恐縮してしまった。

そこへ誰か次の来客があるらしい気配、女中さんとの応酬がだんだんたかまって襖《ふすま》越しの話の内容から、

（ははあ、例の連中がここへも来てるんだわ）

と信子も気付いた。

当時、アナーキストの青年たちが政治的反抗から次第に逸脱し、社会的鬱憤《うっぷん》ばらしにすりかえて、名士や文化人、ことに文士・画家のもとを訪れ、ポケットマネーをねだり取って痛快がるという風潮があった。信子のところでさえねらわれるのだから、流行作家於菟吉や女流名士時雨が標的にされるのは当然だった。

彼らが玄関でわめく声を耳にして時雨はいきなり、お侠《きゃん》な歯切れのいい、癇《かん》の立った声を玄関に向って張りあげた。

ここはぜひ、耳のいい信子が聞いて心にとどめた啖呵を、『自伝的女流文壇史』（中央公論社、昭和37）に書いた通りに写そう。

「煩《うるさ》いねえ、君たちは、つい昨日も誰か、お仲間がやって来たばかりだよ、毎日はごめんだよ、今日はさっさと尻尾《しっぽ》を巻いておとなしくお帰りよ！」

何とも小気味いい、さわやかな啖呵。ああ、こんなイキのいい口調と言葉、一生かかってもあたしには口にできないわ、と信子は恍惚として痺れた。日本橋生れの日本橋そだち、才たけて眉目《みめ》うるわしく、気性あくまでしゃんとして女ながら竹を割ったような、このひとでなければ出ない啖呵。

アナーキスト連中はなおも引かない。〈今日は尻尾を巻いて帰らねえぞ　いつまでもここに居坐ってやらあ〉などと、濁《だ》み声で凄んでいる。信子のほうはおろおろして顔色も変るが、時雨は前よりひときわ、かん高い声で、

「なに言ってやがる、てめいたちの泥臭いおどし文句にいちいちへこたれてたまるものか、わけえくせにそんなゆすりのような真似をしてるのを、てめえたちのおふくろが見たら泣くだろうよ、かわいそうに……」（同）

そう言い返しながら、時雨は眉一つ動かさず、平然と信子の前の小さいコップに、キュラソーをたおやかな手つきでついだ。さすがにアナーキストたちは鳴りをしずめ、退散してしまった。信子はぼんやりしてしまったが時雨は何でもないように話をつづけるのだった。そのとき泉鏡花の話が出た。時雨が〈あの先生の江戸っ子崇拝は、そう言っちゃ失礼だけど田舎者のかん違いよ〉とあざやかに断って信子の蒙を啓《ひら》いたことは先述した。時雨

の江戸っ子の定義も彼女なりの啖呵であろう。

「江戸ッ子ってのは鏡花の考えるような、むやみとむかしの伝統にしがみついちゃいませんよ。江戸ッ子は新しいものに飛びつくものよ、舶来の唐桟《とうざん》はありがたがるし、ぎやまん細工は手に入れたがるし、そりゃあ新しいもの好きなのが特徴よ。わたしンちも明治の初めは父が文明開化をとり入れてたいへんだったのよ、おかげでわたしも毛糸編の洋服なんか着せられた覚えがあるのよ」（同）

信子は江戸っ子気質《かたぎ》のほんものを教えられた気がした。

そのとき於菟吉の原稿を編集者が取りに来、二階から於菟吉がまだインクの濡れているような原稿と封筒を手に、下りてきた。彼は座敷へ入って信子に挨拶し、またふらふらと二階へ上ってゆく。あとを見送って美しい姉女房は声をひそめ、

〈あのひと、埼玉の田舎生れだけど、それにしちゃ、お父さんが気の利いた名をつけてくれたと感心してるの、於菟吉ってちょっとしゃれているでしょう〉

とくすっと笑った。さきの『評伝　長谷川時雨』によれば於菟吉は代々漢方医の家の生れ、祖父・父とも教養人の名家である。於菟吉は明治二十四年（一八九一）生れというから、この年の干支《えと》は卯、しかし二月生れなので前年の寅年にちなんでの命名かもしれない。於菟は虎の異名である。

於菟吉は時雨の文名に敬意を表して近づいたのであったが、やがて強引な求愛ぶりで結

婚する。年の差も考えられない情熱だった。

流行作家になってからは家を外に流連荒亡の生活だったが、時雨が「女人藝術」を創刊するパトロンとなった。この女流文学雑誌は多くの女流作家を輩出させるのに貢献した。

『空の彼方へ』六百枚を書き終えた信子は思いきって「主婦之友」へ送ってみようと決心した。それも社長の石川武美に直接に送ってみようと思った。虫のいいことを夢想しているだけではものごとは前進しない。

〈そうよ、同じ東京のうちじゃないの、会社まで持ってゆけば？　お目にかかって頼みなさい〉

と千代はいうが、信子にはとてもそこまでの勇気はない。しかし原稿を送ることならできる。しかも自己推薦の手紙を書くことならできる。ペンを持てば、こういうつもりで、こんなテーマを書いてみました、と文章がすらすら出てくる。これを口でいうことなんて、

（出来やしないわ、はずかしくて）

と思い、信子は手紙を添えて原稿を郵便局から送った。大正十五年の十一月だった。

その年いっぱい、返事はなかった。多忙な人に、なんの紹介もなく、あんなに長いものを送りつけても読んでもらえるとは思えない。――信子はほとんど絶望していた。

明ければ昭和二年。一月五日の朝、石川社長から手紙がきた。

〈お作を、年末から正月休暇にかけて全部読了、末尾の方は涙を流して読みました。就きましては来る八日、午前十時ご足労ながらご来社下さい〉

――信子は手紙を抱きしめた。よい知らせにちがいなかった。果して八日に会うと、石川社長は『空の彼方へ』を四月号から連載したいというのだった。

〈おめでとう！　のんの、何よりのバースデイプレゼントだわ……〉

千代は信子を抱きしめて語ってくれた。

〈ついてるわ、ついてるひとよ、のんって。……〉誕生日は一月十二日である。

そうかもしれなかった。

『空の彼方へ』は連載が評判よく、新潮社は『地の果まで』『海の極みまで』『空の彼方へ』の三部作を一冊として、折から同社で企画中の、現代長篇小説全集に加えるというのだった。……円本《えんぽん》である。この発行部数はおびただしい。

東京は復興しはじめている。出版界も活況だった。円本ブームのきっかけは改造社の現代日本文学全集だったが、定価一円の廉価版が当り、六十万部という予約が集った。新潮社、平凡社、春陽堂もわれおくれじと円本ブームに割りこんできた。

信子もこの時流に間に合った。円本ブームは莫大な印税を文士たちにもたらした。信子も弱冠《じゃっかん》三十一、二で二万円の印税を手にする。大学出の初任給が七十円といわれる時代の二万円である。洋行も夢ではなく現実のものとなった。

〈こんなことは人生に二度とないでしょう。将来のため貯めておけば〉

と新潮社の大番頭中根は忠告してくれたが、信子は〈ほ、ほ、ほ〉と笑って答えなかった。

千子と二人でぱーっと費消《つか》うんだ、パリで。——そう、思っていた。それがまた長い将《さ》来《き》のみのりをもたらすはず。信子はいざとなると豪気で放胆だった。

2

信子の昭和三年（一九二八）の日記によれば、三月頃からいよいよフランス行きの計画を立てたらしい。

新潮社からの印税は夏には入ることがきまっていて、旅費の問題は解決したが、書きあげてゆくべき原稿が多かったから、出発までのスケジュール調整が大変だった。その年の誕生日の一月十二日には書斎の観音像に、赤飯や鯛を三方にのせて供え、

（わが仕事守らせたまえ）

と祈っている。

この観音像は昭和十年新潮社刊の『吉屋信子全集』八巻の口絵写真のそれだろうか。黒《こく》檀《たん》の台に陶製とおぼしい小さな観音さま、彩色してあるお顔があでやかで、美しいもの好

きの信子らしい。

書斎にはもう一つ、「文章報國」の額が壁にかかっている。知遇を得た徳富蘇峰の書である。

これについては現在も徳富蘇峰記念館に信子の手紙が残っていて、その間の消息を伝える。信子は大正十四年（一九二五）に、蘇峰に書を懇請している。信子二十九歳、いっぱしの大人だが、彼女の直情径行（もしくは無邪気なわがままぶり）が年齢に似気《にげ》なく微笑ましいのでちょっと長いが引いてみる。まだ大森不入斗《いりやまず》にいた頃である。

「御揮毫を乞ふの記

信子は女学校時代、徳富といふお爺さんが『文章報國』といふことを唱へられるのをまことに頭の古きことであると思ひ、友達にもさう申し聞かせて居りました。

そも〳〵文章はすべからく絶世の美女たらざる可《べ》からず、故に『文章傾國《けいこく》』か或は『文章傾城《けいせい》』たる可しと、人間その一生をさゝげて一管の筆によるとせば、傾城傾国の力ある妖艶なる佳人の如き文書を描《ママ》きて名を後世に伝ふべしと、これが理想でありましたから、ロシアの小説家が政府の怒りを買つてシベリアに追放さるゝ如きは、実に其頃の信子をして崇拝尊敬の念に狂させたのでございます。

木下氏の『火の柱』『良人《おっと》の自白』等或はジヤンバルジヤン等を読みふけり、はては明治維新の物語を読みて江藤新平を追慕して彼の為に泣き、大久保利通を罵しり腹を立てました。（中略）それが二三年前から、はつきり自らの筆に対する心の据え《ママ》どころがわかつてまい《ママ》りました。（中略）文章報國たり得て始めて一管の筆に生くる意義を知りました。善きすぐれたる文章はいづれの意味にもせよ皆報國的なる効果あるを信じます。ユーゴーの哀史、ロマンローランのジャンクリストフ、イヴアンス女史のセントエルモ、クロフオート女史のホワイトシスター、等々々、皆今の私の他日描かんとする理想の作品でございます。

こゝに於て私は曽《か》つて古いと申した『文章報國』の心持がやうやく合点がいきました。それまで年月がかゝつたのでございます。私は先生の御著書を自分のお金で購求し書架におくのを喜びとします。たゞ金銭で求め得ぬ先生の『文章報國』の文字を私は贈つて戴きたいのが切なる願ひでございます。実にその書は私の刺激昂奮剤でございます」

信子は「漠然と大家名士の書画を得て快とする」所以《ゆえん》からではない、といっている。しかも二伸に、

「御書は壁間に掲げて常に仰ぎ見るを得たく、額の文字として横にかいて戴き度うございます。まことに我儘無遠慮なる御願まで」

これに対して蘇峰はいうままに「文章報國」の書を書き与えたようである。蘇峰は先述したように女性に理解があり、有能な女性はよくみとめた。

「偉大なる意志を有する婦人は、偉大なる我儘たらざる者少し」とまで暖い洞察を示して

いる蘇峰だから、信子の慫慂《しょうよう》には快く応じたはずであるけれども、どうやら信子は蘇峰の「文章報國」をちがう意味で解釈していたようにも思われる。

蘇峰は明治以来、言論人であり啓蒙家であり、政治的行動人でもあったが、また漸次国家主義者に変貌していった思想家でもあった（第二次大戦後、彼はA級戦犯容疑者に指名されている）。唱道する文章報国、言論報国の本質は国家・皇室への帰依《きえ》にあったのではないか。

しかし信子の視野には、それは入っていないように思われる。信子が〈国〉というとき、それは〈社会〉という色合が強い。おんな子供の読む小説、と貶《おと》しめられがちな、〈女《おんな》手《で》〉の小説を、ひろく江湖《こうこ》の人士が愛し親しむものにまでたかめたい、そういう気負いが、信子のあたまに「文章報國」なる言葉を閃《ひら》めかせたのではないか（清新な家庭小説。――新しくってたのしくって、そしておんなの魅力、美点、人間性の好もしさを社会に訴える小説。……あたしにそれが書けたら！）。

信子はそう思い、その気力をつねに奮い立たせるため、「文章報國」の書を蘇峰に、と思いついたのではないか。その年の前年ごろに〈清新な家庭小説〉という着想を得たばかりなので。……

信子の外遊記録は『異国点景』（民友社、昭和5）にまとめられているが、この民友社は蘇峰の創立した出版社で、蘇峰の著作はおおむねここから出ている。信子の紀行エッセー

は蘇峰との縁か、ここから出版され、序文も蘇峰が書いているが、冒頭むきつけに、

「予は正直の所、未だ本書を一読してゐない」

とあるのはおかしい。「然し平生吉屋女史の愛読者であるから、女史の眼と手とは、此の新たなる好題目に、若《もし》くは新眼界に接して、更に異彩を放つであらうと信ずる」

――『異国点景』その他によって、信子の外遊風景をたどりたい。

その春、信子は忙しい執筆の合間に栃木へいった。出身女学校の第二十七回創立記念日に講演を乞われたのである。これは母と二人の旅だった。あいにくの雨風で、十六年ぶりに訪れる母校というのに寒かった。しかし信子を迎えた母校の先生や生徒は、地味なこの土地柄らしく控えめながら心のこもった歓迎ぶりで信子を喜ばせた。当時の同窓会誌に四年生の在校生が書いているが、吉屋信子が創立記念日に来ると聞き、「夢ではなかろうか」と思ったという。ここの卒業生だということは聞いていたけれども……と。

彼女たちもかねて『花物語』を読んでいたのだろう、「女史が講堂の演題に立たれて話して居られる様《さま》を全国の少女たちに見せたなら、さぞかし羨む事だろうと思った」と誇らしげである。

駅には見おぼえある国語の丸山先生、歴史の竹本先生が出迎えてみえ（「よくして頂く」と信子の日記にある）、自動車で思い出の町のあちこちをめぐってもらう。十五年たって

も町は眠りこんだように昔のままだった。市内を貫く巴波川《うずま》、河岸の旧家の白壁。水苔のついた石垣。

〈まあ、なつかしいねえ……〉

と母はいう。母が信子についてやってきたのも、昔の思い出に浸りたいためだった。信子は声を低めていう。

〈お母さん、やっぱりそれ着ていくの？〉

母は黒い被布《ひふ》を着ていた。もっとすっきりした着物や羽織もあるのに。……

〈これは学校の記念だもの、ちょうどふさわしいものじゃないの〉

〈だって染めかえしたりしたものを、みっともないわ……〉

信子が女学校を卒業するとき着た紋付《もんつき》の羽織を、マサは染め直して被布に仕立てているのだった。母にしてみれば、曲りなりに信子が有名になって母校から講演を乞われたのを、凱旋のようにも思うのかもしれない。

　校長や町の名士たちに紹介され、信子はあわただしく導かれて講堂の演壇に立った。

　演題は、舞台の脇に大書して貼ってある。

〈母校を訪れて——吉屋信子先生〉

　講堂の窓ガラスを打つ雨は冷いが、数百の女学生やその他の町の人々で、室内は温気《うんき》にむれていた。昔の信子の同級生、いまもこの町に住んでいる顔見知りの友人（平素、音信はないけれど、久しぶりで会うと、声も表情も昔を思い出す）が三、四人、信子に逢おうとやってきてくれたのもなつかしかった。

　断髪で、クリーム色のドレスに身を包んだ信子。――少女たちは、

（まあハイカラ……東京の女のひとって）

　というように、好意ある熱っぽいまなざしをあつめる。

　信子は小さい時から人前でも物怯《お》じせぬ癖があったから、上《あが》ることはない。まして少女時代そのままの女学校のたたずまい、少しもかわらぬ古風な町、ひえびえとした春の雨、そしてこれだけは信子の好きなもの、少女たちの燃える瞳（彼女たちの服装だけは昔のような着物ではない。もう洋服になっていたけれど、まだセーラー服ではなく、モッサリした折衿だった）。……そんなものを見ていると気分が昂揚してきた。

（あたしはここから巣立っていった。十五年のあいだの幾《こ》山河。そしてもうすぐ、海外へ旅立とうとしている。あたしのあとへついてきたい少女らもいるかもしれない……）

　そうだ、信子が紫の矢絣《やがすり》に海老茶《えびちゃ》の袴《はかま》をはいていた女学生時代、新渡戸《にとべ》稲造博士が講演に来られたではないか。そのときの感動を忘れ得ない。十二歳の少女だったけれども。

……

〈あなたがたは良妻賢母になる前に、一人のよい人間とならなければいけません。教育とは、良い妻や賢い母をつくるためのものではないのです。妻や母より、まず、よき人間に

なるために、あなたたちは学ばなければなりません〉——そう博士は言われたではないか。

あのとき少女の信子ははじめて一つの真理を聞いたと鮮烈な感動をおぼえたものだ。新渡戸博士のような見識も人徳もそなわらぬ信子だが、せめて日頃の、おさえかねる思いのいくつかは、少女たちに伝えたい。……

信子は微笑んで少女たちを見おろす。もう先生がたの顔も、来賓や一隅にいる旧友や母の顔も目に入らない。『花物語』を読んでくれる子。友情に涙し、誠実や真心に敏感で、愛や慕情やセンチメンタリズムを知りはじめた年ごろの子。プライドの重さと愛の重さをはかりかねて、傷つくことの何たるかを知る年ごろ。……

そんな少女《こ》らに信子は話しかける。

〈わたしは十七のときここを卒業しました。そして十五年たちました。遠くにいるのでまいる折もございませんでした。今日久しぶりにお招きにあずかりやってきました。やっぱり母校はよいところでございます。……〉

信子の声は澄んで張っており、やや高い。それが凜とした信子の、女臭さのない面立ちとともに純一な精神を感じさせる。少女たちはいちように、ひたと信子を仰いでいた。

懐旧の情に信子は胸をつかれる。クラス切っての美人だった竹森さん、ねんね気分のぬけない、あどけない少女だった葛城《かつらぎ》さん、弟思いでよく勉強のできた津田さん、信子があこがれた美しい上級生の水島さん。……

信子は『花物語』にこれらの花々のようなおとめたちの姿をとどめた。彼女らの思い、愛、怨み、悲しみ、そして佳《よ》きこころを。――これからも女の人生航路を書き継いでゆくつもりだ。同性の代表として。……その思いが信子の身内にあふれ、静かな力を与える。

〈この講堂も昔のままでございます。ただピアノは昔はございませんでした。本を読んで、ピアノってどんなものだろうと想像していましたが、皆さまはこんにち、立派なピアノでお稽古できて、まことに幸わせでございます。

講堂も廊下もお掃除がゆきとどいて昔と同じように綺麗ですね、わたしもこの床《ゆか》を拭きましたのよ〉

信子が微笑すると、やわらかなさざなみのように少女たちのあたまが動いた。吉屋信子さんも女学生のころに自分たちと同じように……と思うと、親近感でわくわくするのであろう。

〈昔と変らぬたたずまいに、今更のように母校はよいところと感動するのでございますが、でも時代はうつり変ります。皆さまはわたしたちの時代よりもっと伸び伸びと、潑剌《はつらつ》としていらっしゃるようにお見受けします。また現代はそうでなくてはいけません。

昔は修身の時間に、先生が話されることを生徒はただおとなしく聞いていましたが、現《い》代《ま》はそうではありません。先ごろ東京の女学校であった話ですが、修身のとき先生が、

「女というものは一家の経済に注意せねばなりません。お櫃《ひつ》にこびりついたご飯でもちゃ

んと集めてたべるようにしなさい」といわれましたら、五年生の一人が憤然と立ちあがって、「女の胃袋はゴミ箱ではありません！」と抗議して物議を醸《かも》したそうでございます……〉

生徒たちはどっと笑う。横手に並ぶ先生たちや来賓は仕方なさそうに苦笑する。

〈こんなことは昔では見られぬことでした。昔はひたすら先生や親には従順で素直であるように躾《しつ》けられ、女学生もおとなしく従ってきました。しかし婦人も目覚めています。現代では進んで女子大、高等師範、音楽学校、英学塾などに入学するようになりました。女性の考えが進歩して利口になり、知識を蓄《たくわ》え、自分の判断に自信を持ち、世の中のいろんなことに疑問を持つようになったのでございます……〉

信子の口調に熱が加わった。信子はこの席の大人たち相手に話すのではない。彼らの思惑など（知ったことか）という気分の流れに乗ってしまう。少女らに、女学生らにいう。

〈むやみに女たちだけが人の犠牲になるよう強いられるのはなぜか。忍従するのはいつも女、というのはなぜか。そういう疑問を婦人が持ちはじめた。そうすると、むつかしい姑に仕えることは考えねばならぬと思ってきたのであります。農村婦人の過重な労働を見て、知識を持ち世間が広くなった人は馬鹿らしくも思い、都会へ出て楽しく暮したいという考えをおこすのであります。

モダンガール、という存在を、旧弊な人々は蔑すみ排斥しますが、これは婦人の意識の向上、目ざめのあらわれでございます。夫になる人もこれからはよほどしっかりしないと、妻はいうことをききません。妻のほうの言分が正しいことも多々ございます。

しかしここで考えたいのは、愛、でございます。世の中は独りで生きているのではありません。自分が大事なら他人も大事です。他人が大事、社会が大事、国家が大事、日本が大事ならアメリカも大事、地球が大事、全体が大事なのであります。婦人が目ざめたというのは社会の進歩で当然の趨勢《すうせい》でありますが、も一つ進歩して、すべてを愛する、男の心にも女の心にも、たがいに愛の心が育たなくてはいけません。

人やもの、自分や他を愛する心を養うのは文学・芸術でございます。ことにも言葉・文字を扱う芸術である文学は人の心を豊かにしてくれます。深く深く耕し、心の土に栄養を与え、美しい花を咲かせてくれます。小説が古くから人間に愛されるのは、人々が文学の、人間にとってどんなに大切かを、ようく、知っていたためでございます。

……なのに、ああ、何たること、由来、女学校と小説とは至って仲が悪うございます〉

再び笑いのどよめきが走る。女学生たちはみな、思い当るのであろう。

年輩の女教師が、背筋をのばし、きっとして生徒たちを見渡す。管理者の手から逸脱しそうになる少女らを、恫喝的な視線で取締ろうとするように。

〈特に禁止されるのは恋愛小説です。学生に恋愛にあこがれるような気分を起させてはならぬ、という理由から禁じられますが、良き作品に触れることは、魂に教育を受けることになります。人は成長してしまえばもう背丈は伸びませんが、魂はどんどん成長をつづけます。その成長も手を加えて鍛錬しなければ、黴《かび》が生えます。成長を手助けし、より深く、より気高くしてゆくには、良き小説を読むことでございます。これは私が小説を書くからおすすめするのではありません。文学に親しまなければ精神の成長がとまるからです。

――こんなことを申上げるのはナンですが、私は若いころを過した栃木を愛すればこそ、申上げるのですが、栃木県人には一点、殺伐な気風があります。これは畢竟《ひっきょう》感情が精練されていないためではありますまいか。

人間同士がお互いに扶け合い、愛し合ってゆくためには円満な感情が発達していなければなりません。それを養うものは文学です。皆さま、どうか良い小説や本をたくさんお読み下さい。本の売れゆきは関東より関西のほうがよいそうでございます。関西人はそれだけ感情が豊富なのだろうと思われます。

少くとも小説を読んだ人は犯罪者になりません。それから、婦人は元来、感情ゆたかな本性がありますが、男子はえらい人間、お金持、大将になりたいという野心があり、社会の荒波に揉まれてゆくため、感情を養うゆとりもありません。だから女子よりよけいに感情ゆたかになって頂かねばなりません。……外国の本を読むとその国の女性のことがわかります。感情ゆたかに愛、つまりやさしい心を、男も女も持ってはじめて世界は平和になるのだと思います。これがわたしのかわいい後輩たちへのお願いです。……ありがとうご

ざいました〉

信子が口をつぐむと、拍手の嵐がわき起った。戸外の雨嵐をしのぐように、いつまでもいつまでも熱っぽい拍手のどよめきは止まなかった。

（この講演の記録は「栃木県立栃木女子高等学校校舎落成記念創立六十五年誌」〈昭和41・10　65年史編集委員会〉に再録されている。四年生の橋本登志・新井ヒサ・大和田美江記、「校友会誌22号」より引かれたもの。講演のテーマは現代では目新しくもないが、一九二八年の時点で、しかも保守的な栃木の女学校としては破格の内容であろう。生徒たちは熱心に筆記したにちがいない）

午後は園遊会だったとあるから雨はやんだのか。信子はあちこちと歩き、四年生のつくった団子を気軽に口へはこんだりしている。それが「涙ぐむほど嬉しかった」と右の筆記者の一人、橋本登志は書きとめている。「ああ吉屋信子さん、私たちはひたすらに女史の御健勝と御多幸を祈るのである」

信子は昔の教室へ入ってみた。コチコチの木の椅子も変らない。そこへ坐ってみたときがいちばんなつかしかった。

校長室で一筆、と強いられて信子は書いた。

「教室もかはらで窓のさくらかな」

渡航準備のあれこれに忙しかった。化粧品や服の用意。ダンスの練習。アテネ・フランセへせっせと通ったけれどまだ海のものとも山のものともつかぬフランス語。――もう今更、じたばたしたってはじまらない。出発はその年（昭和三年）の九月二十五日ときまった。シベリア経由である。現在《いま》羽振りのいい満鉄の好意で、ちょうど満鮮視察におもむく婦人団の一行に加えてもらった。満洲案内は満鉄が引きうけてくれることになっていた。

門馬千代のほうは父のコネか何かであろう、欧米の教育視察として文部省嘱託の肩書を与えられ、学校を一年間休職するのであった。

「海のあなたの遥けき国へ／いつも夢路の波枕／波の枕のなくなくぞ／こがれ憧がれわたるかな／海のあなたの遥けき国へ」（テオドル・オオバネル）

信子はその詩を口ずさんではうきうきする。

満鮮視察団のメンバーは山高しげり（当時はまだ金子）の『わが幸はわが手で』（ドメス出版、昭和57）の年譜によれば、文化学院教授の河崎なつ、それに新妻伊都子《いとこ》、しげりら婦選運動家たちでそれに信子と千代だったという。あるいは信子らの外遊願望を知ってちょうどいい機会だからとしげりが誘ったのかもしれない。しげりと信子・千代は今でも親友仲間だった。しげりはこのころ、すでに婦人運動の中核として活躍していた。母子扶助法制定促進会を設立し、東京市政研究会に参加し、婦選獲得共同委員会を結成していた。

この「婦選」についてちょっと書いておきたい。いまの辞書で「婦選」を引いても載っていない。これは市川房枝たち、婦人参政権獲得期成同盟会の委員たちによる造語である。市川たちは婦人参政権を「婦選」と短くよぶことにした。大正十四年（一九二五）四月の総会での会議による（『市川房枝自伝』新宿書房、昭和49）。男子の普選、普通選挙は実現して、無産者でも選挙権が与えられることになったが、女性にはまだ選挙権はない、「普選」はまだ完全なものといえない、婦選が残っているという意味で「婦選」と名付けたと市川はいう。市川は婦人参政権獲得と治安維持法改定運動に奔走していた。

婦選とは別の、婦人運動もこのころ活発だった。奥むめおはこの年、赤松常子らとともに婦人消費組合協会を結成して委員長になっている（『奥むめお自伝　野火あかあかと』ドメス出版、昭和63）。

新しい時代へ向けて、おんなたちは動き出していた。

まずパスポートを取らなければいけない。昭和三年の東京の夏は雨が多かった。東京府庁へ旅券を取りにいった日も雨で、信子たちは自動車で乗りつけたが、あいにく土曜日であと五分で退庁時間だという。信子と千代は正面の階段を「人見絹枝嬢よりも早い位」に駈けあがる。旅券は本人が出頭しなければいけないのである。係りの小父さんは雷親爺という評判だったが別にうるさくもいわず、〈特徴は何かねえ〉と信子の顔を覗きこみ、〈うん、ほくろがあるね、えーと、額にほくろ二つ〉と書きこむ。千代には、〈あんたも何もない顔だなあ、禿でもどこかにないかね〉と当惑した。

四、五日たって下付された信子の旅券には、「身長一、五五米《メートル》、特徴、額に黒子《ほくろ》二つ」とあった。

表紙には金箔の菊の紋章、見返しには「日本帝国外務大臣　従二位勲《くん》一等功《こう》三級　男爵田中義一」とあり、「右之者ヲ通路故障ナク旅行セシメ且《かつ》必要ノ保護扶助ヲ與ヘラレム事ヲ其筋ノ諸官ニ希望ス」……

〈ああ千子《ちこ》、ほんとにいけるのね、パリーへ。イタリアへ。アメリカへ……〉

と信子は声をうわずらせてしまった。小さいときに兄の勉強机の上に載っている地球儀を、くるくる廻しながら眺めるのが信子は好きだった。あれは忠明兄であったろうか、

〈日本が夜のとき、外国は昼なんだよ〉

と教え、小学生の信子は目を丸くしたっけ。

〈洋行するとたくさんお金がかかるのね〉

外国を見たいけれどお金が……と信子はませた子供だった。

〈うん、だけどうんと勉強してえらい学者になれば洋行できるさ〉

と兄はいう、信子はそのころ小学生の先生が好きだったから、自分も将来、先生になりたいと思っていた。恐る恐るきいてみた。

〈学校の先生じゃ、行けない？〉

〈大学の先生にならなくちゃ、駄目さ〉

と兄にいわれて小さい信子はしょんぼりした。——そんな思い出もいまは笑いばなしだ。

〈出発まではとにかく体調を崩さないことよ。信子さんはおなかをこわしやすいひとだから〉

現実的な千代は、そんなことにも気を配る。

信子の旅立ちの決心については、日記の詩が昂揚感をよく伝えている。すでに第一回にも紹介したが（上巻16頁～）、再録しよう。

「私はタンクだ
色の黒い鋼鉄製のタンクだ
なか／＼一寸《ちょっと》はこわ《ママ》れはしないぞ
此のタンクは針金のやうな断髪を風になびかせて颯爽として人生の曠野を横切る
此の秋は欧洲を行き貫く
来年の秋はアメリカを突破する
そして又日本に居据るタンクだ」（昭和3・6・30）

九月に入って信子は家族に送別会を開いてもらった。兄の忠明の家に母や兄弟が集った。

いまにその写真が残されている。信子たちは浴衣すがた、男たちはみな鼻下に髭を蓄えているのが印象的だ（義明だけは髭がなく若々しい）。この写真の信子は気疲れしたような暗い顔だが、九月二十日、長谷川時雨の「女人藝術」主宰で「渡欧壮行会」を開いてもらったときの信子は、はればれと美しい。婦人たちはほとんど着物すがただが、信子は白いドレスに白いストッキング、断髪にゆるいウエーブ、きっかりした目鼻立ちも美しい。上野の精養軒で行なわれ、会費は五円だったという。

　徳富蘇峰や與謝野晶子をはじめ、長谷川時雨は幹事役ゆえ早めに三上於菟吉と同伴であらわれた。家が近くで仲よくなった片岡鐵兵も夫人同伴、文藝春秋社の斎藤龍太郎も夫妻で出席した。生田花世、今井邦子、三宅やす子、当代の有名女流が一堂に会した観がある。主賓の信子は上気して、挨拶にまわった。

　女性たちの香水や脂粉の香に包まれて、会場はシャンデリヤのもと、いよいよ花やぐ。

〈まるで結婚披露宴みたいね〉

　と長谷川時雨がからかうと、

〈たしかに吉屋さんは当夜の花嫁だが、花婿のいないのが画龍点睛《てんせい》を欠く、というやつだね〉

　と片岡も笑う。

〈それをいわれると弱いわ〉

と信子も笑声に和した。

　長谷川時雨や三宅やす子といった美女たちの多い会場だったが、ひときわ嫋々《じょうじょう》とした美人が、まだこんな集りに馴れぬふうで、片隅にぽつんとたたずんでいた。見ると真杉静枝だった。静枝とは両三度会い、そのころ彼女の愛人だった武者小路実篤とも信子は会ったことがある。静枝は武者小路から信子への餞別を持ってきたのだった。

〈先生からよろしくとおっしゃいました〉

と嬉しそうに告げた。静枝は、人道主義文学の巨匠として（その盛りの時代は過ぎていたけれども）やはり文壇の鬱然たる大家である武者小路の、愛人という位置が誇らしく嬉しくてならぬらしかった。信子は彼女の美しさにも、つつましやかな花やぎにも好感をもった。

　餞別の包みを開くと二葉の色紙があった。一枚は黄薔薇、もう一枚は書だった。墨のにじんだ武者小路独特の太い字で、

「自分の運命を強く生かす　実篤」

　真杉さんが武者小路先生に頼んで下さったのかしら、と信子は嬉しかった。そのころの真杉静枝はのちのように厚顔ではなく、控えめでやさしかった。愛人の立場にせよ、男に愛されている女の幸わせが、彼女をつつましくやさしくさせていたのだろうと、のちに信子は書いている。

にぎやかな美女のほうは宇野千代だった。
〈あら、すっかりおくれちゃってごめんね〉
といいながら会場へかけこんできた宇野千代はさっぱりした浴衣すがたで、会場をあっといわせた。色とりどりの装いをこらした人々の中で、浴衣に白い素足には塗りの下駄、というあでやかな姿がどんなに目立ったか。千代のおしゃれを示すエピソードとして伝説的になったが、のちに千代のいうところでは、
〈あれは白縮緬《ちりめん》を藍染めにしてたのよう。ちりめんゆかた、ってわけ。ひとひねりしたおしゃれのつもりだったんだけど〉
　何しろ、女性たちのファッションも、当夜のたのしい話題だった。スピーチがはじまる。蘇峰の話はかなり長い。フルヤノブコとまちがったことから「文章報國」の額面を揮毫したことまで信子とのかかわりを話した。
　與謝野晶子はスピーチに代えて自作の歌を十首よみあげた。
「海のはて地のきはみとか　さにあらじ　思へる人をおきてゆく道
若き子はめでたきことを思ふらん胡地《こち》を車の進む時さへ
また逢ふ日おのれにありやこの人の持つは千秋萬歳にして
杯をあげて清らに若きひと銀河のもとを西へおもむく
あゝ巴里われ忘れねど見がたかり君がためには花敷きて待つ」

などだった（信子は感激してその歌巻《うたまき》を護符《おまもり》のように鞄に忍ばせて、旅の間じゅう持ち歩き、帰国してから額装させて客間に飾った）。蘇峰や晶子の出席を乞うため、信子は炎天下を挨拶まわりしたのであった。精力的に動きまわっている。現代でこそ海外旅行は日常次元のものになってしまったけれど一九二八年のころでは壮行会を催すべき大げさな人生の大事業だった。

この会に菊池寛も出席しているが、信子はその前に文藝春秋社に菊池を訪ね、中篇の『童貞女《びるぜん》昇天』を売り込みにいっている（日記、昭和3・9・7）。これは「新潮」に載せてもらうべく中根にあずけていたらしいが、「新潮」編集部から拒まれたらしい。「おろかな発表の尺度よ、犬でもくへ！　駄小説ケイサイ誌」（同8・29）と信子は憤慨している。菊池寛は『童貞女昇天』を「文藝春秋」に掲載するのを快諾し、過分の稿料をくれた。餞別のつもりであろう。のみならず、毎月「文春」に十枚位の海外通信を寄せてくれんかね、と眼鏡の奥の目をしばたたきながら、キンキンした声でいうのだった。菊池は後輩愛顧の念の厚い人だった。信子はただ嬉しく、ありがたかった。

九月二十五日、午後八時四十五分東京駅発、夕方の小雨もあがって秋の宵は露じめりして冷い。一年の間別れる小さな書斎の、机上のスタンドの灯に信子は黙禱を捧げてわが家を出る。門柱にからむ蔦よ、庭の木よ、さらば。また会う日まで。

荷物はN・Yの頭文字を入れた大小二個のスーツケースのみ。駅の待合室にはすでに長谷川時雨やダン道子、佐藤美子らがめいめいに花束を贈ってくれた。菊池寛はウビガンの香水だった。なんとやさしい男だろう。しかし信子がいちばん別れを惜しんだのはやはり母だった。涙が出そうになった。声が裏返り、

〈母さん、からだ、大事にね〉

生れてはじめて母と握手した。花束と歓声の中を汽車は発する。

二十六日神戸からアメリカ丸に乗って二十九日、大連に着く。「子供の絵本にあるやうな港だ」と信子は書いている。読売新聞（昭和3・9・26）には「吉屋信子さんフランスへゆう《ママ》べ出発」という記事がある。「『海の極《ゆき》みまで』を書いて文壇へ顔を出してから十年、この辺で局面転換をはからねばとフランス行を志した吉屋信子女史、昨夜八時四十五分、『女人藝術』連中の盛んな見送りを受けながら東京駅を出発、神戸から乗船。シベリヤ経由でパリに向つた。約二カ年の滞仏で天晴れ返り咲きの了見、現代のフラッパーを以て自認してゐる信子さんのことだ。パリではどんなフラッパー振りを発揮することか」

この記事には事実誤認があるし（処女作は『地の果まで』である）揶揄《やゆ》気味の口吻《こうふん》だが、信子がフラッパーと目《もく》されていたのは面白い。断髪や洋装というイメージからの印象批評だろうが、印税で洋行を実現するという行動力に対して〈男の嫉妬〉も感じられる。信子の人生には以後それが長くついてまわるが、この記事はその手はじめである。

3

十月三日、大連のヤマトホテルから自動車で旅順口へいく。信子は大連見物のうち、ここをいちばん期待していた。

満鮮視察団一行はむろん、この日露戦争の古戦場のことはよく知っている。昭和三年（一九二八）の時点からは、日露戦争の終結はたかだか二十三年前にすぎない。東洋の未開後進国だった日本が、強大国ロシアに勝って、世界列強の中へ一躍、加わった。少くとも日本国民はそう信じた。信子や門馬千代や山高しげりらは〈日露戦争下の子供たち〉であった。

勝利のかげには苦しい戦いがあった。その一つが旅順要塞である。旅順口閉塞の作戦では広瀬中佐が戦死して軍神第一号となった。

旅順要塞は堅固で、日本軍が決死の攻撃をくり返しても「屍《しかばね》山を作《な》す」（司令官乃木大将の詩）ばかりで落ちなかった。激戦地の二〇三高地は両軍死闘の砲撃戦で山形改まるといわれた。

おびただしい日本軍の死傷者のうえに、やっと旅順は落ち、敵将ステッセルは降伏を申し出る。しかしその勝利は司令官乃木には苦《にが》かった。戦のならいとはいえ、あまりにも犠牲者の多さをかえりみれば。

愧《は》ず　我　何の顔《かんばせ》あって父老に看《まみ》えん
凱歌　今日《こんにち》　幾人か還る　（乃木の詩）

信子たちはこの詩も知っていたし、何より子供の頃から文部省唱歌「水師営《すいしえい》の会見」を唱わされて馴染んでいたのだ。

旅順開城　約成《やくな》りて
敵の将軍　ステッセル
乃木大将と会見の
所はいずこ　水師営　（佐佐木信綱作詞）

旅順口の海はのどかに、秋の日ざしのもと青い。
あのへんで広瀬中佐は杉野兵曹長を探して船といっしょに沈んだのねえ、と信子たちは指さしたりした。
東鶏山《とうけいざん》北堡台《ほっぽだい》という山の上へ登った。ここは難攻不落といわれた砲台だった。山の頂上に丸い凹地が掘られ、周囲はコンクリートで固めて機関銃が小窓に向けて据えられている。満足な機関銃も持たぬ日本兵が、それを肉弾で攻め落したのだ。無残な攻撃だった。

　案内人は信子たちに語る。

〈高崎聯隊が全滅したのもここです。何しろたまりません、ここまでよじ登って、山の凹みへ万歳と叫んでどっと飛び降りたら最後、ぱちぱちと四方八方から機関銃の雨です。二度と上へはいあがれません。麓《ふもと》に残った兵士たちは、何百という戦友が、わあっとときの声をあげて砲台へのぼってゆく声を聞いていますが、それっきり、次の瞬間、ひっそり、してしまいます。誰一人生きて帰らない、姿もみえないというのですから、たまりません、それが何度も続く……〉

　信子は胸が痛む。しみじみ戦争はいやだと思う。崩れた石や赤土の間に紫の野菊の花が咲いていた。

「日露戦争といふものがどんなに恐ろしいものだつたか私は此の時始めて知つた（申し訳ないけれど）」と信子は書いている（『異国点景』）。

　旅順口の戦死者の忠魂碑も、軍国主義のシンボルめいた威圧的な石の塔にすぎず、もっと芸術的に工夫できないものかしら、と信子はやるせなかった。「忠魂の士への泪と感謝をしめやかにそゝぎ得る気持」に沿うたものであってほしいのに……と、信子は思う。（のちにパリで欧洲戦争の戦没者たちの記念塔を見て、その思いはよけいに深まった）

　信子は戦死者たちの妻や子や、許婚者《いいなずけ》や恋人や、そして母なる人を思う。戦死者もそうだが、その周りの女人たちにもたらした、生涯償いきれぬ不幸と悲哀は、どこへ持ってゆけばいいのか。

「戦争悪！　私は平和主義者に烈しい気持でなつてしまつた。『戦争なんかけつしてしちやあいけない！』大きな声で友達に言つた」（同）

　これを書いたのは帰国後の昭和五年で、信子はまだ満洲事変も上海事変も知らないが、甘ったるい感傷でそう叫んでいるのではないのであった。

　水師営では赤黒い棗《なつめ》の実が筵《むしろ》の上に干してあったのを一つ信子は口に入れた。ステッセル夫人が、夫の身を心配したという話を聞かされる。降将としてどんな処遇が待っているのか、夫人には案じられたことだろう。会見ののち、副官から、乃木という人は大変立派な人だったと聞かされ、安堵して喜んだそうだ。乃木大将の人柄は小学唱歌の「水師営の会見」でもうかがえる。

　奉天では晩秋の小雨に降られ、そろそろ満洲も寒かった。ここの朝日新聞支局から、

〈張学良《がくりょう》氏に会いませんか〉

　という話がきた。団員たちは勇み立ったが信子は気がすすまなかった。四か月ばかり前、学良の父・張作霖《さくりん》が奉天付近における列車爆破で死亡している。この満洲の軍閥総帥《そうすい》を殺したのは、日本軍（関東軍）の策謀だという噂が、早くも内地でもささやかれていた。信

子ですら聞いていたのだ。その御曹司に、「父の仇なる国の私たちが面会に行くなんて」と信子は思い、ホテルに残るといったら、〈満洲里《マンチュリ》までは一致団結の行動をとって下さい〉と団長の河崎なつに叱られた。信子たちは満洲里で一行と別れ、シベリア鉄道でパリへ向うのである。

大帥府《だいすいふ》の門内は広く、甃《しきがわら》の廻廊、朱塗の柱には金の竜、そのなかを奥へ進むと白亜《はくあ》の洋館があった。

その一室に、張学良はきちんとした背広姿で立っていた。紺地に白の細縞のスーツ、渋いネクタイ、顔色やや青白く、目は優しげに、口元にはうっすらとウブ毛のような髭があった。日本の育ちのいい青年紳士のようだった。

一行の日本婦人の肩書と姓名が次々に紹介されると、張学良はまっ先に信子に向い、思いがけずなめらかな日本語で、

〈日支親善の小説をどうぞお書き下さい〉

とにっこりした。信子は意表をつかれて恐縮してしまった。静かな低い声だった。この人は日本語より英語をよくすると聞いていてその覚悟をしていたのに。

〈はい〉

と信子は素直に答えて、小さくなってしまった。

一行は婦人運動の闘士たちなので、

〈お国の婦人参政権のお考えは如何ですか〉

と質問する。学良は微笑を浮べ、

〈たぶん、日本よりも早く、私共支那の婦人の方が参政権を得られるでしょう〉

〈まあ、いいわねえ〉

政治女史たちは嘆声をあげ、それから何かと質問が続いたが、政治に関する話題はもち出さないという会見の約束だったので、政治レベルでの質疑応答はなかった。

やがて帰るとき、学良は一行を応接間のドアまで送り、それまで黙りこくっていた信子へのお愛想のように、彼女に声をかけた。

〈ヨーロッパへ行かれるとか。いいですね〉

信子は〈いいですね〉という学良の口調に寂しげな実感が籠っていると感じた。亡父のあとをついで東三省を治めているが、国民革命軍と日本側の板挟みに悩んでいると新聞に伝えられる。この人はヨーロッパへ放たれたいと思っているのだろうか。信子は（若き張学良氏よ、幸あれ、強かれ）と思った。

信子たちはハルビンからヨーロッパ行きの列車に乗り込む。満洲里から先はすでにロシア領で、駅名の漢字を見ることはできない。

列車に日本人はほとんどいない。ドイツへ留学するという医者が一人、しかも彼は早くもホームシックで汐垂《しおた》れて気勢あがらない。信子と千代のほうがずっと元気だった。シベリアの駅々も信子には珍らしかった。ポプラの落葉散る駅の、木柵にもたれて列車を見送るカチューシャめいたロシア娘、粉雪降る寒駅。

　列車は折々、長く停車する。列車食堂の料理に飽きると信子たちは駅内食堂に入って、熱いボルシチや黒パンを食べた。

　駅には雛鶏の油煮や牛乳・ヨーグルト・果物を売りにくる。プラットホームを散歩しつつそれらを買い、コンパートメントの窓際の小卓に並べる。ボーイに紅茶を頼んでもいいし、魔法瓶《びん》を持って下りてもいい。熱いお湯の出るところがどの駅にもある。ホームに下りるときにはボーイが手を出してくれるし、さもなければ下り口にいる男性がすぐ手を添えてくれる。はじめはまごついたが、信子も千代もすぐ慣れて、大いに落ちつき払った。紳士に扶けられるにふさわしい淑女になろうと、顔つきまで変る気がする。魔法瓶を持って駅をうろうろしていると、男性がさっとそれを取りあげ、湯を入れてくれてにこにこする。

〈一歩、日本を出ると、女冥利《みょうり》に尽きるわね〉

〈誰だったかしら、ご婦人の洋行はいいですよ、皆に大事にされて、――なんていってらしたわ〉

ふたりはささやきあってシベリア鉄道の列車生活を楽しんだ。十日目の朝、モスクワに着く。ここで暮している中条百合子と湯浅芳子に会う。少くとも一週間はいなくては見物できないといわれたが、列車の切符が取れないので、やむなく一日だけのあわただしいモスクワ見物となった。革命博物館や革命大学。「今のロシアはとにかく人間の力で及ぶ限りの合理的組織の過程を雄々しく踏みゆく途上なのであらう」と信子は書いている（『異国点景』）。しかしその過渡時代は、信子の目にあまりにもいたましい。王政時代の美しい建物も汚れ、街路も乱れ、汚い自動車ががたがたと走る。粗衣の女、乞食、セメント細粉のよどんだような埃っぽいかわいた空気。劇場ばかり大きくて立派だった。明日の晩は案内できるのにと中条百合子が残念がってくれたが、信子たちは夕ぐれのモスクワを去った。世界で全く新しい国家を出現させようとしているのだから、この国の混沌も当然のことであろうが、信子の見た街のたたずまいは、あまりにも粗雑で寒々しかったようだ。

ポーランド領へ入って、やっと牧歌的風景がひろがり、「心のどかによみがへる」（同）と信子は書いている。

ベルリンで第一夜をあかしたホテルの部屋の夜明け。

寝覚めのベッドの上で聞いたのは、前の舗道をくわっくわっと走る馬の蹄《ひづめ》の音と、走るにつれて鳴る鈴の音だった。信子はしみじみと、（あっいま、あたしは洋行してるんだ）と思った。（ヨーロッパにいるんだわ！）

窓をあけて下の道を見渡すと、何かの樽を満載した荷馬車が鈴を鳴らしながら走り去った。

ベルリンからパリへ向う列車で乗り合せた日本紳士は海軍建築部の技師吉田氏だった。列車はいよいよパリの北駅《ギャール・ド・ノール》へはいった。信子は前に誰かの旅行記で、これが花の都のパリの入口かとあやしむほど、くすんで淋しい、と書かれていたのを読んだから、予備知識のせいで驚かなかったけれど、たしかにしいんと静かでむやみと広く淋しい。東京のほうがずっと明るく賑やかだと思った。これから一年を暮す町なのに秋の曇り日の夕方はいやに侘しい。

列車ボーイが、いつものならわしとて女性優先で信子のトランクをまず、おろす。するとそのホームに待ち受けていた日本の海軍将校が、つかつかと歩み寄って信子のトランクに手をかけるではないか。トランクのN・Yを、海軍技師のヨシダ氏のそれと取り違えているらしいと、信子はすぐ察して、

〈吉田さんならあちらです〉

とあとから下りる吉田氏を指すと、海軍士官は破顔した。

〈や、これはこれは。——どうもご婦人が海軍技師のはずはないと思いました〉

愛嬌のいい闊達な表情と声で、信子も吉田氏も笑ってしまった。パリ大使館付武官の海軍少佐、平出《ひらいで》英夫、明るく屈託ない軍人さんだった。

妙なことで親しくなった平出海軍少佐は、吉田氏のパリ見物に信子らも誘い、毎日、愛

用のシトロエンを走らせてくれた。

信子らは十日ばかりエトワール広場のホテル・モン・フロリーに泊った。凱旋門の星型の道路、パリーの灯を見た。これからはじまるパリーのエトランゼの生活、（山河はるばる来つるものかな）の思いで勇みたっていたら、平出少佐が、

〈若いご婦人がパリでホテル住いはいけない。早くフランス人の家庭におはいりなさい〉

と真剣にすすめ、自分の下宿《パンション》の近く、ポン・ミラボーのほとり、蓄音機会社の技師夫妻の家に「押しこまれてしまった」。

パリのホテル暮しは贅沢・放縦に流れやすく、パリの皮相的一面しか体験できない、質実でつましいパリの一般市民のすがたも見てほしい……という少佐の、世間智に富む忠告であったろうか。

マダム・ブリュンヌの家庭は子供がいなかった。いまに残る写真はふくよかなマダム・ブリュンヌと、謹厳な面持ちのムッシュ・ブリュンヌ、信子は朗らかに笑っている。

マダム・ブリュンヌの家はアパルトマンの四階だった。自動式の昇降機《アサンスール》があった。夜帰ってきて下階《レ・ド・ショーセ》でボタンを押すと、七、八階あたりへ上りきりになっていたリフトがスーと空で下りて来、がちんとドアが開くのは、ちょっとうす気味わるかった。箱の中は見え透くように唐草模様の鉄格子になっている。人を乗せないそれが静かに音もなく、深夜のアパルトマンの建物の中央を昇降するのは妖しい気分のものであった。

そういえば、パリに長く住んでいる日本女性が、信子たちに話してくれたことがある。

彼女がパリへ来て一年足らずのころ。マロニエの葉のすっかり散り切った秋の半ば、外套の衿の毛皮をたてて夜おそく帰り、アパルトマンのリフトのボタンを押した。部屋は五階なのでリフトをいつも使うのだが、その夜に限ってなかなか下りてこない。

ええい面倒な、ととんとん階段を昇りかけて三階あたりへさしかかったとき、階段脇のリフトの鉄柵の中を、下からすうと昇ってゆく、唐草の透かし箱がある。

おや、さっきまで階下《した》になかったリフトが、と不思議に思って箱の中を見ると、母が乗っていた。日本で彼女の帰朝を待っているはずの、九州の田舎にいる母ではないか。神戸の波止場まで彼女を見送ってくれた時と同じ身装《みな》り、紋付きの黒羽二重《はぶたえ》の被布《ひふ》を着て、少し白髪まじりの髪、つつましく両手を膝のあたりに組んで伏目のまま、夜の仄かなアパルトマンのあかりのさすリフトの中でひとり上へあがってゆく。……あっと彼女は声をのみ、

〈お母さん！〉

と叫んで五階へかけあがったが、もとよりリフトのほうが早く、すうと上昇していった。呆然として突っ立ったきりだった。ほんとにおかしな話。あのむかし者の母が一人でパリへ、それも深夜に娘のアパルトマンを訪ねてこられるわけはない。これは誰でも一度は罹《かか》るホームシックの神経衰弱だなと恥じたけれど、部屋へ入ると涙が出てとまらなかった。

——それから十日後、シベリア便で届いた兄の手紙には、母が動脈硬化症で突然亡くな

ったこと、しかし力を落すな、母の遺言通り、学資は変らず送る、と書き添えてあった。

……

信子も千代もそれを聞いて泣いてしまった。二人とも母を思えば望郷の念に駆られる。それとともに、その話には東洋的な鬼気があった。パリが舞台だからよけい怖かった。信子たちは夜のリフトを使うとき、こわごわ内部《なか》を透かし見て、

〈ああよかった、うちの母さん乗ってなかったわ！〉

といったりした。

マダム・ブリュンヌは親切だったが、よくよく二人が幼くみえるとみえ、こまかい世話を焼きすぎるので煩わしくもあり、二人はそこを出てアパルトマンを借りることにした。五区のルュー・キャトルファージ十四番地、植物園が近い。

二階右側の小さな部屋だが、蒸気煖房《ショファージュ・サントラル》もあり、台所《キュイジンヌ》、浴室《サル・ド・バン》、トイレも完備、門番《コンシェルジュ》も親切、やっと気持のいい巣をみつけた気がした。

二人で御飯をたき、パリ生活の長い日本人に教わってパンと葡萄《ぶどう》酒で糠床をつくって漬物を漬けることもおぼえた。

市場にも買い出しにゆく。

家具付きアパルトマンなので、家具から台所道具、食器、クッション、時計、花瓶、何でも揃っていて便利だった。門番の心付まで入れて、一月《ひとつき》百円だったと信子は書いている。

　こんな建物の屋根裏はたいてい女中部屋、そして地階《レ・ド・ショーセ》は独身者《ギャルソニエ》たちの部屋、彼らの朝食は近所のカフェで、スタンドの上に出してあるパン籠からクロワッサンなどつかみとり、合図をすれば、顔なじみのおかみさんなど心得たもので、

〈ボンジュール、ムッシュー、サ・バ・ビャン、エー？〉

　といいながら一碗のカフェ・オー・レを大きな茶碗《タース》についでくれる、立ったままそれをすすり、パンをちぎり、先刻買った新聞に目を通す、やがてポケットからつまみ出した一フランかそこらを、かちゃりと置いて出てゆく。……

　信子と千代はそんなパリの勤め人の出勤風景もたのしくてならなかった。

　パリの冬は侘しい。マロニエの葉が落ちると裸木が、青銅の燭台めいて並ぶ。太陽は十一月以来まったくパリでは見られない。

　ただし、灯がつけば冬の巴里はただちに花の都となる。ダンスホール、グランドオペラ、ミュージックホール、赤い風車のモンマルトル。ミスタンゲットの舞台顔。

　そして夜のパリの名物は、灯影にむれる夜の花たちであるが、そればかりは信子たちに関係ないものの、それすらもパリの夜を彩る星たちだった。

　灯ともし頃のシャンゼリゼー、灯の海をタクシーで走るとき、信子は胸がいっぱいになってしまう、世界に冠たる美しい都会に、いまいるんだわ……幸福な思いで声も出ない。

　人のあつまるカフェにおのずと吸いよせられ、温いカフェをするとき、北原白秋の、

「なまけもの怠けてあればコーヒーのゆるき湯気さへ堪へがたきかな」

という歌も身に沁む。

この時代のパリについては金子光晴の『ねむれ巴里』がよく雰囲気を伝えて面白い。昭和五年、金子にとっては二度目のパリであった。他国人の、フランスでの就労は禁止されているため、生活難は筆舌につくしがたかった。さまざまの仕事で食いつなぎながらほぼ一年をパリに過している。生きにくいパリだが、「おさえがたい胸のときめき」を金子光晴はおぼえる。詩人はその魅力を分析する。

「パリがもう、ふるさとになったようなおもいなのだ。いや、そういう馴々しさでひきつけるのがパリのかまととの手練《てれん》女のような媚《こび》かもしれない。この街は、ふしぎな街で、くらいモスコオから、霧のエコスたち（スコットランド人）の住む国から、アビシニアから、テヘランから、あつまってくる若者たちを囚虜《とりこ》にし、その若者たちの老年になる時まで、おもいでで心をうずかせつづけるながい歴史をもっている、すこしおもいあがった、すこし蓮っ葉な、でも、はなやかでいい香《にお》いのする薔薇の肌の、いつも小声で鼻唄をうたっている、かあいいおしゃまな町娘とくらしているような、それで、月日もうかうかと、浮足立ってすぎてしまいそうなところである。正直言って、僕は、ここでうまれて、ここで死んで満足しきっている人間たちの仲間にはなりたくない。（中略）パリの人たちは、いつになっても、コーヒーで黒いうんこをしながら、すこし汚れのういた大きい鉢のなかの金魚のようにひらひら生きているふしぎな生き物である。長夜の夢からまださめきらないのだ。第一あのP音の多い、人を茶にしたとぼけたフランス語を使いながら、あけくれ女の尻から眼をはなさない男たちや、男の眼でくすぐられている自覚なしではいられない女たちが、ふわりふわりとただよっているこのフランスの都は、立止って考えるといらいらする町だ。頭を冷やしてながめれば、この土地は、どっちをむいても、むごい計算ずくめなのだ」（金子光晴全集7『ねむれ巴里』中央公論社、昭和50）

パリの冬の空気は、金子にいわせれば、

「とりわけ、底のひび割れてゆく痛さをまじえて、上空だけが、うす青く、フラスコの底にたまった強い酸のようにとごっていた」（同）

そんな中でパリにあこがれて世界中から集ってきた留学生たちは、

「世界の都パリに住みついていることに満足し、ここでのごちゃごちゃしたいきさつに、世話にくだけた魅力を感じ、もうそうなるといっぱしにパリ人になったような気合いで、つまりパリをじぶんの手に納めたような誇りを抱き、結構、生き甲斐をもって生きている様子であった」（同）

潤沢な滞在費を準備してパリ遊学を楽しんでいる信子のようなケースは別、貧しい日本人はみすぼらしいホテルの屋根裏部屋《マンサール》、だるまストーブがあるきり、五階の山坂をのぼったり、下りたりして、バケツ一杯の石炭を買ってきて火を起さねばならない。まず新聞を上からつっこみ、木っ葉炭をのせてマッチで火をつける。マンサールは壁が屋根の勾配なりに切りとられているので、部屋の一方のすみしか立って歩けない。天窓が一つ斜めについている。加えて階段の上りおりに、体の芯から疲れてしまう。そのうちに健康をそこねてしまう、というのがおきまりの宿命のようであった。

　金子は妻の森美千代と生活に難渋しながら、パリに対する好奇心も批判精神も衰えなかった。

「フランス、とりわけパリ人のふしぎなことは、彼らが派手好きで、にぎやかな人間のくせに、財布の紐の結び目のかたいことと、世界のローカルなものを幅ひろく受入れて、じぶんをゆたかにする術をこころえていることである。頑固に自己をまもりながら、貪婪《どんらん》に他人の栄養を摂取して、千様の表情の変化を創り出す自在な能力をもっていることである。（中略）現在のような観光ブームの時代ではなかったので、手頃な土産物はなかったが、たしかに老娼の手くだに捕われて、ゆくもかえるもできないで、ひたすらパリの土となり、融《と》け込んでゆくことを最後ののぞみにして酔生夢死するエトランジェの生きる体臭でむしむししているところであった。そして、それは丁度、第一次世界大戦と、第二次世界大戦とのあいだの、あま皮がまだ固まらない、ひわひわした男の時代、女の世紀であった。カルメンの産褥の熱っぽさと、越南《ヹトナム》のトンキン・デルタの泥の臭気とが、ヘルメット族の干枯びた古創から蒸れかえり、明日の望みの少い、鎮圧できないヨーロッパの若者たちのいのちが血が、革命一つにつながって、むなしくたぎり立っていた奇妙な季節でもあった。その季節の裏返しとして、花のパリが存在していた」(同)

パリには諸国の革命家、失脚政治家が亡命している。大杉栄殺しの甘粕がパリにかくれ住んでいたのも、思えばいかにも似つかわしかった。

信子より一足おそく滞在していた金子光晴は、ここで岡田八千代に、長谷川春子（時雨《しぐれ》の妹）に、深尾須磨子に、岡本かの子に、会っている。もっとも女たちはみな、金子より金廻りがよく、ときどき食事を奢ってくれたり、した。

金づまりの詩人はタクシーはおろか、メトロにも乗らず、パリの秋をほっつき歩く。この描写が美しい。

「ルクサンブール公園の鉄柵をアレジアに下ってゆく大通りの左側に、じつにみごとな落葉の吹溜りがある。並樹の枯葉は悉く、淡いレモン黄《エロー》になり、日本のような紅紫とりまぜたもみじの絢爛《けんらん》たる金襖もようとはまったく趣を異にしている。レモン黄のうず高い褥《しとね》のうえで、秋ももうよほど長《た》けて力の衰えをみせはじめた日だまりにふっかりと身を埋めてまどろむより快い眠りの床はほかにありそうもない。ふりつもった葉は、風とも言えないかすかな気配にも身じろぎ、そのたびに、耳にも入りがたい弦《いと》の、歯ぎしりに似た歔欷《きょき》の声をあげて一ひら一ひら身じたくのできたものから、立ちあがって誘われるがままに冬の近い、さむざむとした舗道のうえを、ゆくえもしらず旅立つのであった」(同)

信子のパリ見物はもっぱら人間に興味のピントを合せている。寒い夜。明日からは暖いニースに旅立とうというので、信子は旅の買物をしていた。スポーティな靴がほしくて、実用的な靴を売る店へ飛びこむ。望み通りのものを買って店を出かけたとき、飾り窓の前に立つ人影を見た。年の分らぬ女だ。

その店は、飾り窓の上から下までぎっしりと、靴の雨の降るように飾りつけてあるのだが、彼女の見ているのは最も安い八十フランの靴だった。

うす汚れた寒げなマントに身を包み、手には口金の半分とれた汚いハンドバッグ、それに新聞紙にくるんだパン、帽子もかぶらず、埃によごれた金髪が乱れたままである。パリで帽子なしで歩く女はこの時代、賤《いや》しまれるのに。……白粉気もない顔、労働と貧しさと生活苦と孤独の悲しみ、彼女の全身からそれが発散している。八十フランの安靴を燃えるような目で見入っている、彼女の靴は、古びて無残だった。……しかしやっぱり八十フランの靴は、彼女には高嶺の花らしい。

やがてあきらめて彼女はとぼとぼと歩き出す。花のパリにそんな貧しい女のいることは珍らしくもないと、信子の見聞はすこしひろくなっていたけれども。……

町角に乞食の老爺がブリキの空缶をさし出していた。信子はハンドバッグをあけて小銭をさがしたが、紙幣《さつ》ばかり手に触れて小銭は見当らない。

と、うしろを通りかかった、あの靴店の前の女が、口金のとれたハンドバッグを開けて銅貨をとり出し、かちりと空缶に入れて去った。信子は恥かしくなって、五フランか十フランかは知らね、紙幣《さつ》を一枚入れて、走り去った。ほんとに貧しいのは信子のほうではなかったか。

ボロマントの女のうしろ姿が颯爽としてみえた。

あれこそ、巴里女《パリジェンヌ》だと思った。信子はうちのめされたようになり、タクシーを呼ぶ声も出ず、うなだれて歩いていった。

またあるとき、夜の花たちと一夜、チャールストンを踊って遊んだことがある。案内してくれたマドモアゼル・ローゼットは春をひさぐ女にみえず小柄な美女で小説もよく読んでいて、気立てもよかった。信子たちはシャンペンを奢り、別れしな、十フランずつをやった。ローゼットとトイレで一緒になったとき、コンパクトを使いながら彼女は、口紅を出して、信子に心安く、

〈これ使ってごらん、あなたの唇によくあうわよ〉

といったが、信子は、ありがとう、たくさん――と押し返し、一瞬後悔した。折角だのに、一生一度のできごと、パリの今様《いまよう》椿姫の口紅を唇へ塗ってみてもよかったのに……と思ったが、信子の潔癖がそうさせたのだった。しかしローゼットとその友人の女たちはみな屈託なく踊り明かし、夜あけ、ふざけて愛人のアパシュ（ジゴロ）たちの肩車にのって帰ってゆく。高声に何か唄いつつ帰ってゆく彼女らのはしゃいだ姿は、胸せまるほどロマ

ンチックで愛らしかった。おかたい千代まで、彼女らに共感して、

〈女が貧しくて誰の保護もなくて生きるとき——あんな商売も、いちずに責められないわねえ〉

しみじみといった。

その二、三日あと、メトロで電車を待っていると、駅の女掃除人が二人の目にとまった。二十二、三くらいの若さ、白粉気はないが綺麗な女だった。油のついた布が長い柄の先にある、それを彼女は操ってホームの隅を拭いている。

〈ね、あのひと、おしゃれしたらいつかのローゼットぐらいに綺麗になるのに、ああやって働いてるんだわねえ。若くて美しい子なのに〉

千代がいう。労働に痩せ疲れてはいるが、純潔で、すがすがしい若い女だった。頭巾の下から金髪を仄かにみせ、一心に油ぎれの棒を押している。信子はローゼットの仲間にしたように、彼女に十フランをやることはできない。しかしもし彼女が口紅を貸してあげるといったら喜んで唇に塗るであろう。……でも彼女には紅のあとはなかった。

〈同じパリに、あんな若い娘もいるのね〉

信子は美しい女掃除人に見とれた。ひと月働いてどれほどの収入になるのか。……夜の花たちにはとても及ばぬものであろうに。そして彼女がローゼットと同じ職業についたとて、このパリでは誰も責めはしないであろうに。

（私自身が、そんな生きかたしたくないの！）

と女掃除人がきっぱりいいそうで、信子は感動した。女たちのさまざまな人生が信子には尽きず面白かった。

しかし何といっても信子を熱狂させたのは降誕祭《ノエル》前のパリの賑わいである。百貨店《マガザン》の売り子たちの黒絹の服が人いきれと忙しさに萎えてしまうほど、客は殺到する。マガザン・ラファイエット、マガザン・プランタン、マガザン・ルーブル……どこも大混雑、人はみな夜空を仰いでうっとりする。イルミネーションで空は一面明るい、子供たちはプレゼントを抱いてはねまわっている。

しかしそれよりパリが賑わう夜がある、いうまでもなく七月十四日の革命記念日である。セーヌ河畔で花火が打ちあげられる。この花火がたぐいもなく美しい。朱と銀灰色の輪が開いてセーヌの河水に夢のように消えてゆく。

〈おお、なんと綺麗《トレ・トレ・ジョリー》、あゝ綺麗《トレ・ジョリー》！〉

口々に叫ぶパリジェンヌは、つかのまの夢に涙さえ浮べて。——

人々は河畔から街へ流れてゆく。今宵は町中、灯がともっている、市役所はじめ、どこもイルミネーションの洪水、いつかしらず、信子と千代も、市役所前広場の踊りの群に入っていた。……

4

当時のパリには文学者たちも多く来遊していた。円本景気でふところの暖くなった文士のあいだに洋行熱が蔓延《まんえん》していたのだ。

文壇の老大家、正宗白鳥も夫人を伴ってパリにいた。信子たちは正宗に招かれて夕餉《ゆうげ》をご馳走になった。信子はパリに滞在して精神の箍《たが》がはずれた思いでいるのだが、正宗はかえって引き締った感じで、

〈パリは一向につまらんね。第一、洋服を朝から晩まで着なくちゃならん、これは窮屈だよ、日本人はやはり和服だね。――それに町自体も、どうということもない〉

と切って捨てるようにいう。

〈でも先生、お芝居などご覧になりまして？　踊り子のたくさん出てくるレビューなども……〉

おそるおそる信子がいうと、

〈ああ、見たがつまらなかった〉

正宗は憮然とした表情でいう。正宗先生はこの、〈憮然〉がもちまえのお顔なのだと信子は気付く。正宗の顔に少しばかりいきいきした興趣の昂奮が走ったのは、パリの歴史的

旧蹟を見て歩いた話のときだった。正宗はパリに行くというので、あるアメリカ人の書いたパリガイドのたぐいの本をかねて読んでいた。それは誰もがゆく観光地案内ではなく、どこそこの通りの何番地に何という文学者が住んでいたとか、フランス革命のときここで何が起きたとか、ユーゴーの小説のモデルになった建物などであるが、それを実際に見て歩いた、というのだった。信子はわが身をかえりみて、自分は全く、おのぼりさん風観光に終始していたと思うと恥かしかった。

正宗が唯一、このたびの外遊でほめたのはヨーロッパの風景だった。

〈日本はどこへいっても松が生えてるだけでつまらんが、外国の風景は美しいな〉その意見には信子も千代も心から賛成した。

しかし、風景だけだろうか？　信子にとっては外国は何もかも興ふかく、〈つまらん〉どころの騒ぎではない。尤《もっと》も正宗白鳥の憮然たる表情と、吐きすてるような〈つまらん〉には、信子は微笑ましいユーモアを感じた。不機嫌さえもこの作家にあっては、彼らしいユニークな風韻に思えたからだった。

しかし、あれが、正宗先生にはつまらなかったのであろうか？

信子は思う。モンマルトルの夜空に高く赤い風車がそそり立つ、あの〈ムーラン・ルージュ〉、……幕があけばミモザの花で飾られた舞台、観客席まで匂うよう、それがリラの花にかわり、踊り子たちの衣裳までリラの花いろ。……花やかなレビューのあと、舞台の灯は絞られて深夜のパリの街角になる。街灯のもと一人たたずむ娼婦……それがミスタンゲットのひとり芝居で、花やかな踊り子たちのあとの場面だけに、人生哀切の思いにそそられる。

芝居の、大人むきの軽い喜劇も面白かった。これはレビューの合間や、人形劇の合間に見せるコントである。言葉はこまかいところまではわからないが、大体のあらすじはのみこめる。舞台は花やかなホームパーティのあと。客たちが一人去り二人去りして帰ってゆく。楽しかった雰囲気にうっとりしたまま、妻が、今夜は楽しかったわねえ、と夫に身を寄せようとすると、夫は浮かぬ顔のまま、突然かたちをあらため、今まで黙っていてすまなかった、実は……と告白をはじめる。お前にはかくしていたが愛人がいた、その彼女がいま瀕死の床にある、どうしてもいってやりたい、お前を騙《だま》していて悪かったが、これが最後だから行かせてくれ、と訴えるのである。

妻は衝撃と悲しみに立ちすくむ。しかし必死に動揺を抑えて、夫を許す。健気に涙をこらえ、夫に、女のもとへかけつけるよう、すすめる。観客の同情と共感はたかまって妻にあつまるのである。夫は感謝し、なおも詫びつつドアをあけて出ていく。玄関のドアの閉まる音を聞くや否や、妻は電話をかける。うちの、いま出ていったわ、あなた、いらっしゃいよ。……もちろん女友達にかけているのではない、情人を呼び出しているのだ。そこで幕。観客席にみちるくすくす笑い。

こんなお芝居、日本ではまずダメだろうなあ、と信子は思う。役者が達者でじつに面白い。

また、こんなのもあったっけ、情人を自宅に引きこんでいた妻、そこへ夫が帰宅してくる。妻は情人をあわてて衣裳戸棚へ入れて鍵をかける。みるからにお人よしらしい夫が朗らかに部屋へ入ってきて、ぼくがいなくて淋しかったろう、ごめんよ、とかいいながら妻にキスする、むつまじい話を交しているところへ女中がきて、明朝のお献立は何に致しましょうと聞く。夫はこれこれと答え、妻に、お前はどうするね？　と訊く。じゃ、あたしはなになに。……あ、そうかい、と夫はいい、ついで衣裳戸棚に近づき、コッコッと戸を叩いて、

〈ムッシュ、お前さんは朝飯は何にするね？〉

そこでスッと幕が下り、場内爆笑の渦――

小芝居はたいてい、この手のもので、まるでこの国の妻はみな姦通しているよう、信子は道徳的に動脈硬化したような日本からきたものだから、こんな破倫乱倫の大人のコントが面白くてたまらなかった。もちろんパリの市民には貞節な人々のほうが多いにちがいないが、こういう笑いを愛する、精神的足取りの軽さが信子には何ともうらやましかった。心のおしゃれといってもいい。もし日本でこんなコントを舞台にかけたら、

（警察も教育者もかんかんだわ……）

と信子は思う。融通のきかぬ、四角四面の規制ずくめの日本。……本心はパリのような足取り軽い文化にあこがれながら、みな、うわべは鹿爪らしい道学者のような威厳をとりつくろっている。（偽善者が多いのよね）と信子は悲観してしまう。

しかしその中でやはり文士は正直だ、信頼できる、と信子は思った。ことにパリで合流し、ニースにもイタリアにも同行した久米正雄とはすっかり仲良くなってしまった。信子より数か月おくれてパリに着いた久米は美しい艶子夫人を携えていたが、たちまちパリ来遊文化人たちの親分のような存在になり、自身もパリに慣れるにつれ、

〈どうだい、愉快な国だねえ、あんな芝居ができるなんて、国民がオトナなんだ、その上に、役者も踊り子も手品師も音楽家も、みなほんとのプロなんだ、だから面白いんだ、ヨーロッパは世界の花柳界だね、パリは新橋で、イギリスは柳橋で、ドイツは赤坂で、ロシアは玉の井ぐらいじゃないか〉

などという。また、洋行をことごとしい壮挙とも思っていなかった。

〈ぼくの外遊は銀ブラの延長さ〉（銀ブラというのは銀座をぶらつくことで、当時の流行語である）

久米先生という者はなくみな〈久米さん〉と呼んで愛称にした。中学時代から河東碧《かわひがしへき》梧桐《ごとう》の門下で俳句をよくした久米は洒脱でオープンで陽気な人柄だった。

寒いパリから暖いニースへの旅を誘ってくれたのも久米夫妻だった。パリでは〈太陽をニースに買いにいく〉という。冬のパリはちらとも太陽を拝めないのに、南仏の避寒地ニースへいけば、青い海と太陽を満喫できるのだ。

椰子の木の海岸通りは避寒のブルジョア連で埋まっていた。信子らは久米に手ほどきされてルーレットの玉に運を賭けてみる。モナコまで足をのばして賭博の味をしめた。

カーニバルの祭は聞いたのよりももっと底ぬけの馬鹿さわぎで面白かった。毎日飽きずに催し物があったが、信子や千代にとって忘れられないのは海岸で行なわれる花合戦だった。花で飾った馬車に美女が乗り、花を撒きながら進む。一番美しい花馬車に賞が贈られる。

やがて夕陽が仄かに海を染めるころ、花合戦は終る。信子は観覧席を下りながら、見果てぬ夢にまだ酔う心地で、花片の散り敷く町をあるく。

〈こんな美しい、夢のような世界が、この世の中にはあるのねえ……〉

信子のつぶやきに、千代は考え深げな面持ちでしずかにいった。

〈そうね。……でも信子さんの小説もそうなのよ。現代の日本の女たちにとっては。……あなただって、この世の夢作りびとなのよ……〉

早春のイタリア旅行も久米夫妻と一緒だった。ローマ、ヴェニス、ナポリ、それらの印象より信子はイタリア名物のマカロニが美味だったと『異国点景』で特筆している。そしてまた、ローマで会ったノーベル賞作家のグラーツィア・デレッダ女史のことよりも、ナポリの非行少年更生に尽力した女性教育家チビタ夫人にずっと共感している。デレッダ女史は一九二六年度の受賞者だが、彼女の作品はほとんど日本に紹介されていない。頑健そうな巨軀の老婦人で、眼光射るがごとく、信子を迎えて最初にいったのは、
〈世界一周の旅をしていられるとか。そりゃあ、お金がたくさんかかることでしょうね〉
というもので、信子は閉口した。尤もそれはサルディニャ地方出身で、農民小説を書く女史らしい、堅実な生活感覚からの発言であろう。あらかじめ非社交的な頑固婆さんだと、通訳係として案内してくれた下位《しもい》春吉《はるきち》（ムッソリーニの顧問をしていたという）に聞いていたが。――結局、信子が共感したのは〈女性の問題はいくら書いても書きつくせぬものがある〉という女史の言葉だけだった。女史は小説とともに結婚を女の生涯の大事業と考えるタイプらしく、自身も安定した結婚生活を営み、息子二人も成人させている。別れぎわ、信子の手を握って結婚はまだかと問い、よき結婚を、というように握りしめた。――これも信子には意表をつかれる応対で、心外だった。

チビタ夫人は、かつてナポリの沖合に船を浮べて町の浮浪児を収容した女船長さんだった。筆者はこの夫人について知るところは少いのだが、その教育成果は当時のヨーロッパ教育界にも（ついでに日本にも）紹介されて有名だったらしい。ナポリの町には浮浪児が

多かった。親に捨てられたのか、グレて家出したのか。夫人は彼らをみつけると船へ連れてゆき、汚い体を洗ってやり、散髪させ、かわいい水兵服を着せた。規則正しい船上生活のうちに各自の性質才幹に応じた教育を施す。やがて青年に生いたった彼らは、海軍士官や飛行将校、銀行員、ホテルの料理人、など、よき社会人として巣立っていった。

しかし信子が会ったころのチビタ夫人はもう船にはいなかった。生涯の仕事と思った浮浪児・非行少年の更生事業から追われて、船はムッソリーニのファシストたちの手に移管された。今は夫人に代った男性の教育官僚が浮浪児・非行少年らの訓育に当っているという。信子は『異国点景』に書いている。

「ムッソリーニといふ人もやはり女が出しやばつて仕事をすることはお嫌ひだと見える。ついでに憎まれ口をきけば、ムッソリーニと同じ女性観の政治家はどこやらのお国にもたくさんいらつしやるはず」

ムッソリーニが政権を奪ってファシストの独裁体制を布《し》いたのは一九二二年である。チビタ夫人の人道主義的な教育に独裁政権はあきたらず、国策に沿うファシズム教育を志向したのか。

夫人はいまはナポリの家で、船上生活のアルバムや記念品にかこまれ、思い出に生きる人となっていた。どっしりした大柄なからだつき、銀灰色の髪、そしてかのノーベル賞作家女史よりはるかに柔和なやさしいまなざし、これでは浮浪児たちもなついたことだろうと信子は思った。夫人のアルバムには彼女の教え子——よき社会人となった青年たちの写真も多くとどめられていたが、いずれも美男紳士ぞろいで信子はびっくりした。こんなときでも信子の思考は、女性のほうに走る。浮浪少女は引き取らないのかと質問すると、夫人の答えは、女児は街頭に放浪しないから、とのことだった。闇からの手が女児を攫《さら》ってゆくのであろう。信子は空想する。チビタ夫人がもう一奮発して、少年収容の船のとなりに赤い船でも浮べ、そこで不良少女・放浪少女を引き取って育てるとしたら。……美しく有能な娘に成人した彼女らが、お隣の船の青年たちと恋をし、結婚する。……物語をつくりやすい、夢見がちな信子の空想だったが、常に女性の側から考えずにはいられない、〈女の立場〉に敏感な信子の、当然の反応ともいえよう。

　在留邦人にもいろいろ世話になったが、信子自身も、あとからパリに来た人々に頼られることもあった。

　春、やっとマロニエの花が梢にむらがり、パリに春がきた。女が美しいときだ。狐の毛皮を斜めに肩にすべらせたパリジェンヌが歩く。信子はマロニエの花に昂奮する。永井荷風が、島崎藤村が、與謝野晶子が、かつてこの都で仰ぎ見た花だ。

　オートイユの競馬場に美しく着飾った女たちがつどう。そのころは流行は競馬場から、といわれるくらいだった。信子の写真がいまに残されており、その日復活祭で「貴族山のごとく観覧席にあり」と信子自筆の説明がある。ボックス型コートとスカート、白いストッキングの信子はパリジェンヌ風に狐の毛皮を肩にかけているが、これは「兄上よりゆづりうけし」もので、つつましい。千代のほうは毛皮が衿と袖口についたコート、二人とも嬉しそうに笑っているが、それは千代の買った「馬券の馬が第一着に近づきつつあるため」という説明。信子はパリで競馬の味を知った。久米正雄はかなりここで競馬に入れ揚げたが、信子らははじめてだから慎重、しかしパリのは十フランからあって、大穴の玄人勝ちさえねらわねば、丸損はしないで遊べる仕組みだった。

そんなころのパリに、藤間静枝（のちの藤蔭静樹）がやってきた。パリの日本人たちは内地のニュースにくわしい。

〈ははあ、失恋の傷心をまぎらすために来たな〉

などとうなずきあった。

静枝はこのときかぞえ五十歳だったが、言葉もわからぬ外国への一人旅、果敢な女だ。いまなお容色衰えぬ、美しい踊りのお師匠《っしょ》さんだった。外国舞踊見学の旅、と称して意気軒昂だった。信子は『自伝的女流文壇史』に、静枝のことをこう書いている。

「一芸に秀でたこの女性の小柄の身中に気魄と闊達な気性もあっておもしろいおっしょさんだった」

（『私の見た人』『ある女人像——近代女流歌人伝』ではもっとくわしい）

藤間静枝はもと永井荷風夫人として有名だった（半年ほどで離婚しているが）。荷風が去った妻八重（静枝の本名）のことをしるしたエッセー『矢はずぐさ』を発表したのは大正五年（一九一六）である。その印象が強く、世間では静枝をもと荷風夫人として意識し、静枝もそれを誇りにしているところがあった。

荷風が残した静枝の経歴によれば、彼女は本名内田八重、新潟の花街出身で、女役者の市川粂八を慕って上京し、その門に入って女優として初舞台を踏んでいる。写真では目鼻立ちのはっきりした、しかし優婉な感じの美女である。のち二世藤間勘右衛門の内弟子となって踊り指南の免許を得、名取となる。そのあとにわかに巴屋《ともえや》の看板を出し、芸妓八重次としてお披露目したから、藤間の門弟と揉め、のちに藤蔭を名乗って新舞踊を開拓するのである。

尤もそれはパリ来遊よりのちのこと。

永井荷風との交情は巴屋八重次のころからで、一時、荷風の結婚で切れたが、彼の妻が病んで離縁ののち復活した。二人の結婚は大正三年だった。芸妓を堅気の家庭の主婦として納《い》れるのは周囲の抵抗もあったろうけれど、荷風の父はすでに亡く、母は静枝の人となりを評価していた。荷風が病んだときの心きいた看護ぶり、癇癖《かんぺき》の強いわがままな荷風に仕えてさからわぬ殊勝な心ばせ、――それらが母を安心させ喜ばせたのであるけれど、その上に八重はなみの芸妓ではなく、才気があった。多年、竹柏園《ちくはくえん》、つまり歌人の佐佐木信綱博士に師事して和歌をよくすること、更にはあるとき、床の間の軸をかけかえるに際し、当時、上海の書家、高邕《こうよう》の書いた杜牧《とぼく》の七絶を静枝はすらすらと読み下《くだ》したという。荷風は『矢はずぐさ』に「茶煙禅榻《さえんぜんとう》の七絶」と書いているから「題禅院」（禅院に題す）という七言絶句の漢詩であろう。

荷風の母はそれにも感心して、世の常の女ではないと思い、更に身元のよしあしは問わなかったという。静枝はかねて蘇東坡《そとうば》の酔余の手蹟を見、その筆勢にあこがれて法帖《ほうじょう》（古人の筆蹟を石摺りにした折本である）を多く買い求め、手習いしていたから、漢字の本場の人の行草体もわけなく読み下《くだ》せたのだった。

それほどの才女であったが、結婚しても放蕩のあらたまらない荷風には、プライドを傷つけられたのだろう。半年で家を出た。

そして十なん年。美しい踊りのお師匠《っしょ》さんは若い愛人と棲む。新進の評論家、勝本清一郎である。勝本は新舞踊をめざす静枝にいろいろ助言してくれたりして、単なる愛人ではなかった。

静枝には昭和十八年に出した『明けゆく空』という歌集がある。その中に、

「熱しては眉を翳《かげ》らす癖もいと知性にほひてうるはしと見つ」

という作品が「雑詠」の章におさめられているが、このころの勝本は三十歳前後、気鋭のマルクスボーイであった。どうも静枝は自分が才女だけに男の才幹や学殖に魅力をおぼ

える女だったのかもしれない。

その若い愛人を静枝から奪ったのは例のトラブル・メーカーの山田順子だった。順子は先夫との間にできた女の子を引き取っていたが、踊りを習わせようというので静枝の家へ少女を連れて出入りするうち、勝本と恋愛関係が生じた。順子の艶名はそのころかくれもなく、新聞のゴシップ欄の好餌になっていたから、遠くパリまで静枝のことも人に知られてしまったのであった（といって順子は徳田秋聲と切れたわけではなく、勝本と別れると再び秋聲のもとへ戻っている）。

藤間静枝がパリに着くと、ほんの少し面識のあった信子がガイドにされてしまった。静枝は洋装がしたいとまっ先にいう。当時パリ駐在の朝日新聞記者、渡辺紳一郎などは、

〈百貨店《マガザン》で子供の服買ってやんなさいよ〉

と毒舌を叩いたくらい、小柄な静枝だったが、信子はちゃんと婦人服店へ案内して旅行用の紺のスーツを作らせた。その頃の流行で衿にパイピングをめぐらしたものだが、静枝によく似合い、彼女は大はしゃぎだった。信子より十七歳も年上だが、信子からみるとどこか可愛らしさがあった。早速それを着て、モンパルナスのカフェへ連れ立って出かけた。ちょうど日本の画家たちが居合せ、その中の一人がテーブルに近づいて、

〈ホウ、勇敢に衣更えしたねえ、その元気で、順子に男をとられたことなんか、さっぱりセーヌ川へ流すんだな〉

悪意の揶揄ではなく、好意をこめた激励のつもりだったのだろうが、静枝の疳《かん》にさわったようだ。パリへ来て以来、日本酒代りにコニャックを愛飲している静枝はいきなり啖呵を切った。

〈なに言ってんのよ、あたしゃあんな女のためにパリへやってくるもんか、永井荷風が若いときにいたパリを一生に一度見たいから来たんだよ、おたんちん〉

静枝はいまだに荷風を忘れかねるようであった。藤田嗣治画伯に会いたいというので案内したら、画伯は歓迎してくれた。画伯のアトリエの一隅にはのれんをかけた屋台がしつらえられており、板前さんもいる。久しぶりの日本酒に静枝は喜んで酔っぱらい、またもや、〈荷風が、荷風が〉だった。画伯はいった。

〈お師匠《つしょ》さん、パリにはいい男がいっぱいいるから、もう荷風なんて忘れなさい〉

〈だめだよウ、忘れないよウ〉

と、「いきなり藤田画伯の少し白髪まじりのおかっぱにロイド眼鏡の顔に飛びつくようにしがみ付いて接吻した。時に静枝女史五十歳の艶色は少しすっとんきょうだった」(『私の見た人』)。

五月のロンドンは見物に最適と聞いて信子は出かけるつもりになった。すると静枝が、

〈連れてってちょうだいよウ〉

とせがむので同行することにした。信子と千代、静枝の日本女三人の遠足である。ドー

ヴァー海峡の波は荒いが船は一時間で着く。

動物園やロンドン塔より、静枝がもっとも喜んだのはバッキンガム宮殿の若い衛兵を見たときである。

〈あらァ……わたし、あんなのが理想の若き燕よ〉

と静枝はとろけそうな声でいうが、信子と千代は声も出ない。後日、イートン校の学生が折から日曜でシルクハットに威儀を正して三々五々歩いているのを見た、さすがに名門の学び舎、いずれも花はずかしいというような美青年だった。信子が、あんなのは若い燕にダメ？　というと、

〈いけません、あんな親の脛かじりは〉

と静枝は首を振り、それも信子にはおかしかった。

ちょうど沙翁《さおう》記念祭の時期で、三人はロンドンからほど近いシェークスピアの生地、ストラットフォード・オン・アボンへいった。馬車で古風な町通りを走る。シェークスピアのお土産づくしである。夜は記念興行で「マクベス」を見た。観客には老婦人が多く厳粛な気配がただよっていたと信子は書いている。ここは静枝の歌に拠ろう。

「髪長く手燭かかげし人のかげ圧《お》されて見たるマクベスの夕べ
蟹の具《ぐ》をほぐして共に食《たう》べしか楽しかりつるアボンのホテル」　静枝

アボンの町で売っていた茹で蟹を三人でせせり、静枝はそこへコニャックをそそいで蟹

酒にして、おいしいおいしいと飲む。そしてはてしなく荷風の話だった。

「ドーヴァの海荒れに荒れにし苦しびも忘れて共にかたり語らふ」　静枝

荷風のたたずまいは聞けば聞くほど静枝に冷い仕打ちと思えてならなかった。

信子はたまりかねて、

〈なんてつめたい人なの、荷風って。女性に対して冷酷なエゴイストねっ〉

　といってしまった。静枝はけろりとして、

〈ええ、そうなの、ところがあたしゃァ、そういう冷い男が好きでたまらないんだから〉

さらに驚いたことに彼女は荷風が彼女のことを書いた『矢はずぐさ』のサワリの一部を暗誦してみせるのだ。矢筈草とは薬草の〈げんのしょうこ〉である。荷風が病んだとき、静枝は手づから〈げんのしょうこ〉を煎じて与え、それで癒えたことがあった。曲折ののち盃事《さかずきごと》をしてめでたく家に入った。荷風ははじめ、この結婚を喜ぶ。

「八重家に来りてよりわれはこの世の清福《せいふく》限《かぎり》無き身とはなりけり。人は老を嘆ずるが常なり。然るにわれは俄に老の楽《たのしみ》の新《あらた》なるを誇らんとす。人生の哀楽唯其の人の心一ッによる」

　障子は張りかえられ、花瓶には花が活けられ、諸道具は手入れされた。みな八重のやさしい心づくしである。なかんずく、料理とその器《うつわ》の風雅は最も荷風の意に適《かな》った。あの気むずかしい荷風が、である。

「八重多年教坊《きょうぼう》（田辺注、ここでは花柳界を指す）にあり都下の酒楼旗亭《きてい》にして知らざるものなし。加《くわう》るに骨董の鑑識浅しとせず。わが晩餐《ばんさん》の膳をして常に詩味俳趣に富ましめたる敢て喋々《ちょうちょう》の弁を要せず。いつも痒《かゆ》いところに手が届きけり」

しかしその八重は去った。愛よりもプライドの重みに負けて。

「八重去つてよりわれ復肴饌《またこうせん》のことを云々《うんぬん》せず。机上《きじょう》の瓶裏《へいり》永《とこしな》へにまた花なし」

……このくだりを静枝はコニャックをすすりつつ、一字一句たがえず朗々と暗誦するのだった。

信子は静枝ほど陶酔できないが、荷風の哀惜は美文のリズムによく合い、耳に快かったし、何より静枝の女ごころがいじらしかった。

だが信子は新時代の女だ。別れた男の名文を朗誦するなんて、自分では気恥かしくて出来はしない。

パリを発《た》つ日がきた。発つとなると、もう信子の心は東京の書斎へ飛んでしまう。早く戻って、いい小説をどんどん書きたい！

アメリカへ寄る予定だが、それも長い期間ではない。

いっぱい、いろんなものを見、感じた。いろんな人に会った。そのおかげかどうか……信子の心にいい匂いの滴《しずく》がしたたりはじめている。早く書きたい。……

七月三十一日、ブーロニーの港からドイツ船クレブラン号に乗った。うす曇りの港の午後、出帆間際の巨船の甲板に果物を売りにきているフランス女の呼び売りの声をきく。これがフランス語の聞きおさめ、と思うとさすがに仄かな哀愁をおぼえる。大西洋を越えるドイツ船に日本女は信子と千代の二人きり、食事の知らせも軍国主義的にラッパが勇ましくひびく。

船中の毎日を、信子は一冊のノートに書きつづけていった。船のライティング・ルームに閉じこもったまま。

タイトルも浮かんだ、「暴風雨《あらし》の薔薇」というのだ。書きたいことが次々に湧きあがった。丹念に下書きを綴ってゆく。好もしいヒロインについて心おぼえを片端から書きとめてゆく。

出帆後八日め、明日はボストンへ着くという前夜、信子は長い下書きを書き終った。ノートの終りに、

「千九百二十九年八月八日、大西洋上のクレブラン号のライティングルームの片隅の卓子《テーブル》にて」

と記念にしるした。

それでも足りないような気がして、

「明日はボストンなり。幸《さち》あれ、此《こ》の作。神よ」

と祈りながら書き添えた。日本へ帰る何よりのおみやげが出来た、と信子はほっとした。あとはこの作品のあれこれについて折にふれ、心の中で補筆し、魂をふきこんでいくばかりだ。

アメリカではニューヨーク、シカゴから大陸横断の汽車で三日四晩、ロサンゼルスに着く。ハリウッドを案内してくれたのは上山草人夫妻だった。サンフランシスコからいよいよ帰国の船は日本郵船さいべりあ丸だった。

古い小さい船だが、波にゆれないというのが自慢、信子はこの船旅がもっとも楽しかった。デッキゴルフに仮装舞踏会（ここでは千代が器用に作った英字新聞の紙ドレスで一等賞となり、賞品にさいべりあ丸と白く抜かれた富士絹のハッピーコートをもらった）。船長室へ招待されたり、雑談の仲間に呼ばれたり、一人になっているひまもないくらいだった。

信子は快活に船旅生活を楽しんでいる自分を発見した。自分が生れかわった気がする。ヨーロッパの女、アメリカの女を見、女がいとも楽しげに町をゆくのを見た。富んだ女も貧しい女もいたが、みな、しっかりと自分を抱きしめているのが感じられて気持よかった。

女たちが自分を殺していなかった。

自分はこうしたい、と言挙《ことあ》げできるような、つよい眼の色だった。おかしければ笑い、

悲しければ悲しみを隠さない。――いえ、日本だっている。藤間静枝さんだってそうじゃないか、

「セーヌ河暮れんず水《み》の面《も》かぐろきに思ひ捨てしことに心かかづらふ」　静枝

思い捨てたいことは何だったのか、でも静枝はたくましく立ち直っている。コニャックを（彼女はコニャックという名がおぼえられず、いつもコンニャクといった）蟹の甲にそそいで〈おいしいよウ〉と叫びながら『矢はずぐさ』を朗誦し、そしてまた、明日も生きてゆく。

「矢面《やおもて》を一歩もひかじ舞人《まいびと》の舞台はやがて戦《いくさ》の場《にわ》ぞ」　静枝

日本女だって、〈自分はこうしたい〉と叫べるようなひとがいるじゃないの。

あたしはそれを書こう。そんな日本女の、しかしさすがにたゆとう女ごころ、それを書きたい。……

十四日め、船はついに横浜港へ着く。みな争って甲板へ出た。金髪の観光客たちが嘆声をあげる。

富士山が――まるで広重の絵そっくりに、くっきり浮んでいる上へ、雨あがりのうすい虹がかかり、その美しさが人々を驚嘆させたのだ。

これが私の国だ、日本はいい国だ。……

信子の眼から涙があふれる。

激しやすい信子をいたわるように、千代のやわらかい温い手が、そっと信子の手に重ねられる。

嵐の薔薇

1

信子が帰国したころの日本文壇はプロレタリア文学全盛時代だった。昭和四年（一九二九）には小林多喜二の『蟹工船』『不在地主』、徳永直《すなお》の『太陽のない街』など。その前年の昭和三年にはやはり多喜二の『一九二八年三月十五日』が「戦旗」に発表されている。

これは三月十五日に行なわれた社会主義者の全国的大検挙をテーマにしている。このときは大物・小物をとわず、千六百余名にも及ぶ社会主義者もしくはその容疑者が検束された。

彼らが官憲テロによって、どんな苛酷な取調べを受けたかが、この小説にはおどろおどろしく曝露されていて、世の耳目《じもく》をあつめ、衝撃を与えた。昭和二年の田中義一内閣の時から全国的に設置された特高《とっこう》は、無産政党の躍進を恐れる政府の意を体して、社会主義者弾圧と掃蕩《そうとう》に狂奔する。

特高。——特別高等警察の略称だ。現代ではよほど近代史に明るい人でも、その禍々《まがまが》しい雰囲気の恐怖は理解できないだろう。戦前の庶民にとって、〈特高〉といえば、べつに思想上、取締られるおぼえのない善良な市民といえども、忌避嫌厭《きひけんえん》し、畏怖したものだ。彼らの酷烈な対応は庶民の恐怖のまとだった。

官憲は恐怖心を煽って、特高に権力を与えた。現代の人権思想からは、殆んど想像もできない機関である。

社会主義者の検挙はこののちも続き、やがて非合法の共産党は壊滅する。プロレタリア文学もやがて衰退するが、それは地下に潜っていた小林多喜二が検束され、築地署で特高に虐殺された昭和八年ぐらいからだろうか。

プロレタリア派の女流作家としては昭和三年に『キャラメル工場から』でデビューした窪川稲子（のちの佐多稲子）がいる。林芙美子の『放浪記』が長谷川時雨の「女人藝術」に連載されたのもこの年。

『放浪記』は好評で、改造社から『新鋭文学叢書』の一冊として出版されるとたちまちベストセラーとなった（芙美子はこの印税で信子の近くの高級住宅を借り、更にパリ見物に出かけている。信子のあとを性急についてあるいている、という風である）。

林芙美子の『放浪記』が読まれたといっても、それはプロレタリア文学としてではなく、青春の書として愛されたのだろうと思われる。貧しさのどん底を転々としながら、詩神に憑かれた彼女は、生来の明るさと、無垢《むく》な詩情を失なわない。みずからの貧《ひん》を自嘲し、鈍《どん》を嗤《わら》いつつ、しかもロマンチックで高い風韻がある。そのやぶれかぶれさえ、青春のかなしみと傲りで美しい。芙美子の『放浪記』がいつまでも愛されるのは、啄木や太宰治と同じように、人の胸に思い当る若い日の通過駅のようなものだからだろう。

平林たい子がプロレタリア作家として文壇に登場したのは昭和二年の『施療室にて』であるが、たい子は自伝『砂漠の花』でみれば共産党を「少なくとも芸術にかんする限り」信頼していなかった。政治スローガンを振りかざして、図式的な労資対抗を文学上にもあてはめようとする、硬直した文学観にあきたらなかった。むしろ反発していたらしい。

たい子は昔から肝太き一匹狼だった。

たい子が一匹狼とすると、信子は自由人だった。

プロレタリア文学の盛行を視界におさめつつ、それでも自分の〈思い〉をまげない。

〈清新な家庭小説〉

〈女のあらまほしい生きかた。好もしい女人像〉

だけをみつめつづけていた。

帰国してすぐ信子は『暴風雨《あらし》の薔薇』の執筆にとりかかった。先年『空の彼方へ』を連載したゆかりの「主婦之友」に載ることになった。昭和五年一月号から六年四月号まで。

こまやかな筆致のこの小説は女性読者の反響を呼んだ。のちの昭和八年の『女の友情』

に先行する、女性二人の恋と友情の物語である。女性読者たちの熱狂を誘わないではいられなかった。

友情は男のもの、と信じられ、女性自身もそれが当然のように思っていた時代、ヒロインは友情を重んじて恋を捨てるのである。しかもこの小説ではじめて信子は、夫との不協和音に苦しむ妻を書いた。ともすればずれてゆく夫との感覚の軋《きし》み。人生の細部を描けるまで信子は成長している。

『暴風雨の薔薇』は、当時の日本の閉鎖的な国民性や社会気質をきちんと把握して、物語がすすめられてゆく。いっとき欧米に遊んで現代先進文明の爛熟にも触れた信子だが、日本の現代社会の現実から遊離していない。

冒頭、仲のいい二人の美少女――女学生の美しい合唱シーンがある。歌は女学生に愛唱された「流浪の民」。ハイネ作詩、シューマン作曲。音楽の才に恵まれた澪子《みおこ》はピアノを奏でつつ歌う。彼女は母も亡く、病父とともに異母兄の家庭に身を寄せているという薄幸な環境だ。音楽で身を立てたいと思うが、それは夢のような話だった。父や兄のすすめるまま、堅実に高等師範を受験し、教師になろうとしている。

もう一人の不二子《ふじこ》は札幌の富裕な実業家である父を持ち、この豪邸も、子女の東京進学のため、父が求めた東京の別邸だった。

資産家の令嬢である不二子の悩みといえば、来春女学校を卒業すれば、東京を去って札幌の父母のもとへ帰らねばならないこと、好きな東京を離れ、姉妹のように睦《むつ》んだ澪子と別れなければいけない……という他愛ないもの。

いつかはくる別れを前に少女たちはひとときを声合せて唄う。澪子のソプラノ、
〈山毛欅《ぶな》の森の葉がくれに……〉に、
〈宴《うたげ》ほがい賑わしや……〉と不二子のアルトがまつわる、
〈これぞ流浪の人のむれ……〉

まだ憂苦を知らぬ少女の歌声から物語ははじまる。この二人のゆくてにどんな運命が待っているのかと読者は期待をかきたてられる。

不二子は北海道へ帰って結婚し、男の子を挙げる。十勝地方で親譲りの農場を経営する素封家の青年にとついだのだった。やさしい夫を持つ不二子は、人妻になってもあいかわらず無邪気なお嬢様ぶりだった。

〈結婚いたしましても、澪子様を思う不二子の友情は少しだって変らないのでございます〉

という手紙がくる。

そして澪子も無事に学校を卒業して栃木の女学校へ奉職する。この、栃木、というのがほほえましい。信子は荒唐無稽な物語派ではなく地名を筆にのぼらせるときは、現実によ

うく見知った土地を扱う。言霊《ことだま》を実感が呼び出すと信じていたようだ。

すでに何度か先述したように、信子は作品に筆をおろすとき、下書き帳や日記に、きまって〈神よ、守らせたまえ〉などと書きつけている。信子は人生の早い時期にキリスト教の刷りこみをされていたが、さりとて敬虔《けいけん》なクリスチャンというのではなかった。しかし超越者の存在を感じていたのかもしれない。

そして信子の場合、それは、
〈言霊《ことだま》〉
であったかもしれない。どんな小説も全身全霊で書く気魄を持っていた信子は、おのずと言葉の霊《くす》しき力を信じていたのではなかろうか。思いつくままに見も知らぬ土地を、字面《じづら》だけで使う、などという杜撰《ずさん》な不誠実なことはしなかったのではないか。

そういえば澪子の兄の家は東京・大塚仲町に設定され、不二子の家は北海道である。みな信子には既知の、体で見知った土地であった。

澪子は栃木の女学校で同僚の図画教師、高島賢二に見初められ、強引に言い寄られて、自身でも恋した気になり、結婚する。これは恋を恋したというような、雰囲気に眩惑されて押し切られた結婚だった。やがて落ちつくにつれ、賢二との違和感が募ってゆく。

この賢二の設定が面白い。

今までの信子の小説にない男のタイプに描かれる。将来は新進画家としてデビューすることを夢見ている彼は、よくいえば芸術家らしい奔放な、人の世の規矩《きく》におさまりきれない野趣をもつ青年だが、生活者としてみれば、単なるわがまま男である。

日本男児にあり勝ちの亭主関白で、女性に対してデリカシイを欠くという。……信子はたぶん、遊学中のパリで、そういう日本男性の、画家の卵を幾人か見たのではなかろうか、実力や精進はさておき、空疎な自尊心ばかりが肥大して、いよいよ粗放傲慢になってゆく人生の破綻者。賢二はその一典型である。

澪子は女児に恵まれるが、百日もたたぬうちに亡くしてしまう。あとに残ったのはいっそうすれ違ってゆく、荒《すさ》んだ夫婦の心。かねて賢二はフランスへ絵の修業にゆきたいと思っていたが金の工面がつかない。

偶然、不二子の夫、守彦《もりひこ》が上京する。農場の労使問題の用件を抱えていたのであるが、不二子に頼まれるまま澪子を訪れる。

守彦はかねて村の振興策として、アイヌの木彫のような農民芸術を、村人に提供したいと考えていた。誠実な農場経営者なのである。澪子から賢二のフランス留学の宿願を聞き、農民芸術研究という名目で旅費を負担してもよいと申し出る。

はじめて会った不二子の夫、守彦は、謙虚で教養ある美青年紳士だった。日常、つねに利己的で尊大な賢二に傷つけられている澪子は、守彦の暖い人間性に感得し、かつ端麗な守彦の面《おも》ざしにも心がさわぐ。賢二のほうは降ってわいた幸運に、〈あいつは福の神だ！〉と有頂天である。守彦の好意を甘く踏んで、〈あいつ〉だの〈福の神〉だのという夫に、澪子はいやな気がして、なおうとましくなる。

夫の渡仏後、澪子はホッとして解放感をおぼえる。夫と別れがたいというのが世の常の夫婦であろうに。——澪子は不二子のすすめるまま、勤め先の女学校も夏休みなのを幸い、北海道の友のもとへおもむく。

七年ぶりに、会う女ともだち。不二子は涙ぐんで、ひしと澪子を抱きしめる。不二子とともに出迎えてくれた守彦はみずからフォードを運転して家へ向う。北海道の曠野だ。「自動車の砂煙を立てて走る向うには、十勝平野の地平線に落ちゆく夏の太陽が赤々と見えた。ほどなく伴《ばん》農場と立てられた木標が眼に入ると、車は農場の中央を切り通した路へ進んだ。その行く手に石の柱の門——その奥には古い豪農の邸をしのぶ大きな日本建の家につづいて、新たに建てられたらしい英国風のどっしりした洋館が、壁に蔦をからませていた」（『吉屋信子全集』3〈朝日新聞社〉に拠ったため新仮名遣いになっている）

そういう邸《やかた》の中であらたに物語は展開する。昔のままに無邪気な（幸福すぎて人生キャリアを積むことなく心の成長のとまった）不二子と、人生の地獄をかいまみて辛酸を舐めたすえ、心の隈《くま》の深くなった澪子、そして美しく、大人びた情理《わけ》知りの澪子に惹かれてゆく守彦。三人をめぐっての心理ドラマになる。

澪子もいつか守彦に惹かれている。

村の子供たちのために託児所を、——そして保姆《ほぼ》には澪子がなるというアイデアは守彦を元気づける。何かにつけて心の通い合う澪子と守彦。澪子は必死になだれ落ちようとする心を押しとどめる。それは自制心のぎりぎりまで耐えようとする守彦とて同じである。それでも堰《せき》は切れた。相擁する二人に外は吹雪だった。

夫の恋を不二子は知った。たまたま目にした「流浪の民」の楽譜。思わず澪子と不二子は声を合せて歌いはじめる。昔の思い出に胸が迫って澪子は泣き伏すが、〈もう私を前のように仲よしの妹と思って下さらないの〉という、やや怨みを含む不二子に澪子は誓う。〈私は今もあのときの澪子よ、あなたを裏切るようなことがあったら、私は死にますわ〉〈うれしい。そのお言葉、不二子は信じます。誰が何といおうと、あなたを信じてよ〉と咽《むせ》ぶ不二子。澪子は強いて笑う。〈すこし二人ともセンチメンタルになってしまったわね、いいとしをしてきまりわるいこと〉

——その夜、澪子は吹雪をついて農場を去る。置手紙には、「不二子様、澪子はいかなる不幸不運に会いましょうとも、友を裏切り女性が女性を裏切る醜い不真実な女でなかったことを信じて下さいまし」「今宵限り永遠に澪子はお二人にお別れいたします」。

守彦と不二子は吹雪の中を馬橇《ばそり》を走らせたが、発車間際の列車の中の澪子とひとめ顔を見合せただけであった。……

——きわめて理想主義的な小説であるが、ディテールがよくできているので浮きあがっていない。文章の装飾性はむしろ出世作の『地の果まで』より過剰な部分があるが、それは多分に「主婦之友」という舞台を意識しているからではないか？

この時代の婦人雑誌はほとんど全頁に広告があるといってよく、全体の印象はきわめて声高である。広告の文章がどぎつく跳梁しており、イラストも派手である。いくつかある連載小説も、！や？が多用され、文章は映像的だ。連載小説の場合は時として、〈以下次号〉とは書かれず、〈次号大波乱〉などとある。

たとえはわるいが、それぞれがバナナの叩き売りをしているという躰《てい》である。信子の小説に〈ホ、、、、〉や〈ハ、、、、〉という擬音語が多いのは現代から見れば安易で薄手な文章という感じを与えるが、このにぎやかな雑誌の中ではしっくりと嵌《はま》るものなのだ。むしろ、快いアクセントとなっている。

それはともかく、はじめて恋した人が親友の夫であったとき、女は友情を守って身を引く……という、倫理性のたかいテーマに、女性読者は惜しみない拍手を贈った。女が友情を保ち得る存在であること、個性を示し得る人間であること。選挙権も持たず、社会的人権をみとめられぬ時代の女だが、女にも〈志〉があると信子は訴えたかったのだ。それにしても恋を思い切る澪子は決して、干涸《ひか》らびた形骸道徳家ではない。守彦の留守の間、彼の書斎の、彼がいつも坐る回転椅子を「優しく撫でて、澪子は処女の如く涙さしぐんだ」

という女である。

「でも彼女の心の内の声は、そういう彼女を叱るのだった――
道ならぬ想いを胸にやどすとも、そは世も人も許さじ、誰知らぬ間に、人目に触れぬうち、闇から闇へ葬れよ！
と……でもなんという〈彼〉の純情の魅力よ。悲しい〈彼〉への愛の芽生《めばえ》！　そして、日々に育ち根強くなりゆく〈彼〉への愛慾！
澪子は彼の雰囲気でいっぱいになっているその書斎に止まるのが、もう恐しかった」

信子はこの小説で少女小説を脱皮したといえる（少女小説もなおこののちまだ書き続けており、名作も多く生れたが）。

読むとわかるように、この『暴風雨《あらし》の薔薇』はのちの話題作、『女の友情』や『良人《おっと》の貞操』にふくらむ核となっている。その意味でも注目すべき作品である。

また、守彦はやや絵に描いたような理想の男性になりすぎたきらいはあるが、野放図な男のタイプ、賢二を造型し得たのも信子の成長である。

連載中から好評で、出版社・新聞社の編集者・記者の注目をあつめ、たちまち注文が殺到する。信子は精力的に引き受け、文藻《ぶんそう》は涸れずに尽きることなくあふれた。報知新聞に『愛情の価値』、「婦女界」に『三聯花』を連載している。当時の流行作家、菊池寛や久米正雄、三上於菟吉、加藤武雄、大佛《おさらぎ》次郎、佐々木邦《くに》などと一躍、肩をならべる売れっ子作家にのしあがる。そしてそれは昭和八年の『女の友情』、更に十一年の『良人の貞操』に到って、爆発的なブームになる。『女の友情』は「婦人倶楽部」だったが、「主婦之友」には『男の償い』を再び連載した。

新聞連載では昭和八年、報知新聞に『理想の良人』。

十一年、読売新聞に『女の階級』。

十一年から十二年、毎日新聞に『良人の貞操』。

信子は昭和五年の『暴風雨の薔薇』のとき三十四歳だった。淀橋区下落合四丁目二、一〇八の家にいたのは昭和十年までだが、第一期ブームのこの時代の信子の写真はまだ文学少女の面影を残し、いきいきと愛くるしい。カメラを構える信子、スキーを磨く信子、家庭用映写機を据えてフィルムに見入る信子、コーヒーミルに手をかける信子、ランプ（インテリアとしての）を磨く信子、いずれもハイカラな小道具、ファッションセンスもよく、みな若々しく美しい。黒くゆたかな髪を断髪にし、すっきりと粋である。長身の人なので脚がすらりと綺麗だ。お召《めし》らしい着物の写真もあるが、いかにも姿が優美である。力ある黒い瞳、意志的な唇の表情、笑顔には女の自信（仕事の自信と共通する）が溢れ、外国の女の〈笑顔よし〉を見てきたせいであろう、日本女ばなれした、闊達な表情になっている。

彼女の昭和六年の日記、これもほかの日記と同じように、一年の半分ぐらいしか、記されていないのだが、四月九日に、

「『暴風雨の薔薇』の校正終る。やはりよき作品、好きな感じあり」

　と自分でも認め、

「但しこの上は変りて又進む可《べ》し、主婦之友にもかゝんと決心す」

　とある。

　この昭和六年には（日記には書かれていないが）どうやら信子の数少い異性愛事件があったらしい。「婦人公論」に『櫟林《くぬぎばやし》の家』という短篇小説を発表しているが（十一月号）これは彼女の体験らしいのである。その前半部分、下落合のバンガロー風の家については先述した。

　小説によればバンガローに住む二人の女流画家、A子（信子がモデルらしい）とB子（千代であろうか）たちの、地主は若い実業家だった。A子はその魅力的な青年紳士に魅せられてしまう。紳士には妻子がいた。A子の恋は、

「秘めに秘めた哀れな『片恋』だった」

　A子は心も空《そら》にふと画筆を床《ゆか》にとり落すこともある。そんなときB子はそっと椅子を離れて、アトリエのドアから櫟林の小径《みち》に出てしまうのだった。しかしA子はそんなB子の態度に気付かないほどぼんやりしていた。どんな些細なことでも打ち明けて秘密のなかった二人の間にはじめて秘密ができた。

　その夏、B子は用ができて旅に出た。A子は心おきなく一日、「彼」のことばかり考え

ていた。

　そんなある日、その「彼」がふとやってくる。近くまで来たからと。――「彼」はどことなくやつれてみえた。舞いあがるA子。

　夜のバルコニーに誘い、A子は〈少しおやつれになって。ご病気でも?〉と何気なく聞く。「彼はちらと貴公子らしい眼をシャイに伏せて、優しくほろ苦く微笑んで」、〈父の死後の整理が煩わしかった上に……と照れる〉。

〈その上に? 何かございまして?〉

　A子は暗示を受けて胸がとどろく。

〈ハ、、、恋をその、――してしまって〉A子に、ではなかった。〈彼〉は会社で使っている邦文タイピストの、まだ小さい娘に恋したのだ。教養も境遇も違い、妻子ある身として、どうにもならない、しかし恋には克《か》てない、そのため苦しんで。……

〈芸術家のあなたにならわかって頂けるかと、つい、口走ったのですが、身も心も疲れました……〉

　どっと疲れたのはA子のほうだった。画家の女友達、恋をうちあけられる友達、としか、A子は見られていなかったのだ。

　B子が帰宅したときA子は夏に痩せ、恋に痩せ、頬には涙のあとがあった。

〈どうしたの。私の留守に何があったの？〉

〈B子がいなくて淋しかったの〉

〈おバカさん。私にはわかるわ、……××さん（彼の名）に会ったのね。そしてあなた、告白したの、恋を？〉

〈えっ。知ってたの〉

　そのときB子は静かにいう。ずっと前からA子の恋心に気付いていたこと。A子が〈彼〉のことを思っているときは、邪魔しないようにそっと櫟林を散歩していたこと。A子は泣いて打ちあける。あの人は可憐なタイピストを愛して悩んでいたの。私、失恋したの。

〈かわいそうなA子〉

　とB子はA子を抱いて子供のように頰ずりしてくれた。A子は泣きじゃくりつつ、

〈わたし、バチが当ったのよ、B子という人がいながら。――かんべんしてね〉

A子は赤ん坊のようにB子の胸元に頭をうずめる。そのときB子は告白する。

〈Aちゃん、私こそ、かんべんして。あなたが失恋したのを、いまほっとして安心してるんだもの。友情って、こんなものでいいのかしら？……〉

　B子は見悶えて泣く。

　吉武輝子氏の『女人吉屋信子』（文春文庫、昭和61）によると、それは信子のYWCA時代の友人で画家の、甲斐仁代の同棲相手の中出三也であろうという。中出も画家だが、千

代の思い出によると、「男の人にしては珍しいくらいおとなしげで、やさしい感じの人」（同）というから、信子の作品の理想的男性に似通っている。甲斐仁代もその後、中出と別れたようである。信子はその〈若い画かきさん〉が好きだということを千代に看破されまいと気をつかっていたが、何しろ信子は「一本気で嘘のつけない人」だから、言葉や態度のはしばしに著《しる》く出たと、これは千代の話であった。何にせよ、中出某をモデルに信子は小説を書いたのではなく、信子のいつも書く、線のほそい、デリケートな、女にやさしく、純情な理想の男性に、中出某がちょっと似通っていたため、心惹かれたのであろう。

この昭和六年、千代は信子の殺人的スケジュールに同情して、教師を辞し、アシスタントになったようである。女中も使い、家を改築したりした。数年前から熱海の海ばたに別荘を持っていたらしい。しかし家も手ぜまになり、海の別荘にも飽いて、家はもっと広いところへ越す、そして信州の高原に別荘を持つ、という計画が、たのしく千代との間で出た。

しかしこの時代の信子のいちばんの楽しみは、同性、同業の人々との交流であったろう。信子は決して人づきあいの悪い女ではなかった。一本気だが、率直で暖い気性は包容力に富み、人なつっこく、人々に親和感を抱かせた。

この下落合時代にもっとも親しんだのは林芙美子であろう。芙美子がまだ落合に移ってこぬ前、夫の手塚緑敏と和田堀之内妙法寺に棲んでいた時代に、遊びにきたことがある。早春の頃で、芙美子は小柄な体に長い羽織を着て、「まことにつつまし」かったと信子は『自伝的女流文壇史』「林芙美子と私」で書いている。長いこと語り合い（物おぼえのよい信子が、何をしゃべったか忘れてしまったという）灯ともし頃になったので夕食を呈した。愛酒家だということは書くもので知っていたので、女世帯の信子の家では珍らしいことだが、お銚子や盃が膳に出た。芙美子はこのころ、ちょうど「女人藝術」に『放浪記』を連載中であった。信子が彼女を歓迎したのは、その作品への好感もあったのであろう。

芙美子は盃を両手で受けてそろりと口に近づけ、飲むというより、さも大切そうに、啜《すす》った。また間を置いては啜り、いかにも貴重という酒の飲みかただった。

肴には若布《わかめ》の白子《しらす》干し、これはよくある酢のものだが、芙美子は箸につまんで口へはこび、左手で滴《しずく》をうけて、舌鼓を鳴らした。

〈ほんとにいいお味、この若布の柔かいこと、ほんとに……〉

感に堪えたといういいかた、信子はそののちも芙美子のそんな飲みかた食べかたを、幾度も見たので、いたく印象的だった。

その後、信子の近くの上落合三輪へ移って来、転居の通知を受けて信子がたずねていくと、芙美子は有頂天になって歓迎した。夫の手塚とお母さんがいた。二人は菓子や鮨の使いに出されたりした。芙美子の随筆『交遊記』には、「近所と云へば吉屋信子さんのお宅にも年に二度か三度位ですが遊びに行つて、遅くまで話しこんで参ります。きがねがなくて、仕事の話、家庭の話、珍らしくのんびりと遊ばせて貰へます。吉屋さんはおつきあひする程、味のあるひとで不思議なひとだと考へる時があります。吉屋さんと御一緒の門馬千代子さんも立派なひとで、あたたかな気持ちになるひとです」。

信子が一年パリに滞在して帰ってみると、芙美子は以前より信子の家に近いところに移っており、それは赤い屋根の高級文化住宅だった。家賃は五十円のよし、「まさに『放浪記』景気だった」と信子は書いている。芙美子は『春浅譜』も『風琴と魚の町』も『清貧の書』もこの家で書いたと。

やがて信子のあとをおって芙美子はパリへゆき、半年後戻ってくると、また、つきあいがはじまった。芙美子は自分の作品に対し、気に入らぬ批評をした評論家の名をあげて文句をいう。信子のほうは文壇批評の対象にはならなくて淋しかった。何しろ少女雑誌と婦人雑誌と新聞小説、これらは昭和初年代、十把ひとからげに通俗小説とされて、信子のいう「文学批評の圏外に顧みられなかった」（『自伝的女流文壇史』）。その点、林芙美子のことはうらやましかった。芙美子は文学雑誌・綜合誌へ発表した作品、いずれも批評の対象となっていて、しかも好評讃辞にとりまかれていた。芙美子はそれに慣れ、たまに酷評されると「むやみと腹が立ってたまらぬのだったと思う」と、信子はいっている。

ついでにいうと、信子が文壇批評から黙殺されていたのは昭和十年前後ばかりでなく、その後もずいぶん長くつづいた。昭和五十一年（一九七六）に『座談会　昭和文壇史』（講談社）という本が出ており、これは「風景」に載った文壇時評をあつめたものだが（メンバーは青山光二・荒正人・磯田光一・巖谷大四・尾崎秀樹・小田切進・小田切秀雄・河盛好蔵・紅野敏郎・佐多稲子・芝木好子・渋川驍・杉森久英・中島和夫・中島健蔵・楢崎勤・野口冨士男・平野謙・福田清人・舟橋聖一・船山馨・吉行淳之介・和田芳恵ら、編者は野口冨士男である）その中で「昭和三十年代の文学」の項に、信子が読売新聞に連載した『ときの声』について、小田切秀雄は「あれはりっぱな作品でね」と一応評価はしているのだが、そのあとの発言が目を惹く。

「吉屋さんは昔ぼくらは侮蔑の対象としてしか考えなかったけれど、あれで全く見直しましたね」

——この発言は大多数男性インテリの先入観を代表しているといっていい。『ときの声』は廃娼問題をテーマにしているが、その根にはデビュー以来、一貫してかわらぬ信子の女性擁護、女人讃美、男権思想への反発があるのを見逃している。女こどもの読む通俗小説、という印象だけで、〈通俗小説研究〉を怠り、侮蔑してきた高慢な従来の文学史を、いまこそ、書き改めるべきときがきているのではないか。

　ともあれ、〈純文学〉〈大衆小説〉とジャンルのちがいはあるが、信子と芙美子の交遊は、芙美子の死まで続いた。芙美子が自分にだけは心ゆるしたのは、自分が大衆小説圏で、芙美子のテリトリィを侵す心配がなかったからだろう、と、信子はお茶目っぽくうがったことをいっている。つまりそれくらい、芙美子は同性の作家に対抗心強く、競《せ》り合う気が烈しかったらしい。男性作家や批評家には芙美子は受けがよく、〈お芙美さん〉の愛称で親しまれたが、女性作家にはいまひとつ違和感を覚える人が多かったようだ。噂は信子のところへも流れてくる。芙美子は引きもきらぬ来訪者を煩《うる》さがって、ためにならぬ無駄な訪問者には居留守を使うとか、後輩の女流作家の原稿を口では引き受けて握りつぶしたとか、恩人ともいうべき長谷川時雨女史の出版を妨害して確執を生じたとか。……

（でも）

と信子は思う。（林さんはあんな過去の辛酸をくぐりぬけ、みごとにペン一本で立つようになったのだもの。苦労知らずで育ったあたしとちがうわ。苦労人だからこそ、思いやりも親切もあるし、またその反面、悪戦苦闘に堪えてきた逞しいリアリストの冷酷さがあって当然だわ）

――「この二つが表裏をなしていたにちがいない」と、信子は「林芙美子と私」に書いている。それゆえに芙美子の人間味を、信子は愛した。信子の洞察力は暖い。

信子はまた、他の女流作家グループと芙美子の緩衝地帯にもなった。そのころ信子の家はいつか、後進の若い女流作家たちがつどう楽しいクラブにもなっていた。矢田津世子《つせこ》（昭和十一年『神楽坂』により芥川賞候補となる、代表作として『茶粥の記』など）真杉静枝（このころは武者小路とも別れ、中村地平と同棲していたが、この少しのち最初の創作集『小魚の心』を出して文壇に好評だった）大谷藤子（高見順らの「日暦」の同人で、「改造」の懸賞小説に当選、当時の新進作家である）大田洋子（「女人藝術」に拠って作家活動をはじめたが、このころはまだ模索時代、のち昭和十五年に朝日新聞懸賞小説に『桜の国』が一等入選して大いに文名をあげた。郷里広島で原爆にあい、『人間襤褸《らんる》』『屍の街』など原爆の記念碑的作品を書いた。もちろん信子の家に集うた昭和五、六年から十年くらいまでは、後半生のそんな悲運など夢にも知らぬころだった）――これらの若い女流作家たちは、信子の家に集うて文学研究会みたいなものを聞きたがった。信子は若々しい彼女らの話を聞くのが好きだった。彼女らも男あるじのいない吉屋邸には来やすいらしかった。もとより信子は彼女らを指導するといった思い上った気はなく、時折は野上弥生子夫人にでもおいで願いご高話をうかがうことにし、会場とご馳走のおもてなしだけ提供しようと思った。……そういう集りがのちの女流文学者会の母胎となっている。信子は同性に慕われる、よきお姉さん株、というところであったらしい。このあたりの機微は芙美子と正反対である。

2

信子はことさら一つの思想や主義に与《くみ》しなかったから、周囲にむらがってくる若い女性の友人がアナーキストであろうがマルキストであろうが、わけへだてなくつき合った。

その一人に、長谷川時雨の「女人藝術」で活躍していた八木秋子がいる。八木秋子は「回想の女友達」(「婦人公論」昭和48・11)で書いている。

「(吉屋信子さんとは)ながいごぶさた、疎遠のようにも想像されるかもしれないけれど、こうしたわたしの慌《あわただ》しい月日にもきれぎれながら交友はつづいていた。私にはやはり吉屋さんのまえに坐ってみると、何をどうという分別も浮かんでは来ず、ただあのにこやかな微笑《ほほえみ》にこころが静まって夢のなかのように安らかな心もちになる。ああ、なにもいうことも話すこともない。そうさせて下さるものが吉屋さんにはあった。吉屋さんは私のやっていることや生活のことなど、きかないでも、なんとはない了解のようなもので解っていたようである」

尾形明子氏の『女人芸術の人びと』によれば、八木秋子は吉屋信子を、(長谷川時雨とともに)「忘れられない人です」と語ったという。

秋子のいう、「わたしの慌しい月日」を瞥見《べっけん》してみよう。彼女の人生軌跡はあわただしくも酷烈で、いまにして思えば、彼女（のほか、この時代に女性の道を切り開こうと苦闘した女たち）のような積み石のおかげで、戦後の女性解放という城が築かれたのだ、ということを、しみじみ思わずにいられない。

「女人藝術」の写真（ずいぶん不鮮明だが）で見ると、秋子は意志の強そうな眉に、太縁の眼鏡、質素な洋装、「女人藝術」にはインタビューや小説や評論を精力的に書いているが、スジのいい文章で論旨は明快、なかなか頭脳明晰な女性のようである。

明治二十八年（一八九五）生れというから信子より一つ上、長野県福島町（現・木曽郡木曽町）生れ。小学校を出て職業学校へ入れられた。姉たちはみな師範学校に進学したので秋子も勉強がしたかったが許されなかった。読書も好きで手当り次第に読んだ。結婚させられた相手は、女の知識欲や好学志向にまるで理解のない男だった（この当時では普通レベルの男の感覚だが）。子供が出来たが、結婚生活はいよいよ苦痛になるばかり、思い余って子を置いて家出したが、子供への愛に負け、戻った。しかしついに再度家出を決行、離婚する。大正十年（一九二一）。横浜で五十日あまりの女中生活をしたが、ここでは烈しい労働に夜は蚊帳も与えられず、食事は漬物だけという生活だった。家族が一週間ほど旅行で留守のあいだ、暗い廊下で雨戸を閉めていた彼女は、いつのまにか帰っていた主人にいきなり背後から抱きすくめられる。ふりほどいて逃げ、女中部屋にひそむと、追ってくる。たまりかねて、おいとま頂きます、というと、主人は、給金のことは家内がいないと分らぬと冷くうそぶく。

秋子は軽い財布と小さい風呂敷包みを抱いて家を出た。東京へ行ったが、身を寄せるあてもない。今夜は上野の森で野宿しようときめ、松の根元に坐ったが、芝生におりた夜露が冷く、昼間の汗に濡れた浴衣がべっとりと肌に吸いついて悪寒がする。藪蚊には悩まされた。それ以上に堪えられないのは空腹だった。彼女はよろよろと立ちあがり、風呂敷包みを抱えて歩き出す。浴衣の人々が楽しげに散歩しており、盛り場の明るい灯がのぞまれる。あそこにはおいしい食べ物があるのだろう。……気が遠くなりそうだった。この野宿の一夜のことは「断たれた両面」（「女人藝術」昭和4・8）にくわしい。やっと朝になりまっすぐ神田橋の職業紹介所へいってみると門が閉っていた。日曜を忘れていたのだ。

「神田橋の石だたみに陽の照り返しがカツと熱く、そこに立佇《ママ》つて濁つた濠の中に浮いてゐる浚渫《しゅんせつ》船を眺めてゐた。ウキンチがガラガラと鳴りひゞいて、のろく動くクレインの下に真黒な泥が口を明けて吐き出される。——氷水を飲むとあとは二十銭だけ残つた」。

空腹の身に強い烈日。目まいがする。六銭で朝刊の残り二枚を買い「案内欄」を拡げる。女中入用。幸い近くの医院だ。さがしあてて台所口から声をかけると、白い顔の看護婦が顔だけのぞかせ、さっきもうきまりました、という。——今夜もう一夜だけ越せればいい、明日こそ住みこみの職場をみつけよう、秋子は親友を頼る決心をする。その親友ははじめ秋子が夫と別れようとしたとき、けんめいに応援して庇ってくれた友だった。それが、夫の涙と子供への愛に負けて秋子が婚家へ戻ったとき、友情は破綻してしまった。いま再び家を出、友を頼る――合せる顔はないはずだった。果して親友の応対はひややかだった。

〈どういうつもりで私のところへきたの、あれからどうしているかと案じてはいたけれどねえ〉

〈追々に話すわ、でもおなかが空いて口もきけないの、ご飯があったらいただいていい？〉

〈ええ、でもくわしい話なんかきく必要もなさそうね。今夜一晩ならいいわ、でも明日は夜の明けないうちに出てってね、私も立場がないから〉

秋子は箸の手をやすめて、驚いて親友を見る。

〈……立場。誰に対する立場〉

〈あなたの夫や、夫の兄弟や世間に対してよ。きまってるじゃないの。あなたがまた家庭に戻ったので、あなたを応援していた私は嗤《わら》われものになったわ。あなたの夫があなたを捜してここへやってきたときの騒ぎ、この近所だってみな知っててよ。のこのことまた家へ戻り、そしてまたやっぱり出てくる。――あなた、自分の意志の弱いことを正しく認識してるの？〉

――このひとは、夫の涙や子への未練、それと自分の自我に忠実であろうとする思い、その二つに引き裂かれてのたうちまわるように辛かった、あのときの私の気持を理解していない、無理もないけれど。……意志の強い弱いの問題じゃないのだけれど。……と秋子は思う。

友人は押入れから藤色の絽《ろ》の単衣《ひとえ》を出してきた。秋子は忘れていたが、それは彼女が友人に貸した着物だった。その柄にも、衿のかすかな白粉の汚れにも、人妻時代の生活の匂いが残っていた。友人はその着物の上に五十銭玉をぽんと投げた。

〈じゃ、この着物、お返しするわ、あなたも着たきりじゃ困るでしょ、でもあなたもここまで叛逆した以上は、どんな社会の迫害とも戦ってゆく覚悟はあるんでしょうね〉

秋子は過去と未来の間の一線を越えたとはっきり思う。古い家族制度に自我を縛られるということは、一面それによって守られていることでもあった。いまそれを断ちきって自由と自我を手に入れた。その代り、それは新たな、社会との戦いになる。自立し、自分の飯は自分で獲得せねばならぬ。藪蚊にせめられ野宿もかなわぬなりゆきにも堪えねばならぬ。そんな強さが自分にあるだろうか？

秋子は心が引き締った。自分で撰び取った道だ。戦い抜かなければ。――

そうだ、明日の朝はまっすぐ職業紹介所へいこう。……

やがて小川未明の紹介で子供社に入社しそのうち投書がきっかけで、東京日日新聞社に入る。ちょうど神近市子が辞めたあとで学芸部に廻された。「この頃から社会運動に接触するようになります」「ナロードニキ（田辺注、人民主義）の思想が、いつの間にか私の深い所で蓄積したのでしょうね。それと木曽出身で自分でも農業しましたからね」（尾形明子『女人芸術の人びと』）

秋子が長谷川時雨と吉屋信子に出会ったのはそのころで、昭和二年（一九二七）の夏、新着のアメリカ長篇映画「アンクル・トムス・ケビン」の試写会が東京日日新聞であった。女流十人ほどに観てもらい、あと座談会、という企画だった。メンバーに時雨や信子、時雨の妹で画家の長谷川春子が入っていた。

映画よりも女性メンバーたちは、この原作が一主婦ストウ夫人によって書かれ、それがやがてアメリカ社会に衝撃を与えて奴隷解放の叫びとなり、南北戦争にまで発展したという現実に心を搏《う》たれた。女性の力、愛の力、文学の力。女流たちは感動して座談会は熱気を帯びた。

会が果てると時雨が、これから私のうちへ皆で行きましょう、と誘う。みな話し足りないような、別れがたいような雰囲気になっていたので、その昂ぶりのまま、市ヶ谷左内坂の時雨のうちへ押しかけた。二階へ通されてみると、折から時雨の夫の三上於菟吉を中心に、作家・ジャーナリストたち四、五人の男たちが談笑しているところだった。女流たちは歓び迎えられた。男たちはみな薄い単衣に、帯には扇子を挟んだりしている。女性たちはたいてい断髪（まだ東京でも珍らしい）、それにローンやシルクの薄い生地の、花やかなワンピース姿。職業を持っている女性らしいきりっとしたよそおい。

秋子も女性記者らしく、洋装だった。眼鏡が似合う理智的な秋子を顧《かえり》みて三上於菟吉が、

〈あなたはどこの生れですか〉

〈長野の木曽なんです〉

〈じゃあ、木曽踊りを教えてくれませんか、ねえ諸君、どうだい？〉

〈さんせい！〉

と信子と春子が手を叩く。長谷川春子は明るくて女ながらに太っ腹で磊落《らいらく》なひとだった。

時雨が秋子のそばへきて、

〈木曽踊りって何が要《い》るの？〉

〈べつに。でももしあれば日本手拭《てぬぐい》を〉

やがて時雨は下から日本手拭の、きちんと折りたたんだいくつかを抱えてあがってくる。

〈橘屋なのよ、音羽屋のを、と思ったけれどね〉

あざやかな藍染めに、市村羽左衛門の役者紋、橘の実のなかに菊と花菱が入ったのが白く抜かれてある。人数分、あった。

日本橋生れの日本橋育ち、物ごころついたときから、歌舞伎の名優たちと家族ぐるみのつきあい、日常のたたずまいから遊芸の嗜みまで、すべて粋な時雨にして、はじめてできるとりまわしであろう。配られた手拭に信子が感動の面持ちで秋子にささやく。

〈この藍の匂い、嗅いでごらんなさい、ホンモノだわ。こんなのがすぐ出せるって粋ねえ。

自慢顔もしないで。それに江戸っ子って、照れ屋なのね、自分を語ろうとしない、でも私にはわかるわ、あのひとはこれこれ、こうと主張するなんて野暮ったい、と思ってるのよね、それを避けてひらりと身をかわす、そこにかえって主張があって美しいんだわ〉

秋子はあいまいにうなずきながら、信子のいうこともよくわかった。信子の作家らしい感受性と分析力も微笑ましく、それが少しもキザに思えなかったのは、信子がいかにも純真な様子だったからである。心から時雨にはかなわないと心酔しているらしい。自負心あつく、鼻っ柱の強い女流作家を見なれた秋子には、信子は好意のもてる個性だった。

やがて酔いで火照った頬をした男たち、かるやかなワンピースの裾をひるがえす女たち、秋子の唄と手拍子につれて木曽踊りがはじまる。……たのしい思い出となった。

その後秋子は東京日日をクビになった。ストライキの応援にいって拘引されたりしたので、新聞社からマークされていたのだ。退社後、小新聞の記者や婦人運動に携わったあと時雨にまねかれ「女人藝術」の編集に携わる。自身、小説も評論も書いたが、時雨の諒解も得てアナーキズム運動にも挺身した。

秋子が「女人藝術」に残した文章では藤森成吉への公開状が有名だ（昭和4・7）。藤森の作品がプロレタリア作家同盟に転向以前と以後と、きわ立って違ってきたことを指摘し、思想の政治的束縛がいかに文学の自由性を阻み、歪めるかを衝《つ》いている。これを契機にアナ・ボル論争が「女人藝術」に展開される（アナルコ・サンディカリスムとボルシェビズムの論争をいう。労働運動の主導権をめぐっての対立はアナ派をボル派が圧して、以後社会主義はマルクス主義が本流となる）。「女人藝術」も次第に左傾してゆくのであるが、創刊の年から一、二年の「女人藝術」はいま読んでもなかなか面白い。そして寄稿者やインタビュアー（みな女性）のイキのいいこと。「男性訪問」で女流詩人の英《はなぶさ》美子が師事する西條八十をインタビューしている（「女人藝術」昭和4・1）。

「英　先生は断髪についてどうお感じになりますか。

西條　私は大好きです。

英　私も若い方《かた》のは可愛らしくもあり又清新な感じがしますが、年をとつて四十五十になつての断髪はどんなものでせうか。

西條　私はね、人間の要求で一番強いのは、若くなる事だと思ひますね。断髪をするとどんな人でも若く見えますから、若く見えることは誰でもすきな事ではないかと思ひますね。断髪にして段々年をとつて行つても、その頃は仲間が出来て来るから気にする事はありませんね」（田辺注、西條は女性に優しい）

「英　先生の詩の愛読者はずゐ《ママ》ぶんおありでせう、詩に憧れて訪ねてくる少女たちにはどんな気持をお持ちでいらつしやいますか。

西條　私はね、女の気持で一番好きなのは、十六七の乙女が偶像崇拝的な気持で訪ねてくる、この純な気持、それから細君《さいくん》になつてしまつて、どんなにぶたれながらもついて行く気持、この二つの気持は女にとつていゝ気持ですね。それがあるから女は成仏出来ると思ひますよ。男はもつと冷いですね。

英　男の方にはサディズムと云ふやうな気分が幾らかどの方にもおありぢやないでせうか。奥さんをおはたきになつたことございますか？

西條　あります、がこの頃はあまりないですよ。まあ聞いて下さい。私の歌にこんなのがありますよ。

　腹立ちて叩きはしたれしかすがに
　　女の頬のやはらかきかな

英　まあ――さすが詩人でいらつしやるわね。あたし、そんな方になら、なぐられてみたうござんすわ……ホホホホ。

西條　いや、どうも。……

英　黒髪をお摑《つか》みになつたやうな事は？

西條　そりやありませんね。

英　奥様のおぐしがあまりお美しいから。……

西條　いや、あの人は日本髪に結つたので、真中がはげてゐるので敬遠したのです」

八十には一度、深入りした女性があったが彼女のプライバシイを思い、長い作品を未発表のまま破ったという。

「西條　私は自分を一度でも愛してくれた人の気持は、守ります。芸術よりもその気持を重んじます」

　プロレタリア詩について。

「西條　あゝいふ詩はつまり、あの人達の描いてゐる社会組織を来たさうといふ目的を持つた詩でせう。私は懐疑的な気持を持つてゐるから今のコムミュニストの描いてゐる社会が来るといふ事についても疑問ですね。（中略）大体、私が詩人である以上は、表現するものも詩でなければならない。詩の生命である韻律によつて思想なり感情なりを歌つて行きたい、『時代の嵐に悩むにも、美しく悩め』。私はとり乱したくないですね」

　小説欄も充実しており、長谷川時雨の才気と相俟《ま》って女だけの文芸雑誌「女人藝術」はキラキラしている。八木秋子はのびのびと働いたことであろう。「女人藝術」創刊一周年記念の芸術祭の記事も八木秋子が書いている。会場は日比谷音楽堂で、講演につづく余興は日舞・独唱・演劇だった。「客席の四割方は男性で、一年前の創刊当初には考えられなかった現象だった」（岩橋邦枝『評伝　長谷川時雨』）

　女人だけの雑誌がみとめられ、社会に定着したのだ。その当時の雰囲気がわかるので八木秋子の報告で芸術祭を覗いてみよう。

　昭和四年六月二十二日。快晴の一日だった。薄暮の迫る午後六時半、開会、舞台の上に一せいに電灯がつく。会場は七分の入り、二千人ほどもあろうか。開会の辞は秋子である。

講演は「生産文学について」中本たか子、「新劇運動雑誌」上田文子（のちの円地文子）生れてはじめての講演とて、声が小さく、〈もっと大声で〉という声が客席から湧く。しかし、秋子は感心する。堂々として流暢である。落ちついて話をすすめる。

過去の新劇運動の誤謬《ごびゅう》。

未来のそれは民衆のものであり、しかも新しい社会へ進む共同目的のために為されなければならぬ、という。まだ二十三歳の未婚の娘だった。「女人藝術」四号に発表した戯曲「晩春騒夜」は去年、築地小劇場で初演され好評だった。新進劇作家である。

次の講演は望月百合子、「女性よ何処にゆく」。

彼女はまず〈皆さん！〉と劈頭《へきとう》第一声。

断髪に青い服、小柄だが颯爽たる姿。パリ大学に学んだ婦人解放運動家。

〈講演といえば大抵の場合は、灰色の壁が高くめぐらされている窮屈な場所で、不愉快ですが、今夜はひろびろした野外で皆さんに呼びかけられて幸せです。私たちの頭上には限りなく自由で大きな青天井があります。未来にはこうした自然の中で、思うことを憚らず自由にお話できる社会が来るでしょう〉

嵐のような拍手と歓呼。百合子はよく通る声で続ける。原始時代の太陽であった女性はどうして男子の奴隷となったか。男と社会の不合理な圧迫を踏み越えて、女性よ、起て。

――臨監の警官の目が光り出す。講師が男子の横暴を説きはじめると、日比谷署の特高

が汗を拭き拭き控え室へ飛んできて抗議する。〈すぐに弁士に注意しろ、さもないと中止だ！〉

仕方なしに秋子は望月の横へいき、〈なるべくおとなしくね〉と囁くと、〈うん〉とうなずくが、聴衆が承知しない。

〈司会者横暴！　やれやれっ〉

次は林芙美子の自作の詩朗読。林芙美子は大きな丸い眼鏡に、黒のドレス、衿には白レースのカラーのついた清楚なもの。

刊行されたばかりの詩集を手にとり朗読する。「海のみえない街」「白帆を呼ぶ」「いとしいカチューシャ」ほか。声援の声が飛ぶと、林芙美子は眼鏡を光らせ、訴える。

〈皆さん、私の詩は一生けんめい作ったのですから、黙って聞いて下さい〉

いっそう拍手が盛り上ってしまう。それが警察を刺激するとみえ、私服がまた飛びこんできて、〈いかん、中止だ！〉といきり立つ。

〈どうしていけないんですか〉

〈腹がへって飯がたべたいの、男に別れたの、ストライキだの、留置場だの、と不逞じゃないか、すぐに中止だ！〉

仕方なくまたも秋子は林芙美子のところへのこのこと注意にいくと、聴衆は〈横暴！〉〈司会横暴！〉の声を揚げる。芙美子はぷりぷりとふくれて降壇する。

思想取締り、社会主義運動弾圧のための存在である特高は、それらしい臭いのちょっとでもする表現に敏感である。講演を中止させ、解放させる職権を暴力的に濫用する。このあとに予定されている松村喬子《たかこ》「無産婦人と廃娼」ならびに平林たい子の講演は絶対に許さないという。そのころには日比谷署の署長がいかめしい金筋の制服で臨監席につき、白服の警官が演壇に向ってずらりと立つ。

松村喬子は口を封じられたので、

〈じゃ、聴衆に挨拶だけさせて下さい〉

とことわって演壇へ向う。質素な単衣の着物、髪にも指にも飾りものは一つもない。

〈今日は廃娼のお話をするつもりでしたが、中止といわれましたので、ひとことだけ。――〉

実際に廃娼運動に携わっている松村喬子は信念ある堂々とした挙措《きょそ》と熱情と、よく透る声をもっていた。

〈みなさん、いまこのときにも多くの姉妹たちが社会の片隅でみじめな境遇に苦しんでいることだけは忘れないで下さい。これを黙視することはできません。廃娼運動は無産階級の婦人たちの手で行なわれるべきです！〉

警官が、

〈中止！〉

と叫んで舞台へかけ上ろうとする。同時に、

〈以上です〉

と松村喬子は口をつぐんですぐ降壇、〈続けさせろ！〉〈官憲横暴！〉の弥次烈しく、官憲は次の平林たい子の講演は絶対許さぬという。

〈そりゃ困ります。来会者は入場料を払って来ているんです。平林さんの講演を期待している人は多いんです。プログラムにも刷ってありますから主催者側として出さぬわけにいきません〉

八木秋子は警官の高圧的な態度にも屈せず抗議する。警官たちはいきりたつ。

〈いかんといったら、いかんのだ！〉

〈どこがいけないんですか〉

すずやかな声で控え室へ入ってきたのは長谷川時雨。警官たちは時雨のたおやかな美しい容姿にちょっとたじろぎ、更に彼女がひるむ色もなく、おちついて聞きただしたのへ、一瞬、気圧《けお》されたようであったが、

〈社会という言葉がいかん！　自由もいかん、社会主義、自由主義を鼓吹《こすい》するものだ！男子と社会の圧迫という言葉もいかん、大衆を煽動するものだっ〉

〈だって男の人たちも感心して聞いてるじゃありませんか〉

と時雨は微笑む。

〈そもそも聴衆の弥次がいかん！　不穏すぎる！〉

平林たい子の講演を強行すると会は中止させると官憲側は強硬なので、不本意ながらたい子は降りることにした。第二部の歌や演劇をたのしみにしている人々が多いので。――

第二部のはじまる前、長谷川時雨は舞台へあがり、

〈どうぞ皆さま、その筋のご機嫌が悪くなりますので、あまり弥次は飛ばさないで下さいますように〉

と異例の挨拶をした。第二部では四谷文子のアルト独唱、石井小浪の舞踊、最後の演劇は金子洋文作の「牝鶏」だった。新築地劇団出演、娘役に山本安英、母親役に細川ちか子と高橋豊子、小品ながらよくまとまったいい舞台だった。舞台の女性出演者たちに花束を贈り、盛会のうちに九時すぎ〈「女人藝術」一周年記念芸術祭〉は終った。予想以上の盛会だった。

〈これでその筋のうるさ型の監視がなかったら、もっと楽しかったのにね〉

時雨は大会スタッフをねぎらうため、銀座へくり出し、その先頭を歩きながらいった。女たちだけで大会を成功させたという昂奮と花やぎが誰にもあった（尤《もっと》も出資者は三上於菟吉だが）。――官憲は女の会、女の弁士といえども目くばりを怠らぬ時代、それをここまでやれたのも昭和四年という時代だからだった。このあと年を逐《お》うにつれ、集会の自由も、聴衆の熱気から生れる弥次も、日本から失われてゆく。……

八木秋子は次第に身辺多忙となる。「女人藝術」で働きつつ、アナーキスト同志たちと〈農村青年社〉を結成し、農村運動をはじめる。秋子はやっぱり〈木曽の小農の子〉であったのだ。

長谷川時雨の諒解と励ましのもとに秋子は長野県の農村の同志を、関西の同志を、茨城の同志を訪ね、結束して新しい農民運動を展開する。昭和のはじめ農村は疲弊し切っていた。どの県もどの村も、深刻な生活難だった。ことに養蚕と製糸が壊滅状態にある信州は悲惨だった。

「北信ではそのとき水平社の運動が活発にひろがっており、電燈料の不払いから電気会社を襲う電燈争議がひろがって遂に軍隊が出動する、というところにきていた。欠食児童から、欠食教員まで出て、とどまるところを知らなかった」（八木秋子「婦人公論」「回想の女友達」）

アナーキズム運動の一つに演劇部があり、秋子らは〈解放劇場〉を結成する。最初の公演は昭和六年二月、築地小劇場での「ボストン」、アプトン・シンクレア原作、四幕二十二場という長大な脚本を、飯田豊二が脚色した。演出・総務は秋山清。題材は一九二〇年にボストンで実際に起きた裁判事件で、いまも〈サッコ・ヴァンゼッティ事件〉と呼ばれるもの。

二人のイタリア系アナーキスト、サッコとヴァンゼッティが証拠不十分のまま強盗殺人犯として死刑判決を受けた。世界中の国の労働者が抗議運動や救命闘争を行なったが、二人は一九二七年、死刑を執行されている（再審が行なわれたが、実に死後五十年たっていた。一九七七年、二人の無罪が確定する）。

この芝居に秋子はひっぱり出されて主役のコルネリアの役を押しつけられる。六十三歳の婦人という設定、おばあさん役はいやだと誰もなり手がなかったのだ。

装置、大道具、小道具、足りないづくしだが、もっとも困ったのは女優さんたちのコスチュームだった。

秋子はふと吉屋信子を思い出す。のびのびとした長身に、センスのいいドレス、あるいはスーツ、毛皮の衿巻にスカーフ、いつ会っても外人みたいに、みんなしっくり身に適《あ》っていて……日本婦人にはこなしにくい帽子もしっくりしているのはパリ外遊のたまもの。……

そうだ、信子さんに借りよう。秋子は下落合の信子のうちへ頼みにいった。

信子は秋子の仕事の、くわしい内情までは知らないが、アナーキストとしての奔命の日々を長谷川時雨あたりから聞いていたのと、何より、一つのことにうちこんでいる人らしい、秋子の眼の輝きが好ましかった。いつぞや長谷川時雨のうちへ強請《ゆすり》にきていた主義者くずれの無頼漢とは全然ちがう。その秋子が、じつはこうこうで、舞台で用いるコスチュームに困って、というと、信子は大喜びで協力を申し出た。

信子はおしゃれで、着るものや装身具に関心があった。高価な宝石を蒐集する趣味はないが、流行にも敏感で、自分に似合うものを見付けるのが巧かった。ひとのおしゃれを見るのも好き、美しいひとも好きだった。

秋子から脚本の人物設定や女優さんの名を聞き、あれこれと撰《よ》って出してくる。オーバーコート、ワンピース、マフラーやスカーフ。靴まで貸してもらったと秋子はいう。

女優さんたちがはしゃいで、稽古もそっちのけになるばかりだった。女はいつのときでも、そしてひとの持ちものでも、服や装身具はゆかしく関心をそそられるものである。公演は二タ晩だけれど、稽古は三か月かけた。信子も見にいった。新劇好きで、とくに築地小劇場は欠かさなかったぐらいだから。……

この芝居は一応成功という評価があった。終りちかくコルネリアがサッコとヴァンゼッティに面会にゆくシーン。昂奮した観客が、〈早くサッコ・ヴァンゼッティ出てこい！〉と叫んだ。思わず釣られるように死刑囚のヴァンゼッティがつくり物の檻を破って、黒と黄のだんだら縞の囚人服で舞台の端まで出て来た。喜んだ観客の拍手のうちに幕切れとなった。

秋子はコスチュームを返しにいった。

〈おかげさまでどうやら成功しました。ありがとうございました〉

〈よかったわね、お芝居。それからコルネリアになったあなたもすてきだった。あの栗色のドレスがいちばん、あなたに似合ってよ〉

信子は返された服の中から、そのドレスを出して秋子に着せてみる。

〈いい。とても似合うわ。もしよかったらそれお召しにならない？　さしあげるわ、公演記念に――〉

〈えっ、いいんですか、頂いても〉

〈どうぞ、どうぞ。サイズもぴったりね〉

〈ええ、どこもかも。不思議にぴったり〉

〈よかったわ、あのね……〉

信子は秋子を衣裳室へ連れてゆく。壁の一面にベージュ色のカーテンがかかっている。信子がさっと引くと、さまざまの色彩がいちどきに目を射た。ワンピースやスーツ、ブラウス、花柄あり縞柄あり、レース、フリル、ぎっしりと衣裳が下げられていた。

〈必要なとき、おっしゃって。いつでもここにあるものを着て〉

それから信子はつやつやした漆黒の髪をふり払うしぐさをして、ごく無造作にいう。

〈着るもののほかにも必要なもの、あるでしょ、気にしないでおっしゃってね、いつだってね〉――それは運動資金のことだろうか。

〈ええ、ありがとうございます。わたし、いつ、うかがえないことになるかもしれません

けど、もし何かのときは頼りにさせて下さい〉

〈もちろんよ〉

〈ほんと？　うれしい！　ああうれしい〉

〈あなたのそんな明るいところ、好きよ〉

そこへ千代が御飯ができましたとにこにこしてやってくる。さ、ご一緒に、と信子も秋子が断る間もなく食堂へ案内する。さすがに若い女流たちがつどいやすそうな、居心地いい、吉屋邸の雰囲気だった。

八木秋子はそののちアナーキストたちで作った「婦人戦線」に加わる。昭和十年、長野県の〈農村青年社〉関係者の一斉検挙で、八木秋子も逮捕された。治安維持法違反で懲役二年六か月の判決。出所して満洲へ渡った。日本では「もう身動きできませんでしたから」（尾形明子『女人芸術の人びと』）。

「吉屋さんの想い出、ということになると、わたしは『若かりし日』のおもいがまず浮んでくる。吉屋さんの姿も、言葉も、そして笑顔も」（八木秋子「回想の女友達」）

――アナーキスト評論家として生真面目に生きた秋子の、人間的誠実を、政治や主義に拘わらず愛し認めた信子。思想的にはかけはなれた二人だけれど、秋子は晩年まで信子を〈なつかしいひと〉〈向うと夢のなかのように安らかな心もちになるひと〉と回想している。

3

『女の友情』を連載していた昭和八年（一九三三）頃から信子は一般読者の人気を集め、それにかつてない文壇の寵児でもあった。対談や座談会、インタビュアーとして引っぱりだこである。『地の果まで』で文壇デビューを果してすでに十四年、信子は三十七歳になり、雑誌に新聞に、矢つぎ早の秀作を放っている。文士の面魂《つらだましい》をそなえたというか、男性作家に伍して一歩もひけをとらない自信もできてきたのだろう。

それに本来、快活でお茶目な信子は機転が利き、エスプリに富んでいた。彼女のスピーチが絶妙だったことは多くの人が証言している。川口松太郎も『吉屋信子全集』（朝日新聞社刊）の月報1でいう。

「吉屋さんはテーブルスピーチの名人だった。会合の席上でスピーチの指名を受けられるとやや早口に若々しい声で話した。話にウィットがあって来会者を喜ばせ然もポイントはしっかり摑み無駄をいわずに多くの人を感動させた。私はひそかに吉屋さんのスピーチのコツを学ぼうとして耳をそばだてた」云々《うんぬん》。

——それにこのころの信子は美しい盛りである。仕事の自信は女の縹緻《きりょう》をも輝やかせる。つややかな漆黒の断髪、いきいきとした大きい黒瞳、表情に富む口元、写真で見ても魅力的なオトナの女だ。信子の顔から頓《とみ》に精彩が失なわれ、オバサンぽくなっていくのは四十一、二歳頃からである。たぶん多作からくる重労働で少しずつ健康が蝕《むしば》まれていったのであろう。

しかし三十代後半は若々しくチャーミングで、颯爽たるモガ（モダンガールの略、当時の流行語）ぶりである。いま試みに信子と鶴見祐輔の「近代女性の解剖対談会」（「現代」昭和8・7）を覗いてみよう。

鶴見祐輔は当時、衆議院議員で、リベラルな政治家であり、政治評論家でもあり、また小説も書いた。昭和四年に発表した処女作『母』はベストセラーになった。私も少女期、『母』を読んで感動した記憶がある（そのどこがよかったのか、いまではおぼえていないが、書き手の情熱に打たれた、というタイプの感動であったらしい）。第二次大戦後、大臣になったりしている。評論家の鶴見和子氏、俊輔氏の父君である。

この昭和八年頃、雑誌の写真でみると、若々しく意志的な表情のハンサム、信子より十歳ばかり年長であるが、当時の日本男に珍らしい女性尊重論者であって、その点は社会啓蒙家といっていい。信子も共鳴している。

「鶴見　私の母は非常に気の毒でしてね、私は六つの時からフエミニストで、日本の伝統的な女性観に非常に憤りを持つて居つた。日本の社会は女性の為に誠に酷いと思つて居ります。男が我儘《わがまま》をするのは非常に怪しからんと思つて憤慨した。私は結婚してから二十年になりますが家内を叱つたことは一度もありません。夫が奥さんを叱ると人のことでも腹が立つ、そんな我儘のことはない。男に対して日本の女性のやうに尽くしてゐるものはどこにもありはしません

吉屋　つまり子供の時にお母さんの、妻や母としての忍従に御同情なさつてお感じになつたのでありますね、そこはほかの男性《ひと》とちがひますね

鶴見　然し一つは女も悪い。男にピンとはね返すだけの強いものがない」

鶴見は日本女性のやさしさを讃えながら、自立力のないのに歯がみする。男女共学の是非というテーマになったとき、鶴見はいう。

「男女共学といふ前に、日本の女の人はもう少ししつかりしなければ駄目です。日本の女の人はあまりに男のいふことを聴きすぎる、直《す》ぐ瞞《だま》される、理性が発達してゐないから、ちよつとステッキの持ち方《かた》がよかつたから好きになるとか、帽子の被《かぶ》り方がいゝから好きになつたといふやうな程度ぢや困ると思ひます。それぢや男女共学も言へないし、男女の交際も言へない、どうしてももう少し物を冷静に考へられるやうな、もう少し意思が強くなるやうに教育しながら、男女の教育をしないと、この儘ではまるで羊を狼の中へ放りこむやうなものでありますね」

信子はトラブルが起きた時、手疵を負うのは女性だからと肯定しつつ、女子教育の見直しに同意するが、それとともに無智な教師による現実曝露的な性教育など不用といってい

る（このへんがロマンチストの信子らしい）。

純情な夢を持たせたままでおいてやりたい。女性も二十二三になれば小説も読み、自然に理解もでき、身を守る本能もある、「私あまり早婚は女性にいけないと思ひます。相当に熟さない女性を無暗《むやみ》に嫁《かた》づけることは間違ひだと思ひます」。

鶴見は「非常にご同感」というが、夢から現実に移るときに現実曝露の悲哀を感じない方法はありや？　と疑問的である。実用派フェミニストというべきか。

片や夢想派フェミニストの信子は、

「それには男の方の訓練が大事で、女性の扱ひ方、女性がどんな美しい夢を持つて清らかな身体《からだ》で来て呉れるかといふことに責任をお感じにならなければならず、又娘を持つ母は清らかで楽しい気持に教へなければいけないと思ひます。お嬢さんが疵物《きずもの》になることばかり気にして男の子の素行には、男の学生が売笑婦と接触してもそれ程ひどいことぢやないと思つていらつしやるらしいですね。非常に男の子にはルーズですね

鶴見　そんなことはありません。たゞ男の子がいふことを聴かないのですよ」

それはなぜかというと、

「一体家庭で男を立てすぎる。一体、日本では男の子を子供のときから大事にしすぎるから威張るんですね」

――この時点から半世紀以上経っても、日本社会の変らぬ部分を示唆して、この対談は

興ふかい。半世紀変らぬ点があるのだから、信子が「男たちの女性観といふものは、私の父の時代とちつとも変らない」と嘆くのは当然であろう。思想的にラジカルなことをいう男でも実生活へ入れば旧態依然として、自分の父親が母親に求めていたのと同じことを妻に要求する。これを変えねば。……

「鶴見　それは無理です。世界中で日本の男位、幸福な男はない。こんな我儘の出来る男はない。日本の男は専制君主ですよ。ですからその王座を揺り動かさうとする女の運動に対して、男の方はそれを取られると困るから

吉屋　過剰の幸福ならばお返しになるのが当然ですね

鶴見　私どもは返します。しかしすべての男の人に向つてさうおつしやつても無理です

吉屋　さうすれば、過剰の幸福を得てゐられたら、日本の女性は搾取されてゐるわけですね

鶴見　ですから私は小説『母』を書きました。あれ程男に搾取されて、その上に偉いものが建設されてゐる。要するに日本の偉かつたのは女が偉かつたのであるといふ気持から。……」

個人的な話になって、

「鶴見　吉屋さんは何故結婚なさらないのです

吉屋　鶴見先生のやうな偉い方がみつからないからですわ。（笑声）私は本当に不幸に

していゝ方が見つかりません

鶴見　主義ぢやなくて、相手がまだ見つからない？

吉屋　青春を犠牲にしたんでせうかね、余り書くことの為に……決して主義として結婚しない方がいゝなど考へては居りません

鶴見　そんなら、結婚なさらずにどうしてあんな甘いものが書けますか

吉屋　私はそこが天才ぢやなからうかと思ひます。（笑声）それで天才の証明を鶴見先生にして置いて戴きますわ、本の売れますやうに。……」（一同哄笑）

あざやかな太刀捌《さば》きである。信子はどんな対談のときでも女の立場から発言する。この鶴見との場合も、鶴見が、展望のない日本女性の空虚感は、母という立場で充たされているといったのに対し、信子は子を生まない女も、女の母性で社会や世界に寄与する、〈母〉なる愛は、子を生む生まぬ、には限らないと応酬して、なかなかの健闘ぶりである。

信子が文壇の寵児的存在となった理由の一端は、全体的に女流作家が少ない時代ということもあるけれど、三十代後半になってなお独身、というのが興味をもたれたのであろう。現代では全く考えられないことだが。……

信子はエッセー「旦那様無用」（「改造」昭和6・1）に書いている。人は私の顔さえみれば、お早う、こんにちは、をいうように、

〈どうして結婚しないのか?〉

〈ひとりで淋しいだろう!〉

〈男はお嫌い?〉

　という。しかし信子は小説を書くという大仕事を持っているので。……まして男嫌いとはとんでもないという。

「そも〳〵、男、男性、殿方、紳士諸氏、かゝる方達をいかで私嫌ひませう。嫌ひどころか大好物! とりわけ美男の方は遠くから一眼で卒倒したくなるほど私好きでございます」「机の上で小説ばかり書いてい《ママ》てもつまりません。今度は自分自身が美しからぬ女主人公といふ珍しい役割で、恋愛小説を地で、長篇で、実行してみたいと切に望んでゐます」

「してみると、どうやら私といふ女は『旦那様無用』で、けれども『恋人入用』の張札をいたすやうでございます。ところがこればかりはダンスと麻雀同様、相手が無くては、何んともかんとも仕方がございません」

　――も一つ、戦後のことだが、宮城音彌との対談（「中央公論」「ひとびとの哲学」昭和25・1）でも宮城に独身主義かと聞かれて、信子はいう。

「私は何も結婚を否定して居りません。自分の性癖、境遇、その他の立場から、独身で生活しても淋しくない、生活をエンジョイして行くことができるという自信があったから結婚しなかったんですけれど、決してそういう主義を持ってはいないんです」

宮城は何か一つのきっかけ、事件でもあって、そういう決心をしたかと問う。

「それはないです。男性を恨んだことも、世の中を怨んだこともございません。一人で生活して行ける生活ならそれを続けていってもよいし、その方が自然です。女が独身でいろいろな仕事をした方は他にもいらっしゃるんです。たとえばエレン・ケイ女史なんかも独身でいながら、愛や結婚のことについての本を著《あら》わしていらっしゃいますものね」

独身でいることが低レベル・高レベルを問わず男たちの関心の的になる、日本社会の蒙《もう》昧《まい》性を信子は早くから知っており、ふざけたり、まじめに対応したりしてやりすごす。女の生きかたの選択肢が少い時代とはいえ、男を拒否するが如き独身で、しかも読者の人気を引っさらう女流作家に、男たちの反発も強かったのではないか。ある種の男にとっては面憎《つらにく》しという気分なのだろう、このころから信子への風当りも強くなってゆく。

さて、信子の最初の記念碑的作品『女の友情』を読んでみよう。昭和八年一月号より翌九年十二月号までまる二年間「婦人倶楽部」へ連載したもの。

先述したように信子がこの作品を書くヒントになったのは、門馬千代と山高しげり（当時は金子）の友情に信子が感動したからだった。

大正十一年（一九二二）だった、国民新聞の婦人記者だったしげりと信子は親しくなった。なんの話からか、女同士に友情はないわ、という信子に、しげりは、〈いや、あるわよ。女だって刎頸《ふんけい》の友、断金《だんきん》の交り、というものがあるわよ〉と言い返した。刎頸はともに首を刎《は》ねられても悔いない生死を誓いあった仲、断金はその友情の堅いこと、金属をも断つ、という意味である。

　ともに男と男の友情の形容詞だ。しげりは〈友情〉は男たちの専用物ではないと主張し、当の相手の門馬千代を信子に引き合せた。

　信子はひとめ見て千代に惹きつけられた。そして結局、千代と暮すことになったが、しげりは依然として、やはり千代と信子の共通の友人であった。

　しげりと千代には女学校時代、もう一人、親友がいた。本郷の本屋の娘である。この三人の友情は強かったが、本屋の娘は卒業後すぐ結婚し、若くして亡くなった。信子は彼女たちをモデルにしたのである。そのタイトルも『女の友情』――女学校を卒業したばかりの三人の娘。

　春日町の八百屋の娘、初枝。――これは現代的なお茶っぴいで、頓狂な、すこしそそっかしいが無邪気な娘。――この性格は、お俠《きゃん》な山高しげりそっくり。

　本郷の書店栄山堂の一人娘、綾乃《あやの》。母を亡くした一人娘に、父親は女学校卒業をまちかねて婿をおしつける。セーラー服を脱いだばかりの綾乃は父のいうままに西も東もわからず結婚させられる。長唄や踊りを習った、美しく、おとなしやかな下町娘。

もう一人の由紀子は富裕な実業家の娘だが、先妻の娘ということで、家庭の中ではどこか馴染まぬ淋しい陰がある。義母は由紀子に心を遣うが、由紀子は将来、結婚の夢は描けなかった。まだ幼い由紀子を残して死んだ母が〈あなたを女に生んでしまって、かんにんして――〉と泣いたのが忘れられない。〈大きくなってお嫁にゆけば、いまの母さんのように不幸になる……〉その言葉をいまだに忘れられない。母の一周忌がすむかすまないかで義母が五歳の娘と家へやってきた。これがお前の新しい母さんと妹だよ、と父にいわれてショックを受けた幼い日の由紀子。その日から陰のある、控えめな娘となった。女学生時代の友人、初枝や綾乃たちとの友情だけが由紀子の慰めだった（この理智的で物静かな由紀子には、環境こそ違え、門馬千代のたたずまいがしのばれる）。

物語は、冒頭まず綾乃の運命の転変が語られる。

信子が鶴見祐輔との対談で、〈あまり女の早婚はいけない〉〈女性がどんな美しい夢を持って清らかな身体できてくれるか、ということに男性は責任を感じてほしい〉――つまり男の情操教育に重点を置いてほしい……（当時の日本社会では荒唐無稽といったほどの願望）と発言したのは自分の作品のシーンを思い浮べたからであろう。

綾乃の父は頑固一徹の気性で、自分が見込んだ男を家付き娘にあてがうのが、娘の幸福と信じて疑わない。婿の豊造《とよぞう》は三十に手の届くまで神田の大問屋に小僧上りの番頭で勤めた、堅い人物、というふれこみである。

二人は式と披露宴を終え、湯河原へ新婚旅行に発《た》つ。この初夜の描写はのちに猥雑のそしりを受ける個所なので、少し長いが引用してみたい。信子の作品ではあり、戦前のこととて、決して煽情的であるはずはないのだが。

戦前の、（昭和八年前後）新婚旅行というものはハイカラな印象だった。ひと時代前の婚礼は新郎の家の二階か奥座敷で双方の身内相寄り、上司か親族の老人なんかが「高砂」を謡い、手料理の宴となる。翌朝は早々と嫁は起き出し、かまどの下をたきつけるという素朴なものだった。

昭和も八年頃となると、神前結婚やホテル（現代と違い、ホテルは格式と贅沢の象徴だった）の披露宴、温泉地または京都・奈良などの観光地へ新婚旅行、という風潮が一般化したらしい。

綾乃の結婚式は日比谷大神宮、披露宴は近くの日本料理店でという古風なもの、そして父の親心で、当今はやりの「新婚旅行というハイカラなのをさせてやりたく」、自分がゆきつけの湯河原の宿へ、新夫婦をたたせてやったのだった（『吉屋信子全集』3、朝日新聞社）。

新郎新婦はどこかちぐはぐなカップルだった。花嫁の表情は沈んでいた。綾乃は昨日が女学校の卒業式でセーラー服をぬいだばかり、こんな早い結婚はしたくなかった。しかし〈父さんを安心させてくれ〉と父に説得されて「気弱く優しい娘心」から、さからいかね、不本意な花嫁になってしまった身だった。

以下の文章は、二人の風采描写だが、信子に時々見られる、読点《とうてん》（、）はあるが句点《くてん》（。）の全くない長い文章である。この種のクセは明治の小説によく見られるもので、文意は通っているが、読者は息つぎが苦しく、文章のよさを味わう余裕がない。悪文といっていい。信子は自分の作品が文学的批評の対象にならないことをしばしばこぼしているが、文章の通俗性を反省せねばならない。物語を語るのに性急なあまり、何もかも口迅《くちど》に言い尽して饒舌となり、余情を失ってしまう。譬《たと》えは酷《こく》なようだが、張扇《はりおうぎ》の現代小説――というところか。――尤もそのへんがかえって大衆読者には、嚙んで含めるようにわかりやすい小説であったのだろうけれど、信子が悪文のクセをさらりと払いおとし、高雅で簡潔な文体を手に入れるまでには、あと二十年を要する。

「豊造が黒紋付の式服を替えて角帯姿のお店者《たなもの》の番頭姿になり、霜降地《しもふりじ》のインバネスを着込み、白足袋雪駄履《せったばき》で、背のずんぐりと低い首の太い、顎《あご》の角張った、見るからに勤勉努力の小立志伝中の小僧さん上りの商人風で坐る車室の傍らに、臙脂《えんじ》のコートをすらりと着て髪をなおすひまなく、角かくしを取っただけの姿で、人目をはじらう美しい綾乃の姿は、なんだか、もったいないようだった」

二人の新婚の夜は、ましていよいよ心と心がすれちがってゆく。この豊造はかなり類型的タイプの俗物に描かれているが、この時代のごく平均的な日本男の一人には違いない。

宿の女中や番頭は鄭重に二人を迎え、浴室へ案内する。小さいタイル張りの湯槽《ゆぶね》が二つあるが、脱衣場は一つ、申しわけに衝立《ついたて》が一つ置いてあるだけ。綾乃は風呂へ入ればやっと一人になって、ひと息つけると思った。ところが——

「綾乃が脱衣場の奥の方で籐籠《とうかご》の中に、さらりと帯を解いて落しかけていると、どんどんと荒い足音をさせて、宿のどてらに着替えた豊造が入って来て、いきなり綾乃の隣の籐籠へどてらをぐっと脱ぎ入れようとした。綾乃は慌《あわ》てて身をかわすや、解きかけた帯をまた止めて、衝立の後にかくれてしまった。

『おいおい、どうしたんだい、困ったお嬢さんだなあ、これじゃ仕込むのに骨が折れるなア』

豊造は大声でこう言って、もう浴室の戸をがらりと開けて入った。廊下の向うで女中達の忍び笑う声さえしたようである」

綾乃は豊造と違う浴室へ入って呼ばれても声もしない。座敷には一つの夜の褥《しとね》が敷きのべてあり、豊造は手帳に小遣いをかきつけ、

「こうして、これから細かい会計まで親爺《おやじ》さんに報告しないと、信用して店を任せて貰えないからな」

そして鏡台の前で力なく髪に櫛を入れている綾乃の美しい姿を満足そうに眺めつつ、彼の低級な世間智を示唆させるような冗談をいう（本人は冗談と思っているのだが）。

『この頃の女学生は、なかなか油断がならないんだってね。スポーツ熱ですぐ選手にのぼせて関係したりして――あんまり処女はいないって評判だぜ、だから俺も心配なんだよ、ハ、、、でも、あの親爺さんの監督なら大丈夫だろうけれど、ハ、、、だから婦人雑誌に（処女鑑定法）なんてのが載る必要があるんだね、ハ、、、』

豊造は淫《みだ》らな笑声を楽しそうにあげた。その時彼の頭には、いつか店の雑誌で読んだ（処女鑑定法）とやらが浮び上っていたかのように――

綾乃はぶるぶると全身悪感《おかん》を感じて顫《ふる》えおののいた。――卑しい、いやらしい、恐しい――少女の日に思いもかけぬ浅ましさに今自分が曝《さら》された気持で、綾乃は思わず（母さん助けて！）と亡き母を呼ぶ気さえして悲しくやるせなく、思わず身をじりじりと壁ぎわにすさらせたので――」

初夜の描写はここまでである。語尾の「ある」さえ信子は略している。信子の文章グセの一つであるが、想像による読者参加を使嗾《しそう》する技法《テク》である。

翌朝、あいかわらず元気な豊造と、「うなだれ、しおれた花のような綾乃」は食膳に向う。

このときの豊造の描写、またもや読点だらけで何行も続く悪文だが、その波に乗ってしまい、作者と脈搏を同じくすると、よくわかって生理的快感となる利点もある。

多分、信子の作品の人気の秘密は、読点だけで読者をひっぱってゆく、この文章の悪癖にあるのかもしれない。

「豊造は御飯茶碗を綾乃に差し出して、

『ゆうべの披露の晩めしが早目だったから、今朝はばかにめしがうまいぜ』

と言って、お味噌汁のお椀を頬をふくらまして、ふうふうと吹きつつ、ごくりごくりと不作法に飲んでは、玉子焼を口に持って行って半分ほおばり、御飯を忙しく掻き込んでは、お香のものを、がりがりと歯音いと高らかに噛みくだいて、幾杯目かのお茶碗をまたも綾乃に突きつけつつ、彼に反して食慾のない綾乃が玉子焼の皿に箸もつけずに置くのを見ると、

『おいあますのかい、もったいないぜ、いくらそのまま残したって宿賃差し引かせるわけには行かないんだぞ。これでも一皿七、八十銭の勘定で取っているんだよ、宿屋っていい商売さ。こちとらの商売は、ちゃんと定価がきまっているやつを七掛か八掛で受け取れるだけなんだからなあ』

彼はまたしてもそんな細かい小商人臭いことを言って、綾乃の前の皿に自分の箸を突込んで、むしゃむしゃと平らげてしまうのだった。

そして綾乃につがせた番茶をがぶりと大口に呑むや、ごぼごぼと口の中で、うがいみたいに音をさせて、ごっくりと呑み込むのである」

綾乃は正視もできない。しかしこのへんの豊造の到らぬマナーは、彼の前半生の環境の

犠牲者であると、同情の余地もあろう。しかし彼の〈男〉の地金《じがね》がだんだん、あらわになってくる。

豊造は綾乃にも友人へ絵葉書を書け、と強いる。「ハズと楽しく温泉へ来ています」と書いてうらやましがらせてやれ、という。

綾乃は親友の由紀子や初枝になんでそんな心ないことが書けよう。出来るならば今すぐにでも飛んでいって、二人にすがりついて泣きたいのに。——書いたって仕方ありませんわ、と綾乃がいうと、豊造は誤解して、

「ハ、、、そんな楽しそうな絵葉書なんか、うっかりやると妬《ねた》まれるからかい、それもそうだな、女同士の友達なんて、おもてでは、ぺちゃくちゃお世辞言い合って、蔭へ廻れば、じき悪口言うんだってからね、少しいい着物着たって、そねまれるし、まして、まだ嫁にゆけない連中は、早くきまった友達をそねんで、ヒステリーになるからなあ」

綾乃は絶望して声も出ない、由紀子も初枝もそんな人じゃない、と抗議したかったが、どうせこんな男に何をいっても無駄と黙ってしまう。ところが豊造には豊造の論理があって、綾乃の返事によっては男のプライドを刺激されて威丈高になるのである。家付の娘だからっていばるな、おれは入婿だからって女房の尻に敷かれて小さくなってるような男とはちがうぞ、とかさにかかって言い罵る。

綾乃は結婚の惨憺たる実情を第一日にして知ってしまう。

結局、この豊造は店の金が自由になるや早速、手をつけて父の怒りを買う。綾乃も嫌いぬいたことではあり、父も折れて、〈父さんが悪かった、お前によかれと思ったのに……〉と離縁を承知する。一年ばかりの短い縁だったが、綾乃は死ぬほど男に懲り懲りして、独り身にかえったのが嬉しかった。久しぶりに由紀子と二人、しみじみと語らう。由紀子も告白する。

〈あなたが結婚すると知ってとても悲しかったの、大好きな綾乃さんを男のひとに奪《と》られたと思って。ホ、、、なんて由紀子はヤキモチなんでしょう……〉

綾乃も嬉しく誓う。

〈あたし、もう死ぬまで独り。どんな男のひとの妻にもならないわ、誓ってよ〉

由紀子は二人で腰をおろした砂丘の砂の上に、指で一聯の横文字を書く。

〈Je vous aime beaucoup!〉

（わたし、あなたを愛してるわ、たくさん、たくさん！）

砂の上のフランス語を、波がはかなく消してゆくが、一生結婚しないという思いは、二人とも同じなのだった。

もう一人の初枝は彼女らしく見合い相手の青年を二人の友人にも見てもらい、〈頼もしそうでいいかたじゃないの〉といわれて有頂天で、トントン拍子に結婚する。明朗であけっぴろげな初枝は、新家庭の壁の一隅に、〈良人《おっと》の心得〉を貼るような女である。

「　良人の心得
一、朝は朗かな気分であること。（朝の良人の渋面《じゅうめん》は主婦の一日を台なしにする）
二、家事上については主婦の絶対権を認めること。
三、主婦の料理は必ず完全無欠と信じて食すること。
四、世界中で一番（わがホーム）を愛すること。
五、妻の女友達との交際に理解と同情を持つこと。
六、女性美の鑑賞は妻一人に依りて満足すること。
　以上実行厳守なすべし」

初枝の良人は率直な青年で、いまのところこの規約に違反していないと、訪れた友人に初枝は朗らかである。この夫婦は新時代のカップルらしく、教養やセンスも釣り合いがとれて初枝は幸せだった。それにつけても初枝は、破鏡の憂き目をみた綾乃がいたましく、今度は自分がいい相手をみつけてあげたいと思う。それを聞いて初枝の良人は、〈しかし二度目ではいい婿も来るまい〉という。初枝は憤然とする。〈処女じゃないから？　そんなばかな話はないわ。処女でないからって女の価値を下げて考えるのは男の横暴だわ〉

　しかし綾乃はそのころ、人知れず恋を育てていたのである。書店栄山堂へ立ち寄った若い建築家、庄司慎之助（信子は美男子の名前に凝るらしく、なかなか佳《い》い名を考える）と知り合い、お互いに惹かれてゆく。慎之助は綾乃が一度結婚した身と聞いて驚くが、

〈過去は問わない、ぼくたちには現在の愛こそ大切じゃないか〉

というような青年である。彼の母は昔かたぎの未亡人で、恐らく大反対をするだろう、しかしいつかはわかってもらえる、と慎之助は綾乃に誓う。綾乃ははじめて恋を知った。恋は人を大胆にする。綾乃は親友の名にかこつけ、父の目をあざむいて慎之助と忍び会う仲になっていた。

運命の歯車は、慎之助が仕事で台湾へ、満洲へ、と赴任し、二人の間をあわただしくゆきかう手紙がお互いの手に落ちなかったことから、狂ってゆく。慎之助と連絡がとれないまま、綾乃は追いつめられた。彼女はただならぬ軀になっていたのであった。母もおんな姉妹もいない綾乃を支えたのは親友の由紀子と初枝だった。由紀子は勤めていた東北のセツルメントの産院へ綾乃を迎え、やさしく励まして出産の世話をする。由紀子は両親の反対を押し切ってわが家を出、セツルメントで働く身となっていたのだ。一方、初枝は綾乃の父に綾乃の窮境を訴え、父の驚きと怒りを心こめて取りなす。親友たちの連繫プレーは可憐だった。綾乃はそれでも、恋人の名を明かさない。彼の心を疑わないものの、何か事情があって音信がとだえているのならば、彼に迷惑がかかっては、と思うのだった。その配慮がよけい紛糾の種子《たね》となるのも知らず。……

慎之助はやっと東京へ帰ってすぐ栄山堂をたずねるが、看板娘の姿はなく、それとなく問うと、店の小僧は主人にいい含められたまま、嫁にいきました、と言葉少くいう。呆然とし、絶望する慎之助。

その彼が入社したのは由紀子の父の建築会社だった。前途有望な気鋭の建築家を由紀子の婿にと、父と義母は期待して由紀子を帰京させ、見合いさせる。生涯、独身で、と思い決めた由紀子だったが、誠実で明るく、教養ある慎之助に惹かれてゆく。珍らしく由紀子はわれから言葉かず多く話し、弾んでうちとける。父と義母の喜びを見ると、由紀子も、（こんな男性《ひと》なら生涯をともにしても）と未来に夢を描きはじめる。そのころ、綾乃は女の子を挙げていた。東北のセツルメントへ引返した由紀子は自分も幸せになるから綾乃にも幸せを、と念じて、強いて愛人の名を問う。綾乃の口から、庄司慎之助の名を聞いた由紀子の驚き。あの慎之助がそんな不道徳な過失を犯すとは思われない、何か不可抗力の理由があって、綾乃をあきらめ、自分と婚約したにちがいないと思いみだれつつ、綾乃がいまも恋人を信じ、その帰りを待つのをみれば、自分の初恋はあきらめねばならぬ、と決心する。知らなかったこととはいえ。……亡き母のいましめに背いて結婚を思い立った罪かもしれない。由紀子は礼拝堂にひとり涙しながら、聖母へ、生涯、童貞献身の誓いを告げる。

東京の初枝は綾乃の恋人の名がわかったので、勇躍その家に向う。慎之助はいず、未亡人の母は冷然として一笑に付してしまう。しかし慎之助にもやっと綾乃の事情を知る時がくる。彼は由紀子との婚約を解消し、会社に辞表を出し、綾乃を迎えに東北の町へ発とうとする。母は身も世もなく、〈そんな女と早く手を切って、出来た子供はよそへでもやって、社長さんの令嬢と結婚しておくれ、一度や二度の若気のまちがいはありがちのこと……〉と泣く。

もしどうでもその女と結婚するのなら、母子の縁も切る、というのである。慎之助はいう、「自分の母が大切ならば、やっぱり同じように自分の子を生んでその子の母となった女性も大切に思ってやるのが男の道です！」。

慎之助はいそいで綾乃のもとへかけつける。夢かと喜ぶ綾乃。「すまなかった！　貴女一人にこんな苦労をかけて、許して下さい。だがもう大丈夫だ、僕がこうして来たからには——今日から貴女は僕の妻！　良人の僕はもう一生貴女を離れはしない！」

夢うつつにその言葉を聞き、綾乃は幸福の微笑を浮べつつ、こんな幸せになれたのも由紀子さんや初枝さんのおかげ、あなたからもたくさんお礼をいってね……と言いながら、慎之助の腕の中で息絶えてしまう。気苦労に加え心臓疾患を抱えた身の、幸福の大きさにも堪えられなかったのだった。

由紀子は両親の嘆きを負《お》うて函館のトラピスト女子修道院に、慎之助は欧洲留学に、そして綾乃の忘れがたみの女の子は、祖父の手もとに。そのみどり子をときどきは慎之助の母も訪れて可愛がるようになっている。……

初枝は修道院へ由紀子をたずねてゆく。俗世から断ち切られ、いまは黒紗のカーテンの窓ごしにしか話せない修道女になった由紀子は、天国でまたお目にかかりましょう、と初枝に告げるのである。（天国がたしかにある気がする……）と初枝は思う。俗世のもろもろが濾過され、抽出された美しい成分こそ、〈女の友情〉である、と、信子はいいたげにみえる。……

4

『女の友情』は連載中から放送や上演の申しこみが殺到したが、信子の昭和十年（一九三五）の日記によると、正月を過ごした蒲郡のホテルで、夜、ラジオ放送の『女の友情』を聞き、

「岡田嘉子のうまさ、感服」

とある。うれしくて、ホテルのバーで、カクテルの乾盃などをしている。それでも正月旅行というのに仕事はやめられず、『双鏡』（「キング」）の連載執筆に息もつけなかった（のちそれらも次々映画化される）。

『女の友情』は日活と新興キネマが映画化権を争ったが、新興が獲得、「三千五百円也」と信子は日記に書いている。この昭和十年といえば昭和初年頃の不景気はやや持ち直していたものの（昭和五年で全国の失業者三百五十万といわれたが、その後軍需産業の発展に

よって庶民の経済力も向上しはじめた）大学出の初任給四十円から五十円、ブルーカラーで三十円から五十円という時代、信子がペン一本で稼いだ財力は大きい。この他に原稿料・印税が加わる。

この昭和十年には新潮社から初めての『吉屋信子全集』全十二巻が出た。デビュー作の『地の果まで』から、それ以前の『屋根裏の二處女』『花物語』を含み、終刊は『続・女の友情』であった。一冊一円五十銭、装幀は望月春江で、毎巻花の絵（白椿や木蓮、紫陽花《あじさい》など）の表紙、見開きの扉に花籠の絵も彩り美しく、花籠には「吉屋信子全集」とあり、花の枝に「この持主」と短冊が吊るされる。更に念入りに、

「この持主とあるところへ
　御名をしるさせ給へ
　　　　とこそ　　信子」

みな信子の筆蹟、女ごのみのしおらしい趣向である。更に女性読者に歓迎されそうな、カラーの口絵とモノクロの挿絵もはいっている。当時一流の流行挿絵画家だった岩田専太郎や林唯一、伊勢良夫、富田千秋ら。連載の折の作品だろう。

また信子の近影、書斎や愛蔵品の写真も添えられ、読者サービスはゆき届いている。第一回刊行の『女の友情』には女子トラピスト修道院を背景にした信子の近影に、信子はペンの自筆サインまで入れている（一万部に肉筆サインをした）。『全集』月報その一に、

「いとせめての、感謝のしるしにと、全集第一巻（女の友情）には、一冊々々心をこめて私サインをさせて戴きました。

たくさんの部数に、いち〳〵サインをするのは、ほんとの処、非常な努力でした。けれども、この一冊々々が、いづこの空で、いづこの地でか、必ず私の作品を愛して下さる方の手に持たれると思ふと、熱い感謝と喜びに打たれつゝ、幾日か夜を徹しつゝ、私は夢中でサインし続けました。

まことに、つたないサインではございますが、私が一生懸命で、サインした心だけを掬《く》んで下さいませ」

月報には林芙美子や岡本かの子、片岡鐵兵、徳田秋聲ら師友たちが好意ある文章を寄せているが、それらに混って『愛情の価値』を連載した報知新聞の学芸部記者片岡貢の一文。

「吉屋信子氏は菊池寛氏と共に現代小説界に於ける双璧《そうへき》であると思ひます。（中略）吉屋氏が言つてゐるやうに、女性の立場から見る男女の姿を描かうとする所に吉屋氏の強味がある訳です」（『全集』月報第二号）

『全集』第一巻の『女の友情』冒頭ページ、信子の献辞を見よう。

「この物語を、わが親しき女友達にささぐ。御身等《おんみら》を通じて、われは、女性の悲しみ、悩み、愛欲の苦しみを知るを得たればなり。今この拙《つた》なけれども、わが心をこめし作を友情のあかしとして、御身等のみ胸に贈る、受けさせ給へ」（新潮社による）

信子が女性に宛てたメッセージを、女性読者は正確にキャッチした。それが絶大な人気と根強い支持になったのだろう。

　しかしそのもっとも重要なポイントを、男たちは洞察し得ない。右の片岡記者などは珍らしい存在である。

　この少しあとだが古谷綱武が「吉屋信子論」を書いている（「中央公論」昭和15・3）。古谷は林芙美子と並べて信子の文学を論じ、吉屋信子の人気のもとは人柄のよさであると断じている。人柄の魅力が人気のもとだ、と。

「小説も、一応小説として形が整つてゐるといふだけであつて、決して巧いとはいへないのである。しかし私が低調なところがあるといふのは、それよりもむしろ、吉屋氏が、小説書きに生きる人間研究家として、実に毒のないひとだといふことの方をいつてゐるのである。つまりかういふ吉屋氏のやうなひとにあつては、人間を観察してゐる自分を、また見てゐる『もうひとりの自分』といふものが、全く欠けてゐる。いつてみれば、観察してゐる自分といふものに、実に無意識でゐるといふことである」

　自己追求ということは、「吉屋信子氏も、小説といふものを書く以上は、適度な『趣味』としては、さういふものをもつてゐるに違ひないが、しかしそれは大作家のもつてゐるあの厳しく高い精神としてのそれとは全く別のものである。（中略）吉屋信子氏にとつて、小説を書くといふことは、いはば趣味に適《かな》つた『お仕事』なのである」。

古谷は吉屋信子の人柄の魅力は育ちからきているのだろうという。

「健全な家庭に、いかにも伸び伸びと育った素直なお嬢さん、小学校の先生が賞めるやうな思ひやりのあるよいお嬢さん、吉屋信子氏のなかには、たしかにさういふ性質がある」（古谷はその時点で、『良人の貞操』『家庭日記』『女の教室』など読んでいるのだが）信子が男権主義社会にどんなに烈しい抗議を送っているか、女性の自我を認めない社会にどれほど痛罵を浴びせているか、作中で薄命に泣く佳人たちはみな、男権尊重思想の犠牲者である。それを信子は理屈ではなく、時代の新しい風俗の中に展開する。起伏とロマンにみちた筋運びと、リアリティある人物像によって、訴え、共感を誘う。ことさら女性読者を熱狂させるのは、彼女らが漠然と想像していた社会思想の基礎構造を、信子の小説が思い当らせてくれたからだ。――それを古谷は察知し得ない。

また信子自身の人生の中で、わが個性と自我を守り、自由を手に入れるまでに、頑迷な家族制度の中でどれほど戦ってきたか、それも想像し得ない。女が旧弊な両親や社会的偏見に拮抗して、初志を貫徹してペン一本で立つまでには、当時の男たちの想像も及ばぬ辛苦がある。それが信子を鍛え、多彩な物語を語らせるのであるが、それは男たちの専断を撃ち、女性への社会的暴圧を弾劾する毒を孕《はら》んでいる。

しかるに、男たちは暢気なもので、その毒に気付かない。

「少女歌劇が、ある意味で、良家の子女のよきお友だちであるやうに、吉屋氏の小説もまた、さういふ家庭の子女にとつて、みぢんも毒を孕んでゐないお友だちである」と結んでいる。こののち信子の〈毒〉は次第に増殖して廃娼問題を衝《つ》き、男の腕力の時代である源平時代にわけ入り、男権主義の牙城である江戸城大奥まで肉迫して、女性讃美をうたいあげるのであるが、古谷はかなり長いこの論文の中でさえ、〈女の味方〉として書いている信子の根本姿勢に気付いていない。

もっと低い次元での信子に対する偏見と羨望嫉視は男性作家の間で強かった。雑誌「話」（文藝春秋社、昭和10・8）に「吉屋信子さんの生活を覗く」（池田洋）なる一文がある。いわばひやかしのゴシップ記事であるが、下落合の家も紹介している。

「この方面には迂《うと》い筆者などでも、少なくとも、先づ四五千円はかゝつただらうと思はれるやうな立派な住居だ。チツとやソツとでは、これ丈の家には住《すま》はれまい。先づ会社員なら、課長級といふところかな。ポーチの前に戯れてゐる愛犬《ペット》のセパードでも相当なものなら、日光室《サン・ルーム》の硝子戸を透して流れ来る日射しを受けた応接間のピアノも豪勢である」

その豪勢な家に二人の女中と女秘書と住み、長篇四つの連載に少女小説、雑文、月収千円は下《くだ》らないだろう、とさもしいことをいっている。それによると『女の友情』のポスターの下で（本のポスターか映画のポスターか分らないが。映画は監督・村田実、出演者は伏見直江、志賀暁子、江川なほみ、中野英治、菅井一郎らだった）麻雀の卓をかこみなが

ら、いわゆる「大学は出たけれど」の手合いが、

〈いや、十万はたしかだね〉

〈凄《すげ》えなあ〉

〈どうだい一つ、射落してみちゃ〉

〈悪くないね。がめれどもがめれどもわが暮し楽にならざり、じっと手を見る、かァ〉

などと、おのがしがないサラリーマン生活をかこちつつ、吉屋信子の〈資産の評価〉をしてうらやんでいたという報告がある。

下落合の家は洋風だった。信子は純日本風の家に住みたいという。このときのインタビューで信子は、

〈私、この世で一ばん恐ろしいのは読者よ、だって近頃の読者は目が肥えていらっしゃるんですもの〉

といったよし、インタビュアーの印象としては初対面は女らしい愛嬌が足りないという点で四十点だが、十回位つきあうと八十五点になるだろうという。〈兄貴らしく姐さんらしき包容力がみえたから〉という。

郊外の下落合の家でさえこれほど評判になったのに、その年、信子は牛込砂土原町に吉田五十八の設計になる純日本風の家を建てた。鍋島家跡の分譲地、信子は建築費だけで二万五千円と日記に書いている。当時としては豪邸の部だ。

〈少しぜいたくね〉

と千子《ちこ》（日記では信子は千代のことをそうしるす。この当時、文壇では半ば公然と、千代は〈同性のアミーだ〉などと書かれている）はいう。

〈ぜいたくっていえば下落合の家でも住めば住めたのに、あたしもう、飽きちゃったんだもの。結婚しなくてよかったわよ、家は住み替えられるけれど、旦那さまは飽いたからって抛《ほう》り出せないでしょう〉

信子は千代と笑い合う。木口《きぐち》を吟味した、瀟洒《しょうしゃ》な数寄屋《すきや》造りの純和風の家に信子は満足だった。

（これがあたしのうちなんだわ。生涯のわが家なんだ——）

としみじみ思う。

信子はエッセー集『白いハンケチ』（ダヴィッド社、昭和32）に「すまい」なる一文を書いているが、官吏だった父について各地を転々としたので、一つ家に永住している人々がうらやましかった。かつ家父長にあたまを押えられずに独立することも夢みていた。小説を書きはじめてそれがやっと実現し、小さなバンガロー風の家を建てたが、欧米をまわって帰国してみると、少女の頃からの思いを叶えたはずの、お伽話のような家が厭になってしまった。ヨーロッパの家を見た目からは、スレート葺きの文化住宅といった小屋がいかにも、ちゃちにみえた。安手の洋風住宅の真似に飽いたのである。それゆえせっせと貯金して、やっと永住のわが家を手に入れたという次第。同業者の男たちに嫉まれようとそねまれようと、信子は仕事場だけは確保したかった。居職《いじょく》というべき身は、朝から晩まで家の中で机を据えて、猫背になって書かなくてはならない。文士の中には物を書くときは温泉旅館とかホテルとかへ籠る人もいるが、信子は自分のうちでしか書けない。

それゆえ、周囲を見廻して少しでも心安らぐ造作やインテリアであらまほしい。襖《ふすま》・障子・庭木・額《がく》の絵、「みな私に勇気を与え、よく仕事をさせるようなもので、それがなければ水を離れた魚のようになるのである」。

それとともに信子は読者への感謝を忘れない。『全集』月報その十一に、昭和十年十二月下旬、牛込にささやかながら書斎と書庫を備えた家を建てたことを報告し、

「此の家も読者の皆様から戴いたも同然」

といっている。

「私は我家の柱も壁も敷石も屋根の瓦の一枚にも、みな自分の作品を読んで下さつた方達の賜物と思つて感謝いたして居ります。

この新しいお家は、全集刊行の記念として、永く〱棲まはせて戴き、更に旧に倍して善い美しい作品を描き続ける事の出来ますやうにと、神様に祈つて居ります」

軽井沢にも夏の別荘を持った。六本辻のささやかな家だが、向いに評論家板垣直子一家の家があり、交遊を楽しんだ。軽井沢でも連載の執筆に追われてゆっくりするひまもなか

ったが、この地の風光を愛して、『一つの貞操』や『愛情の価値』の舞台によく使っている。ただ四十代にはいるころから体の不調を訴えることが多くなった。胃弱、気鬱、胆石の痛み、それに若いときに蓄膿症の手術をしたことがあるが、その後遺症でか鼻の具合が悪くて頭が重く、信子は日記に「被帽感」と書いている。帽子をかぶったようにうっとうしいという感じだろうか。そのたび千代は献身的に看病して、信子は「あまつかひ」（天使）と〈千子《ちこ》〉のことを日記で感謝している。

すべて過重な労働のせいである。

『女の友情』以後、殺到する注文にことごとく応じ、『追憶の薔薇』（「講談倶楽部」）『続・女の友情』（「婦人倶楽部」）『男の償ひ』（「主婦之友」）『お嬢さん』（「婦人公論」）『女の階級』（読売新聞）と長篇を書き続けた。合間に少女小説も書いた。この時期の少女小説も、『からたちの花』『小さき花々』『毬子』みな、佳篇である。

いくら才能に恵まれているといっても、これは荷がかちすぎていた。信子も反省したか、昭和十一年の八月二十六日の日記に、

「明年より執筆せいり（整理？）人間らしく生きることを考へる。勿論かくことは好きなればこそなれど」

と書いている。そして仕事を整理するのは「東京日日の『良人の貞操』気になるゆゑ」。

――信子の日記に『良人の貞操』というタイトルが出るのはこれがはじめてである。

信子は『暴風雨《あらし》の薔薇』以来のテーマを暖めていた。『女の友情』の上に発展する更なる物語。もっと、男を深く、〈女の友情〉にからませてみたい。テーマは二つある。人の世に許されぬ恋と、男女の倫理の相剋。男は妻のほかに愛人を持ったり、買春したりする。世のつねの男はそれを苦痛にも思わず、〈男の甲斐性〉と開き直る者もいるではないか。

そうではなくてもっと良心的で抑制心強い、純朴な男が恋と倫理のはざまで苦しむとしたら。妻に貞操を要求するのなら、良人にも要求してしかるべきではないか。更に未亡人の恋は。——信子の思いは深まり、テーマは重層的になる。

「まことより嘘が愉《たの》しや春灯《ともし》」　信子

肉体がついていけないと悲鳴をあげるほど、信子は次々と構想を思いつく。筋書《ストーリィ》きが奔出し、人物が動きはじめる。よびとどめ、書きとどめる。そのひまもなく、会話は心にあふれ、アフォリズムを生み出す。状景も目にみえてくる。……早く、書きたい。

信子は、『暴風雨《あらし》の薔薇』や『女の友情』を超えるもので代表的な作品にしたかった。そしてそれには新聞がよいと思った。すでに報知にも読売にも書いた。朝日は古いゆかりがあるが、今度は東日《とうにち》（東京日日新聞）・大阪毎日に書いてみたい。……全国の老若男女を相手に挑んでみたい。

そんな望みをもっていたが、チャンスは昭和十一年の一月匆々《そうそう》にきた。誕生日の一月十二日、新築の二階の書斎、その一隅に祀った小さい美しい観音様に千代が鯛をそなえ（あとでお下りをみなで頂いた)、拝んだせいでもないだろうけれど、十五日になって「サンデー毎日」の〈井上サン〉から電話が入る。東京日日の次回の朝刊小説の執筆候補者の中に信子が入っているというのだ。他には川端康成、武田麟太郎らの名が挙げられているが、学芸部長阿部真之助が、吉屋を推奨したよし。日記に、

「吉報なり。うれし。守らせ給へ。神よ」

と信子は書いている。さあ、翌日から気になってならない。

「日日よりの依頼、われに決定せしや、気にかゝる。さながら初恋の求婚の返事を聞くが如し」(1・13)

新邸の庭には竹を多く植え、そこに雪が降るのもいい眺めだったが、この冬は雪が多かった。二月二十六日、雪の中を信子は迎えの自動車で帝劇へ向ったが、異常事態発生のニュースを車の中で聞く。兵士が剣付鉄砲で街中に立っていた(信子の用事は、ある種の美人コンテストの審査員のようなものだったらしい)。平和な日常営為にそぐわぬ、不気味で気疎《けうと》い兵士らの殺気だった。行った先で情報を得た。軍人が警視庁や朝日・日日の新聞社を襲撃したという。クーデターか? 二・二六事件の騒乱が始まっていた。ラジオは沈黙している。市民は不安な顔を見合すばかり。

軍人ぎらいの信子は(民衆の敵だわ、暴力で平和をおびやかすなんて)と腹が立った。

夜はあいにくのことに徳田秋聲令嬢の結婚披露宴がレインボーグリルであったが、媒酌

人の菊池寛は蹶起《けっき》部隊の暴走を恐れて出席しない。信子もスピーチを乞われたけれど気がすすまず、まことに折悪《あ》しき宴となった。

菊池は『話の屑籠』に書いている。

「二月二十六日の事件は、大震災と同じくらいのショックを受けた。実害は、大震災の時の方がずっと大きかったが、しかし今度の方が人変であるだけに、不安が永続きするわけである。こういう事件の結果、言論文章などがいよいよ自由を束縛されやしないかという不安が、いちばん嫌だった」（昭和11・4。『菊池寛 話の屑籠と半自叙伝』〈菊池寛生誕100年記念出版・文藝春秋、昭和63〉に拠るので、新仮名遣いになっている）

信子は思わず口走ってしまう。

〈日本の軍隊なんて全部解散したほうがいいんだわ。日本の母たちは団結して、自分の息子を軍隊から引き戻す運動をはじめるべきよ〉

まわりの人々は狼狽して信子を制する。

〈そんなこと口にしてはだめですよ。それこそ重臣たちみたいに殺されますよ！〉

そうなのだった。斎藤実《まこと》内大臣はじめ重臣数名の死傷者を出して反乱軍は四日目にやっと鎮圧されている。

信子は阿部真之助にあるパーティで会ったことがあり、知らぬ仲ではなかった。文壇パーティというと、女流作家の少い頃とて、いつも信子や宇野千代が狩り出されるのだが、菊池寛が信子のスピーチをうまいと褒めたせいで、パーティというとスピーチを頼まれる。そのときもそうだったが、すぐ前に阿部が坐っていた。五十一、二ぐらいだろうか、聞こえた辣腕記者で、大阪毎日にいたころ吉川英治を起用してデビュー作となった『鳴門秘帖』を書かせた話は有名だった。毒舌家だという噂通り、人を馬鹿にしたような顔をして、信子のスピーチを聞きながらへらへらと笑い、飲んでいた。あとで人が信子を紹介した。さぞ憎まれ口を叩くのだろうと思ったら、阿部は信子に目をあてて、

〈うまいね、あのテーブルスピーチは〉

と褒めてくれたのは意外だった。

そのあと、二、三日して信子は思いきって東日へ阿部をたずねていった。待ってるよりは、こちらの希望と熱意、そして抱負を率直に伝えたほうがいい、と決心したのだ。このへんにも、信子のなみなみならぬ気魄が感じられる。信子はもう『空の彼方へ』を書いたころの信子ではない。十年前の信子はその原稿を持って「主婦之友」社長の石川武美に会う勇気がなく郵送したものだったが。――

十年間の仕事が信子に自信を与えている。ヨーロッパ遊学からでも七年経っている。

「ななとせのあなどりがたき筆の道　信子」と「日記」に書いた通りである。

阿部との会合を後年信子は巌谷大四に回顧して語っている（『作家の対話』文藝春秋、昭

和43・12）。

たった一度会ったきりだが、阿部は〈よく来ましたね〉と学芸部の脇のテーブルに信子を案内し、お茶よお菓子よ、ともてなしてくれて、思ったより話し易《やす》い雰囲気だった。信子は取りつく島もないという風情であしらわれるかと覚悟していたのだ。

それに勇気を得て、信子は話しはじめた。

まわりの人々が聞いているだろうし、売り込みというのははじめてなので気が臆したが、

〈生命保険の勧誘員よりかいいと思って〉（笑）

と巌谷にいっている。

自分は朝日新聞に当選したこと、そのあと、婦人雑誌に連載し、幸い好評を得、固定読者も出来たので、新潮社から全集十二冊も出してもらえたこと。こんど東日・大毎に書かせて頂けるとすればテーマはこれこれの心づもりでいると簡略に話した（日記によるとその日は六月十日で『良人の貞操』というタイトルも阿部に洩らしている）。

阿部の反応は信子の来訪目的に対して好意的だったようだ。

〈その件については私も、あなたを一応、予定の心組みでいるのですがね、学芸部で会議の上ということなので、結果はのちほどお知らせしますよ〉

信子はよろしくお願いしますと辞したが、阿部の態度がいい感触だったのと、生れてはじめて自己ＰＲをなしとげたという満足で、もうこの結果がどうなろうと、ここまでがん

ばったのだからいいわ、というはればれした気だった。たとえ東日に書けなくても、いつか『良人の貞操』は日の目をみるだろうし、

（人事を尽して天命をまつ、だわ）

と思い、きっと千代もこの報告を聞いたら褒めてくれるだろうと思った。（やりにくいことをよくやったわね、さぞいやだったでしょうに）と。――

信子は千代に褒められるのがいちばん嬉しい。そして千代は、信子が全力を以て仕遂げたことは、結果はともあれ、評価してくれるのであった。妻のすることを貶《けな》してばかりいる夫や、夫の仕事の評価もできぬ無能な妻が世に多いというのに、全く、こんな好いパートナーがいるだろうか。

信子は上機嫌で、そのあと文藝春秋社へいく、ちょっとした用があったのだが、「菊池先生に誘はれて」（日記）久しぶりに京橋ダンスホールにゆき十一時半ぐらいまで踊っていた。ちょうど新調のドレス、青地に白い水玉の夏服が気に入っていたのでその嬉しさもある。信子はおしゃれで、自分のファッションやスタイルに自信もある。菊池は小肥りの矮軀《わいく》に似ずダンス好きで、同じくダンスの好きな信子と気が合った。

待ちかねた阿部真之助の便りは、軽井沢に滞在中の八月四日に来た。小説の件はいよいよ信子にきまったらしい。信子はその手紙を観音様へあげて拝んだ（してみると信子は書斎に祀った観音様を軽井沢へも持ち出していたのか）。

九月半ば帰京、それからは『良人の貞操』に没入した。信子の昭和十一年の日記は九月二十日以降空白である。十月六日から東日・大毎紙上で始まる『良人の貞操』のため、もう日記どころではなくなったらしい。一回に一日がかりの慎重なペース、殊に、書き出しのシーンには苦労した。小説の構成上、フィリピンのマニラ取材も予定に入れないといけない。

そのころ、雑誌「文芸」（改造社、昭和11・7）に丹羽文雄の「吉屋信子さんを訪ねて」という探訪記事が載っている。砂土原町の新築豪邸はよほど文壇の耳目《じもく》を驚かせたとみえ、丹羽がその探訪を命ぜられたらしい。丹羽この時三十一歳、のちに文壇の大御所となる彼も、『鮎』『贅肉』で新進作家の地位を築きはじめたばかり。もとより信子とは何度か顔を合せている文壇仲間だ。

「噂には聞いてゐた、また何かの雑誌でその門構《がまえ》は見てゐたけれど、初めてその門に立つた時は一種の感動を覚えた。あたりにはブルジョアの住宅が建築中であり、樹木の多い、一つ一つ異つた門がしんと建ち並んでゐるこの砂土原町の一劃は、何といふことなく反感をそそり立てる屋敷町である」「一本の腕でよくこれだけの財を作り上げたものだと感心して、貧乏と相場の極《きま》つてゐる小説家の中にも吉屋氏のやうな偉い小説家も現れるのだと、まるで吉屋氏が小説家全体の面目を一人で背負つて立つてゐてくれるやうに有難く思つた」

複雑な感情の揺曳《ようえい》する口吻《こうふん》。女の細腕でこれだけの家を建てるとは、という傷つけられた男のプライドが透けてみえる。屈折した讃辞である。

「世間の噂では地所ぐるみ六万円は出てゐるであろうと、世間は無責任な評価をつけて感心し合つてゐる。月収四五十円がやつとの文学者の多い世の中で、万といふ金額は所詮彼岸の数字に違ひない。僕らなど、いまだに千とまとまつた金を摑《つか》んだこともない。口惜しいが、本当のことである」

丹羽は柱にも上り框《かまち》の細工にも三和土《たたき》の凝った石にも感嘆するが、それは対象物への純粋な鑑賞からではなく、

「これらの一つ一つが、四百字詰か二百字詰の原稿紙が換算されたものだと思ふと、原稿紙の威力も馬鹿にならないと、紙と金銭をはかりにかけて窮屈な感心を僕は強ひられたやうに感じた」

――男というもの、気の毒に、余儀ないプライドを強いられて生きにくい種族ではある。女が優位に立つことを認めざるを得ないときは、七転八倒しているではないか。そこへ女中に代って婦人があらわれる。「出て来た人は色の白い、肥つた、気さくな感じの中年の婦人だつた」

彼女は〈丹羽さんとおっしゃるんでしょう?〉と招じ入れる。このときの丹羽の反応が興ふかい。

「遠慮なし言はせて貰ふなら、この人と吉屋氏の評判の同性愛なるものに凡そ華やかな聯想は少しも浮かばなかつたのである。僕は門馬なる婦人は吉屋氏よりもつともつと美しい人だと期待してゐた。が、門馬氏は一見、世帯崩れした、気心のいいお《ママ》ばさんと言つた感じであつた。その瞳には同性愛などと騒ぎ立てるには凡そ不似合な、落着いた、悧巧な光をもつてゐた」

この丹羽もまた、日本の男たちの社会通念に組みこまれている。女の魅力を形状からしか考えられないらしい。ニッポン男の、いつまでも晴れぬ蒙昧の霧。男性優位の社会常識に逆らう女への、あらわな反感。

「お数寄屋普請をやつたのはいゝが、広い邸内に女ばかりで四五人で住まつて？　その中には世間なみな男と女、良人と妻と子供といふ雰囲気から遠く離れた生活様式を続けてそこに気持を落ち着かせてゐるなど、何かで気持がごまかされてゐるのではないかと思はれる」

信子が黄色いセーターで気軽に出てきた。丹羽は信子の気さくな印象に好意をもっているが、それだけに豪華なこの家の印象とちぐはぐだと思う。信子は天真爛漫に丹羽の小説を批判するので丹羽は苦笑するしか、ない。

「あなたが十何年、あいかはらず少女小説を書いてゐられるなんて、一種の天才だと思ふな」

という皮肉しかいえない。「僕はかつて少女小説を書こ《ママ》うとしたが、どうしても書けなかつた。だから、あんたは偉いと思つてゐるんだ」「僕はとても早熟で、中学校の一年か二年の頃に女を知つてしまつたのだから少女小説が書けないのだらうと思つてゐる」

「まあ呆れた。――それぢや、あなたには少女小説は書けないわね」

信子があんまり無邪気に呆れた表情を見せ、しみじみというのが丹羽の反発を買ったらしい。丹羽は自分の早熟を別に恨んでもいないのだが、それなら吉屋さんの処女性もご自身恨みに思ってもらいたいと揶揄《やゆ》する。信子は反駁する。

「男を知らない女にだつて人妻は書けると思ふわ。作者の空想力でね」

丹羽は、そんな文学はもう僕らのような若い世代には通用しなくなっている、といいかけたが、文学論に発展しそうで面倒になり、止した。そして「作家の空想力を過信してゐるらしい吉屋氏を見て、氏の作品の良いところと悪いところの秘密はそこにあるのではないかといふ気がした」。

――私小説信仰の弊害だって同じことなのであるが、要するにこの探訪記の根本にあるのは、こんな豪邸を女がペン一本で建てるのは怪しからん、という〈男の嫉《や》っかみ〉と、〈男と共棲《ず》みしないで、女をパートナーに撰んだのは世の倫理に背馳する〉という常識論からの反感である。物書きならば、〈女が豪邸を自分一人でつくった？　そりゃ、やるじゃないか、女がパートナーだと？　そりゃ変っていていいじゃないか、発想を異《こと》にすれば変った作品《もの》が書けるだろう〉ぐらいの反応があって然るべきだろう。古谷綱武のいう、「大作家のもつてゐるあの厳しく高い精神」からすれば、むしろ信子の強靭な生活者としての腕力に、現代文学に欠けた未知の力を示唆されるかもしれない。

しかし現実には〈厳しく高い精神〉をもっているはずの文芸批評家の小林秀雄が信子の『女の友情』につき、ヒステリックにまで貶《おと》しめ、痛罵しているのである。

5

「文学界」昭和十一年（一九三六）十二月号に小林秀雄は『女の友情』批判を発表している。長くはないので全文、再掲する。

「この本はほんの少しばかり読んで止めた。他の事情もあつたがいかにも面白くないので到底我慢が続かなかつたのだ。

無論面白いであらうと思つて読みはじめたのではない。興味ははじめからこれが非常によく売れた小説だといふ点にあつたので、そこのところが納得出来れば何か言ふ事があるだらう、といふ気持であつた。当人まことに冷静な気分であつたが読み出したらどうにも向つ腹が立つて来て任を果す事が出来なくなつて了つた。

作者に対して申し訳けないなぞと少しも思はぬが、読者並びに編輯当番には済まぬと思ふ。

　だが向つ腹も評家の見識だと信ずるから何故向つ腹が立つたか簡単に述べて置く。

　子供に読ませる本に必ずしも作者は人生の真相を描いてみせる必要はない。だがあんまり本当の事は遠慮する、或は甘つたれた話し方をしてやるといふ事と子供を侮る事とは違ふ。恐らく作者は無意識にであらうが、これをごちや／＼にしてゐる。まるで子供の弱点を摑《つか》まへてひつかける文体である。

　子供がひつかけられるから本がよくよまれる、といふと作者はおこるかも知れないが、僕の言ひ方は作者の文体より上品である。例へば何とかいふ令嬢が番頭と無理な結婚をさせられて、初夜を明かす温泉宿の描写なぞは殆ど挑発的だ。ああいふ筆致は言はば狡猾な筆致だ。子供を引つ掛けるにはこんなにいゝ餌はないといふ感じだ。どうせ通俗小説だ、そろ盤を弾いて書いてゐるといふ様なさつぱりした感じではない。何かしら厭な感じだ。人の眼につかない処で子供たちと馴れ合つてゐる、といふ感じだ。

　この作者の文体には極く尋常な美しさすらない。尤もこの尋常の美しさなるものこそ一般通俗作者に一番欠けてゐるものかも知れないが、確かな事は『女の友情』を愛読する子供達の裡には『女の友情』よりも遥かに美しい健康なるものがある、といふ事だ」

　――この小林の批評は私見をいえば、

（小林秀雄ともあろう者が）

と苦笑を禁じ得ない。〈批評の神様〉のようにいわれる彼が、ここではおそろしく取りはずして矛盾と偏見にみちた見当ちがいの怒りをあらわにしている。この文は率直にいって小林の〈男を下げた〉というもの、品位を欠いた批評であって、うちうちの文壇ゴシップならいざ知らず、公表すべき文章とも思われぬ。

この「文学界」は現在の商業雑誌の「文學界」ではなく、小林や横光利一や阿部知二、河上徹太郎ら同人が〈当代の文学指導雑誌〉をめざした同人文芸誌であった。右の文章が発表されたころは発行所が文藝春秋社になっている。フランスの「新フランス評論」（NRF）にならったといわれ、日本文学の指導的立場という意欲で編集されていた。

それにしては小林の右の評は、志の低い悪文であると思わずにいられない。

小林ほどの文学者が、なぜ信子の『女の友情』に、これほど激し、いきりたったのか。小林の『モオツアルト』や『實朝』などを読めば、誠意と愛情を以て対象にむきあう小林の姿がある。素材を強靭な咀嚼力で玩味し、それをよく馴致《じゅんち》した言葉で柔軟に表現する、あの小林の文章を見慣れたわれわれにとっては、この信子の『女の友情』への、あられもない取り乱しかたは、奇異というほか、ない。

この少しあとだが、青野季吉はやはり信子の「『良人の貞操』論——通俗小説の人気の問題」を書き、河上徹太郎は信子の『女の教室』について「通俗小説の社会性」を書いている。

いずれもまっとうな批評文で、信子の小説の通俗的限界の、衝《つ》くべきは衝き、魅力の源泉の、唱《い》うべきは唱っている。

それにくらべると小林のナマの怒りはあまりにも生理的嫌悪感があらわで、読者は当惑してしまう。

第一、「向っ腹が立った」のはいいが、「ほんの少しばかり読んで止めた」作品をあげつらうのは識者として当を得ないことではなかろうか。小林はそんな非常識・傲慢尊大な男なのであろうか。

いったい何がそんなに小林を怒らせたのか。

吉武輝子氏『女人吉屋信子』では、

「もし、男に依存することなく女もペン一本で稼げることを盛大に実証してみせた信子の堅固な実証精神、そしてそれによってつぶされた男の沽券《こけん》――こうした図式にたいして立てた向っ腹であったならば、たんなる揶揄に終始したはずである。それが逆に『女の友情』とガップリ四つに組み、大人の女である読者をも子供の域にひきずり下ろしてまで、『女の友情』を葬り去ろうとしたのは、信子が、男のつくった秩序の破壊者であることを看破したからだったのではないだろうか」

駒尺喜美氏『吉屋信子　隠れフェミニスト』（リブロポート、平成6）では、

「(小林の)文章は、吉屋信子が少女小説作家だったことをあなどっているのと、女性読者一般をも、わざと『子供』にひきずり下ろしている。これは単なるいい間違えなどではなく、故意なる蔑視である。

当時は、女は一人前の人間とみられてはいなかった。法律的にも財産権も選挙権もなかったのであって、子供扱いされていたことは確かだ。これはひとり小林秀雄だけでなく、社会全体が、『女・子ども』といってひとくくりにしていた。

だが、それにしても、文章の中で『婦人倶楽部』(田辺注、『女の友情』の掲載誌)の読者たち――つまり一般女性読者を、『子供』と規定して、言い立てることは普通はしない。それを小林がわざと『子供』と書いたのは、あまりのいまいましさに耐えかねたのであろう」

更に小林を激怒させた〈初夜のシーン〉、小林はなぜ怒ったのか。卑俗に描かれた男・豊造、この描写が「男一般を卑俗化していると、直感的にうけとったのだ」「その男の卑俗さを、女が批判し毛嫌いしている、というその対立の構図にがまんならなかったのだ」。

「『女の友情』は一見すると、甘ったるい家庭小説のように読ませながら、しかし、その実、男社会に対する挑戦なのだ。その底には、男性社会に対する作者の〈毒〉が流れているのである。そのことを、小林は敏感にかぎとったのであった」

右は駒尺氏の分析である。両氏とも妥当な解釈である。

公正にいって一般大衆読者を「子供」呼ばわりするのは無礼であろう。まして初夜の描写を指して「子供を引っ掛けるにはこんなにいゝ餌はない」という「僕の言ひ方」のほうも、あまりにも品位を欠くというものだ。

『女の友情』の梗概を紹介したとき、綾乃と豊造の初夜について原文を掲げたから、読者はすでにある感触を得ていられるであろうが、格別に挑発的でもなければ「人の眼につかない処で子供たちと馴れ合つてゐる」という淫靡《いんび》なものでもない。

小林の怒りの根源は二つあると私は思う。女流が女性読者に訴え、それを女性読者がキャッチして世の中にブームを引きおこしたこと（男の横暴や男権思想が女性を弾圧していると信子が言挙《ことあ》げしたことに、女たちが、みな、はっと気づいて拍手をおくったこと）、また一つには、大衆作家のくせに、純文学なみの作家面《づら》をするな、〈しゃらくさい、僭越な〉という嗤《わら》いではないか。そう考えなければ、この支離滅裂な罵詈《ばり》の意図が不明である。

昭和三十五年（一九六〇）に小林は『菊池寛文学全集』の解説を書いている（この解説は『菊池寛　短篇と戯曲』〈菊池寛生誕100年記念出版・文藝春秋、昭和63〉に、再録されている）。　批評対象が男性作家であれば大衆小説でも寛容に鑑賞できるのか、ここでの小林は冷静で情理を尽した批評を下している。〈小説を書くのは生活のためで、清貧に甘んじて、立派な創作を書こうという気はなかった〉（『半自叙伝』）という菊池の言葉を否定せず、その信念を「見るべきだ」という。菊池は作品の芸術的価値よりも内容的価値、つまり実人生を生きる人々が、一番敏感に動かされる価値を信じた。作家の良心とは、作家という社会的な一いうよりも、むしろ読者のために書こうとした。「彼は、己れのために書いたと職業人の良心であった」「作家の特権意識が、この尋常な一般人の尋常な生活感情を軽視することを嫌った」
——偉大な大衆小説作家だった菊池寛の、作家的態度や信条をよく洞察し、それを佳《よ》しと鑑定《めきき》している。

それだけの度量ある小林が、なぜ信子の作品に声あらげるのであろうか。私は先述の二つの原因のほかに、信子の文体が生理的に小林には相容れなかったのだろうという見方である。犀利《さいり》明晰な文章を好んだ小林は、信子の文飾多い文章を煽情的な舞文曲筆と思ったのかもしれない。

その上、信子の小説には読むと擦過熱を生ずる実感がある。実生活者と作家とわかちがたく合一して、あらゆるものを捲きこんでしまう情熱があり、それが信子の文学の〈華〉となっている。大衆はそこに魅せられ、あたらしいタイプの大衆小説を発見したのである。

そのあたらしいタイプを受容する興味と関心が小林にはなかった。それが「何かしら厭な感じだ」という言葉になり、「人の眼につかない処で子供たちと馴れ合つてゐる」と受け取られたのだろう。小林には、〈全くあたらしい大衆小説〉の熱と力を発見し、その熱と力に瞠目し、嘉《よみ》する力量がなかったということだ。

——それはそれで仕方ない。

人にはそれぞれ、泣き所があるというものだ。

ところで興深いのは、小林の酷評に対する信子の反応である。

信子はこういう場合、決して黙って引っ込んでいる女ではなく、きちんと応酬する気魄を持っている（そういうところに〈お嬢さん育ち〉の鼻っ柱の強さが出るのであるが）。吉武氏の著書ではあるパーティで信子が小林に食ってかかったことになっており、そのセリフもあるが、私の持っている資料にはそれがない。しかし黙って引っこむ信子であるはずがない。

昭和十一年の日記は九月二十日以後空白で、これはすでに東京日日・大阪毎日に『良人の貞操』の連載がはじまっており、日記どころではなくなったのである。その取材に年末にはフィリピンへ発《た》っている。十二月三十一日は上海から香港へ向う船の上で、大晦日のダンスパーティで「大いに踊る。久しぶりにたのし」と信子は書く。

「今年は秋から『良人の貞操』執筆にいそがしくこの日記を怠けたるなり。マニラにゆくも小説のためなり」

このくだりはあとから書き加えたとある。

昭和十二年の日記にもそれに関する記述はない。

私は信子の資料を捜してぼろぼろのスクラップブック数冊を丹念に調べてみた。資料は水をくぐって保存状態が悪い上に、糊が剝がれて開くとはらりと落ちたり飛んだりする。新聞の切り抜きの一片は朽ちて粉々になるのもある。

それより残念なのは、日付と掲載誌（あるいは掲載紙）の書き込みがないことである。これもどこへ載ったか分らぬが、信子が西洋鋏を手に笑っている写真があり、〈身辺必需品〉として鋏をあげている。みずから新聞・雑誌をこれで切り抜くといっているから資料整理の不備は信子の責任らしい。

私は二日ほどかかって丹念に調査してやっとそれらしき資料を発見した。例によって日付も誌名も書かれていないが、どうやら文芸誌のようだ。

〈人物東西〉として押川秋郎（押川春浪をもじったペンネームらしい）なる人が書いている。「吉屋信子と林芙美子」——このころ林芙美子も信子に劣らぬ人気作家となっており、並べて書き立てられることが多い。

その資料にたまたま、信子と小林のことが載っているではないか。文面で見ると、信子は東京日日新聞に『女の教室』を連載しているとあるから、昭和十四年のことである。

この記事がどんな雑誌に載ったのか、押川秋郎とは何者か、私はつまびらかにしないが、その一節にこうある。

「吉屋信子といふ女をよく説明する挿話を紹介しよう。

小林秀雄といふエライ文芸批評家がある。この先生によると『女流作家といふ言葉自身が不思議である』さうで、即ち女流作家といふ言葉に対して『男流作家』なんて言葉はないではないか？　といふのである。――閑話休題さて、その小林先生がある雑誌で、吉屋信子の『女の友情』を『読むに耐へない』とか何とかクソミソにやつつけたと思ひ給へ。更にその小林先生と吉屋信子が、東京日日の催した或る会合の席で出逢つたと思ひ給へ。当時、彼女は日日に『良人の貞操』といふのを書いてゐて大変な大当り、日日は此の小説のために読者が一躍〇〇増加したといはれてゐる。当日の会合には、むろん日日のお偉方が綺羅星の如く並んでゐた。さて、その満席の中で、小林先生に彼女は俄然、意気物凄く詰め寄つたのである。

『小林さんは私の小説など、読むに耐へないと散々クサしてゐられましたが、そんな読むに耐へないやうな小説を、どうして天下の大新聞（日日のこと）が載せるのでせう。そして、その小説で読者の数が増すのでせう』

まさか、かうまで明瞭だつたかどうか知らぬが、ともかく相当フンガイしたらしい。

これに対して小林先生が、どういふ返事をしたかは聞きもらしたが、なんでも立派な態度であつたといふ話であるが」

というのである。「立派な態度」というのがどういうのを指すのか書かれていないのは不公平である。弁駁《べんばく》するのも大人気《おとなげ》なし、さりとて陳謝することでもなし、というので、おそらく小林としてはただ黙殺していたであろう。このあとがまた、〈男のものの見かた〉を示しておかしい。

「この一挿話は吉屋信子といふ女性が、どんなに場所を心得切つてゐるか、利用するものはいかに利用すべきかを熟知してゐるかを明確に示してゐると思はれる。喧嘩上手とでもいふかともかく彼女が相当シツカリした人間たることは、よく判る」

この筆者は吉屋は大衆に人気があり、林は「一部インテリ読者家に」ファンが多いと断じている。

「吉屋信子の方は、これに較べて大衆的な花形であるが、然し、さればといつて吉屋信子は通俗的で、林芙美子はもつと高級かといへば、あながち、さう決めて了ふことは出来んのである。小説だけから比較すると、さういふ結果も勿論まちがつてゐないだらうが、人間からいへば吉屋信子の方が林芙美子よりも遥かに理智的でもあれば、人物も出来てゐる。林芙美子が理智的なインテリに受けるのは、彼女が凡そ非インテリ的で何事にも体あたりにぶつかつていくところが却つて体あたりになれないインテリに何か溜飲を下げさせるからである。吉屋の人気が大衆的なのは、むしろ彼女の平明な理性であるといつても過言ではない」

「吉屋信子は、小林先生を相手にした時のやうに、少々達者すぎるが、ともかく誰にでも堂々と挑戦する。

　しかし林芙美子は蔭口を叩いても、面前ではそんな態度はオクビにも出さない」林芙美子は当代の人気作家であるけれど、貧しく育って「体あたりで行くのは壮とするも、根がガツガツして、ゆつたりしたところがない」――「今度の漢口攻略戦に従軍して、一躍出世したけれど、却つて文壇ジャーナリズムでの人気は非常に悪化してしまつた。もはや取り戻すことも出来まいと思はれる。彼女自身もシマッタと思つてるだらう」――これは作家たちが内閣情報部から戦線へ派遣されたことをいっている。信子は海軍へ、林は陸軍へ振り分けられたが、林は団長の久米正雄ら男性作家を尻目に、一人ぬけがけで漢口（中国の都会である）攻略戦に加わり、花々しく従軍記を朝日新聞に発表して一躍、銃後の社会の人気者となった事件を指す。大衆の人気を博したが、美事に出し抜かれた男性作家らの面子《メンツ》は丸潰れで、ことに久米正雄の憤激は甚しかったといわれる。文壇ジャーナリズムに反感を持たれたというのは出しぬかれたことと、従軍作家というのは内閣情報部の企画であるのに、「いつの間にか朝日の特派員みたいになつて社会面の記事を書いたり」している林の処世術への反感らしい（この筆者も文壇ジャーナリストの一員であるらしく、文壇ニュースにくわしく、平林たい子が病に篤く施療病院で療養中なのを見かねた友人たちが、救援カンパのため奉加帳をまわした。林は元来、平林の旧友なのに、一銭も出していない。近松秋江また老いて窮迫し、有志の手で救援が企てられたときも、林の名はなかった。そのかみの流浪時代、林は近松家の子守をしていたではないかという）。

そのくせ、自分の出版記念会では（田辺注、林は昭和十年『牡蠣《かき》』を書いて世評高く、その成功に気をよくして自費で出版記念会を開いている。佐藤春夫や広津和郎、信子や長谷川時雨らが出席）お銚子をついでまわり、「赤い蹴出しをチラつかせてどぢやう掬ひを踊る。その赤いものがワザ〳〵その出版記念会の為にいそがせて作らしたといふに到つては、既に我れ何をかいはんやである」と〈押川秋郎〉は嘲罵しているが、これは当時の文壇ニュースであったらしい。『新潮日本文学アルバム　林芙美子』には、

「短篇集『牡蠣』（十年九月、中央公論社）の出版記念会を自分の主催で開き、その席でどじょうすくいを踊ったことが、語り草になっている。文壇雀に嘲笑されて、あとではしょげているが、例の、あけっぴろげの自己誇示である」（評伝・磯貝英夫）

——信子と小林との応酬から林芙美子に脱線してしまったが、信子の、少女のようにむきになる性格も林と一抹、相通じていて、それで二人の女流は終生、仲がよかったのだろう。

昭和十三年九月の作家動員については、稿を改めよう。

信子の『良人の貞操』連載が開始されたのは昭和十一年十月六日である。信子四十歳、実力も技術も高潮しているとき。とはいいながらこの年は「婦人公論」に『お嬢さん』を、「キング」に『双鏡』を、「婦人倶楽部」に『母の曲』を（尤《もっと》もこれは飜案）読売新聞に

『女の階級』を併載している。新聞二つ、月刊誌三つという、流行作家らしい多忙ぶり、しかしこの中で信子はわけて『良人の貞操』に力をそそいだ。東日《とうにち》の阿部真之助から、〈次回の朝刊小説を御依頼したいから、御用意願う〉という手紙が来たのは、夏、軽井沢の別荘にいたときだった（当時、軽井沢と東京の郵便局に連絡しておけば、東京留守宅あての手紙は軽井沢へ回送してくれたという。別荘族がそんなに多くない時だったし郵便局も親切だった。軽井沢郵便局へは〈来軽《らいけい》届〉というのを出せばよかったということだ）。信子は見るなり嬉しくなって、外へ飛び出した。「うす紫の松虫草や、銀の穂すすきの夕風に、そよぐ高原を、心もそらに歩」きまわったとのちに朝日新聞社版『吉屋信子全集』5の「あとがき」で書いている。

挿絵は小林秀恒、これも流行挿絵画家の一人。

現在《いま》にこの連載小説を地方の一読者が切り抜いて貼ってある現物が現存するが、連載第一回から切り抜いていたということは、読者の期待がさぞ大きかったからであろう。現代よりも小説のスペースは大きく、挿絵もかなり力が入っている感じである。

信子は日も夜も『良人の貞操』にうちこむ。

「作中の人物は、さながら作者の身辺に、生きて動く男女の如く、私の胸に完全に把握されて、その女主人公を作者は愛して、好きでたまらない、きもちで書いてゆくだけに、ほんとに、楽しい労作でした。

ほど頂戴いたし、幼稚な心の作者を有頂天によろこばせ、はては涙ぐませました」(同)そして、幸いにも、たいへん読者にも好評で、たくさんの反響のお手紙を、まったく山結果として『良人の貞操』(という、当時としてはショッキングなタイトル。貞操を守るのは妻だけという戦前の既成観念の中で、人々の意表を衝《つ》く言葉だった)は当りに当った。その年、そしてその後数年、『良人の貞操』ブームは社会現象となって批評家、文壇を面くらわせてしまう。作家と読者の蜜月の時代である。信子はいやさらに人気作家に祭り上げられる。

実をいうとこの連載期間中、日本人の関心を釘付けにする別の社会的トピックニュースがあった。朝日新聞社が企画した亜欧一万五千キロ飛行の挑戦である。南方コースによる航路はそれまで一九二八年(昭和三)のフランス機が六日二十時間かけて東京・パリ間を翔破したのが記録となっている。このコースは難関多く、挑戦した飛行機で挫折するものが多かった。

朝日新聞社は国産機を以て「神風」号と命名し、東京・ロンドン間を飛んで新記録を樹立しようというのである。〈国民的壮図〉と称せられた(実はこの年、五月十二日に英国王ジョージ六世の戴冠式があった。そのニュース写真や映画フィルムを、他の新聞社よりも早く持ち帰ること、そしてヨーロッパ諸国への親善飛行もかねたのが「神風」の目的でもあった)。

十二年前に同社は「初風」「東風」の二機をローマまで飛ばしているが、そのときは北方航路一万七千キロを前後二十八日かかっている。現代（昭和十二年）では航空技術も格段の進歩を遂げていることであろうと、国民はこの壮挙に注目しないではいられない。すでに昭和十一年頃から「神風」人気のため、国民の間に航空熱がたかまっていた。

「神風」号出発は昭和十二年四月二日である。そのニュースを求める人々のため、朝日新聞の販売部数は飛躍的に増え、他紙は大打撃だったというが、このとき全く影響なく、それどころか購買者を増やしたのは、ひとり東日・大毎のみだった。ひとえに信子の『良人の貞操』のせいである。

「神風」機は立川飛行場を出発したが悪天候に阻まれて引返した。四日間立川に待機し、五日深更、天気回復をまって再び飛び立つ。

東京・ロンドン一万五千キロを無事飛行できるか否か。

飯沼・塚越の二操縦士の名は、日本人の人気のまととなった。一新聞社の事業としては画期的な企画である。わたくし事でいえば、そのころ私は小学四年生であったが、〈飯沼・塚越〉という〈空の勇士〉の名をよくおぼえていた。

国民はそのニュースに一喜一憂する。ハノイへ着いた、カルカッタ、カラチへ、というたびに手に汗握ったことであろう。しかし信子の小説を待つ東日・大毎の読者も等しく日々《ひび》の新聞に胸躍らせていたのだ。『良人の貞操』は四月十五日で完結した。一八八回。

大団円を迎えて、ほっと吐息を洩らしたことであろう。

「神風」機は帝都を発して僅々四日にしてロンドンに着き、亜欧記録飛行を完成させた。ライバル両紙が同じときに〈快挙〉をなしとげたといってもよく、五月に「神風」機が凱旋してきたときの国民の熱狂ぶりはすさまじかった。東京本社のバルコニーに出た両飛行士に群衆は歓呼する。銀座は電車もバスもとまってしまった。

一方、信子の『良人の貞操』フィーバーもすさまじい。

信子は資料のスクラップブックの一冊をことさら「『良人の貞操』評判記」としている。たちまち映画に舞台に、レコードに、とどまるところを知らない。レコードの作詞は信子があたっている。映画化は東宝が三千円で権利を得た。四月第一週の封切、女主人公邦子を千葉早智子、加代を入江たか子、邦子の夫、信也《しんや》を高田稔。テレビのない頃で、映画は娯楽の王座を占めていたから、この配役への関心も国民的レベルだったといっていいだろう。

邦子は理性的だがやさしい主婦、加代は色っぽく情熱的な女で、二人はかたい友情に結ばれていたが、ふと信也と加代は道ならぬ恋に——というあらすじである。舞台は東宝系松竹系ともに『良人の貞操』一色で、しかしそれよりも映画の興行成績がよかった。

東日紙上に、「筆を擱《お》くに当つて」のインタビュー記事が載っている（信子の悪い癖でまた日付をしるしていないが、完結の数日前であろう。牛込砂土原の吉屋邸にて、とある）。

写真の信子は珍らしく和服で羽織姿、「激勵《ママ》の手紙を整理中の和服姿の吉屋女史」とある。

記事によると、

「黄八丈の着物に、匹田お召《めし》の羽織」というから、趣味性のつよいよそおい、信子は着物にも趣味の主張があって、あっといわされるような、印象強い、美しいものを着て、それが彼女によく似合ったという。

「小説を書き上げた晴れやかな気持を反映してか、廿位若くみえるやうな派手さだ」と記事にある。多い読者の手紙は女らしい丹念さで桃色のリボンで結んであったという。

「いち〳〵返事を出すんですもの、大変ですわ、何しろ郵税値上げになつて倍になつたんですものね、ホツホツホ……」

いちばん苦心したシーンはどこかと問われて、

「それはやつぱり水神の場面ですわ（田辺注、加代と信也のデイトの場である）。加代と信也の関係が自然に行かなければ、全体がめちやくちやですもの。あすこまで持つて行くのに、うまく自然に行くやうにとても一生懸命だつたわ。それでも早く二人を一緒にしろといふやうなことをいはれたんで、十回分思ひ切つて削つてしまつたんですよ。新聞小説といふものは読者の声を十分聞く必要があると思ふんですものね」

と思いがけぬ内幕を信子は告白している。

どうしてこんなに、世をあげて『良人の貞操』が大評判になったのか、作者としてはどこに原因があると思うかと問われて、

「それはまづ、作者の気慨《ママ》といふものを読者が考へてくれたことでせうね、いくら面白い小説を書いたつて作者が一生懸命になつてゐなければ読者は食い《ママ》ついて来ないと思ひますわ。それから作者が作中の人物を愛するといふことが大事だと思ふの。私は小説を書く前、本当に自分の気持がピッタリ、その主人公と一緒にならなければとても書き出すことができないんですよ」

モデルは「ちよつとそんなもんはあつたんですけれど、でもいへませんわ。小市民階級のありふれた事件といふのが私のねらひ所だつたんですのよ……」。

信子は年齢にしては、そして職業にしては〈可愛らしい声〉の持主だと、ほとんどの人が証言している。この探訪記事を書いた記者は、「例のハキ〳〵した口調」という。

その声と口調で、信子はつづけて、次のごとく放胆な言葉をすずしく言い放つ。

「純文学の人達は私達の小説は低級だといふけれど……菊池（寛）さんがこういつたわ、いま大衆小説を書いてゐる人達は純文学を書かうと思へばすぐ書けるけど、純文学を書いてゐる人に、いま大衆小説を書けつたつてとても書けないつて……、それや私達だつて随《ママ》分苦心してゐるんですもの、さう馬鹿にしてもらひたくないと思う《ママ》わ……」

信子の発言について、〈純文学系〉の男性作家が、何という言いかただとむくれたとき、

なだめたのは横光利一だといわれる。

〈しかたないじゃないか、あのくらい売れれば、われわれも何ともいえないや〉

横光は信子に共感するところあったらしく、どこかで信子を、

〈あの女性《ひと》こそほんとの美人だよ〉

と褒めたそうである。その讃辞がまわりまわって信子の耳に入り、信子は嬉しくて横光に好感を持っていたというから、そのへんも信子の愛すべき〈少女度〉であろう。

さあ、ではわれわれも『良人の貞操』を読んでみよう。ページをくるのももどかしく、血湧き肉おどる思いにさせてくれるかどうか。――

6

『良人の貞操』は昭和十年代初期庶民家庭の、ごく平凡な日常生活の描写からはじまる。

サラリーマンとその妻の朝食風景である。

タイトルも「朝餉《あさげ》の妻」――

「お手製の白ネルの小さい袋の口に、針金を縫い付けた柄《え》を持って、邦子《くにこ》は瀬戸引きの珈《コー》琲《ヒー》沸《わか》しからドクドクとその袋へ、ジャバとモカを半々にひいた粉を含んで、ドロリとしたのを注《つ》ぐと、袋のネル地に濾《こ》されたのが、チョボチョボと下の珈琲碗《コーヒーカップ》に湯気を立てて溜《たま》

ってゆく。

やっと一杯になると、自分の分は後廻しにして、牛乳入れと砂糖壺を揃えて、卓袱台《ちゃぶだい》に置いたとたん、向うの部屋から、

『おい』

と信也《しんや》の呼ぶ声がした。婚約中と新婚後、しばらくは、『邦子さん』だったのが、『邦子』に変り、四年後の今では『おい』に下落した呼び声だった。

『なんですの？』

邦子も朝餉支度の途中たびたび呼ばれるのは、苦手《にがて》ゆえ、とても『貴方《あなた》なあに？』など、生優《なまやさ》しく甘い声など出す暇《ひま》はなかった。

『ちょっと来てくれ』

信也はまた呼び付けた。手をのばせばすぐ取れる紙屑籠一つでも、妻に来て取って貰う良人の物臭《ものぐさ》太郎に慣《な》らされた邦子は、火鉢の上の金網のパンを気にしながらも、そそくさと立ち上った。

襖《ふすま》ぎわに、邦子の箪笥《たんす》と並んだ洋服箪笥の戸を開《あ》け放って、足は靴下釣《ガーター》を見せたまま、ワイシャツにネクタイを結びかけ、洋服箪笥の戸の裏の塡込《はめこ》み鏡を見詰めながら信也は、

『このあいだ出したクリーニング出来て来ているかい？』

夏の麻《リンネル》の服の着更《きが》え用の薄茶色の方を、先週洗濯屋へ出したのだった。

『え、もう来てますわ、でも、またあれお召しになるの？』

『うん』

ネクタイを結び終った信也は、その服が出るのを待つ姿勢だった。

『だって、せっかく綺麗になって来たの、もったいないわ、もう夏もおしまいよ、御辛抱なさいよ、まだこれ、そんなに汚れてなんかいないじゃありませんか』

邦子は、信也が昨日《きのう》まで着て出勤した白い麻の服を洋服掛からはずして突き付けるようにした。

だが見向きもせず、

『いいから、洗ったの出してくれ』

と高圧的だった。

『おしゃれねえ、いったい誰にお見せになるの』

邦子は、いささか、ふくれて見せて、押入から、ちゃんとナフタリンまで入れて、いったん箱に納めた薄茶の夏服を取り出した。

『おい、むやみと小さく畳《たた》んじゃ駄目じゃないか、よけいな折目を付けて』

信也はズボンの中程に、横に畳《たたみ》目《め》の付いたのを見て、舌打ちした。

『だって、来年までいらないと思ったんですもの——アイロンかけますわ、少し待って下さる？』（『吉屋信子全集』5〈朝日新聞社〉に拠る）

不機嫌にふくれる夫、火鉢の金網の上で黒煙をあげて焦げるパン。更にコーヒーがまずいと文句をいい、靴が磨かれていないと舌打ちする夫。

これはまるで、わが家の朝の食卓風景を、〈吉屋さん〉はどこからかぬすみ見ていて書いたのではないかしら、と女性読者の多くは思ったであろう。小市民の日常が等身大で描かれ、いきいきしたリアリティが、登場人物の動きをなめらかにする。

そうなのだ、この作品における信子の意図は、純文学や私小説では好んで取りあげられる日常茶飯事の描写を、エンターテインメントに組み直し、かつ、それに何ほどかの象徴性を持たせて、存在感を強めることだった。

この朝食風景で、すでに結婚の本質、男と女の力関係が示唆されている。朝の夫は不機嫌なまま、あとも見ずに荒々しい挙措《きょそ》で出勤していけばよいが、家へ残る妻の、あと味わるいやるせなさ、生きることのうれたき倦怠などはどこへ持っていけばいいのだろう。

……

開巻劈頭《へきとう》、読者はこの若い夫婦の姿から目を離せなくなる。

大衆小説は荒唐無稽な夢のハッピーエンドであったり、波乱万丈の筋の面白さで釣るものであると信じていた巷の人々に、まるで隣家《おとなり》かわが家のような日常が描かれた。ドラマはまさに、日常次元の裡に孕《はら》まれると、信子は言いたげである。

のちに小説の完成後、都《みやこ》新聞（現・東京新聞）の批評欄に出た書評が最も信子にとって、わが意を得たものであったと、「あとがき」にある（これも信子の悪い癖で日付を書いていないが）。

「この現代通俗小説の中で、最も感心したことは、通俗小説が今までかなり軽蔑していた『日常性』を新らしく開拓していることである。何でもない茶の間の出来事、そういう日常性は、偶然や事件に追われがちな通俗小説では、純文学で描くほど、取り上げられなかったのを、ここまで大衆性を持たせたことは、やはり蔽い難い一手腕である」云々。

信也は石鹸を作る会社の工場技師である。出勤途上でちょっと反省して、郵便局へ寄り、電報を打つ。

「ケサハユルセ　イゴキヲツケヨ」

――電話のない時代の愛情表現だ。そういえば、この小説の時事性も興深い。電話の代りに活用される電報もそうだが、火鉢の炭火で焼かれるパン（当時すでにパーコレーターもトースターもあったけれども、つましい庶民はそんなハイカラな文明の利器は使わない）、靴下釣《ガーター》や卓袱台《ちゃぶだい》、それに何より、妻の言葉のていねいなこと、夫に対して用いる敬語。この妻、邦子は引退したもと官吏の娘で、女学校を出ている、ごくふつうのヤングミセスである。べつにことさら格式ある家の出身でもブルジョアでもないが、そういう、平凡なレベルの日本女性が、ふだんにこういうゆかしい、おとなしやかな言葉を繰っていたのだ。現代からみれば郷愁をおぼえさせるような柔媚な〈おんなことば〉である。

さて、信也の電報より先に、邦子は別の電報を受けとって驚く。九州の炭礦で働いていた信也の従弟、民郎《たみお》が急死したという知らせであった。民郎の妻、加代は邦子の女学校時代の親友、二重の縁につながる友だった。

未亡人となった加代は、三つの女児を伴って上京してくる。舅から仕送りしてもらえる身だが、彼女は自活を望んでいた。

この加代の設定が面白い。もと深川の材木問屋の一人娘で蝶よ花よと育てられた、下町趣味の美しい娘だった。大震災で両親を失い、財産もなくして祖母に育てられ、デパートの女店員をしたこともある。粗暴な男だった民郎とはついに心溶けず、不幸な結婚生活に終った。いっとき舅の住む帯広にもいたが、婚家にもおちつけず、信也と邦子を頼って上京する。舅は実の息子の民郎より、甥になる信也を元来、愛し、信頼している。信也に、〈加代をたのむ、いずれ一周忌もすぎたら再婚するもよかろう〉と、頑固だが、加代には無理解ではない義父だった。

生れ故郷の東京へ帰ってくる加代の喜びもさりながら、親友を迎える邦子もわくわくしていた。

深川生れらしいお俠《きゃん》な加代は独《ひと》り身に還《かえ》ったいま、もちまえの明るさを取り戻す。裏腹のない率直な人柄を、信也にも邦子にも愛される。〈あれが深川っ子の面白さよ〉と邦子は夫に、親友を自慢する。〈お俠だけど、情熱的なところのある女《ひと》よ〉

加代は信也の口ききで本社の事務員になることができた。本社よりも、工場へ傭《やと》ってもらいたかったわ、という加代。〈石鹼包みの女工さんにでもなったら、毎日信也さんのお顔拝めるもの〉。親しい余りのユーモアだ。だから邦子も冗談で、〈怒るわよ〉〈ホホホ、あなた妬《や》く?〉〈もちろんよ〉〈じゃ、やめとこ〉

剽軽《ひょうきん》な加代は、〈貧乏後家さんのひがみ根性よ〉という言葉をよく口にする。〈加代さん、後家さんて言葉、感じわるいわ、やめなさいよ〉と邦子がたしなめると、〈あら、いいじゃないの、未亡人っていえっていうの、だって未亡人ってのは、亡くなった旦那様の保険がたんまり転がり込んで、若い燕連れで自動車でダンスホールへ行けるご身分よ、私みたいにアパートで女事務員やってるなんてのは後家も後家、下々《げげ》の下の部よ〉

ぽんぽんといって信也を笑わせ、近くに借りたアパートへ、〈じゃあね〉と帰ってゆく。〈あれは芸者になったら売れるぜ〉というのが信也の感想で、〈そんなこと、加代さんに聞えたら怒るわよ、あのひと口先はあんなでも心の中はきちんとしているひとですもの〉というのは邦子の見解である。

加代はおしゃれ好きな女だが、虚栄心から浪費するのではなく、一流の展示会へいっても掘出しものをみつける才能がある。特売見切り品の白綸子《りんず》縮緬《ちりめん》を青《せい》一色に染めたりする。セルを着ている邦子に、〈セルなんてものはせいぜい十八、九まで。いいとしの女が着るもんじゃないわ、せっかくの女の姿の線が台なしよ〉と、おしゃれのポリシーを持っている女だった。セルは絹と毛の交織なので、肌ざわりはいいが、つんと角目《つのめ》だってしなやかではない生地である。セルの代りに竺仙《ちくせん》の浴衣を邦子に与え、〈今年一年、このまま置いといて。竺仙染は一、二年すてておくと藍がおちついてよくなるの〉と、きものに知識も愛着もある、生活をたのしむ女なのだった。

そんな加代の職場でのいでたち（この時代は職業婦人の和服も行なわれたが、事務用の上っぱり――袂《たもと》が元禄《げんろく》になっている紺や黒のサージの事務服を、女事務員はよく着たものだった。しかし加代の働く職場では私服のままらしい）。

着物は黒地の上布《じょうふ》（夏のうすものの上等である）。帯は白博多《はかた》の一本独鈷《どっこ》（独鈷という杵のような仏具の模様が、博多織の白い帯のまん中に、一すじ、入っているもの）。帯締《おびじめ》は銀の縒紐《よりひも》。それを思いきって斜めにきりっと締めたのは、せっかくの一本独鈷の柄が、帯締と重なって隠れるのを惜しんだから。そして帯止は翡翠《ひすい》の輪。

粋できりっとして、それでいてあでやかな、盛夏の着物すがたである。おとなの女、というよそおい。丸の内のビルの中、調度課仕入部の末席の事務机に坐って、加代は終日、そろばんを弾き、多い伝票の束を巧みにさばく。

そんな加代に、男性社員の関心が集るのは当然である。彼らは加代のプライバシィに興味をかきたてられる。

〈いつも早いんですね、どこから通ってるの？　市内でしょう〉
〈いいえ、丹羽の篠山から〉
〈夏休みはどうするんですか？〉
〈そうね、子供の相手でもして、ゆっくりしましょうか〉
〈えっ、驚いたな、子供があるんですか？〉
〈あっちゃ、いけませんの〉

　加代はすずしく受け流すが、中にはもっと悪質な誘惑もある。出入りのブローカーの男が加代に一目惚れして、本社の専務の名を騙り、待合へ呼び出そうとする（この下品で悪《あく》辣《らつ》な男が大阪弁を使うのがご愛嬌である。すでに戦前から大阪弁は類型的な扱われかたをしていたのがわかる。谷崎潤一郎が『細雪』で闊達な大阪弁を駆使して独特の小説宇宙を創ったのは、大阪弁にとって画期的なことといわねばならない。尤も『細雪』は昭和十八年〈一九四三〉「中央公論」に発表されたが、軍当局の忌諱に触れ中断、完成は戦後である。――それはさておき）。加代は悪だくみに気付くと、たちまち男の片頬にぴしゃっと平手打ちをくれてさっさと出てゆく。取りなそうと、しゃしゃり出て引きとめるあつかましい仲居に、
〈ホホ、私これでもここへお出入りの高等淫売にみえるかしら、嬉しいわね〉
と強烈なしっぺがえし、だが下足番の法被《はっぴ》の爺やには〈とんだお手数さまね〉とやさし

く五十銭のおひねりを渡して。——

あざやかな出処進退のさまに読者は胸のすく思いだが、このあとを原文で。

「ついと例の濡れ過ぎの石の上——小走りに、もう姿は門の外——美しい束《つか》の間《ま》の星が流れていったよう……」

このへん、信子の愛した泉鏡花の口吻が匂う。

張りつめていた気が緩むと、加代はくやし涙に睫毛を濡らす。しかし小さいアパートでねえやにお守りされて母を待ち侘びている娘を見ると、生きなければ、と思う。〈無理にもお俠《きゃん》にしてなくては、ほんとに死にたくなってしまうんだもの〉

加代はそんな思いをふと口に出して信也に聞かれてしまう。邦子が鎌倉の実家へ帰っているので、信也は加代に夏休みを鎌倉で邦子と過せば、とすすめてやったときである。

〈私、海が怖くて〉と加代は浴衣の袖を膝に重ねて否《いな》む。信也は少女のような加代の言葉を笑う。

〈海が怖いだなんて。無理に海水浴をしろとはいいませんよ、ただ遊びにです〉

〈海水浴どころか、私なんだか海を見たら、ひと思いに飛びこみたくなりやしないかと思って〉

〈飛びこむって投身自殺ですか〉

〈あらそんなむつかしいもんじゃなくてよ、ただの身投げよ〉

〈どっちでも同じだ。だが、なぜ死ぬ必要が……〉

〈私もう、生きてるの、しみじみあきあきしてるの。私みたいに運のわるい女、この先生きてたってどうにもならないんだもの……〉

その加代の嘆きは、いつとなく信也を愛しはじめたからである。親友の夫を愛してはいけないと思いながら、よく考えてみると、邦子の結婚式で新郎の信也を初めて見たときから好感を持ったことを思い出す。民郎との縁談も、信也の従弟だというだけで、あと先の考えもなく受け入れた。本人の民郎を愛してもいないのに。――でも親友の邦子の夫だから、どんなに恋しても、これは胸ひとつにおさめておかなければならない。そのやるせなさが、つい〈死にたい……〉というつぶやきになるのだった。

それとも知らず信也は声を励まして、それはあなたの感傷だ、と叱りつける。世の中の人みな、運のいいことばかりじゃない、だがみな、せっせと働いて生きているんだ。ことにあなたなんか、ただ今の暮しに困るわけでなし、趣味もあっておしゃれも好き、人生を楽しむすべを心得ている人なのに、なにをいうんだ。……

加代は癇癪を起した男の顔に見とれる。口軽く、ひと言死にたいと口走ったら、こんなに本気で叱ってくれた男《ひと》。……

〈ごめんなさい。もう死ぬなんていいません。これからは自分勝手なこと考えません〉

暗い夜道をアパートへ送ってゆくとき、心のたかぶりのままに、ふと信也も口すべらす。

〈加代さん、ほんとに「死にたい」なんて考えるのやめて下さい。僕のためにも生きてほしい。僕はあなたが好きなんだ！〉

果然、日常次元にドラマが生れ出たのである。それでも大人の節度が二人を抑止する。

邦子はまるで人を疑うことを知らない無垢な女である。それだけにスクエアにすぎて面白みに欠ける。信也にはお侠《きゃん》で奔放な加代は新鮮な魅力である。あやうく自律してふみとどまっている二人に、思いがけぬ陥穽《かんせい》が待っていた。妻を亡くしてやもめ暮しの専務が加代に求婚したのだ。それを相談するために二人だけの時間を持ったが、それはそのまま愛をたしかめるための時間にすりかわってしまった。一度は加代も邦子に悪いと別離を決心するが、荒れる信也を見てはいとおしくて、また心が寄り添ってしまう。加代は邦子や周囲に嘘を重ね、信也は妻の目をあざむくのに心身をすりへらし、人知れぬ金銭《かね》を工面《くめん》するにも苦労して、次第に二人はぬきさしならぬ仲になってゆく。……

この作品はメロドラマではなく、リアルタイムで進行する心理劇である。信子は連載開始に当って作者の言葉として、

「(前略)『妻の貞操』を説く人多く『良人の貞操』が、忘れられ勝ちの、この日の本のお国で今作者はこの有るか無きかの『良人の貞操』を主題に、今の社会にある家庭と女と男と、その生々しい生活を一心不乱に描き抜いて、そこに新しき一つの暗示を生み出してみたいと思ふ。

しかも、この作品は息子と娘の恋愛を描き結婚のハッピーエンドで終る多くの小説の型を破つて、すでに結婚生活に入つた男と女が現実生活に根ざして醸し出す愛慾と人間苦を写し出さうとする」

ものだという。

――ついに邦子も真実を知る日がくる。親友と夫の裏切りは、さすがに神のようなお人よしの邦子にも、烈しい衝撃をもたらす。加代を問いつめる邦子。加代は邦子よりはるかに〈人生擦れ〉した一種のワルであるから、邦子一人を弁口であざむく位は、いと易《やす》きことであった。しかし常々悔恨に責められている加代は信也との関係をみとめ、謝罪する。謝られてすむものではない。瞋恚《しんい》の炎に目も心もくらむ邦子は激昂して、夫とは離婚すると言い放つ。加代は、離婚だけは思いとまってほしい、私が悪かったせい、あのひとは私に引きずられたのだ、帯広へ帰って私は一生そこに埋もれる、あのひとを許してあげて、というが、それがなんの慰めになろう。邦子は、

〈許すとは人情で言いたくとも、私の理性ではいえません〉

邦子と夫の対決は更に山場となる。夫はあやまちをみとめて詫び、しかしお前とは離婚しないという。邦子は相手が関係のないそのへんの女なら、世に行なわれる浮気事件として処理できたろうが、友人だけに複雑なショックであった。憎まなければいけない加代なのに、加代の後半生を滅茶滅茶にしたといっていい夫の信也に、得体の知れぬ怒りを感じ

てしまう。夫を、自分のために怒り、加代のために怒る。

〈それなら加代さんはどうなさるの？ 帯広へただ帰らせて、あなたはあと涼しい顔をしていらしていいものかしら？〉

とつめよる邦子に、信也は破れかぶれで、

〈じゃ、どうすればいいというんだっ〉

と声を荒げる。

〈なに？ それ、あなた。ご自分が悪いことなさっておいて、その上逆に私をお叱りになるの？ 男ってそんな横暴なものなの？〉

（このへんに信子のナマの声が入っている）加代が憎らしいが哀れでもある。途方にくれて八つ当りする信也も、哀れでありつつ憎らしい。

〈あぁ、この私は、いったいどうすれば気がすむのでしょう〉

邦子が泣きにゆくところはない。三人が三人とも苦しんで、その苦しみが解決にならない。不毛の苦しみである。しかも邦子を一層傷つけるのは、加代と信也が互いを庇い合って、はからずも二人の愛の深さを際立たせてしまったことである。

自制心のなさを二人に向って責めることはできるだろう。

しかし恋は誰の名で責められよう。邦子はそれを察する理性もやさしみもある。だがそれはよけいに邦子の傷を深く抉《えぐ》るのみである。主人公の一人の信也は、ここで全くの〈能なし〉ぶりを発揮する。そういう優柔不断の男の可愛い気《げ》をかたちづくる場合もあるが、この小説に関する限り、信子はそんなふうに描いていない。ここで問題にされているのは『良人の貞操』であって〈男のかわいげ〉ではないからである。——私はこの作品を面白くも思い、〈女性史〉の上からも注目すべき作品と思うのだが、最大の欠点は信也の魅力が稀薄なことである。能なしで優柔不断でたよりない男のかわいげはたとえば谷崎の『猫と庄造と二人のおんな』などにも見られる。しかし信子の意図は人間性を描くことではなく、男と女に還元してその図式を究明するにある。一応はそれぞれの個性が読者に理解しやすいよう、肉付けを施されてはいるのだが。——

だから信也がここでたよりないのは、信也だからではなく、男の通弊としてたよりないのである。惑乱する邦子に信也は男の涙をみせ、体面も意地もなげうってすがる。

〈邦子、冷静になってくれ、僕も救ってくれ、頼む。——そして加代さんも救ってやってくれ、今はただ、お前ひとりの判断と処置で、この苦しい問題は救われるか、破れるか、なんだ〉——邦子もどうしていいか分らない。

〈あなた、私今はどうしてもあなたの妻としては、くやしく情けなくって冷静になれません。でもあなたのお母さんだと思えば、悪い息子を持った母の気持になったらと考えついて……今夜一晩、よく考えてみます〉

一度は二人を許そうとし、また怨み、邦子の心も定まらない。やりばのない怨みつらみが、こんなことを邦子にいわせる。

〈もし私がよその男の人とそんなことになってあなたを裏切ったらどうなさる？〉

〈そ、それはお前、姦通罪になるよ〉

〈それは知ってます。それよりもその時のあなたの態度よ。私が平《ひら》あやまりにあやまったら許して下さる？　そしてその男の世話まで引き受けて始末して下さる？〉

〈そ、それはその時の事情次第だ……〉

〈じゃ私、あなたの一番の親友と姦通してみるわ。そして事情次第になるわ！〉

〈そう僕を虐《いじ》めないでくれよ。僕の悪いのはわかっているが、世の中には公然と妾を何人も持って、そのくせ、妻には貞操を強いている奴もいるんだ。それを思って僕の過失を水に流してくれないか〉

〈あなたもお金があったら、さぞ加代さんを綺麗な妾宅に囲っておきたかったでしょう、お気の毒ね〉

言々句々、血を吐くような痛烈な皮肉、ここで信也のおかしいところは、その夜から流行性感冒になって妻に手当てされるのである。――このあたり、信也が個性的でないといっても、充分、男の代表選手たり得ているのであって、はからざるユーモアを醸し出している。

しかく、こういう天下分け目の天王山というところで、男はだらしなく病気に転嫁してしまう弱者である。

事態は加代の妊娠という新しい展開でもつれにもつれる。加代がほんとのワルならば妊娠をタテに邦子に取って代れるのであるが、女性讃歌をうたう信子は、そういう陰険なワルの女を描かない。ひとたび壊れた友情も加代の悔悟と、邦子の献身的な大回心で修復される。加代の生んだ信也の子は邦子の子として育てることになり、加代は新しく出現した男と子連れの再婚、男に従ってマニラに去り、大円団を迎える。

しかしそこへ到るまでの邦子と加代の苦しみもさりながら、信也の悔悛にも充分、筆をついやされる。小説は貞操観念に乏しい日本の男たちを縦横に糾弾するが、信也を目ざめさせたのは正面切った弾劾よりも、邦子と加代の清冽な女ごころと、その友情である。

加代は信也と愛し合う間柄になったがその間じゅう、〈邦子さんにすまない〉と悶え悩みつづけ、それを見る信也も純真な妻に、内心、手をついて詫びていた。――そして邦子は、どうやら一件落着して、あとは加代の無事な出産を待つばかりという（その産院の手配も、産後の養生に鵠沼《くげぬま》の貸別荘を借りたのも、みな邦子の奔走であった）そういうとき、

――

〈私がみんな引き受けますから、あなたは何もお案じにならなくてもいいの、毎晩の残業大変ね、早くおやすみになられたら〉

〈うん、お前こそ大変だろう〉

信也ももとのやさしい夫に返って妻のいうままに寝室に入ってみれば、蚊帳は吊られて枕元に小さいスタンドの灯、水色麻の夏蒲団、純白のシーツ、枕カバーには仄《ほの》かなオーデコロン。有能なベテラン主婦のやさしい心づかい。やがて邦子が蚊帳の裾から入ってくる。何から何まで堪え忍んで骨を折ってくれた妻。信也はいじらしく、いとしくなる。手を引きよせると、邦子は夫の接吻はやさしく受けたが、やわらかに身を退け、夫の手を拒む。

〈あなた、加代さんは子供を体に……長いこと苦しく切ない思いでいると思うと、私、あのひとのお産の、無事にすむまで……あなたも私も、せめてもの心づくしに……私が子供を生む身と思って……〉

信也は愕然と妻の体から手を放す。女の発想の潔癖さと清純さと正義感。女同士の同情。原文ではまたも信子が肉声を聞かせる。

「女を妊《みご》もらせ、それを見棄てて男はステッキを振って平然と銀座が歩けるばかりか、他の女性をも抱けるのだ——その身勝手な自由の許されるのを、いい事に男が振舞うとしたら……」

信也はわかったといい、しかしお前を愛してる、知っておくれと告げる。邦子は答えた。

〈ええ、そして私も！〉

「邦子は良人の額に、熱くくちづけた。過失も出来事も、すべてを越えて、良人と妻の魂の結びは、幾年を経て、今ぞ動かし難い絆だった。肉体を越えて、より高き人間愛の同《どう》行《ぎょう》二人の人生の巡礼として……」

　過失を経て夫婦は昇華され、新しい関係に入る。『暴風雨《あらし》の薔薇』のテーマは『女の友情』『良人の貞操』と展開してここに完結している。

　右の原文は生硬でいかにもまずいが、信子のいいたいのは、男と女が共に生きようとするとき、いいかえれば男がその本性を矯めず、女もその主張を曲げないときは、これは到底完《まっと》うできない生活である。しかし男が本性を省察し、女が母親か菩薩のように一段高いところから包容すれば、二人で生きる道は示唆されている、——ということであろう。

　そして男女とも双方がその本性と主張を矯めず向き合いたい、——と欲したときは、全く新しい倫理観が樹立されねばならず、それは大衆小説の守備範囲を逸脱する。

　信子は現代風俗作家であり、未来へのビジョンを描くタイプではない。現在ただいまの時点に興趣尽きぬ作家である。女の裡に聖性をみとめ、それのみが世界を救うと思う。

……

　小説の後半部分、邦子の手ぬかりない処置がいかにも優等生めき、修身教科書めいて、現代読者からみればつまらないが、ゆくりなくめぐりあった由利準吉という男が面白いので救われる。フィリピンのマニラで材木商を営む豪放な気性の男、幼い娘ごと加代を引き取ってマニラへ渡る。邦子は夕焼空をみあげ、遠い加代に、〈加代さん……〉と呼ぶのがラストである。

この小説は男性読者を多く獲得し、信子はこの作品で〈大人の小説が書けた……〉という感触を得た。

友人の宇野千代は新聞の書評で、『良人の貞操』は昭和の『不如帰《ほととぎす》』だといっている。いうまでもなく徳冨蘆花《ろか》の、浪子と武男の悲恋物語である。尾崎紅葉の『金色夜叉』とともに近代大衆小説の鼻祖だから『不如帰』にたとえられるのは光栄であろう。

「吉屋さんの小説は最近とみに大小説の域に達したといふ評判だが、『良人の貞操』はその中でも最大の傑作。まさに昭和の『不如帰』だ」「加代も邦子も信也も、私たちのすぐ間近にゐるといふ感じ、或は私たち自身であるやうな親愛さが、この小説の圧倒的人気の中心であるに違ひない」

「加代は私たちの浪子さんである」

東京日日紙の学芸欄に載った青野季吉の「『良人の貞操』論——通俗小説の人気の問題」は四回にわたってていねいに論じている。要点は五つあるという。

「一、作者の立場に女性的な純粋さがあつて、女性としての作者が、つねに人物や事件に寄り添つて立つてゐること。

二、男性作家や中性的作家において見られるとは別個のニュアンスをおびたエロチシズムが全篇に充満してゐること。

三、描写、表現が粗放で生々しく、いはゆる文学的洗錬を経ない処に、ある世俗的な直接性をもち、かつ作者の余計な心づかひによつて、テムポをおくらせないこと。
四、作中人物の型が常人的、類型的であり、かれらの醸し出す事件が、普遍的な性質をおび、一般読者が容易に自分をその人物に移入し、自分を事件の当事者に擬しやすいこと。
五、作者の提示する事件解決の道徳が、身上相談的の一般性をもち、人間の美質に訴え《ママ》た新しい扮装の下に、結局、既成の良俗に合致してゐること」
——鋭い分析であるが、この中のエロチシズムについて信子は「不思議でなりません」といっている（朝日新聞社『吉屋信子全集』5「あとがき」）。

「作者はなんの意識もせずに、題材の必要から、そういう場面を二、三取り上げていたかも知れませんが、そんなものだけで、いかに通俗小説とは言え、読者を瞞《だま》かすわけにはゆかないぐらいはほんとに通俗的な長篇を苦労して書いた方達には、わかって戴けると思います」

　これは青野が「ほとんど一回ごとに何等かのエロチックな刺激が準備され」ているのに「驚嘆した」というのへの答えである。しかも青野は、作者が「清純な女性」であるのを意識した読者によって独特のニュアンスをもつ、という解釈である（この解釈のほうがエロチックである）。それが「文学をはみ出してじ《ママ》かに感覚に作用してくる生々しさをもつ事は争へない」。

　やや見当はずれの気味ある独見だが、さすがに青野はこの作品の大きな支柱、要点の第一に挙げた「女性的純粋さ」を看過していない。信子の小説の発熱部分を見落さない。
「作者はつねに人物や事件に寄り添ひ、いゝ道づれとして出没してゐるが、時には、作者が、女性を代表して抗議したり、憤激したりしてゐる。その抗議や憤激は生《なま》のまゝであるが、女性の肉体からしか迸《ほとばし》り出ないものだといふ真実性がある。例へば夫信也と友だち加代との関係を知つた瞬間の邦子の怒りの如き、男性作家や中性的な作家には、あの怒りの生の烈しさは到底あらはせない」

東京日日・大阪毎日は『良人の貞操』成功記念として金銀をちりばめた美しい手箱と、ペンと月桂樹のデザインの牌を信子に送った。それも信子は嬉しかったが、久米正雄が「『良人の貞操』の加代に」と題して新聞紙上に載せてくれた一句も嬉しかった。

「梅咲くや黄化粧冴えし妻が友」　正雄

戦塵

1

昭和十二年から十六年（一九三七―四一）までの五年間、信子はまさに南船北馬の生活となった。日中戦争が勃発し、つづいて対米英戦争と戦域は拡大するばかり、その中を信子は特派員に狩り出されて、各地の戦線を取材しなければならなかったからだ。

人気作家の悲劇というべきか。

信子は『良人の貞操』のあとつづいて『家庭日記』（東京日日・大阪毎日連載、昭和13）を書いたが、これも評判よく、今までの旧作もよく売れ、収入は莫大だろうと噂雀はかしましい。

「『良人の貞操』で吉屋信子は幾ら稼いだか――をとこ糞喰《くそくら》への景気だ!!――永田通次」（「話」昭和12・6）などの記事も出て文壇ばかりでなく、信子の一挙一動は社会ニュースになった。

『良人の貞操』の映画がヒットしたことも信子人気をいよいよ煽った。森岩雄の『私の芸界遍歴』（青蛙房、昭和50）によると、PCLが東宝映画となったとき、大スターを大いに引き抜いたので、松竹や日活といった既存の六社は結束して、東宝の攻勢に対抗した。すなわち東宝映画を上映する映画館には、六社連盟の映画を絶対に提供しないというのである。東宝映画は日本全国十七館しか上映できないことになってしまった。これではどうすることもできない。

「よほどの大作を出さなければ、局面の打開は困難であるところまで落ちこんできた」

――その、起死回生の大作として選ばれたのが『良人の貞操』だったのである。

「これでひと勝負することに決心した」

ところが森のいわく、原作の脚色について信子は「きびしい注文」を出し、実に強硬で、

「私の言う通りにしなければ映画化権は取り消す」とまで主張する。監督は山本嘉次郎だが、映画的な脚色でいえば信子の意見に反する。仲に立って森は閉口した。調停のため

「何度吉屋さんのお宅に伺ったことか」――「行ったり来たりしているうちに映画は出来上がってしまった」。

このいいかたはいかにも老獪な映画人風である。映画関係者《カツドウヤ》が文士《ものかき》を誑《たぶら》かす、あるいは丸めこむぐらい、いと易《やす》きことであることを暗示するが如くだが、結果として終りよければすべてよし、になった。

「出来た映画は立派な、興行価値満点のものとなり、逃げ腰になっていた取り引き館も続々と戻って来て、今日の東宝映画の配給網の基礎がはっきりと定まる位の効果を上げることが出来た」

信子のほうも「映画の出来栄えとその成功でご機嫌が直り、それからは親しくおつき合いが出来るようになった」。

なんといっても「吉屋さんの原作の強み」と森はいっている。『良人の貞操』よく東宝のピンチを救う――である。

それかれあって信子の収入に社会の関心はただならぬうえに、信子は四谷税務署の所得査定に抗議して再審査要求書を出したというニュースが昭和十二年七月四日の各社朝刊に一せいに出た。信子はその日、ゴルフにゆく予定だったが、「はづかしいのでやめる」――つまらぬことで時の人になったのが面映ゆいのである。

四谷税務署の査定では前年度四万八百円の所得査定（おそらく文壇随一であろう。文壇随一というだけではない、その当日のらしい新聞コラムに、これだけの年収は堂々国務大臣、枢密《すうみつ》顧問、陸海軍大将の俸給に数倍するものであり、実業家でも極めて少数者以外は、信子の年収に及ばないと書いている）に対しては「文句はありませんが」「二割五分だけの控除はあんまりひどいです」そうなると税金だけで年六千円、これではとても納め切れない、と「柳眉もボッブも一緒くたに逆立たせ」「紅唇をふるはせて」抗議する――と、面白おかしく新聞は報じている。当時も文士と税務署は紛糾を起しやすいが、それは取材費控除の割合で揉めるからである。大体、三割から四割、というところだったらしいが、税務署により〈見解の相違〉〈条文解釈の相違〉というものがあったらしい。——泣き寝入りしないで憤激を発したままに再審査を申告するところが、いちずで背骨の硬い信子らしい。

「印税なら（控除率が）二割五分でも仕方がないけれど、原稿料は四割が当然です。『良人の貞操』が売れたからつてあれを書くにはマニラまで行つてゐるんですよ」

と、新聞記事にある。

「牛込区砂土原町の自宅で吉屋女史は原稿書くペンもそつちのけで口角泡を飛ばし、——私は収入全部を正直に申告したんですのに税務署ではまだ隠してゐると思つてゐるんですわ、絶対に高過ぎてよ。『良人の貞操』がいくら評判が良いからつて評判だけで良い加減に査定されちや堪まりません、女には選挙権も与へないくせに……」

鋭い男権社会への批判だ。頂門の一針、と聞いた男は、戦前の日本にどれだけいたろうか。

文壇の嫉妬は買ったかもしれないが、一般大衆にとっては収入の多さも景気よく福々しいイメージを彼女に与えたらしく、人気と好感は衰えない。

それは嬉しいが、昭和に入ってから休む間もない労働で、信子はやっと疲労をおぼえはじめる。『良人の貞操』を書き終えた翌日の、昭和十二年四月十一日の日記。

「ぼんやりしてゐる。

長い労作のあとの休息が大事だと思ふ」

折々に胆石が痛むようになっている。

〈休養して仕事を整理しなくちゃ。信子さん、もう、小さい仕事はやめましょうよ〉

と千代がいう。いわれるまでもなく、信子は健康の限界を感じていた。昭和十二年に四十一歳、これからまさに働き盛りで意欲はあるが、健康がそれに伴わなくては、という、当然のことをやっと思い知る。インドアゴルフに凝り出したのもそのせいだ。

〈おもだったところへ、大きい作品を書く、——というように、節筆しなければね〉

と千代は方針をきめた。

もう信子の日々の仕事にも私生活にも、千代はなくてはならない存在になっていた。千代ほど有能で心きいて暖い秘書やマネージャーはいなかった。日々のスケジュール調整、訪客の応対、税務署との折衝、税務懇話会へも信子の代りに赴く。誰それの出版記念会へは信子の代りに千代が花束とメッセージを携えてゆく（花の宅配など夢にもないころだ）。

講演のきらいな信子だが、どうにも引き受けざるを得ない時もある。数日前から気になり、鬱々としつつも前日に練習する。当日起きてみれば机上に千代の要領よくまとめてくれた講演の筋書がある。「有難かつた」と。やっと済んで控え室で休んでいると、千代が顔をみせる。聞かれるのいやだから来ないで、と信子はいっていたのだが、千代は心配で、そっと聞きに来たよし、

〈とてもよかったわ、信子さん。みんなも感動したり、笑ったり、じいっとよく聞いていたわね。上々の出来だったわ。大成功！〉

　千代が嬉しげにいうのへ、信子は「涙の出るほどうれしかつた」（日記、昭和11・7・1）。成功しても失敗しても、千代は真っ先に信子のもとへかけつけ、ねぎらったり褒めたりして、信子を力づけるつもりであったのだろう。

　何もかも千代に頼り切っている信子は、だから千代が実家の大塚へゆくのを好まず、帰ってくると、厭味をいって千代を悲しませたり、揉めたり、している（そのくせ信子は時々本郷の忠明兄の家へ出かけて、母の顔を見たり、食事をしたりするのだ）。千代と揉めてもすぐ仲直りして、映画を見に出かけたり、している。「この人がゐるからおかげで暮せるのだ。お礼を言ひたい、言ふより感じたい」（日記、昭和12・12・31）

　世間ではいまだに信子と千代の共同生活について揣摩憶測《しまおくそく》がかまびすしい。信子資料の中に、雑誌名は不明だが「絵入小説」というタイトルの訪問記は、そのことにも触れている。筆者は男性らしいが不詳。客間へ信子は千代を引き連れて現われたが、その「重力的な一個の女丈夫《アマゾネス》」は「すなはち吉屋女史の令夫人門馬千代女史」（田辺注、傍点は筆者）

とすでに思わせぶりである。しかしインタビューの文章には冷嘲的な口吻《こうふん》はなく、よく信子の颯爽《さっそう》ぶりを活写して信子の代弁をしている。それが信子の意に適ったのか、切り抜いておいたのであろう。

吉屋女史の魅力は「栗鼠《りす》のやうに飛び跳《は》ねる悪戯《いたずら》好きな二つの眼」と、「黒い絹の海水帽のような髪型」だという。一九三〇年代後半に到ってもなお、信子のショートヘアは社会的市民権を得ていない。女の長い黒髪を日本の男が愛して切らせなかったせいか。しかし日本女の黒い剛《こわ》い髪は洋装が定着するとまことに扱いにくいものだ。パーマネントが普及したが、すぐ戦争で放逐されてしまう。やがて戦争へ突入し、女たちはみな、ひっつめ髪に髷をつくるという、ファッションもへちまもないヘアスタイルになってしまう。

ともあれ、信子の、二つの黒い瞳と黒い断髪に、門馬女史は「男性的な魅力を感じて、それで離れられない」のだという説があると。

「離れられないと言ふこの二人の女史の関係は、果して巷間に伝へられてゐるやうな同性愛なのかどうかは、両女史の告解《こくかい》に与《あずか》った懺悔《ざんげ》聴聞《ちょうもん》僧を脅迫でもして聞く以外には、真相を穿《うが》つことは難しい」

以下、インタビューを要約すると、次のごとくである。

信子女史に水を向けても、〈このひとは数学の天才で〉と千代のことをいい〈前途有望だったんだけれど、あたしが頼りないので、女学校の教職も何も抛《ほう》り出してついていてくれるの。でも考えようによっちゃ、世界中あたしに食っついて歩いて、今だって何も働かないで遊んでばかしいるんだもの、たまに奥さん役を買って出る位、当り前なのよ〉

とインタビュアーを煙に巻く。

〈いやその、そういうことでなくて、あなたと門馬さんのことを同性愛《サッフォ》的だなんていう人もあるんですが〉

〈サッフォなんて女詩人、きらいよ〉と信子は挑発にのらない。

〈あたしたちがこんな風にひっついているのは、こうしている方が便利だからなの。それだけなのよ。あたしはこのひとがいなきゃ、日常のことはまるっきり手も足も出なくなってしまうし、このひとはまた、あたしのすることが危なっかしくて、少しの間も目を放していられないという風なの。あたしがこんなにずんずん仕事ができるっていうのも、門馬さんがそばにいて、いやな掛け合いや、気に入らない仕事はことわるなんてことを、引き受けてくれるからなの。

あたしってのは門馬さんにとってずいぶん世話の焼けるヤツかもしれないけど、あたしにとっては門馬さんて実に有難いひとなの、あたしのいうことなら何でも諾《き》いてくれるから。

でもね、あたしがあまり横暴な真似をするとこのひとだって怒ることがあるのよ。「私は自分の生活をすっかりなくしてあなたのために尽してあげているんだから少しは感謝し

なさいって」。――どう？　こんな関係って有益だと思いませんか〉
〈お美しいことだと思います。でもね――それはそうとして何か、そこんとこ、足りないものがあるのではないのですか。……何ともいえない微妙なもの……〉
　インタビュアーも肉迫するが、信子は動じない。自若《じじゃく》として、
〈不足なものなんか、ないのよ〉
〈いや、なけりゃいいんです〉
　とインタビュアーはたじたじとひるみ、
〈すると、このご関係（田辺注、傍点ママ）はこれからもずっとお続けになるわけですね〉
〈そうよ、こんな風変りなのも一組位あってもいいでしょ、但しね、こんなのがあまり流行になって、女同士で暮すことは罷《まか》りならん、なんて警視庁あたりから横槍が出るようにでもなったら、そのときは止すわよ、警視庁からお婿さんを一人世話してもらって〉
〈そういう堅いところからお婿さんをもらうんなら、あなたの読者もご安心ですね、私は、あなたは結婚嫌いかと思ってました〉
〈これで案外そうでもないのよ。でもあたしなんか、小説書く以外、何ひとつ能《のう》のない女だから、結婚したって奥さんの役は勤まりそうもない、って思ってるわよ。まちがって私と結婚したら不幸な夫が出来てしまうわ。

あたしは大勢の兄弟の中で育てられたので、子供のときから自分の分前《わけまえ》ってものをよく知ってるの〉

〈分前――?〉

〈自分に分配《わけ》られたおやつの外は、ひとのものを強請《ねだ》ったり、欲しがったりしないってことよ。――神様があたしに分けて下すったおやつは、「小説を書く才能」っておやつなんだから、あたしはそれだけで満足していればいいの。結婚とか、美しい男とか、楽しい恋愛なんておやつは、あたし以外の女のひとがもらって食べるのよ〉

と、さすが四十になった信子は洗練された太刀捌《さば》きで、みごとにかわす。それを〈栗鼠のように悪戯好きな〉黒い眼で、親愛感の匂う(やや揶揄《やゆ》気味だが)口吻でたのしげにいわれると、向きあうものは手もなく籠絡《ろうらく》されてしまうであろう。

――といって信子が老獪な雰囲気だったとは思えない。

彼女を取材した記者・編集者は、みな、彼女がざっくばらんで庶民的で親切だったと証言している。驕慢や狡猾《こうかつ》、そろばん高さ、陰険、などは、信子の性格から縁遠いものだった(時々天衣無縫の癇癪を起したけれども、すぐ後悔している)。

〈じゃあなたには、神様がついていると?〉

ここに到ってインタビュアーも、サッフォと信子を結びつける意図を断念した如く、

〈ええ、どうもそんな風なの、だからあまり気を多くして、あたしの神様に妬まれたくな

いの、ふ、ふ、ふ〉

〈どんな神様ですか、言霊命《ことだまのみこと》、とでもいうような神様でしょうかねえ〉

〈そんなむつかしいんじゃないわよ、小説の神様よ〉

〈ははあ〉

〈あたしね、小説を書くとき、いつも神がかりみたいになるのよ。考えてもいないことがずんずん書けるの。それからまた、こんなこともあるの。たとえば自動車の中なんかから町を歩いている綺麗な女《ひと》ひとり見るでしょう。するとその女の運命っていうようなものが、細かい部分まではっきりあたしの頭の中に映ってきて、自動車が目的地へ着くまでに、始めから終いまですっかり筋が出来上る、なんてことがよくあるの。

　だからあたしにとっては、小説を書くことはすこしも苦痛じゃなくて、この上もない楽しみなの。今月一人の人間をでっち上げて、さて来月は、なんて考える、その楽しさといったら、ないわ。どうせリアリズムに徹底できるあたしじゃないんだし、拍手《て》のこない舞台で芝居をするのは悲しいから、人物でも境遇でも、読者が喜んでくれそうなものを書くように心がけているの〉

　――おそるべき信子の自信である。そして巧妙に話の流れを小説に導き、綾のあるオハナシに仕立ててインタビュアーに花を持たせている。

　プライベートなことはいまの世の人にあえていうまでもあるまいと、醒めきった信子の目が感じられる。いや、いまの世ならずとも、それは永遠の秘めごとであればいい。
サッフォはギリシャの女流詩人で、エーゲ海のレスボス島の女。この島の女たちは才媛多く、美しい女同士、互《かたみ》に惹かれあう風があり、性愛に規準を用いず大らかだった。女性の同性愛をレスビアン（英語読みでレズビアン）というのはレスボス島に因む。

やさしい女友達《とも》のむねに抱かれて
あなたのねむるとき……
ああ、この夜がつねの夜の
　倍の長さであったなら……
わたしはやわらかな褥《しとね》の上に
（あなたのからだを）押しつけて……
かくも愛らしき
おとめらにささぐ
わがこころ

ゆめ変るまじ

サッフォ（沓掛《くつかけ》良彦訳）

サッフォが何だっていうの、と信子は白々と嗤《わら》う。

お互いに理解し合い、その性格を敬愛し合う。才能をともに嘉《よみ》し合い、励まし合い、支え合う。この上ない魂の共鳴。こんな人間とめぐりあい、共棲《ともず》みすることの、得難い幸福。気が合う――と平淡にいうことの、なんと人の世にありにくいこと。そこでは同性・異性の差異など、吹っとんでしまう。

その上に、魂が寄り添い、肌が寄り添えば、眼の輝やきや、永遠に耳に快い、聴き慣れた声、やさしいウィットが、たぐいなく二人をおちつかせ、また、心の炎を鎮め合うだろう。

信子の、ある日の日記に（それはこのころ――とだけ示唆しておこう）、

「今日、千子《ちこ》、ムーンピリオド」

と、不思議な一行。深海から伝えられる波動のようにこまかい顫《ふる》えが、次第に拡がってゆく、星の爆《は》ぜるような一行。捕捉できない人にはよしない無縁の人生であり、はっとする人には豊麗な夢を暗示してくれるかもしれない。

もはや人に理解される、されないは問題ない、と信子は永遠の思いをあつめたような黒い瞳の奥で嗤う。ここまで生きてきたからには、これからも生きるだけ。いま人生の両腕

に在るのは〈小説〉と〈千子〉。――〈神様〉から与えられたこのおやつをおいしく頂いて、能うかぎりの力をそそいで生き切ろう、と信子は思う。

主婦之友社と専属契約を結んだのは千代の示唆もあるが、信子自身の選択である。もう紛々たる小雑誌にまで書いている時間はないと思い、新聞社はともかく、雑誌は「主婦之友」一社に限って掲載、ということにしようと決心する。

しかしそのため、却って忙しくなったのは皮肉だった。主婦之友社では信子に訪問記やルポルタージュまで書かせるようになったからである。

昭和十二年七月七日、北平《ペイピン》（北京）西南約六キロの盧溝橋《ろこうきょう》で銃声がひびき、これが長い不幸な日中戦争の発端となった。日本軍は中国軍の不法射撃を糾弾したが、国民はみな、局地戦の小さないざこざだと思っていた。まさか八年間に及ぶ泥沼の戦争時代のはじまりとは、誰も予感しなかった。

日中両国の紛糾《いざこざ》は、すべて満洲に原因がある。満洲国を日本が建国したのは昭和七年だが、以後じりじりと中国を侵略しつづける。満洲を手中にしつづけようとすれば、防衛線を拡大してゆくほかないからだ。中国の抗日運動は盛り上り、ついに蔣介石は中国共産党と提携して、〈連共抗日〉を宣告する。

日本政府（近衛内閣）ははじめ不拡大方針であったが、陸軍に突き上げられて（尤《もっと》も陸軍内部にも慎重派はいた。中国と事を構えるより対ソ戦を想定すべきという一派である）ついに北支（幸北）に兵を派した。

兵たちは陸続と北支へ送られてゆく。この頃は私も記憶にあるが、小学四年生だった。六年生頃（昭和十四年頃）に至るまでまだ出征兵士を送る壮行会は派手だった。〈祝出征○○君〉の幟《のぼり》を掲げ、在郷軍人や国防婦人会、町内会役員など、出征兵士やその家族を擁して氏神様へ詣る。神主さんの祝詞《のりと》、お神酒《みき》を頂いて、万歳三唱、〈武運長久〉を祈る。それは〈還《かえ》って来い〉〈無事で還れ〉という、送る者の無言の熱い希求である。しかしそれは言挙《ことあ》げできない。そういう世の中である。国のため、美事に戦死せよ、そういう表看板を掲げねばならぬ世の中である。

しかし肉親が、なんでそう思えようか。

女たちは〈千人針〉というものを思いつく。

その起源はさだかでないが、日支事変（当時はそういった）のときからさかんになった。白い晒《さらし》に千人の赤い結び玉を作ってもらう。小学生の私も叔父のために作った。晒に丸い点を打ってゆくのだが、私たちの周囲では、小筆の尻に墨汁をつけ、判のように捺していって、その中に、赤い木綿糸を結びつけるのである。千人の女の手が、よく生還の幸運を呼ぶ、と信じられた。町の盛り場に、女たちは白い布を持って立った。〈お願いします。お願いします。千人針、お願いします〉

老いた女も、少女もみな立った。息子を、父を、夫を、兄弟を、国家に召された女たちは、（還ってきて。無事で還って）と思わずにいられようか。無事生還のおまじない、といわれれば、千人針に縋《すが》らずにいられようか。

お願いします、といわれた女たちも、見過す女は一人もいなかった。私の見たところもそうであった。富める女も、貧しい女も、みな快く立ち寄って、赤い木綿糸を引き結んだ。——これは地方により違ったかもしれないが、私の住んでいた大阪では、長い赤木綿糸を引いて、筆尻の判ごとに結び止めを作り、次の判のまん中へ針を出し、そこでまた次の女人が結ぶのであった。裏からみれば赤い線が続き、表は玉の連なりである。ところどころに五銭玉・十銭玉がくくりつけてあるのは、〈死線〉（四銭）を越える、〈苦戦〉（九銭）を越える、のまじないであった。時によると晒にいちめん虎の絵が画いてあることがある、虎は千里を行って千里を還るといわれるので、無事生還を期すためだった（なお、私の叔父——父の末弟は各地を転戦し、スマトラで終戦になって生還したが、いまはもう亡い）。

そういうときに主婦之友社が拱手傍観しているはずはなく、吉屋信子を北支へ派遣する案を立てた。信子は千代を帯同して北支へ向う。

羽田から飛行機は天津《テンシン》に向う。信子は機内から富士山を見る。昭和十二年八月二十五日である。富士山の美しさに見惚れつつ（霊峰不二よ！ 心あらば、この国を護りて、安らけき平和の時を早く来らせてよ〉と信子は祈ったと、「戦禍の北支現地を行く」（「主婦之友」昭和12・10）に書いている。こう書けるのもこの時点から一、二年あと位までである。そののちは〈平和〉という言葉さえ、〈自由主義臭〉があるとして軍部に禁止されてしまう。平和も自由も戦時中は禁句だった。

飛行機はまず大連に着いたが、そこから天津までの便は停止、信子の一行は船便を志し、天津丸にもぐりこむ。塘沽《タンクー》港に船は入った。外国人男女、東洋人、日本軍人で港はいっぱい、その構内で、外国人の旅客が塘沽脚夫、つまり中国人のポーターと争っているのを信子たち一行は見た。と、外国人がいきなり鉄拳でポーターをなぐりつけた。

その瞬間、日本人の旅客の中の男性が飛び出し、両手を拡げて中国人ポーターを後ろに庇い、憤然と立って外国人に向った。その勢いに、中国人ポーターを「人間と思はぬらしい」外国人も「すご〳〵と引っ込んだ」と信子は書いている。「嬉しさに胸がいっぱいになつた」とも。

アジアは一つと唱《い》い、欧米排除思想のみなぎる時代思潮を背景に考えなければ、このときの信子の感激は理解できない。現代では、現代の発想で前時代を律することが多いが、それは思いあがりである。中国や東南アジアを、欧米列強が蚕食した歴史の記憶がまだ皮膚感覚的に新しい時代（つまり戦前）の感性を理解しなければ、真相はみえてこない。

女性史研究家には往々にして、現代感覚で歴史を裁く考え方もあって、私としては当惑させられることがある。吉屋信子は従軍ルポを書いたから軍国主義者であるとするたぐいの短絡思考である。それは世の流れというものの烈しさを思い知らぬ人の、のんきな発想であろう。国の運命というものも業のようなもので、そこへなだれこまずにいられぬような時の流れ、というものもある。

　ともあれ、信子は結局のちには、書くものがこの非常時に軟弱だと軍部に咎《とが》められ、執筆禁止になっている。決して戦争讃美者ではない。

　塘沽駅から天津まで軍用列車（それも貨物の無蓋車）でゆく。鞄の上に原稿用紙を拡げて信子は書きつづけた。天津駅から膠皮車《チアオピー》（人力車）に乗って、〈支那駐屯軍司令部〉にいった。陸軍宣伝部の松村少佐から前線へいきませんか、と誘われたが、信子は辞退した。

〈私の使命は内地の日本女性の代表なんです。戦況のニュースを従軍記者の方と競《きそ》うわけではございません。あくまで女性として皇軍慰問に軍病院もお見舞し、現地で踏みとどまっていらっしゃると聞く日本女性のお働きもお伝えしたいし。――すべて女性の立場から、女の眼で見て、心で感じる記事を書かせて頂いて、読者の皆様に報告するのが目的でございますから〉

　松村少佐は感動したさまで〈いや、それで結構です〉といった。香月《かつき》司令官にも会えた。支那駐屯軍司令官などといういかめしい肩書だが、にこにことものの柔かな武人だった。

〈ご苦労さまです。よく北支を見て内地へお帰りになったら、我々は一生けんめい戦っていますから、どうぞ銃後の婦人も、しっかりと後援して頂きたいとお伝え下さい〉

信子は少しはあがっていたのであろう。その部屋に重要書類を入れた赤い折鞄を忘れ、副官に注意されたりしている。

そこでは日本空軍の爆撃あとを見たが、「いづれも軍事上正当な理由があつたからこそ決行されたもの」で「良民の家屋を瓦一枚傷つけてゐない」(「戦禍の北支現地を行く」)――この時点ではそうかもしれないが、歴史の流れは残酷である。そののち戦争の進展はそういう市民レベルの道義を粉砕してしまう。

そのあと天津の軍病院を見舞った。天津居留民の婦人はこぞって、看護婦の手助けに働いていた。企業社員の夫人たち、官公庁の公務員夫人たち、自営業の夫人ら、天津赴任の夫に従って来た人々であろう、彼女たちは傷病兵の妻・母・姉妹に代ってやさしく看病していると、信子は力こめて報告する。

「日本では古来の悪弊《あくへい》で、一口に〈女子供〉と言はれて片づけられてゐ勝《が》ちの、その女性が、かゝる非常時にこぞりて立ちて、かくも立派に〈女性の手でこそ初めて為し得る、もつとも尊き女性的なる力〉を発揮されたのだ。戦争そのものは、国家に取つて止むを得ぬ不幸な事情であつても、日本女性の隠れたる底力が認められる一つの機会が、此処に与へられたのである」

信子の視野の中には、戦争よりも女性の方が大きい存在を占めている如くである。

信子が通州を訪れたのはちょうど通州事件の一か月後の八月二十九日だ。元来、通州の冀東《きとう》政府保安隊は親日派であった。日本軍の航空機がそこへ爆弾を落したのは誤爆だったといわれる。しかし保安隊側はこれを日本軍の攻撃と見て、日本軍守備隊を攻撃し、日本人居留民約二百人を殺害した。酸鼻な事件だったが軍部はこれをことさら強調して、中国軍への敵愾心《てきがいしん》を煽る素材に利用したと、思えなくもない。

信子が、虐殺された邦人の流血も生ま生ましい通州城内に入って「聞くもの、見るもの胸をゑぐられる」と書いたのは、一見、軍部の宣伝に踊らされているようにみえるかもしれない。しかし信子はまさしく、「女性の立場から、女の眼で見て、心で感じる」ことだけを書いたのだ。

信子は泣きながら惨劇の町を歩く。七月二十九日未明、中国の保安隊（一部、二十九軍がいた、という）三千名が襲ってきた。日本軍守備隊は五十名足らず、特務機関は十指に満たない。彼らは五千発の銃弾を撃ちつくして全員戦死した。特務機関の重要書類は六人の少年給仕が死守したというが、敵兵の投じたガソリン缶で書類は燃え、短銃を手にした少年給仕たちが石畳の上のそこここに倒れていたという。とりわけ惨劇の舞台となったホテル・近水楼は日本宿だった。信子の行ったとき、正面玄関のネオンサインはまだついていたという。当夜の泊り客数十人、従業員たち、無抵抗な民間人がそこここで殺された。

信子は女中部屋の血痕を見ただけで廊下へ逃げ出して震えていた。そして思わず合掌していた。冀東政府保安隊は日本軍が軍隊教練を指導して〈日支親善平和〉の一つの成果と恃《たの》んでいた部隊だった。それゆえ、通州事件は、保安隊の叛乱と日本側には受けとられたのだった。信頼できない彼ら……という信子の反応は、日本国民がニュースに接したときのショックと同じである。偽瞞の日支親善をよそおう彼らより、「むしろ抗日思想に燃え立つて、生命を棄てて日本兵と戦場に争ふ蔣介石の中央軍の方が、どんなに男らしく、真人間であるか判らないと、その時、おなかの底から私共は思つた」と信子は書く。

城壁前の凹地が邦人銃殺の跡だったが、女の黒髪や子供の赤い単衣《ひとえ》が一か月後のその時も地上に散乱していた。領事館警察署跡へいく。ここの警官も全員殉職、奥の質素な支那家屋の警官官舎では、あらゆる家財が掠奪され、壁も、床のアンペラも血に染《にじ》んでいた。幼児のものらしい蒲団にも。……警官の家族たちも虐殺されたのだ。

床に散らばる二三葉の葉書、封筒。宛先はいずれも「通州日本領事館警察分署内、日野誠直殿」。それではここは日野警官ご夫妻の官舎だったのか。壁のカレンダーは七月二十八日のまま。永遠にめくられることはない。

信子はふと足もとをみる。女学校の地理教科書である。表紙に上手な字で、四年六組三好智恵子、とある。

〈日野さんの奥さんの旧姓でしょう〉

と案内の士官はいう。手にとってみれば東洋地理だった。夫の通州赴任に際し、〈支那の地理〉を勉強しようと女学校時代の教科書を若い妻は赴任の荷物に入れたのであろう、なんというじらしい女心であろうと信子は涙が出た。

〈ここに家計簿が散っていましてね。二十八日に買った野菜の値段が書いてありました〉と士官は暗然という。ああもう、これ以上、悲しい話を聞かせないで、と信子は思った。

ふと壁を見ると、信子も見おぼえのある「主婦之友」新年号の付録、堂本印象画伯筆の、薄紅梅の色紙が貼ってあった。可憐な若妻は手狭な官舎を付録の色紙で飾り、家計簿をつけ、幼な子を育て……そして一家惨殺されてしまうなんて。信子は涙がとまらなくなった。

鬼畜のような保安隊の兵も木の股から生れたのではなく、母から生れたものを、と信子は思う。その夜北平《ペイピン》の宿舎で泣きながら信子は書いた。

「あゝ世界地球上の人類を生む『母』たり得る女性よ。国の東西を問はず、国境を越えて、われら女性は手をつないで、団結し、不正の武力と暴力を止め、地に平和を築き上げよう。たとへ、百年の後の夢なりとも、この理想に向つて地球上の女性は進むべきだと思ふ」

この時点で信子は未知だが、やがて中国大陸の各地で、日本軍自体もスケールの大小こそあれ、類似行為のあったことを、後世の我々は知らされることになる。しかし信子のこの素朴な呼びかけは、永遠に私たちの心を打つ。

2

八月の北支特派から間もなく、信子はまたもや「主婦之友」から上海に派遣された。盧溝橋の事変から程もない八月十三日、〈第二次上海事変〉が起ったのだった。

昭和七年にも上海で日中両軍の戦闘が行なわれたが、これを第一次上海事変と呼ぶ。昭和十二年（一九三七）不幸にも再び勃発した紛争を第二次上海事変と呼ぶ。

北支の盧溝橋事件につき日本政府ははじめ〈不拡大方針〉を標榜していたが、日本軍はいつのまにか中国の駐屯兵を増強し、〈自衛行動〉を口実に武力で北平（北京）・天津を制圧する。中国国民の間に抗日思想が盛り上るのは当然の趨勢であろう。中国側の蔣介石の国民政府と共産党はもはや内輪揉めの時ではないと、国・共の内戦を停止し、連携《れんけい》して日本に抵抗する。日中間に緊張がたかまってゆく。

そういう折、上海で日本軍将校と兵士が中国軍に射殺される事件が起きた。それが八月九日。上海は元来、学生・労働者が多く、国民意識のレベルが高い都会で、排日の気運が強まっていた。十三日に到って、日中はついに交戦状態に入る。戦争不拡大方針を抛棄《ほうき》した日本政府はこの武力紛争を〈支那事変〉と改称した。小競《ぜ》り合いがついにホンモノの戦争に移行したのである。

その上海を見、皇軍を慰問せよと「主婦之友」はいう。北支から九月三日に帰り、信子は徹夜で見聞記を書いて渡したばかりだった。さすがに迷ったのか日記は数日空白で、やっと「上海行きの事決心す」とあるのは出発前日の九月二十日（昭和十二年）である。

「買物に出づ。銀座の人のんきなり。われは明日上海へ」

緊迫した前線に思いを馳せる信子にしてみれば、何ごともなげな銀座の人通りは「のんきなり」とみえたのであろう。

今回の同行は、挿絵画家の田中比佐良《ひさら》、この人はユーモアに富んだ軽妙な筆致の画家で、写真班のほかにイラストレーターとして彼をえらんだ雑誌社の感覚は、まだそれほど〈戦争〉の危急を感じていなかったということであろう。

一行は長崎から船で上海へ向い、機雷に脅やかされつつ、上海へ上陸する。泥のような黄色い海だった。その名も黄浦江《こうほこう》。海上には日本の軍艦が多く浮び、旗艦には旭日旗がひるがえっていた。

上海は敵味方の爆撃で市街地は廃墟となっていた。宿舎はアスター・ハウス、イギリス系だがいまは日本のＹＭＣＡの人々が管理を引きついで、わずかな日本人が泊っていた。

信子らはまず上海陸戦隊本部へ慰問にゆく。この部隊の名は当時、花形となっていた。戦火の火蓋が切られた八月十三日夜、おびただしい中国軍の攻撃をわずかな陸戦隊が迎え撃ち、援軍の到着まで一歩も引かず力戦し、よく日本人居留民を守り抜いたと報じられた。

おかげで、そのとき船で内地へ逃れ得た日本人たちは二万七千余名といわれる。

その司令官大川内少将は信子を迎えて「にっこり無骨に笑っ」(「戦火の上海決死行」「主婦之友」昭和12・11)た、とある。海軍陸戦隊の制服はカーキ色の背広で、ネクタイをきりりとしめていた、と。

司令官は円い篤実な顔に鉄縁眼鏡。おだやかな大きな目。信子が、海軍陸戦隊のおかげで日本人居留民の命が救われたお礼をのべると、

〈いや、なに、その――つまり、我々陸戦隊と申すものは、居留民を守護することと、現地を守備することが任務でありまして、その当然の責任を果しただけでありましてな〉

と、「はにかんだ」ようにいったという。後の時代の我々は、終戦時、満洲の日本人居留民を見捨てて潰走した関東軍のことを思い出さずにいられないではないか。

上海の海を制圧している第三艦隊の旗艦を訪問すると、司令長官・長谷川清は艦長室に雪白の軍服で信子らを迎え、カステラや紅茶やと接待してくれた。これも信子の寸描によれば磊落《らいらく》な海軍軍人で中々面白い。信子が「主婦之友」読者に何かメッセージは、と手帖とペンを出すと、

〈さあ、どうもそれは。ま、要するに我々は戦に勝つのが軍人の職務だからあくまでやります。その点は心配なさらんでよろしい〉

と、カステラを食べるのに夢中である。

〈銃後の婦人に何かご注文ございます？〉

と信子が問うと、

〈いや、そんなことはあなたが適当にお書きになりゃいい、ご婦人のことはご婦人が考えてやっていくがいい〉

――信子はこの返事を「とてもいい」と思った、と書いている（「戦火の上海決死行」）。この司令長官は理屈ばったことが嫌いらしく、ずいぶん下情に通じて砕けた話をしたというのだが、同席した参謀長杉山少将が〈吉屋さん、あなたの『良人の貞操』という本、面白かったですよ〉と笑ったというから、多分それに関する〈砕けた話〉だったのだろうか。信子の寸描のおかげで、戦前の高級将官の、よき時代の武人の面影がしのばれるのも面白い。

ともあれ、上海は現時点での峻烈な戦場だった。二百数十メートル先に中国軍が対峙《たいじ》していて、日暮れになると射ち合いがはじまる。夜は灯火管制で漆黒の闇となり、敵機が来襲し、サーチライト、照明弾が夜空を切り裂く。高射砲のひびき。ところがガーデンブリッジ一つ越えた向うの英租界、仏租界はあかあかと灯が輝いていた。こちらには一台もない黄包子《ワンボーツ》（人力車）が向うでは「打倒東洋鬼子」と背板に書いて走っていた。「東洋鬼子」は日本人のことである。排日思想が濃厚だった。信子は上海の女学校「愛国女塾」でいっそうそれを思い知らされる。

　上海昆山路の「愛国女塾」は中国軍の抵抗拠点となったので、日本軍に攻撃されて無残に破壊されていた。その女学校の校舎から、女学生の試験答案が百余枚発見されたと「上海日報」は報じている。信子はその女学校のそばを通った。校舎の上から下まで砲弾の跡だらけだった。「女塾といふ名が、胸に浸みこんで痛ましかつた」と信子はしるす。「たくさんの支那の女学生が毎日集うた学舎《まなびや》、それは、今秋の陽《ひ》の中に廃墟となつて、教室の窓といふ窓は砲弾を受けて惨たり」（同）

女性すべてに共感と関心を持たずにいられぬ信子は、ことに女学生という年頃の少女に愛憐の思いをそそられる。

　彼女らの試験の課題は「抗日の基本方案」だったと。信子はその政治偏向教育を難詰しているが、その時点よりほんのちょっとのちに、日本の女学生も米英撃滅精神を叩きこまれていたのだ。戦時中の国のやることはどこもみな同じだ。

百余の答案の中で、教師が最高点をつけた一枚の答案には、「初級生、高彩英」と記してあった、と。

　幼い少女の筆とも思えぬ、しっかりした文章でこう記されてあったという。

「一、持久戦——我が対日策戦にて唯《たん》一の勝利を博するの道は、戦期の延長、即ち持久戦也《なり》。凡そ物資欠乏の国家は戦期の短を利となし、物資豊富の国家は戦期の長期に亙《わた》るを利となす……」

と、「紅焔《こうえん》虹のごとく論じてゐる」。

（実際、この愛国少女、高彩英嬢のいう如く、「物資欠乏の国家」日本は持久戦に於て敗れたのであるが）

信子は思う、女学生の初級といえば、日本の少女なら宝塚・松竹の少女歌劇のスターに夢中になっている他愛ない年頃なのに、〈支那の少女〉たちの何という高い政治意識、愛国の情熱。「思へば私ら日本の女性は、今まであまりに、隣邦支那の女性へ無関心であり過ぎはしなかつたか？　太平洋の彼方の、アメリカのホリウッド映画スターを論じ合つたり、シンプソン夫人の恋愛に熱心な興味を持つたりした程にも、つい眼と鼻の先の支那について、その国の女性について、私たちは、熱情を以て考へ論じ」たことがあったか。信子自身恥じ入って、少女の高彩英嬢のおかげで「眼から鱗が落ちた感じだつた」という。信子が願うのは「日支の永久の共存共栄の礎」である。しかし彼女らが抗日を叫ばずにいられない理由について知らされていない。信子だけでなく、これは当時の政府に情報操作されていた日本民族の限界だった。

「あゝ、愛国女塾の優等生高彩英嬢よ、今貴女《あなた》はいづこに。或は銃を持つて支那軍の中にか――だが、ものゝあはれを知る武士《もののふ》の日本兵士は、貴女如き女性を撃《う》つのを、決して本望としてゐない」

――しかし中国兵士の中には少女も少年もいた。日本軍が敵前上陸した呉淞《ウースン》砲台への道の塹壕《ざんごう》には、「敵ながらあつぱれ」と日本軍にいわせるような、最後まで踏みとどまった敵兵もいたが、その中に銃を持った少女兵士の屍体もあった。

更に前線の陸軍部隊で信子らは〈支那童子軍〉の少年兵がいたことも知る。彼らの胸の白金巾《かなきん》のきれには〈陸軍第三十六師〉と所属隊名と共に、

「不怕死　死を怕《おそ》れず
不貪財　財を貪《むさぼ》らず
愛国家　国家を愛し
愛百姓　百姓《ひゃくせい》を愛す」（同）

と記してあった。「義務小学江湾《チアンワン》」と鋳《い》た小学生の校章を服に付けた童子軍の屍体。少年の服のポケットには蔣介石の「抗日須知目録」というパンフがあり、頁のところどころに幼い筆のあとの書きこみがあったと。

〈昨日もこの近くで七人ほど少年兵が倒れていました。かわいそうでなりません。こんな少年を撃ちたくありません。しかし正規軍の中へ入って真っ先に突進してくるのです。仕方ありません〉

部隊長は童子軍の遺品を前に声を曇らせる。信子は少年の母たちを思いやらずにいられない。部隊長は少年兵に涙をそそいで、こんな詩を信子に示した。

「昨夜《ゆうべ》月夜にやつてきた／敵の夜襲を調べたら／可愛い十五の童子軍／わが塹壕の直ぐ近

く／童子の死体が五つ六つ／恨めしさうに死んでゐた／花の蕾を散らしたは／誰の仕業か知らねども／熱い涙がせきあへぬ」（同）……

信子は十月三日に東京へ帰った。わが家の庭には芙蓉が咲いていたが、耳には上海の砲声がまだ残っていた。

信子の従軍記は臨場感があり熱っぽいので（その点、客観性に富んで、しれしれとした林芙美子の文章ともまたちがう。いかにも大衆の口に合いそうな味と舌触りである）、読者に好まれたとみえ、「主婦之友」は席の暖まるひまもなく、信子を東奔西走させる。翌十三年八月にはソ満国境へ特派する。朝鮮・満洲・ソ連の国境にある張鼓峰《ちょうこほう》にソ連兵が侵攻して来て日本軍が撃退した。十三年八月にモスクワで停戦協定が成立するまで激戦が続く。信子は折しも水害の咸鏡北道をゆき、国境へ向う。人怯《お》じしない信子は兵隊さんや部隊長に気軽に話し、なかには文学愛好家の長勇《ちょういさむ》大佐の如き人もいて、軍人に知己ができるのも信子らしい無邪気さだった。

しかし最も大規模で花やかな従軍は、昭和十三年九月の〈ペン部隊〉であろう。これは信子宛、菊池寛自筆の葉書が残っている。八月二十二日付。

「拝啓　内閣情報部より事変関係にて我々小説家に協力を求めたいとの事ですから、早急ですが明二十三日午后三時内閣情報部（首相官邸）へ御集り下さいませんでせうか。文芸

家協会　菊池寛」

　このとき久米正雄、佐藤春夫、横光利一らが出席、結論として〈漢口攻略戦〉にペン部隊を送ることになった。信子は海軍班で、出発は九月十四日であった。——と、こういうと、いかにも従軍ばかりの生活のようであるが、昭和十二、三年代はまだ日本ものどかな、最後のよき年だった。信子は戦地の慰問旅行に出ぬときは小説を書き（『妻の場合』『相寄る影』など）ゴルフに興じ大相撲を見、何より瞠目すべきは十二年の末に自家用車を買っていることである。スチュードベーカー、五千九百円の買物だ。運転手も傭《やと》う。これこそ林芙美子が最後まで熱望した贅沢だったが、彼女はついに果せずに死んでいる。翌年、それをベビーフォードに買い替えた。映画や芝居も熱心に見ている。あいかわらずふところ豊かと見られて借金申しこみ（女性からの）は後を断たない。昭和十三年の日記「巻頭」の「今年の歩む方針心がまえ《ママ》」には、

「腹のしつかりした、そして冷静に強い人間に、もうそろそろなるべき時だ」「千子《ちこ》ちゃんへの感謝を忘れぬこと、女中さんは家のこと働いてくれるひとゆゑ、千子ちゃんの意を汲んで身勝手に叱らぬこと」

　などというのと同時に、

「断じて借金申込者の言に応ずな、貸さぬこと。昨年中たゞ一つの不快事はSなる女への五百円貸したる、無用のセンチメンタルなりしを思へ。人に貸すなら犬にあたへよ」

このSは佐藤俊子（田村俊子）のことである。十八年ぶりにアメリカから帰って古い知己から借金しまわって暮していたらしい。菊池寛に口を利いてくれと信子に頼み、いやいやながら信子が菊池に取り次ぐと、ぼくはあの女が嫌いだ、と菊池は無雑作にいい、〈きみもつまらん世話はやめたまえ〉と信子は叱られている。

昭和十四年にも深尾須磨子のため五百円用立てて、仲に立った神近市子が、三百円をやって二百円は貸すということになり、信子はむくれて日記に激越な言葉を吐いている。

東京日日新聞の社友として専属契約を結んだのも、昭和十三年である。東日《とうにち》に連載している信子の『家庭日記』が女性層に好評で、各新聞社でも信子に連載小説をと働きかけていた。それを知った東日は急ぎ独占契約をもちかけたといわれる。一説では一時金として五千円、年俸三千五百円で、一年一篇、長篇小説を書くこと、小説の原稿料は従来通りで、雑誌への執筆は認めるというものである。これで東日は菊池寛・吉屋信子と大衆小説の人気作家を独占したわけだ。他紙では信子の小説を読むことはできなくなった。これは阿部真之助編集主幹の工作によるといわれるが、

〈次の小説もその次の小説も吉屋信子と菊池寛ばかりでは、いくら甘い読者でも飽き飽きするだろう〉

と他紙に揶揄されている。東日の学芸部長に久米正雄が就いた。信子の日記には「自分は専属と腹をきめ、何ら逡巡することなし」とある。

『女の教室』はこの年から構成にかかり、五月はじめには筋書きができていた。来年から東日・大毎ではじまる小説だ。信子の家のことを手伝いつつ女子医専に通っていた浦田トメなる娘と、その級友を見てヒントにしたのだった。「感じよし。この人をヒントにて書かんと思ふ」などと日記に書いている。女子医専を卒業した同窓の娘たちの、人生航路を描くもの、「もはや此の頃女医ならでは人間でない気がする」（日記、昭和13・5・7）という気の入れようである。

その他ファッションにも関心はさめず、帽子をいっぺんに四つ買ったりしている。

神宮外苑を散歩していると修学旅行の女学生たちがバスの窓から信子を見つけ、口々に〈よしやせんせーい〉と叫んだ。信子はいまなお、少女たちのアイドルであった。少女小説はもう終りにしようと思いながら「少女の友」の内山基編集長の熱意に負け、この年も『伴《ばん》先生』を書きつづけている。

この十三年はまた、新潮社より『吉屋信子選集』全十一巻の刊行が始まった年だった（全集は昭和十年）。

ダンスホールは女性禁制になるし（信子は「いかにも日本的」といっている）、ガソリン統制で車も売って運転手もやめさせ、ダットサンを買って千代が運転することにした。何やかや戦争の影は忍び寄っているものの、まだまだ平穏な日常であった。それゆえにこそ、よけい大衆は戦地のことを知りたがった。

内閣情報部がペンの力を借りようとしたのはそのへんの民意を汲んだからで、〈皇軍〉の健闘を内地の、銃後の人々に伝えてほしいというものだった。

信子も仲間に入るのを応諾した。早速、従軍用のニッカーをあつらえる（このへんがおしゃれの信子らしい）。新聞に派手に載った。人選は菊池によった。武漢三鎮の大攻略戦を前に、「戦勲《せんくん》を後代に記録しよう」というものである（東京日日）。「現文壇の花形網羅」（都《みやこ》新聞）「漢口戦線へ筆の進撃」（都新聞）。「〝文士聯隊〟を編成　廿二氏を選抜決定」（東京朝日〈夕〉昭和13・8・27）

陸軍部隊は久米正雄を団長に、片岡鐵兵、川口松太郎、尾崎士郎、丹波文雄、浅野晃、岸田国士、瀧井孝作、中谷孝雄、深田久弥、佐藤惣之助、富沢有為男、林芙美子、白井喬二。上海から杭州、蘇州を経て南京に向う。

海軍側のペン部隊は、菊池寛を団長に、佐藤春夫、吉川英治、小島政二郎、北村小松、浜本浩、杉山平助、吉屋信子、これは上海から船で揚子江《ようすこう》をさかのぼるというもの。

内閣情報部の川面書記官談として（都新聞）、

「いよいよ長期戦に入り重大時期に達したので、文筆にたづさはる人に現地を見てもらひ、民心の高揚と正しい思想を培ふ為に尽してもらふつもりですが、何も行つて来たからといつて直ぐどうしてくれのこんな物を書いてくれのと注文などはしません。何も書かなければ夫《それ》でもい丶、何十年か先に文学上の効果が現はれるのでもい丶、文学そのものも一つのエポックに達して、新しい建設の時期に到つてゐるのぢやないかと思ひます、体験は大事だが、第一線に行くと死ぬかもしれないとの話は出ましたが、皆、死んでもかまはないと至つて元気でした」

死んでもかまわないというような場所へ敢然といく女流は、海・陸一人ずつ、林芙美子と吉屋信子だった。

林芙美子は下落合の洋風借家にいた頃で、信子とはあいかわらず仲よしだった。芙美子も『長篇小説全集』を中央公論から刊行し、『泣虫小僧』は映画化されるなど、信子に劣らぬ売れっ子になっていたが、信子の持ち得ない一種の人間味があって、信子は、

（あの点じゃ、林さんにかなわないわ）

と思った。

信子も読者ばかりでなく、文壇の男性作家に受けがよいほうだった。あまりに流行作家なのを妬まれることはあるが、本人の性格が至ってオープンで適当に皮肉で、気みじかでカッとなりやすいが、すぐ後悔するという、あとくされのない人柄、手ぬかりなくみえて、実はロマンチックな夢想にすぐ耽ってしまい、手落ちだらけ……というような性格を見抜かれるのであろう、男性作家には好かれるほうだった。

しかし林芙美子の人気はどういえばよかろう、たとえばその頃の話だが、菊池寛の文藝春秋社の忘年会が箱根の環翠楼で催されたとき、信子と芙美子は一緒に出かけた。社員の

さまざまの余興があったあと、作家の飛入りもすすめられた。吉例になっている久米正雄の「枯すすき」の踊りが出たりしたころ、ふと芙美子の姿が見えないと思うと、正面舞台にぱっと踊り出たではないか。赤いたすきがけの紺絣《こんがすり》、はしょった裾から赤い腰巻、手《て》拭《ぬぐい》を姉《あね》さんかぶりした彼女が、片手に笊を持って白い素足の足どりもかるく、右へ左へ小笊をすくって、

〈安来千軒名の出たところ……アラエッサッサー……〉

　これには満場大喝采、その度胸と愛嬌は、愛称の「お芙美さん」にふさわしかった。この飄々《ひょうひょう》たる持味は、信子をして、

「私などは言うまでもなくいかなる女流作家もちょっとは真似られぬもので、これこそ『放浪記』の作家にして初めて身につけ得る芸だった」（『自伝的女流文壇史』）といわせている。男たちはこの度胸の底深さをまだ洞察できないでいる。だからこのときは〈愛《う》い奴だ〉〈この人間味がいいね、庶民性がなんともいえない〉と悦に入り、気に入って、無邪気に手を叩いていたのだ。

　陸軍ペン部隊はちょっと早く九月十一日に、海軍班は十四日に、それぞれ盛大な見送りを受けて出発した。

　ちょうどこのころ応召していた火野葦平が『糞尿譚《ふんにょうたん》』で芥川賞に挙げられ、「文藝春

秋」特派員の小林秀雄から陣中で賞を受けた。彼はその後『麦と兵隊』などを書いてベストセラーになり、〈兵隊文学〉ブームを生む兵隊作家になる。

　ペン部隊への期待にはそういう気分が揺曳《ようえい》していた。

　上海で、陸・海両班が落ち合った。宿舎は別で、海軍はブロードウェイマンションホテル、ガーデンブリッジの前だった。昨年来たときは交戦中で砲声が凄かったが、いまはおちつき、早くも〈戦跡保存〉の立札が立ったりしている。団員は陸・海両班ともそこを見学したのだが、その中に林芙美子の姿はすでになかった。噂によると、どうも彼女は上海到着後ひそかに別行動をとって前線へ向っているらしい、というのだ。

〈きみ、林さんてそんな人なのかね？〉

と菊池寛に問われたが、信子にどんな返事のしようがあろう、返答に窮した。しかしなぜか林芙美子らしい、という気もした。

　上海の租界地の中華料理店で、夕食の途中、吉屋さんに会いたいという中国の婦人が訪ねてきたという。日本で女学生時代に知っていたというのだ。室内に入ってきたその女性は黒レースの中国服の中年美人だった。

〈わたくしを覚えていらっしゃいますか〉

　と流暢な日本語。

〈あら、あなただったの、ええ、おぼえていますとも！〉

信子も弾んで手を出した。もう十数年も昔、アメリカ宣教師ミス・Rのもとで顔を合せた、中国留学生王英さん。当時、目白の女子大へ通っていた。彼女は新聞で信子の来たことを知り、たずねてきたという。信子の書くものは日本の雑誌や新聞で読んでいたとなつかしそうだった。

日本から帰国して北京の女学校で教鞭をとっていたが、戦火を避けてこちらへ来たという。信子の手を握って真剣に、〈支那についてどうお思いですか〉と問う。信子も心こめて答える。

〈私どもはお国と日本が平和な関係になって、同じ東亜民族として、手を取り合い、欧洲に優るとも劣らぬ文化の両国として仲よくおつきあいしたいと思っています。そのためにこその、止むを得ぬ戦い、と思っています。信じて下さい〉

王英は沈黙したまま、目を伏せていた。

信子は聞いた。〈あなたは日本をどうお思い？〉

〈個人としてはなつかしいと思います。でも……〉

〈わかります。もう、おっしゃらないで。今度会うときは笑って会えるようになってほしいわね、個人としても国同士としても〉

声を励ましていうと、王英は眼をうるませ、あるかなきかにうなずいた。そして別れの手をさしのべて〈じゃ、ね〉と去っていった。

信子は思いがけぬ再会と別れに動転して、箸もとれなかった。

〈ロマンチックなめぐりあいだね〉

と男性たちはいうが、信子は王英の気持を思うと胸がいっぱいになる。なつかしくも憎むべき日本、祖国を侵攻してくる怨敵でありながら、思い出の多い国、日本。……王英はさぞ苦しみながら、なつかしさに負けて信子に会いにきたのだろう。いつか両国がかたみに親しく手をとりあうことがあるだろうか。……戈《ほこ》を捨てて、銃口をおろして。

信子たちは南京に向い、揚子江溯江《そこう》艦隊の軍艦に分乗した。菊池団長と信子は司令艦に乗り組み、艦長室のバスを使わせてもらったり、食事も艦長や副長と食卓を共にして優遇されたが、菊池は、

〈軍艦の食客って気がねで辛いね〉

と信子に小声でいった。しかしのちに菊池は、海軍軍人の気風の好もしさを称揚している。

揚子江全体に機雷が隙間もないほど敷設してあって、その中を軍艦は縫ってゆくのだと聞いただけで信子は震えあがった。江の水は味噌汁色というほかはない。こんなところで、機雷に触れてどかんときたら……と、臆病な信子は悲しかった。ゲリラの死体が流れているといわれても、怖がりの信子は見るのもいやだ。

はじめに乗った駆逐艦の艦長はまじめな人で、菊池と信子にいった。

〈ゆうべ、私は寝ながら考えたのだが、あなたたちは前線のことを何も知らずにいらしたのでしょう。砲弾なんかは当らないからいいが、機雷は怖い。艦が動き出したらなるべく甲板に上っていなさい。一ばん被害が少い。ただし振り落されぬように艦橋の手すりにつかまっていることですね〉

これで菊池も信子も今更のように機雷の怖さに慄然とした。ことに艦長の、〈ゆうべ寝ながら考えたのだが〉には、菊池も参ったといっていた。信子は軍艦の中の神棚に毎日、手を合せては機雷に当りませんように、と拝んでいた。

まさにそういうとき、林芙美子は単身、戦場を馳駆《ちく》して、陥落近しと伝えられる漢口めがけ、ひたすら歩きつづけていたのだ。死に身の度胸である。

林芙美子に『戦線』（朝日新聞社、昭和13・12）、『北岸部隊』（中央公論社、昭和14・1）という二冊の従軍記がある。また「別冊文藝春秋」（平成5・1）にもと朝日新聞従軍記者渡辺正男氏の書かれた「上海・南京・漢口　五十五年目の真実」という一文がある。それらによって林芙美子の足跡を辿ってみよう。

渡辺氏によれば武漢攻略戦には、日本の新聞、通信、放送、雑誌の各社から派遣されてきた五百人の記者が従軍していたという。朝日の記者は約百人。その中から漢口入城の第一報を発信するのは誰か。みな自分こそ、と思っていた。

文壇のペン部隊二十二名のうち、十数名が毎日への寄稿を約し、朝日に寄稿するのは杉山平助、片岡鐵兵、林芙美子の三人だけだったという。

揚子江を上海から千キロさかのぼったところ、右岸に漢口・漢陽、左岸に武昌、この三都市を武漢三鎮と呼ぶ。中国軍はここに大兵力を結集して日本軍を阻止しようとし、日本軍もまた精鋭を送って制圧しようとする。

渡辺記者は揚子江の北岸を漢口へ向う北岸部隊、第六師団とともに広済にいた。そこへ林芙美子が現われた。朝日写真班の人について九江から来たという。小柄で、グレイのスーツ姿、黒い眼鏡、赤いスカーフであたまを掩《おお》っていた。はじめて見る『放浪記』の作者だった。彼女はいう、夫の手塚緑敏と親しい画家、原精一が応召して第六師団にいるというので、会えるかどうか分りませんが来ました。——渡辺記者はとりあえず師団長のところへ連れてゆき、たずね人のことも調べてもらった。朝日は広済に野戦支局を持っていた。

そこへ原軍曹が〈よく来ましたねえ〉とびっくりしてやってきた。〈師団司令部から電話で、「朝日の野戦支局に林芙美子女史が来ていて、原軍曹を待っている、すぐいけ」と連絡してきた。いや、おどろいたよ。こんな前線までよく来たね〉

長い間話しあって、原は帰っていった。そのあと、林芙美子はどうするのか。渡辺記者が見ていると野戦支局のまわりを何度もいったり来たりしている。心をきめかねているのか。渡辺記者は語気を強めていった。〈広済を発《た》って私たちは軍と共に漢口に向う。激し

い戦闘になるだろう。あなたがもし私たちと漢口へいくなら、あなたの命もあずかります。覚悟はできていますか〉

林芙美子はしばらく黙っていて、顔をあげ、〈漢口へつれていって下さい〉としっかり、いった。〈私も覚悟しています。命をあなたにあずけます。つれていって下さい〉

林は作家の一行からかなり早く離れており、それを心細いとも思っていぬらしい。兵隊の群れから群れへとともに歩き、「早く作家の一行から離れて、ここへ来られたことをよかったと思った」と書いている（『北岸部隊』）。どこでも懇意な兵や下士官や将校をつくり、疲れれば休んで、次の部隊の通過を待つ。リュックに持ってきた日本の煙草《たばこ》を分けると、兵はみな喜んで挙手の礼をした。朝日支局のあるところでは原稿を書いて渡し、夕食をもらった。用便のときは繁みにかくれた塹壕をさがし、虫の声に耳かたむけ、小麦と罌《け》粟《し》の中に伏して詩をつくった。将校たちのテントへいくと、女の身でこんな戦場へ来た芙美子をいたわって、サイダーやさつま芋をご馳走してくれた。

前線へ前線へ、いってみよう、と芙美子は思った。日本の女として、日本の兵隊の戦闘ぶりをしっかりと自分の生涯の眼に焼きつけたい。砲弾に当って倒れようともそんなことはもう、どうだっていい、と涙が出てきた。

北岸部隊は九州の部隊らしく、芙美子は故郷の兵士とともに行軍していきたいと思う。焚火をはじめた兵たちの一人が〈こら煙《けむ》うしてたまらんばい、生木《なまき》ばくべんとおかな、涙が出て、ほら、何も見えんよ〉といっている。その田舎言葉に芙美子は暖いものを胸に感ずる。……作家連中と別れてよかった、異郷の、土の上の、男くさい兵たちの中で、足を引きずって歩きつづける、このほうがずっといい。……いつか芙美子は毛布を敷いただけの草の上でとろとろとまどろみはじめている。なんと大胆不敵な女だろう。

3

林芙美子は朝日新聞の報道トラック「アジア号」に同乗させてもらって広済を出発する。朝日の渡辺正男記者、大木カメラマン、ニュース映画班、電信士、運転士、後方連絡員など十二名が乗っていた（雑役夫として中国人二名も傭っていたらしく、その鷹揚《おうよう》さも広い中国らしい。彼らはのっぽとちびと呼ばれ、砲弾の中を池の水で米を炊いたり、野放しの仔豚をつかまえて器用に屠《ほふ》ったりしている。支払われる日当を貯めて故郷《くに》へ帰るんだと芙美子に話したよし、戦があろうと何が起ろうと、大地といっしょに生きている中国農民の逞ましさだ）。

「アジア号」は秋深い湖北平野の漢口街道を、日本軍の軍列にまじって進む。すでにして十月十九日（昭和十三年〈一九三八〉）であった。

海軍ペン部隊は十月十一日に帰国しており、講演会や従軍日記の発表にと、内地で歓迎されている。陸軍ペン部隊はどうなっているのか、芙美子にはわからない。しかしここまでくればもう引返せない。朝日新聞報道班について漢口へゆくしかない、と芙美子は思う。

日本軍は夜を日についで怒濤のように漢口へ進撃していた。歩兵、騎兵、砲兵、工兵、輜重《しちょう》兵らの行軍に入りまじり、戦車、砲車、軍馬、輜重車の列が絡繹《らくえき》として、何もかも黄塵で黄粉《きなこ》をかぶったようになっている。トラックは前方で戦闘が行なわれると二時間でも三時間でも停まっている。そうでなくとも、川に堰《せ》かれ、あるいはパンクすると、工兵隊の架橋や、修理を待って数時間停車する。

渡辺記者や大木カメラマンは車から下りて歩く。漢口一番乗りに報道班員としておくれをとってはならないのだ。

〈あなたは歩かずに報道車へ乗っていらっしゃい。いずれ追いついてくるんだから〉

と芙美子は渡辺記者にいわれたが、どうしても彼女は兵隊たちとともに歩きたかった。脚に自信があるというのではなく、べつにスポーツで鍛えているというのでもないが、芙美子は遮二無二、気がつけば兵隊の列にまじって歩いていた。渡辺記者の姿を見失うまいと必死で、棉《わた》畠と水田の中の、乾いたぽくぽく道をあるく。咽喉が乾き、足がずきずき痛む。目も口もあけていられぬ黄塵と、火の粉のようにむらがる蝿のむれ。

肩にかかるリュックの重さ。ここには薬（マラリアのためのキニーネ、下痢したときの征露丸、メンソレータム、クレオソートなど）の袋に、食料品の缶詰と瓶詰（ゆであずき、バター、辣韮《らっきょう》、氷砂糖、塩、ドロップ、牛肉の大和煮、海苔の佃煮など）、それに化粧品の袋や肌着、着替の服、懐中電灯などが入っている（鎌倉八幡宮のお守りも。——）。それらは重いといっても、戦場ではすぐ要《い》るものなのだ。捨てるわけにいかない。芙美子は渡辺記者にややもすれば距離をあけられる。〈渡辺さん……〉呼んでも記者は返事しない。

（甘ったれちゃいけない、ここは戦場なんだ）

という意志が感じられる。しかしその代り、足をとどめて少し待っていてくれる、目もくらむ思いで芙美子は追う。地雷にやられた兵が後送されてくる。街道沿いの藁小屋にマラリアにかかった兵隊が二人、二人の戦友に看護されて地べたへ寝ころんでいる。芙美子はリュックからキニーネの白い錠剤を出して二粒ずつ与え、キャラメルも一粒ずつ四人の兵隊に分けた。後方の野戦病院へゆくという。

広い川へ出る。兵隊も馬もじゃぶじゃぶと渡ってゆく。歩兵たちは下帯一つで水を渡った。芙美子は輜重隊の車輛に走ってゆき、〈すみませんが荷物の上へのせて頂けませんか〉と頼むと、兵隊は〈どうぞ〉と親切にかかえあげてズックで掩った弾薬箱の上に芙美子を乗せてくれた。

〈それっ、縄をしっかりつかんでなさいよっ〉

芙美子は荷箱の上に締めまわされている太い縄をにぎりしめる。兵隊は馬を励まして気合をかけ、車輛を川の真ん中めがけて進める。芙美子は全身に叩きつけるような水しぶきをあびた。何ともしれぬ涙も頬をぬらす。

川を渡ったところにも兵隊が充満していた。渡河材料隊という部隊があり、折り畳み式の船を車輛に乗せ、兵隊とともに進んでいた。芙美子はここで、原軍曹に再会する。原はこの部隊にいるのである。

〈元気だった？　ほんとに漢口までいくのかい？〉

〈ええ、大丈夫よ〉

芙美子の左腕には報道部と書かれた腕章があるが、すでに薄汚れている。

〈この先の界嶺街《かいれいがい》はもう前線ですよ。気をつけて〉

と原はあわただしくいって出発する。芙美子らがやっと渡河してきたトラックに乗って界嶺街へ入ったのはもう夕方であった。米田《べいでん》の中に砲列を敷いた野砲がすさまじい音をたてている。「アジア号」はただちに米田へ轍《わだち》を入れ、竹竿に無電のアンテナを張る。のっぽが沼から汲んできた水で、仲野電信士は無電台をきれいに拭く。

晴れた空に敵の散弾が流れてくる。渡辺記者と大木カメラマンはもっと前線にいってしまった。今夜はここで露営ときめ、芙美子はトラックの助手台に眠らせてもらう。仲野さんと連絡員、運転士らで天幕を張って地面に毛布を敷いて寝るのだ。

芙美子はトラックの両方の窓へ風呂敷を張って眠ろうとした。一夜中、前線めがけて移動してゆく部隊があるらしい。ぎりぎりと車輛のきしむ音、がらがらと地をゆすぶる砲車の音。芙美子のついそばを、輜重隊の下士官が、〈後尾異状ないかッ！〉と怒鳴っている。〈後尾異状なしッ！〉〈後尾異状なしッ！〉と順々に後方へ声を送る。遠い風の向うで、仄《ほの》かに、〈後尾異状なーしッ！〉の声が聞える。芙美子は泣けてきて仕方なかった。兵隊たちは小休止だけで夜を徹して行軍しなければならない。大きな、あらがいがたい運命に弄ばれる極小の個人の存在。そのいたいけなさ。

「故郷も遠くなり、私のいまゝでの生活ももう、何だか嘘のやうに信じられなくなり、汚れたまゝの、裸一貫の私が、本当の私のやうに考へられるやうになりつゝあります」（『戦線』）

芙美子の枕元のステップに腰かけて、小休止のあいだをぼそぼそとしゃべっている兵隊もいた。

〈こゝは何処な……〉

〈なんちゅうところかなァ〉

〈ああ、寒うしてたまらんなァ、どこか、藁《わら》ばし、なかとじゃろか〉

〈おい煙草持っとらんや〉

〈煙草か、俺も吸いたかとじゃけど、昼から一本もなか〉

芙美子の瞼に涙がつきあげてきた。なぜもっとたくさん煙草を持ってこなかったのだろうと自分を責めた。

戦闘は日毎に激しくなる。渡辺記者はトラックの上で、あるいは行軍の小休止の合間に、一日に四、五回も原稿を書いた。それをすぐさま〈無電の仲野さん〉が電信で打つのだった。渡辺記者は芙美子にも書くことをすすめた。ここ前線から無電で上海支局へ、そこから大阪本社へ転電する。明日の新聞には載るというのだ。芙美子はいった。

〈だめだわ、行軍するのにせい一ぱいよ、とてもあなたがたみたいに早く書けないんですもの……〉

〈我々は戦闘記事だけ書きます。戦況のニュースを求められるからです。でも林さんは作家ですから、目の前の風景、見たこと、感じたことを書いて下さい。それなら書けるでしょう?〉

芙美子の疲労は極限に達している。一日、十八キロから二十キロを歩くことがある。「アジア号」に乗れる時は楽だけれども、それも猛スピードで飛ばされるので、息が止まりそうに苦しい。願うことはただ一つ、平坦なところで体をのばして横になりたい、ということだけだった。トラックが前進を阻まれて歩くことになれば、足は腐りそうなほどうずく。だんだん無口になる。敵兵の死骸を見ても俘虜を見ても無感動になる。……

そんな中で、芙美子は書きはじめる。

「戦線へ出て丁度《ちょうど》一週間になります。

壁一重小舎《こや》の外では腹や胸をえ《ママ》ぐるやうな砲声が轟き、殷々《いんいん》と鳴り響くすさまじい砲声は、私の寝てゐる小舎をまるで地震のやうにゆるがしてゐます。

私は藁の中にもぐつて、暗闇の中にじつと眼を開けてゐました。いま何時だらう……私は頭のそばにある懐中電灯を照らして腕時計を見ましたが、何時の間にか硝子《ガラス》蓋は飛び、時計は四時のところで止まつてゐます」（『戦線』）

「私は兵隊と共に今日は八里ほど歩きました。その八里の行程は小さい私にとつて、何と云ふ無慚《むざん》なことだつたらうと思ひます。半分はひとにリュックを持つて貰つたり、あるひ《ママ》は牛の背に乗せたりしましたが、十二三キロの行程を、私は肩の肉に食ひこむやうなリュックの重さに歯ぎしりして歩きました。私はもう暑さと疲労のためにものを云ふことも出来ませんでした。水筒の茶を何度か飲みたいとおもひましたけれど……私は女ですから御不浄へ行きたくなる場合も考へなければなりません――黙々と私の横を通つてゐる兵隊の眼は、私を少しも軽蔑したりはしませんでした。なかには、自分達の連れてゐる牛の背に、私のリュックをくゝりつけてあげようと云つてくれる親切な兵隊もゐましたけれど、この洪水のやうな兵隊の大軍勢に、私は何時まで歩調をあはせてゆけるかどうかわからないのです。それにほんの一歩づゝでも、もう、牛の背に荷物をくゝりつけてあげようと云つてくれた兵隊とは順々に距離がついて来てをります」（同）

　芙美子が戦場へ携えてきたノートの中には、平生愛誦する詩も書きつけてきた。露営の夜々、また淋しいとき、これらの詩を愛吟して愉しみたいと思ったからだった。その中のシェレイの詩。

「さびしき風は歌へども／かなしき歌はとだえたり／あゝ、くちづけのあと見れば／寒き蛆こそ這ひまはれ」

「暗闇のなかで、私はシエレイのこの詩をふつと思ひ出しましたが、此の戦場で、兵隊達は女の事を考へない日があるでせうか。まづ、お母さんの話を、私は兵隊の口からたびたびきゝました。姉妹の話も、妻や恋人の話も私は度々きゝました。

恋人を得て、たつた二日目で出征して来たと云ふ若い兵隊もゐました。シエレイの詩に、寒き蛆こそ這ひまはれとあるけれど、蛆のわかない唇を持つて、この若くて健康な兵隊を恋人のところへ、凱旋さしてあげたいとも思ひます。その兵隊は石を嚙むやうな逞しい歯を持つてゐました」（同）

「一週間の戦線生活で、私は実に様々なものを豊富に学びました。平服をぬぎすてゝ一律に軍服を着た『兵隊』の姿の神々しさ、一人一人、なつかしい故郷や、肉親や、友人を持つてゐる兵隊。その個々の生活に置かれてゐた一人々々の人間が、祖国の為に銃をになひ、軍服に身をかためて、一大集団となり、どんな危険な場所へも、悠々と生命を晒してゆける『男』の偉さに、私は何か神秘な尊いものを感じずにはゐられません」（同）

芙美子のこういう文章を現代の時点で性急に読めば、軍国主義礼讃ときめつける人がいるかもしれない。しかし芙美子は戦争のプロパガンダなど書いていない。それは『戦線』

『北岸部隊』を仔細に熟読してみればわかる。芙美子は〈人間〉〈生きとし生けるもの〉にしか興味のない〈女〉である。更に自分の故郷、ひいては母という自然根源的なるものに繋がれ、そこからしか、すべてを発想できない作家である。「アジア号」が備っている雑役夫、のっぽとちびのように、戦争の社会的考察なんか芙美子には関心ないのであった。戦争という、得体の知れぬ凶運に捲きこまれ、われひと共に右往左往しつつ、その中で運命を甘受して敢然と生きている〈男〉たちに感動するのである。

女流作家の中で林芙美子の〈男性観〉は特異なものだと私は考える。平林たい子の『林芙美子』（新潮社、昭和44）によれば芙美子は〈私、一ト月にいっぺん恋をするわ〉といったそうだが（これは芙美子がのちに功成り名遂げてからのことである）、そういう〈恋多き女〉としての性癖のせいだけでなく、若い日、アナーキストの同志に揉まれ、性的にもアナーキイな生活を送ってきた背景もある。更にいえば実母の生きざまを享《う》け継いでいるというべきかもしれない。

芙美子は〈男〉に粘稠度《ねんちゅうど》のたかい親昵《しんじつ》感をもつ。それが小説を書くとき、いろんなタイプの男を手がけられる得点にもなったが、元来、芙美子には女が〈男〉に対して持つべき異性としての識別や社会的慣習からくる隔意を、どこかでふり落してきたようなところがある。あるいは学習しそこねたか。

芙美子は同性に対するよりも〈男〉に対するほうが自然に融和でき、無警戒に受容できるタイプの女である。女よりも擦過熱を生じない。そして芙美子はなおいえば、〈生きもの好き〉なのだ。小鳥、小犬、馬、みな好きだ。たぶん男もそのうちに入るのだ。〈そのうち〉とは〈自然〉を指す。芙美子は自然の一つの〈男〉が好きだ。辛い行軍を共にして、黙々と堪えている男たちが好もしくてならなかった。

「焚火の処へ寝転んで小さいノートに日記をつけてゐる兵隊、小さい豆煙管《まめぎせる》に、巻煙草の吸殻を詰めて吸つてゐる百姓風な兵隊、鉢巻をして渡河で濡らした洋袴《ズボン》の尻をあぶつてゐる兵隊。どの兵隊も個性をまるだしにしてみんな素朴です。焚火で飯盒《はんごう》の御飯が煮えると、小さい鰯の缶詰を雑嚢《ざつのう》から出して、一つの缶詰を三人位で兵隊たちは菜《さい》にするのでした。食べてしまふと、飯盒の蓋に、火にあぶつた水筒の湯をそゝいで、ごくごく飲んでゐます」（同）

芙美子は兵隊たちの友情も書きとどめる。煙草をまわし飲みし、僅かの食糧を分け合い、励まし合う。もっと後方にいたときだけれど、野戦病院の若い軍医が話したことがある。激しい雨の夜、前線から血みどろの負傷兵が担架で送りこまれてきた。担いできた兵隊たちは泥だらけだった。〈軍医殿、負傷兵であります、診《み》て下さい！〉とどなるのですぐ軍医が診にいくと、すでにこときれていた。そう告げると、二人の兵隊は担架の兵隊をじっとみつめ、やがて嗚咽した。泥濘の三里の道を豪雨に打たれ、倒《こ》けつ転《まろ》びつしながら、一刻も早く、と戦友を担いできたというのだった。……

芙美子はその話も夜営の蠟燭《ろうそく》の光の下で書いた。そしてこんな詩も。

私は兵隊が好きだ。
一つの運命が、
一瞬の早さで、
戦場の兵隊の上を、
ひゆうひゆうと飛びかひ、
生命、生活、生涯を、
さんらんと砕いてゆく、
そんな壮烈な場合がある。

兵隊はそんな運命を、
その運命の感傷を、
一日一日乗り越えてゆき、
黙々と戦場の『絶対』に自信を持つ。

私は兵隊が好きだ。

あらゆる姑息を吹きとばし、
荒涼たる土に血をさらすとも、
民族を愛する青春に噴きこぼれ、
旗を背負つて黙々と進軍してゆくのだ。（同）

夜ふけ、雨しぶきが天幕の横に叩きつけるように降りこんでくる。トラックの下で兵隊の咳がきこえる。雨を避けて、上半身をトラックの下にもぐりこませ寝ている兵隊が二、三人いる。芙美子は胸のふたがる思いだった。戦場の常とはいいながら。……ながいこと食事は御飯と粉味噌を溶いた味噌汁だけ。ああ梅干がたべたい。

「主よ与へ給へ吾に一個の梅干を、　胸ふたぎ　哀しみの山河越え来て、　今日もこゝに露営すなり。　吾が舌の根は焼けたる谷間なり。　花も開かず茸《きのこ》も絶えたり」（同）

棉の実は血に染まり、漢口は近かった。進撃命令を下す上官の言葉に芙美子は感動する。

〈敵はただ掃射する程度にとどめよ、こちらは一兵も損じてはならぬ〉

漢口まで何キロというところまでくるともう、彼我入り乱れ、逃げおくれた中国兵や、まちがえて日本軍の陣地へ顔を出す中国軍少年兵でてんやわんやだった。芙美子は若い中国将校の屍体を見る。かくしからこぼれた若い娘の写真、新しい便箋に封筒。この人は、恋人に戦場から手紙を書こうとしたのかもしれない。……池のそばまで来て水を飲もうとしたように倒れていた。芙美子は野菊の花を二三本折って将校の横顔の上にそっと置く。兵隊たちが斃れた愛馬の屍体に、泣きながら白い棉の実を積んで手向けの花とするように。逃げおくれた老婆が、民家の軒からよろよろはなれ、芙美子に近寄ってくる。空腹を訴えたいのかもしれない。芙美子はポケットの氷砂糖をひとつかみ、老婆に握らせる。

　とうとう漢口に入る。破壊された町にはやくも朝日新聞の旗があがり、渡辺記者がいた。芙美子もやすむ間もなく漢口入城記をしたためる。記者もカメラマンも埃で髪を白くし、日に灼けて黒い。ここでおかしいのはレストランが機能していることだった。芙美子は久しぶりに御馳走にあずかったが、日本のあるアナウンサーが長い軍刀を吊るしているのに反感を持っている（『北岸部隊』）。軍人以外の、しかも文化方面の仕事に携っている者が、大きな軍刀とは何ぞ。新聞記者連中はあんなに砲煙弾雨の中をくぐりながら、誰一人ピストル一挺持たなかったではないか。鉛筆と紙と水筒と飯盒と地図、カメラマンは写真機一つ、それだけを後生大事に持って歩いたではないか。「さうして露営の夜は兵隊も新聞記者も一緒になつて、祖国を想ふ熱論が噴きこぼれてゐた」（同）

　芙美子の従軍記は朝日新聞に載り、大きい反響をもたらした。兵隊の姿が、硝煙が、中国大陸の風光が、国民の目前に顕《た》ってくるからだった。肉親が兵隊となって行軍してゆくのに、ついて歩いている気にさせた。煙草に渇《かつ》え、咳をし、雨の中、トラックの下にもぐりこむ兵士は、わが父・夫・兄弟・息子のように思えた。

漢口陥落の報は十月二十六日に新聞に掲載され、町々にはサイレンが鳴り響いた。そして二十九日、大阪朝日に芙美子の写真入り記事がセンセーショナルに掲げられた。

「ペン部隊の女丈夫

　漢口へ一番乗り

　　勇士も驚く林芙美子さん

たゞ一人の日本女性としてたゞ一人の作家として林芙美子女史が漢口に入城した。林さんは本社特派員一行に加はり去る十八日広済を出発、本社の無電トラック『アジア号』に乗り、あるひ《ママ》は行軍を続け、快速部隊に従つて決死の行軍をつゞけた。戦場に日本の女が来たと全軍将兵は夢ではないかと驚いた。林さんがあの荒涼たる武漢平原を行くのはそれこそ戦場の奇蹟である。林さんは忽ち戦場の人気（田辺注、者？）となった。林さんの勇敢さと謙譲さに全軍将兵が心から尊敬し、感激した。砂塵のなかを、雨のなかを行き、夜露にぬれて露営して進んだ。自動車はいつ地雷にひつかかるかもしれない。林さんももちろん決死の覚悟で従軍した。廿五日夜漢口北端大賽湖の堤防決潰で『アジア号』は渡らず、いよ〳〵漢口突入であるので記者（渡辺特派員）は林さんにあとに残つてもらつて、林さんが一日遅れて入城したが、それでも文壇人の漢口一番乗りである。林さんの漢口入城は全日本女性の誇りである」

筆者はむろん、渡辺正男記者、芙美子と同じ辛酸を嘗めただけに、好意ある口吻で紹介している。渡辺記者と芙美子は大朝本社に呼び戻され、上海から福岡経由の飛行機で大阪へ帰った。インタビューや講演に席の暖まるひまもなかったが、殊に芙美子は時の人となった。従軍記だけでも大人気だったのに、その講演は臨場感があって具体的で感動的だといよいよ評判、講演会場はどこも満員であった。

〈女の身で、とよくおっしゃいますが、それだけによく気を使いました。朝も兵隊さんより必らず早く起きて身支度しました。だって兵隊さんの足手まといになっては切腹してもお詫びしきれませんものね。「もしものことがあれば殺していって下さい」とお願いしました。戦場でたった一人の女としてぶざまな死にかたはしたくありませんものね。「殺したらそこへ放りっぱなしにしないでクリークでも沼の中でも投げこんで下さい。もし余裕があれば焼いていって下さい」といいました。死ぬことは怖くなくなっていましたけど、ご不浄を捜してとびこんだ誰もいない農家から敗残兵がぞろぞろ出てきたときは、びっくりしてとびあがりました……〉

どっと笑声があがり、芙美子の話術も内容も女らしいと好感を持たれた。

そうなると「いったい陸軍班の男の作家たちはどこで何をぐずぐずして居たのであろう」（信子『自伝的女流文壇史』）ということになる。人一倍派手好きな久米正雄団長は、さぞ一行をひきいて颯爽と先頭切って入城したかったであろうに、芙美子にぬけがけの功名をさらわれた形になった。久米は可憐な安来節を踊る〈お芙美さん〉を一行に加え、和気藹々《あいあい》として従軍することを予想したのであろうけれど、芙美子は〈アラエッサーサー〉と踊るだけの女ではない、と信子は喝破している。いざとなれば男性作家を尻目に砲煙弾雨の中を突進して一番乗りをするたくましさがあることを「女の作家同士は知っていたのだが……」と、信子は男性作家の迂愚《うぐ》というか、お人よしぶりに同情している。

陸軍従軍班の男性作家たちは手持ぶたさで、寂《せき》として声なしの状態だった。菊池寛は信子にいった。

〈林さんもダメだよ、あんなことしちゃ、久米の面目丸つぶれじゃないか〉

信子は海軍班でよかったと思った。海軍班は菊池団長以下、出立から帰国まで、一糸乱れず、軍艦こそ二、三人ずつ分乗したものの、地上へ下りればきちんと団体行動をとって、和気藹々のうちに統制がとれていた。

芙美子は帰国して信子のうちへ来、漢口のことを話題にしたとき、

〈だめですよ、男は案外、女のしたことに嫉妬深いんだから……〉

と、擯斥《ひんせき》の気配を悟ってこぼしていた。

信子は出しぬいた芙美子にも、出しぬかれた男性作家にも、どちらに贔屓《ひいき》するというのではないが、自分は皆の前で安来節が踊れないのと同様に、女一人で戦場を馳駆《ちく》できない

とつくづく思った。資質がちがう、と骨身にしみて思い、
〈男のひとにできないこと、したんだもの、あなた、立派だわ……〉
と芙美子を慰めた。信子に出来ることはひたすら小説を書くこと、核となる物語を大事にはぐくむことに尽きる。十一月一日（昭和十三年〈一九三八〉）の信子の日記には、「林女史漢口に入り、帰るよし、朝日新聞たいへんなり」とさらりと触れ、「海軍従軍班はお揃ひ帰つてもう廿日過ぎ、そろそろ落ちついて勉強（小説）を励むべし」と冷静である。

ところでいま芙美子の二冊の従軍記を読むと、小説よりも芙美子の資質がよくわかって面白いところがある。運命的な軍令一下、遮二無二つき進んでゆく男の、野性的生命力に触れて芙美子は甘美な戦慄を感じている。野性の中の人間味に恍惚とし、男たちのエネルギイに陶酔する。芙美子は従軍記の体裁をとって〈兵隊〉と寝たのである。戦争讃美者でも軍国主義者でもあるわけがない。日本の清水を恋い、たべものを恋うが、それへのあこがれはそのままに、砲車や軍馬とともにひしめき進むあらくれ男どもへの胸さわぎである。

その滾《たぎ》る感情が特異な魅力を二冊の従軍記に添えることになった。

批評家たちはそれを見逃さない。小林秀雄は朝日の「長篇小説評」（昭和14・1・21）で和田伝『生活の盃』に小説の面白さがみつけられないとし、むしろ「林芙美子の『戦線』のなかの『主よ吾に与へ給へ一個の梅干を』といふ短い詩の方が、よつぽど小説的だと云はれても仕方がないのである」。

　これより早く阿部知二は同紙「文芸時評」〈昭和13・12・20〉（田辺注、この頃の時評は毎回筆者が代っている）で芙美子の『北岸部隊』に言及している。この時、同時に俎上にのぼっているのは石川達三『武漢作戦』丹羽文雄『還らぬ中隊』竹井龍治『白衣の兵隊』火野葦平『煙草と兵隊』立野信之『後方の二』である。石川や丹羽は戦争をとらえて〈創作〉として構成しようとしているが、林芙美子は「何の方法も取らず、素手で、従軍記録のままで提出して己《おのれ》を投げ出してゐる」という。

「その感動、感傷、よろこび、苦しみは、生のままで投げ出され、極言すれば、彼女が現実から受けた感銘や、それに対する思想は、前後矛盾さへもしてゐる。つまり、大きな現実に体ごとぶつかつたときの、感情の動揺がそのままに出てゐることに、林芙美子たる文学者の面目が横溢し、そこにこそこの一篇の深い魅力があるといふやうなものである。多くの読者は敢てこれが整理統一され、一つの構想を持つことを望まないですらあらう」

　芙美子は漢口ぬけがけ一番乗りによって、いっぺんに男性作家を白けさせ、人気を落すが、大衆の人気は彼女が独り占めした観がある。東日《とうにち》の阿部真之助などは、男性記者も命を賭して従軍したのに世間は女に甘い、と憤慨している。しかし芙美子の文学の、愛すべき佳《よ》さの片鱗を示唆すると思うので、私はあえてページを割いて、いまどき目にすること難《かた》き従軍記を紹介した。――この戦場の記憶が、やがて芙美子の生涯の傑作『浮雲』への道程になる。『浮雲』は徒労の戦いの果ての、男を描く。

「うら若き君がさかりを見けるわれ　わが若き日の果てを見し君」（與謝野寛）——芙美子と〈男〉との生涯の絆《きずな》の一部で、従軍記は、ある。私は芙美子の従軍記を愛す。

その従軍騒ぎの余韻消えぬ十二月二日の夜十時近いころ、突然、信子の家を久米正雄が訪れた。時間といい、予約なしといい、ただならぬ用向きとみえた。

〈じつは今日はね、物書き仲間として来たんじゃないんだよ。東日（田辺注、東京日日新聞。毎日新聞の名称で大毎と統合されるのはこの四年後）の学芸部長として来たのだけれど〉

平生の明朗な温顔とちがって、久米の表情はきびしく引き緊っていた。

〈来年一月から小説を連載して下さい〉

〈あら、でも『家庭日記』、この間終ったばかりじゃありませんか。もう少し、あいだをおいて下さらないと。……〉

信子は驚く。大毎・東日と連載小説の専属契約を結んではいるけれど、『家庭日記』の筆を擱《お》いたばかり、休息が必要だった。

〈それはわかっていますが、『朝日』は林女史が書くんですよ、だからこっちはあなたで対抗することにした。ぜひ、いいものを書いてくれたまえ〉

信子はそれで事情がわかった。芙美子に負けまいと対抗馬を出すには、文壇でも信子しかいないのだ。芙美子はすでに十二月半ばから朝日新聞に『波濤』を載せはじめている。

久米の立場も、新聞社の立場も信子はよくわかるので、信子は引き受けた。かつて「神風」号記事で人気をさらった朝日に対し、大毎・東日は信子の『良人《おっと》の貞操』で報いた。いままた芙美子の人気に対し、信子の連載小説で挑もうというのだ。

信子自身は芙美子に個人的に含むところはなく、それどころか芙美子の数少ない、そして長つづきしている友人の一人だが（芙美子の交友関係を見ると、どれもたいてい中断していて、終りを完《まっと》うした友人は少い）仕事では別である。

「いよいよ非常時なり」

と信子は日記に書く。

翌三日の日記には、

「新作に、新春より向ふ心地、張り切りてうれし。勝算ひそかに胸中に在り矣《い》！」

千代は新しい吸取紙を買って来て裁《た》った。イギリス製だ。信子は万年筆で原稿を書くのであった。東日側は執筆まで外部へは秘密に、とものものしかった。朝日に目にもの見せてくれんという東日の意気込みも感じられた。

新作『女の教室』の予告が東日紙上に出たのは十二月十七日。十九日に第一回の稿を書く。出版界には、東日対朝日の連載小説競作のニュースが流れ、文壇も興味しんしんで二女流の対決に注目していた。親友の宇野千代は信子に早速、激励の電話をかけてくる。

押しつまって二十三日、信子の日記は凄い。
「朝日のよむ。安心す」
芙美子の『波濤』を読んで、与《くみ》しやすしと呑んでかかっている。軒昂たる意気だ。

4

信子がいかに作家的幸福に恵まれていたかといえば、ここぞ、という、いわば天下分け目の戦いに必ず実力を発揮して成功を収めていることである。どたん場に強いといおうか、といっても作家の運勢は投機的な要素はなく、平生の蓄積によるものであるのは無論だが……。

信子は『家庭日記』を東日・大毎紙上で連載している昭和十三年（一九三八）、ずっと苦しんだ。『家庭日記』の筋書きに自信がもてないのだ。準備不足を痛感し、後悔しつづけた。

それと並行して、次の作品の準備をはじめなければならなかった。年一本の連載という、専属契約なのだ。

ところが、こちらのほうの準備はとんとんと進んだ。先述したように、若い女医たちの群像、というヒントを天啓の如く与えられたのである。

信子の日記には出てこないのだが『女の教室』初版の「あとがき」に信子は書いている。

信子の家へ少女の頃から家事の手伝いにきていた浦田トメなる娘がいた。

彼女のことは連載が始まってしばらくして、新聞記事になった。

「女中から女医となった――半生の苦闘と吉屋さんの温情　今や酬はれて」

トメは福井県大野町の人、大野高女へ入学したころ家産が傾き、十五のトメは自活しなくてはならぬことになった。少女の優秀な成績と向学心を見込んだ小学校時代の恩師が東京へ呼び寄せ、働き口をみつけてやった。それが信子の家だった。寸暇を惜しんで独学する少女に、信子が心うごかされないはずはなかった。勉強時間を与えて励ました。

トメは小学校準訓導《くんどう》検定を一度でパスする。しかし上級学校をめざすには専検に合格せねばならぬ。いまの大検と同じように、旧制の専門学校入学資格検定試験のことである。〈専検〉は私の時代でも、特別の響きをもった言葉であった。経済的事情で旧制中学・高女に進学できない人が取る資格であったが、それをパスする難しさは、筆舌に尽しがたいと恐れられた。貧しい苦学力行の青年子女がこれに挑む。〈専検〉出身者は学閥の人脈がない代り、社会全般から尊敬を受けたものだった。

トメは三度目に専検合格の栄冠を得、女医になりたいという。信子は感動して、女子医専にトメを入学させ、五年間、学資と生活費を送りつづけた。トメは卒業後、富山県の高岡市の病院で聴診器をとる女医さんになった。故郷へ錦を飾って墓参に帰ったトメは、吉屋先生に頂きましたと、モダンな外套を着ており、信子を母のように敬愛していたという。
もう一人、信子が偶然、上海で逢った中国インテリ女性の王英、彼女も『女の教室』のヒントになった。

昭和十三年暮れと思われるが、東日紙上に、「元旦紙上から『女の教室』」として紹介記事がある。信子はちょうど『女の教室』第一回に筆をおろしたところだった。彼女は、

「ドイツの医学辞典や参考書を山と重ね、材料は細かく事変の切り抜きまで揃へて机に向つてゐる、珍しく和服姿に寛いで次のやうに語つた。

『お二人とも直接のモデルではありません。女医さんも一人でなく数人のグルッペが現はれますが、この作を生む動機となつた点で私はとても感謝してゐます、浦田さんが苦しい勉強を美事に成就して一人前の立派な女医になつた時の嬉しさ、王さんに久しぶりで会へた懐しさ、しかも心の底からうちあけ手を握れない悲しさ、その複雑な気持をどうにかして現はさうと思つてゐます、浦田さんが知つたらどんなに驚くでせう、王さんは今どこにゐるでせう、知りたいものです』」

写真はお召《めし》らしい縞の着物に、縮緬《ちりめん》らしい羽織、幾たびかの戦地派遣のやつれもみえずふっくらと笑顔は女らしく美しい。つやつやした黒髪は昔のままに断髪だが、明けて昭和十四年は信子四十三歳、人生の脂がのりきった盛りの自信がうかがえる。

一月一日の日記に信子は書く。

「浅草観音、明治神宮に詣づ。なんとなくよいお正月の心地す」

そして『女の教室』の第一回目が新聞に載った。画は岩田専太郎。女医の話と宣伝され、題も『女の教室』とあるのに、画はあだめいた芸者のうしろ姿、それだけでも目を奪われるのに、冒頭からリズミカルで興をそそるシーンと、流れるような会話（『全集』に拠ったので新仮名遣い）。

「駈け込む――自然足がそうなるのだった。

広小路の停留所を降りると、すぐ前の書画屋と履物店の間を抜けて、二つ目の路地へ――藤穂《ふじほ》は、いつも来るたびにそんな姿勢になる。

というのも、いわば、来るべからざるところに来る、人眼を忍んで訪れるという、ひけ目がそうさせるのだった。

その路地の両側は、いずれもしもたや造りの格子戸の、数寄屋町の芸妓屋《げいしゃや》小道である。

かなり古びて黒ずんだ格子戸の上、軒燈の丸ぼやに『分千登世《わけちとせ》』――四月なかばの、花曇りの昼なお小暗い、その家のうち。上《あが》り框《がまち》の前で、藤穂は、

『います？』

と、声をかけた。

これは従姉妹《いとこ》の幾代がいますか？　の問いと、訪問の知らせと、二つを兼ねたいつもの掛声だった。

障子を開けて、知った顔の仕込《しこみ》ッ子が、桃割《ももわれ》の頭を差し出して、
『あっ、いらっしゃいまあし』
『風邪ですって』
従姉妹が、風邪で寝ているという便りで、今日の日曜を寄宿舎から来たのである。
『え、でもお姐《ねえ》さん、もういいんでしょ』
仕込ッ子は、幾代の風邪のたいしたものでない事を告げる。
『まだ寝てはいるの？お二階ね』
と、藤穂は、上り框に立った」

　藤穂は七人のヒロインの一人、女子医学生と芸妓が従姉妹という設定は奇抜なようだが、もともと藤穂の母は下町のうまれ、大病院の院長の二号さんだった。藤穂は妾宅の子である。父が死んで母は函館に旅館を営む男と再婚している。藤穂はそんな生活環境なので、医学生にしては粋で美しく、なまめかしいところがある。……人を思わず誘いこまずにいられぬ語りくち。

　物語としての面白さ、みずみずしさは、最後まで失われない。七人の女医の卵の個性もあざやかに描き分けられ、医学生生活の描写も目あたらしい。

　戦争がはじまってから、銃後の緊張度も増してきた。働き手の男たちが戦地へ召集され、あとへ残された女たちは、否応なく女手で業を守り、家を支えなければいけなくなった。

女性に独立の気概が生れようとしている（それが戦争を契機としているのは残念だが――）。信子の『女の教室』はその時代のあたらしい主潮をいちはやく捉えていた。女性たちの職場もかなり開拓され、職域も拡がったとはいうものの、やはり特殊技能の女医という職業は、志ある女たちのあこがれと羨望のまとであった。信子はあとがきに、

「この物語の書が、ささやかながらも、女性の人生の道への、小さき灯とも役立つならば――作者は、そこに生き甲斐を感じる」

とのべている。

その女医となっても、卒業後結婚した夫は妻が働くのを許さない――ヒロインの一人、細谷和子。和子はしかし、おっとりとのびやかな性格で、夫の気持が軟化して、よく妻の天職に理解を持つまで（新婚生活を楽しみながら）待つ。勉強のほかは傍目もふらぬ優等生の蠟山操。操は専検出身で、病院の雑役婦をしている母を持つ身。入学後の新入生歓迎会で、新入生たちが交々《こもごも》起《た》って名と出身校をいうとき（その出身校は全国に及び、天下の俊秀が集った観がある。上級生は自分の母校の名が出ると拍手するのである）操はおずずと、

〈私は蠟山操でございます。出身の女学校はございません。私は、専検でございます……〉

肩身せまく告げたとき、全講堂は一瞬、しーんとし、ついで破《わ》れるような拍手が起きた。

けなげな専検出の新入生に、生徒たちは「心からの感歎の拍手を優しく贈ったのである」。（このエピソードを見ても、戦前の〈専検〉の社会的地位がうかがわれる）

中国からの留学生、陳鳳英《ちんほうえい》。北平《ペイピン》の燕京女子中学校を卒業して留学、祖国には空軍将校の婚約者が待っている。寄宿舎の自室、鍵棚の扉の裏側に彼の写真が貼ってある。中華民国の軍服姿、眉目清秀な青年将校の半身像である。鳳英は眠るとき、石竹《せきちく》色の支那繻子のパジャマに着更え、扉裏の写真の口もとにそっと指をあてて、たおやかにベッドに横たわる。——

その鳳英と、同室で仲がいいのは横浜のフェリス女学校を出て英語に堪能な羽生与志《はにうよし》。姉が洋裁店を開いて妹の学資を支えている。しかし姉が大きい犠牲を払っているのを知り、その借金を返済すべく、卒業後、満洲の診療所に職を求めて去る。年俸がどこよりも高かったから。……淋しい砂漠の町のあけくれにいつか清純な牧師を知り、惹かれる。

彼女たちは卒業後、おのおのの道をあゆむのだが、優秀な研究者だった一人は夭折し、大病院長の末娘で花やかな〈お嬢さま医師〉だった一人は失恋から、隔離された患者の島へわたる。

陳鳳英は学業成って中国へ帰るとき、見送りにきたグルッペたちに〈みなさまのこと、私——忘れません〉と美しい眼に涙をたたえたが、日本は中国と干戈《かんか》をまじえることになってしまった。

海軍航空隊が、南京飛行場を爆撃したというニュースに、彼女たちは鳳英のことを思う。

小説には〈支那事変〉のこともなまなましいニュースとして盛りこまれる。もはや現代小説を書くのに戦争は避けて通れない素材となっていた。ヒロインの藤穂はいう、

「どうかして、戦争せずに、うまく支那とやってゆける外交官はいないのかしら」

藤穂は周りから、母の再婚先の継子、血はつながっていないが、兄と呼ぶ英吉との結婚を迫られている。藤穂はそれを嫌って家を出たが、英吉はそれにこだわらず妹として藤穂に暖く接する。その英吉が嫁として迎えたのは、藤穂の従姉妹、幾代だった。

戦争は物語の外側で継続中で、いわばリアルタイムの物語であるが、その登場人物たちの上にも戦争の影がおちてくる。英吉は戦死し、和子の夫は応召する。大陸の砂漠の町で漢口陥落を聞いた羽生与志は、邦人たちの提灯《ちょうちん》行列に加わりながらも、さっき見た中国の雑誌、「抗日画報」になつかしいグルッペの友、陳鳳英の写真があったのを思う。白衣をまとい、傷病兵の中に起つ鳳英は雄々しかった。説明の中国語の、漢字を拾い読みすると、彼女の夫は空中戦で戦死したという。日本軍との戦いの中で。……与志の恋した牧師は妻ある人だった。理想主義者の神職者は与志を愛しながら、身を退き、妻と共に更に蒙古の奥の伝道所に去る。与志はこの砂漠の道の人生へ、自分も小さい灯をともす人間になりたいと思う。……

信子はいう。

「わたくしは、いつもながら、作者のまごころと純情を、じぶんの作品に、かたむけ尽して、一心不乱に書きつづけた。

作中の七人の女医を、私は自分と起臥《きが》を共にする友の如くに愛して、親しみ馴れた。

この作品は、回を重ねること、二百十二回――私のいままで書いた新聞小説のうちで、いつばん長いものだった――だが、私は一日も倦《う》むことなく、楽しく嬉しく心張り詰めて、この作品と取り組んで元気だった」（『吉屋信子全集』6「あとがき――初版のあとがき」）

たしかに筋の起伏が変化に富み、人物の出し入れが緩急自在で飽かせないこと（七人ものヒロインだから当然ではあるが）、いかにも信子が舌なめずりして楽しんで書いている感じである。ヒロインのまわりの人間には時々類型的描写や過剰な感傷が目につくが、信子はそんなことを歯牙にもかけていない。書くことがいっぱいあって、先をいそぐ、けれどもオイシイ部分はじっくり自分も楽しみたいの、というようで、ペン先から意欲がほとばしり滴り落ちている。読者はその香気に酩酊してしまうのである。

これがもっとのちの佳篇『安宅家の人々』や『徳川の夫人たち』になると、書くのを喜びながら手綱を捌《さば》き、足どりをゆるめることをおぼえるが、〈書きざかり〉の頃の信子は、奔馬の駈けるに任せた、という感じだ。

たしかにこの小説に比べれば林芙美子の『波濤』は地味で気のめいるような作品である。芙美子の作品中でも高いランクのものではない。

故郷にいられなくなって上京してきた若い娘が、出征を控えた男と知り合う。男の友人が何人か登場して娘と交流をもつ。娘はやがて東京で就職し、出征した男との愛をたしかめて帰還を待つが、読んでいて、一向心の弾まない、読者の共感を呼ばない小説である。娘の性格にも生彩がなく、周りの男たちも大同小異で人物の見分けもつかない。あまりに思い入れ深かった戦場彷徨で、刃毀《はこぼ》れしてしまったというところか。

これはどうみても信子の『女の教室』の方が面白かった。

それに画も地味だった。『波濤』の画は小磯良平、一級の画家でデッサン力のゆたかさを楽しめるが、何しろ起伏に乏しい、同じように平板なシーンなので、力のふるいようがなかったというところであろう。

岩田専太郎の画は主人公の眼に情感があり、物語をつきぬけた、まだ奥のロマンを暗示していた。線の綺麗なことも大衆に愛されるところであった。『波濤』は一四五回でひっそり終り、『女の教室』は二一二回まで読者の大きい反響のうちに惜しまれて終った。

信子は久米正雄や東日・大毎の負托に充分応《こた》えたのであった。

年譜と日記によれば信子は四月、鎌倉大仏裏に別宅を建てている。老母のためと、時々自身の保養のためでもあった。この四月は忙しい月だった（昭和十四年）。

親友の宇野千代と北原武夫の結婚に際し、ちょうど帰国中の藤田嗣治画伯とともに媒酌人を頼まれてしまったのだ。

宇野千代は尾崎士郎と別れたあと、フランス帰りの画家・東郷青児と結婚し、信子と三宅やす子はその新家庭に招かれたことがある（随筆「宇野千代言行録」「別冊文藝春秋」昭和39・6、『全集』12所収）。千代は東郷画伯とお揃いの紺青一色のお召を着ていた。〈青児さん、青児さん〉と甘えた声で夫を呼んだ。ご馳走を次から次へと出してくれたが、そのころはまた千代も書き盛りで新聞連載も手がけ、そのせいかどうか、久我山にアトリエ付きの白亜《はくあ》の大邸宅を建てた。二度目に招かれたときは、彼女は画伯のデザインらしき洋装で、颯爽と美しかった。信子もお洒落《しゃれ》だから、お洒落で美しいものが好きな宇野千代とは、林芙美子とまた違う意味で気が合うのだった。

それからいくとせか、——ある日、ぶらりと千代が信子の家に現われた。ところが、この日は、美貌の友が信子にはいつもと違った感触に思えた。紅茶茶碗を取りあげた彼女の指のマニキュアがところどころ剝げているではないか。信子ははっとした。千代はいつも完全に美しいマニキュアを施しているはずなのに。……何があったのかしら？……信子は心痛み、次第に口少なになっていった。〝君看《み》ずや双眼《そうがん》の色、語らざれば愁無《うれいな》きに似たり……〟

それは東郷青児と別れたころの千代だったのかもしれなかった。しばらくして彼女が信子を訪れた時には、再び双眸《そうぼう》を輝やかせ、希望にみちて、マニキュアも真紅に美しく、

〈〈指頭の花〉のごとし、だわ……〉と信子は微笑ましくみた。千代がいそいそと語ったのは、「スタイル」という雑誌の発刊のことだった。

〈雑誌を出すんですって？　あなたが？〉

信子は度肝を抜かれた。小説では大胆奔放なあらすじを次から次へと思いつき、意のままに登場人物を操り、気鋭で負けん気の強い信子も、現実では小心・臆病である。

〈買って読むひとがたくさんないと困るわね。売れるのかしら？　それ……〉

と信子は悲観的な懐疑派だった。千代の企画は無謀としか思えない。

〈だから、あなたが真っ先に購読料金一か年分申し込んで頂戴よ、それも二人分払ってよ〉

と千代は花やいだ声を揚げた。結局信子は二冊を先払いで購読させられることになった。

幸い「スタイル」は好評で迎えられ、創刊の昭和十一年（一九三六）の時点では時事新報社の後援だったが、翌年新年号から独立して、編集兼発行人は宇野千代となった。

「スタイル」はお洒落なファッションをめざすモダニズム感覚が若い女性に受けた。が、それ以上に従来の婦人雑誌の良妻賢母読本臭を脱し、洗練された趣味生活を示唆したところが、インテリ女性に支持されたのであろう。女学校出の娘、職業婦人もふえていた。

「スタイル」では編集員も傭って千代は多忙だった。ある日信子は映画試写会でばったりと千代に会う。

〈あなたに紹介する人があるのよ、いつかあなたの小説ほめたら葉書貰ったっていってたわ〉

信子は思い出した。都《みやこ》新聞（現・東京新聞）学芸欄に、信子の短篇集に対する好意的な書評が載ったことがある。無署名だが、あまり書評の対象にされない信子は嬉しくて（しかもほめられるのは珍らしい）学芸部宛〝書評子〟に礼状を出した記憶がある。

〈そう、いつ紹介してくれるの〉

〈いまここへ一緒に来ている〉

彼女が招くと、後ろの席から薄茶チェックの背広に、しゃれたネクタイの青年紳士が近づいた。それが慶大出の都新聞記者・北原武夫だった。

それから間もなく女流文学者会の帰り、誘われて千代の家へ寄ると、奥の座敷の置炬燵《おきごたつ》に、着物・角帯《かくおび》すがたの北原が膝を入れて坐っており、信子は、（まあ、小説のさし絵みたい……）と思った。千代と北原は昭和十二年にはもう同棲していたらしかった。

結局、結婚式と披露宴は昭和十四年の四月一日に挙げられた。形式的でいいから媒酌人になってよと千代にむり強いされた。というのも、北原の母堂は、かねて信子のファンで、千代が信子と親友だと聞いて息子の嫁として許す気になったというのだった。信子は金縁《きんぶち》の立派な結婚披露宴（帝国ホテル）の招待状に媒酌人として名を連ねることになってしまった。

夫妻の新居は小石川林町の門構え、表門には〈北原武夫〉の表札が掲げられ、お勝手口には荷札より小さい板ぎれに〈宇野千代〉。

〈何よう、お千代さん、あなたの表札も並べて出せばいいじゃないの、あなたってつくづく男性優位思想ねえ……〉

信子がいうと、千代はふふふ、と笑うのみ、大丸髷のあでやかな姉女房ぶりで、信子は気をのまれてしまった。

戦争が烈しくなり、北原は陸軍報道班員として南方へ派遣されたが、信子が留守見舞に千代を訪れると、千代は箪笥からたくさんの新調の衣類をとり出して拡げてみせた。羽織、着物、長襦袢、みな男物で、それも歌舞伎の若手役者が着るような粋なお召縮緬ばかり、

〈北原が帰ったらびっくりさせるつもりよ〉

千代は「孤閨《こけい》の歎きを紛らすごとく」その着物を撫でつさすりつして、ていねいにたたみ、ひき出しにおさめ、すらりと立て膝でひき出しを押ししめた。

そのあでやかな風情に、信子は同性ながらほれぼれして見とれた。

このついでに、信子のかかわった女流作家たちのその後の運命に触れておこう。

生田花世——読者はご記憶であろうか。この小稿のはじめのころ、十九歳の信子が上京してはじめてあった女流作家を。

花世と生田春月は文学への志を同じゅうする同士として結婚した。しかし春月は誠実な文学者ではあったが、円満な生活者ではなかった。花世のほうは春月を愛していた。「のめり込んでいた」と望月百合子は証言している（尾形明子『女人芸術の世界』）。長谷川時雨の主宰する「女人藝術」の編集にタッチしていた百合子は花世と春月夫妻をよく知っていた（アナーキスト百合子は社会主義評論家で運動家でもあった石川三四郎の娘である）。花世はそのころ四十歳あまり、春月より年上で田舎ものめいた醜婦であることに強いコンプレックスを持っていた。後進をよく指導し、才能もあったが、こと春月に関しては理性を失なうところがあり、百合子はその現場を何度も見た。がんじがらめに春月を拘束して、女の人と口をきくことも許さなかったという。「何か陰惨な感じの嫉妬でした」（尾形明子『女人芸術の人びと』）。あるときは煮えたぎっている薬缶を取りあげるといきなり、自分にかけようとした。相手にではなく。……嗜虐の刃が自己に向けられるところに、花世の深い傷がうかがえた。花世は「女人藝術」創刊号（昭和3・7）から五号に「獅子は抗しがたし――三角関係の一端より」を書き、夫の恋愛問題による苦しみを率直に書く。夫は若い女に心移した。それは花世が愛顧して世話をした女であった。いつか夫に恋文を送るようになっていた。花世はそれを見てしまった。

　どうなろうともあの女といけるところまでゆく、と夫はつぶやく。それを聞く、はらわたの捩《よじ》れそうな花世の瞋恚《しんい》。自殺することが復讐か？　阿呆になろう、考えることを放棄した阿呆になろう。……夫は家を出ていった。何をたのしみに生きるのか、生ける屍の私。……

そんな花世を必死に慰めるのは、弟だった。むかし、丁稚奉公の合間に寸暇をぬすんで花世を訪れ、小銭を与えて、〈姉さんこれで何かおいしいものお食べよ〉といってくれた、心やさしい弟であった。貧しい中を支えあって生きてきた姉弟。その弟はいう、〈感情に走ったらだめだよ、姉さんの破滅はみんなの破滅になるよ〉〈お義兄《にい》さんは暗い人なんだ、根本的に生を厭《いと》うている人なんだ。ただ姉さんの奉仕で、辛うじて生にふみとどまっているというところかなあ。……まあ仕事がうまくいけば、いくらかは楽しい思いもなさるんだろうけれど。しかしニヒリストはどこまでいってもニヒリストなんだ。そして姉さんはそうじゃない。だから二人はうまくいかないのかもしれないけど、またかえってだからうまくいくかもしれない。姉さんはお義兄さんを一生のお荷物と思うだろうけど、それは向うだって一緒でしょう。ニヒリストが生きてゆくというのはたいへんな苦行だろうからなあ……〉

花世を理解し、春月も理解していた弟だったのに、長年の都会生活の辛苦がたたったのか、二十五の若さで死んでしまった。花世は慟哭する。なんでお前は死んでしまうの、死んだりする時じゃないじゃないか。……年がはなれているので子供のように思ってたよりにしていた弟、詩人の夫に代って、生活上のなくてはならぬ庇護者。その弟も逝った。

もう一人で生きてもいい頃、と花世は思う。男性についての苦労はしなくてもいい年なのに。……

花世の愛は春月には重すぎた。思想的な葛藤にも苦しみ、昭和五年五月十九日、彼は播磨灘航行中の菫《すみれ》丸船上より投身する。三十八歳だった。

「死もまた／生きんとする意志だ。／絶望を生きよ、／死を生きよ」（「赤裸人の歌」）

「大正十五年間の総決算、／出来ぞこなひの詩が十篇、／おれのいのちはこれだけよ、／一体、おれは何をしてたんだ？」（同）

「仕事はみんなしのこした、／そのうへ恋までし残した、／若《も》しも恋路に決算あらば／あはれなるかなこの男」（同）

「なんでもへマに行く男、／なぜまたへマに徹せざる？／さかしら顔に世に立てば／へマそこよなき罪なるを」（同）

『生田春月全集』第三巻（飯塚書房、昭和56、全十三巻）詩集の末尾に数通の遺書が編集されている。中に花世宛のもの。

「今、別府行の菫丸の船中にゐる。今四五時間で僕の生命は断たれるだらうと思ふ。さつき試みに物を海に投じてみたら、驚くべき迅さで流れ去つてしまつた。僕のこの肉体もあれと同じやうに流れ去るのだと思ふ。何となく爽快な気持がする。恐怖は殆んど感じない。発見されて救助される恥だけは恐しいが。（中略）僕は詩にもかいた通り、女性関係で死ぬのではない。それは附随的な事にすぎない。謂《い》はゞ文学者としての終りを完うせんがために死ぬやうなものだ。たしかに、此上生きたなら、どんな恥辱の中にくたばるか分らないのだ。それも然し、男らしい事かも知れないとは思ふ。が、僕は元来、男らしい男ではない。だから、これが僕らしい最期で、僕としての完成なのだと思ふ。

僕の生涯も愈々《いよいよ》茲《ここ》まで来たのだと考へると、実に不思議な朗らかな寂しさを感ずる。（中略）さらば幸福に、力強く生きて下さい。僕はあなたの悪い夫であつた。どうかこれまでの僕の弱点はゆるしてもらひたい。今にして、僕はやはりあなたを愛してゐる事を知つた。さらば幸福に。

五月十九日夜　　春　月　生

生田花世様」

われわれは、そのかみ、花世の「青鞜《せいとう》」へ寄せた文章に感激し、その足ですぐ花世に求婚した、若々しい日の純粋な春月青年をおぼえている。それだけにこの終局はいたましいが、ここでめざましいのは花世の反応であった。

春月に死別して、何かがふっきれたように明るくなった。まず長谷川時雨と手を携えて創刊した「女人藝術」がどんどん左傾してゆくのでその傾向に反感をもった花世は次第に離れた。春月・時雨の影響から脱した花世ははじめていきいきと自分をとり戻した。コンプレックスが消え、本来の逞ましい野性が息をふき返したのであろう。前述の望月百合子の証言では春月の自殺後、一週間たって見舞にいってみると、もう若い愛人と暮していたという。遺産相続のときには十年も前に春月が書いた遺言状を提出した。〈すべての財産を花世に渡す――これは酒に酔って書かされたにあらず〉とあった。

それは新潮社内に於てのことで、遺書で後事を託された人らが集っていた。新潮社記者の中根駒十郎、石川三四郎、加藤武雄、中村武羅夫、望月百合子、みな春月生前の親友ばかり。春月の弟も来ていたが、出席者がせめて墓を建てるため半分くらいは弟さんに――というと花世は怒ったそうである。

のち「詩と人生」を主宰し、「生田源氏の会」を催し、和歌の指導をして弟子を育てた。

さてこの年（昭和十四年、信子が『女の教室』を発表して、人気絶頂だったころ）長谷川時雨はどうしていたろうか。

昭和三年に創刊され、林芙美子の『放浪記』や時雨の『旧聞日本橋』などの名作を載せ、女流文学のために大きい貢献をした「女人藝術」は、資金難と時雨の病気のため、昭和七年に廃刊している。その年十月二十日、レインボーグリルで時雨のための慰労会が開かれた。主催者代表は吉屋信子である。『評伝　長谷川時雨』（岩橋邦枝）によれば、席上、歌人の今井邦子が、創刊のときをふりかえっていった。奇しくも創刊パーティもこのレインボーグリルで、女流作家たちの顔ぶれも同じだった。

〈四年前の会では、自己紹介のとき、どなたも蚊の鳴くようなお声でした。それがどうでしょう、四年後のいま、みなさんハッキリとお名乗りなさってご意見をきっぱりおっしゃる。女性ばかりでつくった「女人藝術」が女のひとに自信をつけたのです。私は「女人藝術」をつぶしたくない。私も出すからみなさんもお金をお出しなさい！〉

〈異議なし！〉の声がまずあがったのは、当時、プロレタリア文学の新進作家とみられていた平林たい子、つづいて神近市子が、

〈めざましい女性進出は「女人藝術」をぬきにして語れない〉

と長谷川時雨を讃え、活動の継続に賛成した。信子も同じだった。

時雨はこれを受けて、全女性が手をつないで進んでゆく会、「輝ク会」を結成する。やがて戦争勃発、文学雑誌的「輝ク会」から「輝ク部隊」が派生し、「銃後奉公」の実践部隊として〈皇軍〉に〈慰問袋〉を送ったり、傷病兵の見舞、という実際活動に発展していく。

時雨の夫の三上於菟吉《おときち》が脳血栓症で愛人の家で倒れたのは昭和十一年。右半身麻痺で、超売れっ子作家だった彼の、文学生命はそこで断たれた。四十五歳、あれだけ流連荒亡の生活を続けた於菟吉が、病臥して、時雨の家から一歩も出られなくなった。信子は時雨は病夫を介抱しつつ少しも暗い顔をみせなかったといっている。

「於菟吉のいまだ癒《い》えなくからす爪つやつや赤み冬となりしか」　時雨

そして戦争がつづくや、時雨は〈お国のために〉と決然と起った。国民総動員のかけ声に応じて。……「六十歳すぎた時雨さんが勇み立って先頭に指揮しようとするのだ。いつも何かをせねば止むにやまれぬ江戸ッ子魂のしからしむるところであったろう」（『全集』11「美女しぐれ」）と信子は書いている。時雨が過労で倒れたのは昭和十六年八月。口のきけぬ病床の於菟吉は、病院へ運ばれる愛妻を、じっと見送った。

5

長谷川時雨の急逝は昭和十六年八月である。その年一月に南支そして海南島まで戦線将兵の慰問に出かけていた。「女人藝術」廃刊後、「輝ク」を出し、そこから派生した「輝ク部隊」をひきいて時雨は〈お国のために〉と、たちあがったのだ。岩橋邦枝氏『評伝 長谷川時雨』や尾形明子氏『「輝ク」の時代――長谷川時雨とその周辺』（ドメス出版、平成5）によれば全国から募集した兵士への慰問袋、数千個をいちいち点検したり、陸軍病院を慰問したり、〈靖国の遺児〉を応援したり、と六十歳の婦人と思われぬ八面六臂《ろっぴ》の活躍ぶりである。ふしぎな人徳と、天性の統率力によって、あまたの女流（作家も詩人も評論家もいた）を組織し、〈銃後〉奉仕活動を行なった。それはおのずと軍部とのかかわりも濃くなる性質のものであったが、時雨には〈戦争協力者〉とか〈軍国主義者〉などという色合いはなく、ただ純粋に、国を思う情熱から将兵を慰問し、戦う国の女の力を発揚してみせたかったのであろう。

信子は「女人藝術」が左翼文学全盛時代に左傾化したのと同様、〈お国のために〉とたちあがった〈輝ク部隊〉も、時雨の、

「新しきものへの江戸ッ子の飛び付きにちがいない」（「美女しぐれ」）

といっている。

信子はといえば、二・二六事件以来、軍部に不信と反感をもっている。信子の体質として軍隊やそれが持つ力の誇示が嫌いだ（信子の場合、それは男権主義に通底するからであった）。それで時雨の高揚感についていけなかった。

「（そのころ）誰も多少、暗い前途に生意気ながら批判の眼を向けて気が沈み勝ちのなかを、六十歳すぎた時雨さんが勇み立って先頭に指揮しようとするのだ」

と信子が書いているのは、戦後の回想のせいばかりではなく、当時、そろそろ長すぎる戦いに人々は倦《う》み、不安を感じていたのは事実だったからだ。戦況は一部では膠着状態のくせに、南洋まで放恣に拡散しはじめ、それに比して、銃後の物資はますます不足して、日常の暮しも不自由になってくる。

そしてまた、政府や軍部の号令はいよいよ声高になるのである。

そんななか、老齢の時雨女史が〈慈母の心で〉海南島まで将兵の慰問にゆこうというの

である。時雨さんは愛国詩人だと信子はいい、時雨の歌をしるしている。

「四方《よも》つ世《よ》の　天《あま》つ中《なか》つ主《ぬし》　わが国は　日の本なれば　世界を照らす」

——その時雨は海南島の旅で体調をこわし、帰京して病みふたたび起てなかった。享年六十一。会葬者六百人に及ぶ。吉川英治は友人代表で弔辞を読んだ。

「王朝の才媛、近世の紅蘭や細香に比しても、わが時雨女史は劣るおひとではなかつたと思ひます。

明治に一葉あり、昭和に時雨ありと、後の文学史は銘記しませう。脚本に小説に随筆に、女史の文化に寄与された多くのうちに『近代美人伝』の一著がありますが、いまおもふに、時雨さんその人こそ、この書の巻頭にも描かれてよいおかたでした。

高い教養と伝統のにほひ濃い環境に下町娘として培はれた女史は、その生の終る日まで、ひとに老齢を思はせぬ女らしさと余香を失はず、明治、大正、昭和の烈しい時潮の中に、その芸術に生きるや熾烈《しれつ》、その家庭をまもるや優雅、わけて夫君三上於菟吉氏に侍《かしず》いては貞操のこまやか、われ等、門を叩く騒客《そうかく》の徒《と》もみなよく知るところでした……」

信子はこの葬儀に出られなかった。軽井沢へ出かけていたが、持病の胃痛で苦しんで寝ていた。夏八月というのに軽井沢は冷え、爐《ろ》に火をたく始末、山々の姿は八月末ですでに秋の気配だった。から松の葉が黄ばんで落ちる中、信子は二十二日の昼、病床で時雨急逝のラジオニュースを聞いた。日記にあるように、

「近頃になく苦し」（昭和16・8・22）

という胃痛を押して、上京して会葬することはできそうにない。村岡花子に電話をして参列できないことを伝え、供花の手配を頼んだ。

信子は思い出す。はじめて時雨を訪れた日。とっくに四十を過ぎているはずなのになお嫋々《じょうじょう》と美しく、粋で品良く、——しかもそのときアナーキストくずれの与太者たちが金をねだりとろうと押しかけたのへ、時雨は起ちもせず、玄関に向って声を張った。その、お侠《きゃん》な、歯切れのいい啖呵《たんか》——〈煩《うるさ》いねえ、君たちは、つい昨日も誰か、お仲間がやって来たばかりだよ、毎日はごめんだよ、今日はさっさと尻尾《しっぽ》を巻いておとなしくお帰りよ！〉

なんとまあ、胸のすくような小気味いい啖呵。

美しい女《ひと》で、さらっとした気っ風《ぷ》で、——ともすれば男性陣に圧《お》されて陽《ひ》の当りにくい女流作家のために「女人藝術」を創刊し（その資金は夫の三上於菟吉の提供によるものだったけれど）多くの女流を育てた。いい意味での姐御《あねご》肌で包容力のあるひとだった。

〈あんな女《ひと》はもう、出ないわねえ……〉

と信子は千代といいあって悲しんだ。

「輝ク」の最終号は「長谷川時雨先生追悼号」だった（時雨の四十九日に時雨追悼会が催され、その「追悼会号」が最後であるが追悼会の報告と、『長谷川時雨全集』のＰＲも兼ね、いわば「輝ク」のあとしまつ号ともいえるので、実質的最終号は昭和十六年九月十七日の九号であろう）。信子も乞われて「女性の碑《いしぶみ》」を書いた。

「明治、大正、昭和の三時代の今まで、長谷川時雨さんはせい一杯よく全身で生きてゐらつした。いつも〳〵めざめた女性（明治時代の言葉に従へば）として、その時々、世に人に働きかけずにはゐられぬひとであつた。

　所謂《いわゆる》江戸ッ子の意気と趣味を身に帯びて、しかも新しき時代色に、いち早く飛び込まねばゐられぬところ、そのかみの江戸人種が、ギヤマンを珍重し、古渡唐桟《こわたりとうざん》を誇つた如きである。

　そして、この人の著書『明治美人伝』の最後の頁に数へられるこそ、その著者自身だつた。

　この今にして、更になつかしい方《かた》は、ながく私たちの美しい記憶に面影とその行跡を止《とど》めて、後進の女性への一つの道じるしの碑《いしぶみ》と残るであらう」

　この号には窪川稲子（のちの佐多稲子）や宮本百合子、網野菊、生田花世、神近市子らが追悼のペンをとっている。林芙美子は「翠燈《すいとう》歌」という詩を寄せているのだが、この詩だけ、奇妙な雰囲気で浮きあがっている。

　元来、芙美子は「女人藝術」に『放浪記』を掲載してもらったのが、文壇デビューのきっかけだった。改造社から刊行された『放浪記』は売れに売れ、芙美子は一躍、流行作家になる。いわば時雨は芙美子にとって恩人である。ところが、のちに時雨と確執を生じて、単行本のあとがきの「女人藝術」連載、というところを芙美子は削ってしまったという。

芙美子にいわせると、『放浪記』を認めて連載をすすめたのは三上於菟吉で（三上は小説の読み巧者である）、時雨に世話にはなっていない、というのだ。しかし根本の齟齬《そご》は二人の個性のちがいであろう。パリ外遊から帰った芙美子は時雨にいった。

〈先生もぜひパリにいらっしゃるべきですわ、そんなに大層なお金でなくてもいけますよ〉

芙美子は庶民感覚で助言したのだろうが、天性の贅沢好きと一流の美意識で生きている時雨にはカンにさわる言いかただったようだ。

〈あたしは東京にいてもパリへいってるよりお金使ってるわ〉

――いったい、この林芙美子は生前から人格的に毀誉褒貶《きよほうへん》、相半ばするという作家だったが、そういう複雑な性格でなければ小説なんか書けないだろうと平林たい子は弁護している（『林芙美子』）。平林は芙美子とは古い友人であったから、その洞察は犀利《さいり》ながらあたたかい。

平林によれば、日本の風土は芸術家を育てるには、あまりに涸渇しているという。

「この涸渇した風土で、自己の芸術素質を養うためには、自分に頒《わ》かたれた公平な一人分の生活権ではとても間に合わない。何かしら一と癖あって、抽象的なものか具体的なものかで、他人のものを侵すだけの衝動なり、要求なり、勇気なりがあり、侵し得た人間こそ、それによって養った豊かな資質を祝福されるのではあるまいか」

しかし周りの人間はたまったものではなかろう。芙美子は他の女流作家に仕事を与えないよう、来た注文はすべて消化するといわれ、若い女流作家たちの間で恐慌を来《きた》したこともあった。芙美子と親しかったX女史（平林はその名を明かしていない）もなぜかのちに交りを絶って芙美子の葬式にも来ていないといわれるが——あるとき芙美子のもとへ某画家夫人がX女史への紹介状をたのみにきた。画家夫人は夫の画をX女史に買ってもらえれば、と思ったわけだった（噂ではその画家は芙美子の好きな男の一人、といわれる）。

芙美子は紹介状を書いて夫人に与えた。そのあとすぐX女史に電話して、

〈やむを得ないので紹介状を書いて渡したけれど、自分の本意ではないので、適当にあしらって帰して頂戴〉

といったというのだ。そのあとから、画家夫人がとぼとぼと、絵と紹介状を持ってX女史の家に現われた。芙美子の電話はかえってX女史を憤激させ、画家夫人に同情させた。女史はすすんで、夫人の持参した絵を買ったという。

しかし恩人の時雨とのゆきちがいは、——第三者のわれわれから見ても胸痛む。時雨が平林たい子に訴えたところでは、時雨が「女人藝術」に連載した『旧聞日本橋』を改造社から出してもらうことになっていたのを、その頃には顔が利くようになっていた芙美子が妨害して、話をこわしてしまったという。

平林は、いかに芙美子が力があろうとも、出版社が刊行しようと企画しているものを個人が阻止することなどできるものでもなく、時雨女史の思いちがいであろうが、そんな誤解をされたということは、〈お芙美さん〉のほうにもそれだけのことが平生あったのだろう、と推測している。

（ついでにいうと時雨の『旧聞日本橋』は岩波文庫に入っている。時雨の生れ育った日本橋界隈の昔ばなし、大江戸の世態、人情がまだ匂い濃くただよっていた頃の思い出が、キビキビした筆致で語られる。ことに時雨のなつかしく愛惜する父・祖母の面影もいい。時雨の父長谷川深造《しんぞう》の手になる風俗画もたのしく、私は座右の愛蔵書としている）

ところで時雨の追悼号に、やはり林芙美子の悼辞が欲しいということになって、機関紙「輝ク」の編集に携っていた若林つやが原稿を芙美子のところへもらいにいった（尾形明子『「輝ク」の時代』）。

すると芙美子はさんざんに時雨のワルクチをいい、それじゃ書いてくるわね、と書斎へ立った。それは新築成った下落合四丁目の家であろうか。そのあいだに女中さんが、笹の葉の上に、おむすびと茹卵をのせて運んできた。もう米も出廻らなくて雑炊や雑穀入りの御飯がせいぜいという時代に、〈純綿〉（そのころ流行《はや》ったまじりけなしという意味）の御飯だった。「鬼の牙《きば》のようによく光ってひと粒ずつが立っているようなお米」だったと若林つやはいう。

そのおむすびを芙美子も食べたのだろうが、やがて書きあげたのは、追悼歌ならぬ、「翠燈歌」であった。

最後の昏れがたには、
もう庭も部屋もなく森閑として、
ただ燈火がひとつ……。
長谷川さんさうではありませんか。
いさぎよく清浄空白に還られた仏様。
おつかれでせう……。
あんなに伸びをして、
いまは何処へ飛んでゆかれたのでせう。
勇ましくたいこを鳴らし笛を吹き、
長谷川さんは何処へゆかれたのでせうか。
私は生きて巷《ちまた》のなかでかぼちゃを食べてゐます。

（『輝ク』復刻版　不二出版、昭和63）

時雨の周囲にいた人々からこの詩は評判わるい。あんな詩は載せなければよかった、という怒りの声もあとで出た。平林たい子は「勇ましく太鼓を鳴らし笛を吹き、」のところで大笑いしたと。「長谷川さんは、たしかに、戦中は踊りすぎた」「芙美子さんらしい批判には、逝ける女史といえどもあの世で首をたれている筈」とも。

長谷川時雨はたしかに目立つ行動派ではあったが、そこにはいつも彼女のヒューマニズムがあり、私心野心は一切なかった。女の持てる力を結集し、大きなエネルギーを発揚したいというのは、軽侮され勝ちな女の地位への憤懣がテコになっていた。その思いがまた、戦う男たちへの愛憐ともなり（海軍の要請もあったが）、海南島まで慰問に出かけ、慰問袋を作らせたのだ。

私は林芙美子の詩にも平林たい子の分析にも異をとなえたい。この詩には時雨への愛も敬意もない。

超越者からご覧になれば、林芙美子が戦後、あんなにも作品を量産し、ついに命をちぢめてしまったのも、所詮は「勇ましく太鼓を鳴らし笛を吹き」ということに、ほかならぬではないか。婦人雑誌の座談会や食べあるき探訪までつきあい、健康をそこね「何処へゆかれたのでせうか」ということになる。平林また然り。憫笑の口吻臭う芙美子の詩に、時雨を悼む志など感じられない。それに同調する平林にも、時雨への理解が浅い。この詩は追悼号から落したほうが、編集者の見識というものであったろう。

芙美子は時雨の葬儀の日は友引だからと出席せず、午後の水交社でのお別れの会に顔を出したが、やはり「輝ク」の編集を手伝っていた熱田優子に、
〈あんた泣いたんだってね、甘ちゃんだね〉
と笑って、悲しみにくれる人々を啞然とさせた。

まだかけだしの女流作家だった信子を魅惑した三宅やす子は昭和七年、四十一歳で長逝する。作家としての業績は、彼女の師だった夏目漱石がいったように〈大味〉で中途半端だったが、理学博士三宅恒方の未亡人であり、彼女自身も枢密顧問官、帝大名誉教授、加藤弘之男爵の姪という名門であった。若くして未亡人となり遺児二人を文筆や講演活動で育てていた。彼女の婦人問題評論を常識的と評する人もあるが、ともあれ大正末、昭和初期の一時期、婦人ジャーナリズムはこの穏健中庸の女史をもてはやしたのだった。

しかし信子が、三宅やす子に親昵《しんじつ》したのは彼女の文学や思想のせいではなく、年長の女性として、女の人生の先達として慕い寄ったのである。

品位ある名流夫人、と社会的に敬意を払われながら、やす子は実は「怖しき未亡人」であった（信子の「偽れる未亡人」より）。やす子は窮屈で気の合わなかった夫を亡《うしな》うや、のびのびして、両切のエアシップという煙草を愛用した。女性の喫煙は良風美俗に反するとされた時代に、煙草の煙をたかだかと吹きあげ、腰巾着のようについてまわる信子や宇野

千代に、恋愛談義をきかせた。やす子は恋多き女だったが、夫の死後、夫の門弟の一人と結婚の約束を交していた。やす子より二、三歳年少の気鋭の少壮理学士だった。彼はロックフェラー財団に招かれアメリカへ留学した。彼も美しい恩師の未亡人を愛し、帰国の上、結婚することを約した。やす子夫人は亡夫の七回忌の席上、夫のゆかりの人々に遺児たちの成長を告げ、これからは私も新しい人生を生きますと宣言した。しかし理学士は帰国後、約を破って別の女性と結婚している。やす子は嫉妬と悲傷にうちのめされる。そういう〈女の修羅場〉をくぐってきたひとだから、恋や情事や男についての蘊蓄《うんちく》を傾けて説くのであった。受けて立つのは宇野千代のほうである。二人の丁々発止の応酬を、信子は目を見開き、耳をそばだてて聞いていた。信子にはまだ二人についていけるだけの蓄積がない。

……

やす子はそのあと、更に若い青年を恋人に持ったが、いつも誰かしら愛する男がいないと心の渇きが癒せぬひとだった。文壇では片岡鐵兵と広津和郎が好き、二人ともやす子好みの美男子だった。昭和七年一月、心臓麻痺でやす子が急逝した。成城の三宅家へ信子が駈けつけると、すでに宇野千代が来ていた。千代は自分のハンドバッグからコンパクトと棒紅を出して、友の亡骸《なきがら》に丹念に化粧をほどこした。娘の艶子さん（すでに結婚して阿部艶子さんとなっている）と信子は、その友情にみちたしぐさを、涙ぐみながらじっとみつめた。

信子はこの年長の友やす子によって、〈女とはどんなものか〉を教えられたといっている。『良人《おっと》の貞操』はやす子の人となりにしたしく触れたから書けたといっている。

半通夜をすませた深夜、信子と千代は小田急電車の駅で電車を待った。なかなか電車は来なかった。寒月のもと、しいんとしたホームで二人は言葉もなく立っていたが、突然、千代が声をあげた。

〈やはり仕事よ、よい仕事をするだけよ、私たちは！〉

もう一人、若い日の信子を眩惑した岡本かの子も昭和十四年二月に世を去る。かの子ははじめ信子には神秘な女教祖のようにみえた。女流歌人としてより、また著名な漫画家岡本一平の夫人としてより、美しき求道者の気魄があった。信子は自分の人間的スケールの小ささを恥じるぶん、玄妙不可思議なかの子の雰囲気に魅かれた。清新な家庭小説を、という自らの文学的抱負にゆるぎはないが、

〈人間は志を高く高く……〉

とかの子にいわれると、なぜか、臆するものがある。かの子が宙に視線をさまよわせ、

〈歌も詩も小説を書くことも、みんな、みんな、自分を人間より以上の高いものへ結びつけ昇華してゆく媒介なのね……〉

うっとりというと、信子は今更のようにわが卑小さがかえりみられて、自己嫌悪に駈ら

れてしまう。誰にもいえないが、信子は実をいうと、人間より以上の高いものへ昇華するより、

〈大向うを唸らせるものを書きたい。じゃんじゃん売れて、早く文壇に地歩を占めたい〉

ということばかり考えていたのだから。……

それもこれも初対面のときから、魔法をかけられたように、かの子の呪術的な魅力に捉えられてしまったからだった。事実、かの子の歌も凄かった。信子はかの子の第三歌集『浴身』（大正14）を贈られ、その中の、

「桜ばな　いのち一ぱいに咲くからに　生命《いのち》をかけてわが眺めたり」

を、「これこそ歌を媒介とする求道のこころこもりし現われではなかろうか」といっている（『自伝的女流文壇史』「逞しき童女」）。

約三年の外遊はかの子の文学的転換の契機となる。かの子は小説を書く願望を抱いていた。

あるとき歌人の杉浦翠子が長篇小説を出版したので、長谷川時雨はその出版祝いの会を計画した。するとかの子がやって来て、どうしても祝う会はとりやめるよう要求する。出版祝いの会は、有名無名にかかわらず、いつもやっていることだからと説明しても、かの子は聞き入れない。〈歌人が小説を書くことは絶対にゆるせない〉というのだ。大きい眼を光らせて息あらく言い募る。夜も更けたのに帰ろうともしない。精神に変調を来したの

か、と同席した人は思った。結局、時雨も根負けして、

〈じゃ、やめますよ〉

といった。岡本かの子が小説をたてつづけに発表したのは、そのあとだ、と『評伝 長谷川時雨』（岩橋邦枝）にある。

信子はあるときかの子に招かれ、林芙美子とともに青山高樹町の家へいった。ところがその夜のかの子の話題は終始、某歌人が権謀術策を弄するという痛罵ばかりで信子は面くらった。

私に対しては、〈天上の音楽〉のような話題をえらび、芙美子には〈地上の騒音〉を聞かせるのは、私が幼稚な童女であるのを看破しているのか、お芙美さんは世故たけたオトナだと思っているのか……と、信子は勘ぐった。

またある日、婦人雑誌の座談会の帰り、かの子、信子、芙美子と同じ車で帰る途中、雨となった。かの子が先に降りる高樹町の、家へ入る角の路に岡本家の老婢が傘を持って待っていた。電車の駅ならともかく、道ばたで、車で帰る奥さまを待つとは、相当長く立ち尽さねばならないのに、と信子が感心すると、かの子は大きい黒眼で信子をにらむようにみつめ、

〈愛があるからよ、あのひとはわたくしを愛してるのよ〉

荘重にいって車を下りた。

芙美子がいきなり信子の肩をぽんと叩き、〈なによ、あれは。愛があるからよ、わたくしを愛してるのよ、ですって?! あっはっは〉と小さい体をゆすって高い笑声をあげた。
〈あのひとはなんていつまでお嬢チャンなんですか！〉
――信子は芙美子の嘲笑もよくわかるが、自分としては、いかにもかの子らしい天真爛漫の真実だと好意的に思ったのだが。……かの子に魔法をかけられている信子にとっては、かの子の言葉は唇からこぼれおちる花のように、どれも新鮮で魅力があった。

さて、かの子がつるべ打ちに放ったユニークな小説群に、信子はむしゃぶりついて読みふけり、陶酔した。……が、なんということ。小説を読みすすむうちに、かの子そのものへの興味と魅力が失《う》せてきたのである。ツキモノが落ちたように、そこにいるのは、歌人にして仏教研究家の、神秘幽玄な天上の女人ではなく、ただ文壇の一才女、人間くさい女小説家に変貌してしまった気がした。

大作家になって文壇から絶讃の嵐に包まれているかの子とは、とうとうそのあと会うこともなかった。天上の女人が地上の女性に堕《お》ちるのをみたような、説明しがたい奇妙な気持がした。「あの純粋無垢な容貌さえ人間臭を帯びてゆく感じがした」。そして昭和十四年二月、かの子の逝去を新聞で知る。遺言により告別式を廃し、その費用は陸軍恤兵《じゅっぺい》部に寄付された。告別式なしなので高樹町の邸の、応接間の遺影の前に弔問者はお辞儀するのみ。

和服着流しの岡本一平は弔問客の鄭重なお悔みに黙ってうなずき、供物の生菓子をいきなり一つとって口に抛《ほう》りこんでいた。

信子は門を出て車に乗る。慟哭でもするかと思っていたら、突如、心中に変化が起きた。重い鉄兜《かぶと》を脱いだように朗らかになってしまったのだ。かの子の呪縛が解けて、わが身の卑小性、俗性を反省させられる窮圧から解放されたのだ。信子は長い疲れが一度に発した如く車中で、うつらうつらしてしまう。その日の日記。

「正午《ひる》すぎ赤坂のゴトウで牡丹の花籠を求め青山の岡本邸へ弔問に。一平氏ひげのまゝしよぼくれてゐられて、哀れふかし。少し送迎係をなして東日《とうにち》社へ。――そこの編集室でいろ〳〵雑談。阿部さん（田辺注、阿部真之助）、かの子夫人の年齢がサバよんでゐたと笑ふ。いゝ人、フエミニストだのに、あのおくさんを毛嫌ひしてゐたのはお《ママ》かしい」

生田花世が、夫の春月と長谷川時雨に逝かれて、にわかに元気になったのと同じかもしれない。信子はサバサバした表情である。

昭和十四年、十五年、信子はあいかわらず「主婦之友」特派員として各地へ派遣されていた。十四年は汪兆銘に会いに上海へ（「汪兆銘に會って来ました」「主婦之友」昭和14・9）。汪兆銘は日本との和平工作を信じて重慶を脱出したが、結局、彼の南京政府は日本軍の協力機関となってしまう。しかし一般日本人は、南京政府を通じて実質的に中国支配をもくろんでいる日本軍の真意を知らない。信子は汪兆銘に会って彼が教養ある紳士であることに信頼し、日本女性を代表して、妻や母の立場からも両国の和平をこい願う、――と伝えた。このとき携えた「主婦之友」最新号にはたまたま信子の連載小説『未亡人』があった。汪兆銘はそれを指して〈おお〉というように、にっこり信子をかえり見たので、信子はその女性への〈もの優しさ〉〈情の暖さ〉に感じ入った。日本男児にはついぞない当りの柔かさだから。信子はすかさず、〈未亡人という不幸な女性が、こんどの戦いのため、たくさん日本にできました。それは中国でも同じでございましょう〉。

汪兆銘の顔に、その通り、と緊張の色が走る。

〈隣国の同じアジア民族同士で、不幸な妻や母ができるというのは、女性として敵味方なく同情し合わねばなりません。女性本来の平和と愛の使命のために協力できたら――と思います。日本の女性は皆、そう願っています〉

汪兆銘は、自分も心からそう望むこと、女性はいずこの国にあっても皆同じようにいつくしみ深き者ゆえ、平和を望む、と通訳を介して答え、〈自分が二十一歳の時、日本がロシアと戦争して勝利を得た。中国人は誰も日本の勝利を喜びました。白人国の圧迫に打ち克ったからです。我々は小さい利害を超え、東洋民族のために、欧米支配からの解放を目指さなくてはならない、孫文先生の唱えられた大亜細亜《アジア》主義を、日本の女性が知って下されば。……〉。

信子は思わずいう、〈あ、私、孫文先生が大正十三年に日本の、神戸高等女学校で講演なすった、その大亜細亜主義の講演速記を雑誌で読んで感動しました。知っています！〉。汪兆銘の顔が輝やき、眼に灯がともり、

〈おお、大亜細亜主義！　そう……〉

ここは通訳を介さず、思わず洩れた日本語だった（汪は日本に留学している）。信子は日本女性も中国の歴史・思想をもっと知るべきと痛感する。孫文の大亜細亜主義や三民主義、中国革命運動の指導原理、現在の国民党の綱領ぐらいは知るべきで、女学校でも教科書で教えたらいい、と思う（信子はつねに女学生を忘れない）。汪は、中国の抗日、日本の侮華（中国を侮ること）をやめれば両国親善は成るが、日本婦人がその子女に幼少から中国との親善関係を教えて下されば、十年、二十年後には日支の関係は一変するであろうと、希望をのべた。――この会見は大成功だった。信子はよほど汪兆銘の印象がよかったとみえ、『私の見た人』の中にも書きとどめている。中国の小説を読むか、と問われ『剪灯新話』が好き、ということから『牡丹灯籠』の話になった。お露お米《よね》のカランコロン、という下駄の音の感じを出そうと、卓上の灰皿をとってテーブルにうちつけたが、テーブルクロスが厚すぎて音響効果はいま一つだったとか。

このときは実は主婦之友社社長の石川武美の、汪への激励の手紙を持っていったのだった。

昭和十五年には満洲開拓団の訓練所へ、十六年にかけて蘭印（オランダ領東印度諸島、現インドネシア）へ、特派員として忙しい。

ルポや訪問記と、かなり信子もよく注文に応じているが、「主婦之友」社もやや、信子をフル回転させすぎの気味である。専属契約は節筆になろうかとの心積りであったが、これでは裏目に出たというところであった。ただ信子の物怯《お》じしない人なつこさが、汪兆銘との会見などを明るくしているが、ともかく信子さえ出せばという安易な編集部の方針に、信子はかねて腹を立てていたふしがある。

これは昭和十一年五月号の「主婦之友」だが、信子は「巡礼の道を辿りて」（画は須藤しげる）のルポを書いている。なぜこのときに巡礼なのか、編集部の意図はわかりかねるが、信子は西国礼所一、二、三番とめぐって律儀である（一方で同誌に小説『男の償ひ』も連載している）。

この号に西條八十が「現代の女護ヶ島探検」として髪結さん、デパートの女店員休憩所、芸者置屋、裁縫所、「ムーランルージュ」の楽屋、チョコレート工場、モデル市《いち》、などを探訪、七五調の詩にまとめている。このページはむしろ宮本三郎の画が美しく生彩がある。

この企画は信子の疳《かん》に障ったとみえ、担当編集者宛に嚙みついている。宛名の山内金三郎氏とはかねて昵懇で何でもいえる仲だったようだ。山内氏（故人）は信子の手紙を保存されていた。

「先月お約束いたしましたオリンピック選手の訪問はスポーツに知識の浅い私には不向きで、よい記事がかけさうにもございませんので御辞退したいと思ひます。右あしからずおゆるし下さいまし（田辺注、ベルリンオリンピックである。日本は水上四種目と三段跳に優勝している。――が、これでみると「主婦之友」もかなり無定見に、信子を起用していることがわかる）。

今月号拝見。西條氏のかかれた女護ヶ島のプランこそ、私のやらせて頂きたかつた適当な役目だつたと思い《ママ》ます。

あんないゝプランがありながら私は巡礼の一人もゐない寒い野道を辿つて、いそがしい時を費やし犠牲をはらひすぎたと不平でなりません。女だけの世界（傍線ママ）を女の作家にまじめに観察させてかかせるだけの認識をお持ちになつて、私をうまく使つて下さるのでなければ、中間記事はかくのがいやになりました。まつたく今月号をよんで腹が立つてなりません。社用とかのクライスラーで、男の人が面白お《ママ》かしげに見物してゐるとき、私は女で汽車で不自由な野道を旅廻り、あんまりバカげてゐます。急《ママ》がしい中を。

女護ヶ島の如き、どの一つも私の是非見たかつたところで真面目に私に書かせてこそ、婦人雑誌のプランの正しい生かし方ではないでせうか。

主婦之友で、も少し私の使ひ方と使ひ道を親切に考へて下さるまでハ、不平で中間記事お引きうけするのがいやになりました。右あしからずご諒承下さいまし。

四月十六日　　　　吉屋信子　拝

山内様　御侍史」

——ともかくこの抗議のおかげで運動選手訪問や巡礼のルポなど雑用はこなくなった。信子の律儀さと、小まわりの利きすぎる器用さが、安く踏まれた原因であろう。

それに……時雨、かの子、三宅やす子と、先輩作家の物故がつづいたあと、女流文学者会では、すでに会長は信子であった。いつか、そんなところへ押し上げられていた。

6

女流文学者会は元来、長谷川時雨の「女人藝術」が母胎といえるかもしれない。ここはサロン的雰囲気で、女流たちが集《つど》いやすかった。廃刊後も時雨は「輝ク」を出したので、若い女性たちがいつもたむろしていた。時雨はまた女流を愛顧する気分が強く、サロンの女主人というたたずまいも、時雨の好尚に適った。

当時、それに対応する集いは、信子の邸であったろう。ここへも若い女流作家たちが好んで集った。矢田津世子《つせこ》、真杉静枝、大谷藤子、大田洋子たち。……尤《もっと》も彼女たちは林芙美子の家へも訪れている。しかし芙美子邸では夫の手塚緑敏もいるし、信子の家ほどくつろげなかったろう。信子の家は女世帯ではあり、かつ千代がプロ級の料理名人なので、若い友人たちを接待するにもまめまめしい。彼女たちはおかげで気がねなく、のんびりくつろいで客間を占領できる。信子自身も後進にやさしいので、自然に彼女らは来やすいらしかった。それが芙美子の感情に触れたことを、信子は『自伝的女流文壇史』に書いている。

信子の家へきた芙美子が、

〈ここへ集るあの人たち、うちへもよく来るんですよ。あのひとたちは私がご馳走しようと思って前の晩から気を入れて煮込んだものを出しても、おいしいともいわずさっさと食べて、すぐ文学論に夢中なんですからね。もてなす張り合いもないわ〉

と不服そうに信子に訴えたという。

信子はどちらにも理解と共感を持つのであった。芙美子がはじめて信子のうちへきたとき、ありきたりの酢のものを〈おお、おいしい……〉と舌鼓打ってほめたのをおぼえている。苦難放浪の人生を送った芙美子は、人なみの食事でも全身で味わい愉しむ気持、貴む心が強いのだ。

一方、若い作家志望たちは、ただもう一日も早く文壇の一画を占めたい。いまはうどんをすすり、お握りをかじっても〈林芙美子〉のようになりたいと思いつめ、芙美子の手料理よりは、芙美子文学に刺戟されるほうがよい、ということだったのではないか。――信子はそう推察してどちらにも共感し、芙美子の不服顔にもかかわらず、好意ある微笑を禁じ得ない。

　ともかく、そんなわけで信子の家に集う女流たちが、いつか女流作家だけ集って、会を組織して親交を暖め、かつ、互いの作品批判や文芸上の研鑽に備えたいという意向をあきらかにしたのは、自然な気持の流れであったろう。

　時雨はそれを聞いて、大賛成で、その結成に早速つとめようと申し出た。信子は女流文壇の大姐御《あねご》が乗り出すのを、一も二もなく喜んだ。ところが、真杉静枝や矢田津世子は、

〈時雨さんのところの、「輝ク部隊」とちがう、文学一本だけの会にしたい〉というのだ。「輝ク部隊」は兵士慰問や戦死者遺族支援、などという社会活動で注目されている。真杉たちは社会活動とは一線を画したい、というのであろう。その気持も信子にはわかり、時雨女史を長老として仰ぐことに変りはないが、下準備は若い女流作家に任せることにした。

　信子がまず誘ったのは、古い親友、宇野千代である。千代は赤いマニキュアの指を口元にあてて一笑し、

〈女ばかり集って何が面白いのよ。つまンないわ〉

といったが入会したあとでは心強い協力者になってくれた。林芙美子は大賛成で、両手を打ち合せ、

〈いいわ、大いに盛大に作っちゃいましょう、男の作家はそれぞれグループで飲んだり議論したり、たのしくやってるんですもの、私たちも何かしなくちゃ。私も何か一役、受け持つわ。そして会の機関紙も出したいなあ、勝手なこと、言いたいこと、書き散らすのも

いいわねえ〉
と乗り気だった。
気鋭の翻訳家・英文学者の村岡花子も賛成し、入会する。随筆家も入れようと、そのころ箱根強羅のホテルに長らく療養中の森田たまに電話すると、〈そんな会つくって何をするのよ〉と気乗りしない声だったが、入会は約してくれた。
今井邦子は、〈歌人でも入会できるの？〉といい、信子が喜んでぜひ、というと入ってくれた。尤《もっと》も邦子は自伝や随筆も書く人で、歌だけ、という人ではないが。……当時は歌誌「明日香」の主宰者だった。
詩人の深尾須磨子も入会し、範囲は広くなった。評論家も当然、入会してもらわなくては、と信子は文芸評論家の板垣直子にも勧めた。板垣とは軽井沢の別荘も近くで、信子は親しい。しかし板垣は躊躇して、
〈軍部は少しでも知識人が集ると睨みますよ〉
——といったものの、のちに入会、会のありかたをいろいろ示唆してくれた。劇作家の岡田八千代（小山内薫の妹。「青鞜」・「女人藝術」の一員として小説・戯曲で有名。美人で、夫の岡田三郎助の絵のモデルにもなっている。夫とはその後、別居しているが、時雨同様、当時の女流劇作家の長老であることはまちがいない）平林たい子、円地文子、壺井栄、佐多稲子、阿部艶子、中里恒子（新進作家として擡頭したころ。中里が『乗合馬車』

で第八回芥川賞を受けるのはこの少しあと、昭和十四年〈一九三九〉である）網野菊（志賀直哉に師事し、短篇小説を発表しはじめたころ）大谷藤子（「日暦」同人の新進作家）大田洋子、横山美智子（少女小説作家から、昭和十年、大阪朝日新聞の懸賞小説に当選したばかり、この経歴は信子に似ている。その小説『緑の地平線』はブームを呼び、彼女は賞金一万円を手にして一躍有名人になる。まだ三十一歳の新人だった。――尤もこののち、横山はまた少女小説に戻っているが）それに、城《じょう》夏子（「女人藝術」同人だった）ら……信子はそのほかに「いちいち書ききれない」メンバーが揃って発会に漕ぎつけたのは「まさに昭和十五年十一月吉日である」という（『自伝的女流文壇史』「女流文学者会挿話」）。

　発会式というほどのぎょうぎょうしいものではないが、会場は真杉静枝の知り合いのホールを借りた。といっても、あるブルジョアの音楽愛好家が麹町平河町の自邸内につくった、家庭的な演奏用ホールだった。小椅子がたくさん揃っていたからという。

　その日の協議では、会名は「女流文学者会」。
年会費は一円五十銭、と異議なく可決（当時葉書は一銭五厘、封書は三銭）。しかしそれだけではいかにも心細いので維持費として、会員が著書を刊行して印税が入ったら金十円也を寄付する、という個条がつけ加えられる。

　歌誌を主宰して会費や誌代徴収の事情に精通している今井邦子からは、送金方法は振替口座が便利という提議があり、女流文学者会は振替口座に加入する。

会の事務所はさし当り信子宅。矢田津世子が進んで事務員役（使い走り）を引き受け、真杉静枝は謄写版を買ってくれれば、通信その他を引き受けると勇み立った。

〈私も手伝う。会計係りになろうか〉

と芙美子はいい、早速、その日集った会費と会計簿は芙美子に手渡された。

発会式の弾み心が想像されるような雰囲気である。

思えば明治の一葉以来、大正、昭和初期にわたり、才ゆたかな女流がさまざま世に出たが、文学的に短命だったり、個々の擡頭が散発的に終って、一つの時流となるほどの質量の豊かさは見られなかった。いまようやく昭和十年を越して、清新はつらつたる若い女性文学者が一挙に輩出した。

その高揚感が女流たちの心に火をつけ、連帯願望を生ましめたのであろう。信子は若い人々の行動力や実行力が嬉しかった。

その夜、信子の家の電話がけたたましく鳴り、誰かと思えば芙美子だった。

〈困っちゃった、私いままで起きて計算してたんだけど、どうしても三十七銭、帳尻が合わないのよ〉

女流文学者会の会計簿である。

〈足らないの？〉

信子は芙美子の律儀さがほほえましい。ベストセラーを出し、豪邸を建て、順風満帆の芙美子のこと、三十七銭ぐらい足しておけばいいのに、芙美子の正直がおかしい。

〈いいえ、多いんですよ、収入と支出、なんどやっても算盤が合わない、三十七銭多いのよ、足らないより多いのは気味悪いわよ〉

その日の支出は幹事の買った茶菓代だった。

信子と芙美子は電話口で笑ってしまった。芙美子の愛すべき一点を、信子がよく知るのは、こんな芙美子のユーモアを愛しているからだった。

会は集りもよく（会場を以後、信子の家にきめたせいもある）、「弾力ある会合が愉しくつづけられた」と信子はいう。

しかし一つ、トラブルの思い出もある。会合のとき、会員の間で生田花世の最近のエッセーが話題になった（信子はIさんと書いているが前後の事情から推して生田花世のことであろう）。そのエッセーには、〈近頃は国家のため貴金属類献納の時代に、いまだに金の腕時計をしたご婦人を電車内で見出してその顔をのぞきこんだ云々〉というものだった。

日支事変（当時そう呼んだ）が泥沼に入っていつまでも長引いているとき、資源に乏しい日本は、国民の間から金属・貴金属の供出をしきりに呼びかけていた。寺の釣鐘も銅の火鉢も、鉄門、鉄瓶まで供出をすすめられる。ダイヤの指環、金の装飾品、それらも供出するように、新聞が煽りたてる時代だった。

若い女流作家たちは、口には言挙《ことあ》げせぬけれど、そういう軍や官の命令に内心、反感を

もっている。満洲事変にはじまり、二・二六事件、上海事変、日支事変……もうもう、たくさん、

（いやな世の中だわねえ……）

　といいたかった。

〈生田さんのそれ、あんまり単純じゃない。そこらの愛国婦人会のおばさんならともかく、文学者ともあろう人が軍部や新聞のいいなりになって信じてるなんて。……〉

〈時勢に媚びてるってこと、ね〉

〈いいじゃないのよねえ、金時計をした女が一人や二人、いたって……〉

〈そうむきにならないでも……〉

　などという話も出た。生田花世はそのころは文壇から遠ざかっており、女流文学者会には「勧誘もれだった気がする」と信子はいう。何にしても当夜、生田は出席していなかったのはたしかなので、座談とはいえ、欠席裁判と思われても仕方がないであろう。

　しかし若い女流たちが生田花世個人に反感をもち、蔑笑したのではないだろう。生田の文章に代表される戦争追従の俗流愛国論に反発していたのだ。権力者のお先棒担ぎは、いやしくも物書きの取らぬところ、という気概が、批判のかたちをとったと思われる。

　ところがこれが当人に洩れた。針小棒大に伝わったのかもしれない。花世女史がそれに対して大いに怒ったというのなら、みな救われるのだが、花世女史の反応は（今まで我々

が生田花世の人生軌跡を見てきて、いかにも、と首肯できる通り）、自身ひどく傷つきおちこみ、苦悩したのだった。

花世からの突然の速達便が信子のもとへ午前に一通、午後に一通きた。綿々と怨み悲しむ言葉のかずかずが、便箋数枚にしたためられてある。

信子は一驚し、途方にくれてしまった。信子は上京後はじめて会って親切にしてくれた花世の恩を決して忘れていない。信子よりずっと古くから文筆に昵《なず》み、その世界を切り開いてきた先輩に、敬意と親愛感を失なってはいない。

それなのに、こんなに先輩の女心を傷つけたのかと困ってしまった。そこへ村岡花子から電話がある。花子のところへも速達がいったらしい。二人で溜息をついてしまった。

翌日も眼がさめると花世女史の速達が舞いこんでいた。村岡もそうだという。しかも今日の文面には、

〈今日、市ヶ谷へ行く途中、バスの中からあなたの家のあたりを眺めて、あああの屋根の下で大勢の女流作家が集って、私を軽蔑されて笑い者になすったと思うと、もうもう、胸が迫って思わず卒倒するほど、辛くて辛くて、悲しくて悲しくて、湯水も咽喉を通らず……云々〉

信子のほうが辛く悲しい思いをした。花世女史は善良、正直な性質なので、お国の為に、と素直に考え、金時計婦人に露骨な反感を持ったのであろう、それよりも、自分は明治の

昔から文学に熱情をそそいできたのに、現代の生意気な後輩に憫笑されるとは、というくやしさがあったのだろう。信子は村岡花子と協力してどうにかなだめ、鎮撫した。すると今度は女流文学者会の会員から、〈誰が生田女史に告げ口したのか、こんなことでは、われわれは安心して物がいえない。口外した犯人を除名してほしい〉という声があがり、女の会の常といいながら、自慢にならぬ紛糾《いざこざ》であった。信子は、
「これは要するにその当時の戦（時）下の食糧事情、日に日に悪化を告げてたべものが悪かったせいで誰も彼もなんとなく苛々していたのにちがいない」（『自伝的女流文壇史』）
といっている。右書にはないが日記によると、「針小棒大」に告げ口したのはどうやら深尾須磨子らしい。

しかしそんなトラブルは一件だけで、女流文学者会の会員はみな友情こまやかだった。昭和十六年の春、信子は数人の女流作家らと奈良旅行を楽しんだ。

そのときのことを『吉屋信子全集』（朝日新聞社）月報10に網野菊が「吉屋さんの人気」として書いている。奈良を歩いていても「吉屋さんの人気のすばらしさには、まったく驚いた」というのだ。人力車で奈良公園の中を行くと、そのあたりにいた大勢の観光客がさっとゆれた人波となって左右に割れ、〈吉屋さんだ、吉屋さんだ〉という声がおこる。若草山の麓を歩けば茶屋や土産物店の女たちが〈吉屋さんだ〉と騒ぐ。当時、東京ではもうかなり物資が欠乏していたが、奈良ではまだかなりのもの（食用油など）が入手できた。

それらの店は信子には喜んで売ってくれるのだが、必ず信子の色紙を所望した。信子の日記によれば五月十日から十二日にかけての旅で、法隆寺や東大寺、当麻《たいま》寺、「志賀さんのうちのあと見る」とあるのは志賀直哉の旧居であろう、奈良女高師（旧制奈良女子高等師範学校。戦前、女子の最高学府の一つ）を参観しているのも、女学生に殊更な思い入れのある信子らしい。新薬師寺へゆく途中の藤が美しかったと。

　このとき、奈良を旅しておいてよかった。

日本はこのあと、更なる戦争へ突入してゆき、こんな悠長な観光旅行も不可能になる。そして同業ながら素直に信子の人気に感じ入る網野菊の友情も、〈女流文学者会〉の暖さを思わせる。

　昭和十五年末、信子は「主婦之友」特派員として蘭印へ派遣された。

　その年あたり、新聞に蘭印という言葉がしばしば出て、蘭印とはどんなところだろう、日本とどんな関係があるのだろう、と思う国民は多かったに違いない。主婦之友社はそれをいちはやく見越して信子を派遣したのである。当時、蘭印、つまりジャヴァ、スマトラ、セレベスの諸島、ボルネオ、ニューギニアの大部分、その他の諸群島、ことごとくオランダの植民地であった。オランダ本国の五十何倍にあたる広さ。本国のオランダは当時、ドイツが侵攻して、女王はオランダ政府と共にロンドンに亡命しており、オランダ国旗を立てて守るのは植民地蘭印のみになっている。

その蘭印は資源豊富だった。戦う日本が何より欲しいガソリン、石炭、ゴム、砂糖、……があるのだ。〈南進日本〉というスローガンが国内に氾濫しはじめる。

オランダはドイツの盟邦である日本に猜疑心と反感があり、日蘭交渉ははかばかしくない。険悪になるばかりの状態のとき、信子は派遣されたのである。船の中で昭和十六年の新春を迎え、台湾の沖では船員乗客とも夏服になる。日本の冬は、近ごろでは炭も乏しく、ひとしお寒さもきびしいというのに、船室では扇風機を使う。この旅は千代も一緒で、船中では乗客の日本婦人や、蘭印の領事館や日本人商会へ戻る男たちと、デッキゴルフや麻雀を楽しんだ。

十一日セレベスの港、メナド入港、蘭印は非常戒厳令が布《し》かれていて波止場の警戒はものものしかった。インドネシア兵、オランダ人将校が立ち並んでいて、旅券検査、身体検査、ときびしい。信子たち女性は女性税関吏が検査する。夏スーツのポケットを探り、ハンドバッグを開けて改める。コンパクト、紙入れを調べ、ついで母が与えた浅草観音のお守り札を取りあげ、あやしんだ。信子は、

〈それは私の守護符《タリスマン》です〉

と申し立て、彼女はやっとハンドバッグに納めてくれる。信子はポケットや胸元まで触れて調べられるなんて初めてだった。旅の間中、どこの税関でもきびしく、日蘭関係の緊

迫を身を以て知った。メナドは近代的な都会で道路は整備されていた。椰子やバナナ、ゴムの樹を両側に、舗装された道路はどこまでも続くが、信子らの自動車はいたるところ検問で止められる。ここでは鰹工場を見た。邦人漁夫が多く住み、鰹節を作っていた。

ドリアン、マンゴスチンなどという果物もはじめて味わう。花が咲き果物はみのり、まるで夢の島だったが、ジャヴァの港スラバヤへ入港したときも厳しく検査された。船内の無線電信室のドアは封じられ、カメラも封印、やっと上陸すると税関の検査、移民局での質問。〈何の為に蘭印に来《きた》りしや〉〈日本の家庭雑誌、「主婦之友」に、蘭印見学の記事を書くために〉など取調べがあって、油照りの暑さの堪えがたい中を、ながい苛酷な時間だった。

日本内地の郵便物は検閲され、電話も録音（レコードで）されているという。

ジャヴァの首都、バタヴィアでは芳沢謙吉日蘭会商代表を訪問する。芳沢代表は石油輸入交渉に奔走している最中だった。石油を確保できるかどうかは、日本の死命を制する。このころ対米戦は極力回避、という軍部の意向のもとに南方作戦を講じつつあったが、アメリカもイギリスも日本の南方武力進出を危惧し、石油禁輸も予想された。それゆえ、日本は蘭印にどうしても石油輸入をＯＫさせたい。アメリカが対日石油輸出を全面的に停止するのは、この年、昭和十六年（一九四一）八月一日である。そして芳沢代表が、チャルダ蘭印総督に交渉打切りを通告するのは六月十七日、内地への報告ではもう実力行使しかあるまいといっていたのだ。しかし一民間人の信子に何がわかろう。

当時、日本帝国海軍は、有事に備えて五五八万キロリットルの石油を貯めこんでいたという（産経新聞「あの戦争」5、平成9・1・5）。一時間に石油を四〇〇トン消耗するという海軍が、石油の輸入をストップされれば命脈は二年で尽きる。いかに無敵海軍といえども石油なしでは動かない。よく知られたエピソードだが連合艦隊司令長官山本五十六が近衛文麿首相に戦争の成否を問われて、〈やれといわれれば一年や一年半は十分に暴れてみせます〉と大見得を切った根拠は、石油の保有量だという。日本自体の燃料保有量も、国家全体の需要の二年分しかない。当時陸軍参謀本部作戦課に居られた瀬島龍三氏（陸軍大尉）の回想録『幾山河　瀬島龍三回想録』（産経新聞社、平成7）によると、企画院は、「現状を以て推移せんか、帝国は遠からず痩衰《そうすい》起つ能わざるべし」と訴えたそうである。

　ともあれ、信子はバタヴィアの高級住宅に滞在中の芳沢代表を訪れる。夏の軽井沢で時々会う氏（向うは知らないであろうが）は、信子にはなつかしい。氏は気軽く会ってくれた。瀟洒《しょうしゃ》たる典雅な老紳士である。

〈ともかく、この外交の交渉というものは気長く辛抱づよくせんといかんもんでね……〉

と氏がいうのは、この時期、対米国交調整に努力している野村駐米大使とも共通する感懐であったろう。

信子は蘭印で邦人の進出がさかんなのに驚く。農園、雑貨商など成功者も多い。日本婦人も夫に従ってよく働いており、各地の婦人会も活発だった。信子は精力的にそれらの人々に会う。中でも、各地の日本人墓地に詣ることも忘れない。殊にからゆきさんの崩れかけた墓を見たとき、信子は愛憐の思いに打たれた。明治二十年代から四十年代に早くもこの地へ流れ、若い命を散らした日本娘子軍《じょうしぐん》たちの墓である。彼女たちはこんな南の果まで売られてきて、はかない稼業をしながら、当時、日露戦争起ると聞くと、一致して醵《きょ》金《きん》し、夢にも忘れぬ祖国日本の危急を少しでも救おうとしたという。……信子は涙ぐむ。小さい墓にしるしばかりの、某《なにがし》キミ、某《なにがし》ユキと若い年齢《とし》を刻まれ、「南の太陽と雨と風とを浴びて、永久に悲しき心秘めて黙せる一片の石となったのである」〈『最近私の見て来た蘭印』主婦之友社、昭和16〉(この本の初版印税七百円を信子は海軍へ献じている。その仲介をしてくれたのは、昔、パリで世話になった海軍士官の平出《ひらいで》英夫、現在は大本営海軍報道部課長・平出海軍大佐である)。

信子は携えた白とピンクのカーネーションの花を一輪ずつ、はらはらと墓石に手向け、合掌した。

バリ島ではバリの踊りを見て、歌舞伎のだんまりを連想した。インドネシア人は日本人によく似ているし、「東亜共栄圏の名は空しいものと思えない」と信子は書く。右の本には信子の帰国講演会(昭和16・3・15、神田共立講堂に於けるもの)の速記もまとめられているが、蘭印に多い華僑を見て信子は「黄色人種同志が、今お互ひに鉄砲や大砲を撃ち合ひ、傷つけ合つてゐることは、本当に勿体ない」と説く。「白人種の桎梏《しっこく》から離れて」「黄色人種同志が固く手を握り合ひ、南洋の天地に団結して、自分たち東亜の共栄圏のために協力努力したら、日本にも、また中華民国にも共存共栄の実があげられるのにと考へます。（拍手）」

　大東亜共栄圏なる語は、昭和十五年第二次近衛内閣の外相、松岡洋右《ようすけ》の外相談に出たといわれるが、日支事変も手詰りになり、戦力物資を東南アジアに求めるしか道がなくなった日本にとって、〈大東亜共栄圏〉は唯一のヒントだった。白人支配からアジア民族の自主独立を克《か》ちとる、そしてアジアの資源によって、アジア広域経済圏を確立する……日本の南進政策を理想主義化したものが〈大東亜共栄圏〉という発想であった。一般国民には気宇壮大な構想に思えた。信子も同じである。彼女はインドネシアのインテリ男女に、しきりにオランダ本国からの独立を示唆している。人々は政治的な話題には乗ってこなかったけれども。……

（結果として、第二次大戦後、ビルマやインドネシアやフィリピンは独立を果し、民族意識にめざめた。イギリス・フランス・オランダは植民地を再び回復できなかった。現今、日本の侵略ばかりあげつらわれるが、結果として東南アジアの国々は解放され、日本の犠牲により〈大東亜共栄圏〉が実現したのは歴史の皮肉というべきか）

　信子は蘭印報告講演を、東京・名古屋・大阪で行なっている。政府の南進政策に合せ、国民の関心は東南アジアに向けられているのでどこでも大成功であった。信子は講演の練習を千代の前でやってみた。〈とても面白いわ〉と千代がほめてくれたので勇気百倍、演壇に立ったらしい。元来、人怯《お》じせず、お茶目で〝調子乗り〟のところがあり、スピーチでもウィットに富んでいるという評のある信子のこと、自信が出ると話にハリがきて、聴衆をしばしば笑わせている。

しかしその自信も、千代がうしろでネジを捲いてくれればこそ、であった。

昭和十六年秋十月、再び「主婦之友」特派員として仏印（現ベトナム）へ向う。毎日新聞の連載小説『花』を書きあげて半年だった。これは美しきお花の家元と若い歯科医の悲恋であるが、緊迫した世相なのに、どこかあかるい、のびやかな味があり、飄々としたユーモアもたたえ、そこが喜ばれたのか、読者に好評だった。〈千代年譜〉には「愛すべき作品」とある。吉村公三郎監督と、田中絹代で映画化もされたが、注目すべきはこのころから信子の日記に「救世軍資料あつめ」とか「山室氏関係取材」の記事がみえることである。昭和三十九年から四十年にかけて読売新聞に連載した『ときの声』の構想はすでに二十年前から芽生えていたらしい。それもあるいは蘭印で、可憐な〈からゆきさん〉の墓を拝んだのがヒントになったのではなかろうか。

今回の仏印行きもやはり千代同行で心強い。その四日前、第三次近衛内閣は総辞職し、二日前に東条英機内閣が成立したばかりという騒然たる日本をあとにして。

その七月には日本軍は南部仏印に進駐した。援蔣《えんしょう》（英米の中国・蔣介石軍への援助物資供給）ルートを断つ、という名目だった。アメリカは直ちに在米日本資産を凍結、次いで対日石油全面禁輸となった。対米政策は和《わ》か戦《せん》か、近衛内閣は閣内の意見を統一することができなんだのである。近衛総理はアメリカとの平和交渉をなお望んでいたが、東条らは開戦やむなし、という決意だった。

仏印へ日本兵は陸続《りくぞく》送られる。またもや国民は途方もなく南へ北へ兵をばらまきつづける政府に漠然たる危惧をもつ。仏印とはどんなところなのか。日本兵はどうしているのか。

そんな国民の不安に応えるべく信子は派遣されたのである。

羽田を発《た》って二日目にすでに仏印ハノイのジャラム飛行場に着く。旅券の検査も税関もなく、航空隊の人に案内されてハノイ市街へ、そこから小川総領事に案内される。ちょうど日本画展覧会が開催され、有名画家の絵をフランス人、安南《あんなん》人（ベトナム人）が眺めていたが、小品や軸物ばかりで、信子の見たところ、日本文化紹介というにはいささか物足らず淡彩すぎた。それよりもむしろ、仏印の美しさはどうだろう。蘭印とは全く違う。蘭印は金をかけた新建築が並び、いかにも裕福な植民地の感じ、ところが仏印はフランスの田舎町のよさをとどめている。物寂びたフランス風館《やかた》、門の壁に蔓草が這い、昼も鎧扉《よろいど》のひっそり閉まる家々が並ぶ。信子の泊ったメトロポールホテルも実に古めかしい。仏印はもと中国の勢力下にあったのを、ナポレオン三世が占領してフランスの植民地にしたのである。町の突き当りにパリのグランド・オペラの縮図《ミニチュア》みたいに、愛らしい小さい市立劇場《テアトル・ミニュシパル》まで建っているではないか。すべてフランスの匂い、パリの縮図である。——ところが現在は日本軍が溢れ、その劇場では日本の蓄音機会社から派遣された皇軍慰問の日本美人が〈春雨〉を踊って、満場の日本軍服の観客から喝采を浴びたよし。

　市街の建物は日本軍の宿舎、あるいは各新聞社の支局となっている。ハノイの交通機関は今は人力車、車《シャア》ばかりである。仏印では蘭印からガソリンの輸入が絶えたので、街には公用車しか動いていない。小湖《プチラック》の柳がくれにゆくベトナム女性のすらりとした姿が美しい。ハノイの仏字新聞ハノイ・リアルは日米の危機はここ一週間、独軍はモスクワへ十キロに迫ったなどと書き立てていた。市街の飾り窓の目立つところにはペタン元帥の顔と三色旗を美しく刷り出したポスターに、「Tous les Français fiers de la France」……（すべてのフランス人はフランスを誇りとしている）という文字が入っている。……小雨のそぼ降る肌寒いハノイであった。

　ある朝ホテルのボーイが一葉の名刺を届けてきた。「在仏印陸海軍最高司令官」という長い肩書、長勇《ちょういさむ》陸軍少将で、迎えの車でご入来乞う、というのである。三年前、満ソ国境をやはり主婦之友社派遣で慰問した信子は、そこで長大佐に会っている。張鼓峰《ちょうこほう》の日ソ軍衝突事件の停戦交渉に成功して男を上げた人である。文学趣味のある軍人で、信子も親しみを感じていた。

せっかく招かれたので参上すると、副官に案内された部屋に入るなり、六尺ゆたかな偉丈夫の長少将は信子に向って破顔する。

〈おう、張鼓峰以来、ぼくのいる所を必ず慕ってやってくるね〉

信子もいきなり浴びせられてふき出し、（うぬぼれないで）といいたかったが、ふと居室の書棚を見ると、新潮社刊行の信子の全集が十二冊、ずらりと並んでおり、何だか感動してものがいえなかった。

ちょうど同じメトロポールホテルに藤田嗣治画伯も泊っていたので、小川総領事を加え、何度も長少将の公館に招かれてご馳走になった。少将は信子におみやげを贈るといって百貨店へいった。売り子のフランス娘の顔をみれば彼は「ボンジュール・マドモアゼル」と愛嬌をふりまいたが、それは彼の唯一知るフランス語であったらしい。

信子はハノイの図書館長や女学校長、リセのベトナム人教授らインテリたちにお茶の会に招かれ、フランス人女学校、ベトナム人女学校も見学した。パリへ遊学し、今なおフランス好きの信子には仏印はなつかしかった。

サイゴンへ向う前、長少将に暇乞いにゆくと、旅程を聞かれた。サイゴンからついでにカンボジアのプノンペンへゆき、アンコールワットを見てタイへ……との希望をのべると、〈長さん〉は呆れたように信子の顔を見たが、

〈それもいいだろう、小説を書くのに役に立つかもしれん〉

と、巻紙に達筆で、サイゴン進駐部隊報道部、尾高少佐に長文の紹介状を書いてくれた。そのときの表情で、状勢を悟るべきだったが、迂遠な信子にはわからなかった。〈長さん〉の手紙は威力を発揮し、以後、到るところで便宜をはかってもらう。

サイゴンはハノイに比べ、目のまわる暑さだった。北部と南部とでは大いに違う。港町だけにフランス女たちもいきいきしてサン・ショーセット（靴下なし）の素足にサンダル、帽子なしの金髪を太陽に輝やかせ、頭をもたげて闊歩する。すらりとしたベトナム娘たちもおしゃれだった。そして町中に氾濫する日本兵。――地図を拡げればサイゴンの隣にタイ、その向うに英領マレー半島、海をへだてて蘭領ボルネオである。ABCD包囲線（米、英、中国、オランダが経済断交によって日本を苦しめていると政府は宣伝していた）がまざまざと実感できるところだった。信子はまさに現代の第一線、世界情勢の渦巻の中に立つと昂奮する。

サイゴンに碇泊する軍艦をたずねたり、アンコールワットも見学できた。

再びサイゴンへ戻ってみると、町のたたずまいがどことなく緊迫している。町は灯火管制で暗い。眠れぬほどのプロペラの音がひびく。翌朝階下の食堂へ降りると、ホテル正面の舗道に散っているビラ（空から撒かれたもの）をベトナム人が拾って何やら言い交している。

ドアボーイが信子の顔を見るなり、

〈ゲール！〉（戦争）

と叫んでビラを渡した。ベトナム語とフランス語で、日本が西太平洋で米英と戦闘状態に入ったという、簡単な日本軍の布告だった。

ホテル内の壁には日仏両国語で、

〈日本は英国及び米国に攻撃開始せり。されど仏本国、及び仏印は日本と友好国なれば恐るるなかれ、静粛なれ〉

と張り出された。ときに昭和十六年の十二月八日。町のフランス人もベトナム人も、心中は知らず、平静に歩き、店々の飾り窓にはクリスマスの玩具《おもちゃ》やサンタクロースのお面（日本製）が並び、一九四二年のカレンダーと日記帳が売り出されていた。

〈長閣下のおことづけです。バンコクまで無事に行かせて安全に帰してあげよう、その代り、以後、内地から一歩も出るな、とのことでした〉

尾高少佐にいわれて信子は（長さん、ありがとう）と胸が熱くなる。日本はどうなるのだろう、仏印にみちみちている日本兵たちは。……東京は。私たちの行く末は。

7

「臨時ニュースを申し上げます。

臨時ニュースを申し上げます。

大本営陸海軍部十二月八日午前六時発表。

帝国陸海軍は本八日未明、西太平洋においてアメリカ、イギリス軍と戦闘状態に入《い》れり」

昭和十六年（一九四一）十二月八日の午前七時。NHKラジオから（田辺注、当時は無論、民放はなく、NHKのみ、全国どこの家庭も早くからラジオのスイッチを入れていた）突如、右の臨時ニュースが流れた。つづいて正午には米英両国に対する「宣戦の詔書」が放送される。……

この放送はその日一日、何度もくり返された。私は当時高等女学校二年生であったが、登校前に家で聞き、学校で生徒一同、運動場に集められて聞き、下校してからも家で聞いた記憶がある。『昭和　二万日の全記録』（講談社）によればニュース放送回数は十八回、実に延べ四時間四十分にのぼったと。

太平洋戦争は遂に勃発した。しかも開戦初頭、日本軍はハワイ・オアフ島の真珠湾の奇襲に成功している。ここは太平洋におけるアメリカ最大の基地である。

アリゾナ・オクラホマなど戦艦・巡洋艦八隻を撃沈あるいは中大破、航空機にもおびただしい損害を与えた。つづいて十日のマレー沖海戦ではイギリス戦艦プリンス・オブ・ウエールズ、レパルスを撃沈したと発表される。

はじめの開戦ニュースに重苦しい圧迫感を抱いていた人々も、戦勝に酔い、次第に全国的な興奮の渦に巻きこまれてゆく。菊池寛が「文藝春秋」の「話の屑籠」に書いたエッセーは、よく当時の国民感情を反映している（昭和17・3）。

「自分は、少年時代日本海海戦を聞いたことを、一生を通じての愉快な思い出と考えていたが、最近それにも、劣らない快報であるハワイ、マレーの捷報《しょうほう》を聴き、今またシンガポール陥落の快報に接せんとしている。よくも帝国興隆の盛時に生れ合わせたものだという感懐を禁じ得ない。シンガポールが陥落した以上、もはや軍事的には、日本は不敗の態勢を確立したといってよく、国民はいよいよ必勝の信念を堅くすると共に、米英の首脳者たちは、その戦意をはなはだしく挫折せしめられたに違いあるまい」（田辺注、『菊池寛話の屑籠と半自叙伝』に拠るゆえ、新仮名遣いになっている）

ただし、菊池はそう書く一方で（そう書かざるを得ない閉塞的・強権圧迫的な時代状況であったが）、内心は複雑だった。のち昭和二十一年に、

「大東亜戦争の開戦の大詔が発せられた時、（南無三宝《なむさんぼう》！）と思わなかった日本人は、ごく少なかっただろう。大変な事が始まったと誰もが、大きな不安に投げこまれただろう。どういうふうに、戦争を遂行し、どういう形で勝利を得るのか、どうして相手をとっちめるかについて、疑問を抱かない日本人は少なかっただろう」（同）

信子はハノイの大毎支社でラジオを聞いている。「大詔、戦勝ニュース、東条総理の話、

君が代、なみだこぼる」(日記、昭和16・12・8)

信子はバンコックを見て、空路台北・上海を経て福岡、羽田へ帰ったのは十二月十八日だった。想像したより東京はのどかで、神経が休まった。残りの年末、信子は戯曲『十二月八日の西貢《サイゴン》』を書いて過した。これはどこからの依頼とも年譜・日記にはなく、ただ信子資料の切抜に、新聞記事の断片がある(例によって紙名月日は記入されていないが)。

それによれば「吉屋信子と処女脚本」として、写真入りの記事で、

「女流陣の中にもその人在りと知られた一流作家が、〝けふは文学少女になつてお願ひに上りました〟と十二月明治座新生新派の楽屋を訪れた。花柳の前にぴたりと脚本の原稿を置くと、〝これは妾《わたし》がはじめて書いた脚本です、今迄沢山妾の作品は脚色して上演されたけれど、これはどうしても妾自身脚本に書かないではゐられない、止むに止まれぬ気持で一気に書き上げました。よかつたら上演して下さい〟一流の女流作家が文学少女のやうな情熱を以て持参した脚本は、日本が世紀の大進軍を開始した生々しい十二月八日の西貢《サイゴン》に取材した脚本であつた。即ち『十二月八日の西貢』吉屋女史の処女脚本は、斯《か》くて東劇初進出の新生新派に上演される事となつた。

そしてこの作者は彼女の小説がはじめて活字になつた時以上の喜びを以て、本読み、稽古、舞台稽古、そして初日以来胸ときめかせて自作の上演を劇場の一隅から見守つてゐるといふ」

信子の日記によれば、たしかに昭和十七年一月は「東劇の稽古場へ」という記事が多い。初日は二月一日、雪の中を出かけ「終演まで見る」——演出は阿木翁助、劇評は不明だが新聞切抜によれば「二月の劇界に大きな問題を提供した」とある。泣いた観客もあったと。

この二幕四場の台本がいまに残るが、これは現時点で読んで、芝居としての出来栄えより当時の国民感情にアッピールするものであったろう。サイゴンの町はずれ、「淋しき安南部落に於ける在留邦人」の家が舞台である。信子がサイゴンで目睹《もくと》した邦人の生活から着想したのであるらしい。食いつめた南洋浪人、からゆきさんあがりとおぼしい女たち、日本語もおぼつかない南洋二世、そういう人々に日本の開戦、〈皇軍の進駐〉がいかに感動を以て迎えられたかが描かれる。信子は外地で日米開戦を知った。その心たかぶりを表現するには小説やエッセーよりも、彼女の好むなる芝居のほうが直接的だと思ったのであろうか。

尤《もっと》も信子は商業的にはこれがはじめての戯曲であるが、かなり早くから戯曲という形式に関心があったらしく、私の管見によれば大正十四年（一九二五）十一月号の「婦人クラブ」（国際情報社）に「秋深む頃」（一幕）を発表しているのが最初である。

ともあれ、昭和十七年初頭はまだ緒戦の花々しい戦果が続いており、二月十五日のシンガポール陥落で国民の昂奮はピークに達する。

そういうとき信子は新たにはじまる東京日日・大阪毎日の連載小説『新しき日』に着手していた。かねて救世軍に関心があり、キリスト教に親近感を持っている信子は、新境地を拓きたいと思った。

日本がアメリカ・イギリスと干戈《かんか》を交えている最中《さなか》というのに、あえてキリスト教にテーマを求めるというのは……と思いもしたが（米英文化排撃の気運がたかまっており、英語の授業は中等学校から廃され、英語の店名は町の看板からも消えようとしている。それに伴ってキリスト教も白眼視される時代となった）、信子は、思い描くヒロインの顔から目をそらすことができないのだった。資産家の令嬢でありながら非行少女らの「更生寮指導係」として働く藤川素子。美しく聡明で、深い信仰を持ち、生涯を社会事業に献身しようと決意している。彼女を愛する男二人、一人は明朗で機敏な好青年、一人はその教団の指導的立場にある辣腕の男。この男の描写が、信子としては新機軸であった。有能なやりてであるが、それは多分に俗臭芬々《ふんぷん》たる野心から出ている。信子は悪人は書けないといっている（「中央公論」昭和25・1、宮城音彌との対談）。しかしこの作品で、牧師の衣の下に偽善とエゴと驕慢を忍ばせ、妻ある身で純な若い娘、素子をひそかに愛して苦悶するという〈悪人〉を書くのに挑戦する。この人間像はちょっと面白い。最後に彼が翻然、回心するという結末は甘いが、ヒロインの素子は前途ある好青年より、結局、この〈悪人〉の男を選ぶのである。

――キリスト教がテーマのかたちをとっているものの、ラストまで読めばやはり愛のドラマ、それも性格劇とでもいうものであろう。

ひとひねりした男の造型に信子の文学的挑戦が見られる。しかしこの作品は表面のキリスト教が拡大解釈されて、この時局に〈自由主義的すぎる〉と出版は許可されなかった。もはや自由も平和も、英語同様、〈敵性語〉であった。同じ頃、朝日新聞は岩田豊雄（獅子文六の本名）作『海軍』を連載していた。

これは真珠湾攻撃の特殊潜航艇に乗り組んで生還しなかった〈九軍神〉の一人をモデルに、その短い生涯を書いた小説である。至純な主人公の気持に読者は感情移入し、共感した。

この小説は国民の士気を鼓舞したといってよく、朝日新聞の部数はこの小説のおかげで飛躍的に伸びたといわれる。

どちらを向いても戦意昂揚文学、映画ばかりであった。

信子にはそういうたぐいの作品の筆はとれない。日本基督《キリスト》教団の人々が治安維持法違反容疑で全国一斉に検挙される（昭和17・6・26）という時代に、聖書や、献身を誓う娘が出てくる小説を敢て書いた信子は、

「わが杯は大きからず、されど、われはわが杯にて飲む」（作中に出てくる、アルフレッド・ミュッセの詩）

の心意気であったのだろう。それは作中の結婚観にもあらわれる。更生寮の指導係という職業に献身する娘は、婚約を迫る青年にこういう。

「結婚は私駄目、女が自分の大事に思ふ仕事を棄てゝ男の為に犠牲になつたと考へて喜びを感じる人もあります。でもそれは自分を心貧しくし、すべてを男に従属させて純粋だと思ひ込む誤ちですわ。私は結婚によつて、自分を更に心豊かにし人生への広い愛情を高めるやうになりたいのです。――でも、たいていの男子方《がた》は、それは反対よ。女性のすべてを棄てさせて、自分一人に従ひ奉仕させようとばかり――貴方もでせうきつと」

この連載は昭和十七年の四月十八日から八月十六日まで。

この時期、はやくも日本はミッドウェー海戦で敗北を喫している。緒戦の勝利はいっときのまぼろしにすぎない。

日本文学報国会という全文学者の結合団体が創立されたのは昭和十七年で、信子は「言論統制の元締め情報局の指示が陰で動いて」と書いている（『自伝的女流文壇史』）。事務局長は久米正雄、久米から示唆されて信子たちの〈女流文学者会〉も合流することになり、〈女流文学部〉となった。信子はその委員長を命じられた。〈女流文学部〉には小説・戯曲のほか、詩壇、歌壇、俳壇の女流も含められたので、信子はその縁で俳人の長谷川かな女、星野立子、中村汀女らの諸氏と識り合った。

　文学報国会は十七年の十一月三日、東京帝国劇場で〈大東亜文学者大会〉を開いた。日満蒙華の文学関係者を集め〈大東亜団結〉の場という情報局の宣伝であったが、二日間の会議は日本語中心で通訳もなく、成果はあがらなかったであろう。会議の議題は〈大東亜精神の樹立〉とか〈文学を通じての戦争完遂についての方策〉というものであった、と信子はいっている。信子自身、興味のもてる議題ではなかったろう。

　そのころ真杉静枝がいい出して女流文学者ももんぺを着用しよう、それでお揃いで作ったらどうかしら、ということになった。もうすでに布地も配給制で、町で手軽に買える時代ではなかった。信子は宇野千代を誘って、繊維統制の関係者に会いにゆくと、快く、会員数だけお揃いの布地を頒けてもらえることになった。

〈色はやはり、国防色がいいでしょうな〉

　と関係者はいう。国防色というのは軍服や国民服（詰衿の民間人用の一般服。もう背広を着るのものんきらしいと憚られる時代だった）の、カーキ色である。

〈とんでもない！〉

　と大声で叫んだのは宇野千代で、信子のほうがその大声にびっくりした。彼女は濃いお納戸《なんど》とか、茄子紺《なすこん》とかやかましい注文を出した。布地がとどき、色はたしかに茄子紺だった。それを仕立てて一同のお揃いができたのは結構だったが、いちど洗濯すると無残に色がはげおち、会員から失望の声があがって信子と千代は面目を失なってしまった。

この時期、真杉静枝は中山義秀と結婚していて、生涯唯一の人生の安定時代だったろう。昭和十八年に入ると信子も執筆の場もなく（用紙の統制で、雑誌の廃刊・統合も多い）そのひまさえなかった。日記によれば各種の会合や懇談会、講演に狩り出されている。大政翼賛会、大日本婦人会、文学報国会、航空文学会などなど。……
国民が一様に衝撃を受けたのは連合艦隊司令長官・海軍大将山本五十六の戦死である。五月二十一日の大本営発表であった。

ガダルカナル島からの撤退、アッツ島守備隊の玉砕、イタリアの無条件降伏、すでに昭和十七年からはじまった東京空襲、日本敗北の予感がひしひしと迫るが、誰もみな、まさかと思っていた。灯火管制で東京の夜は暗い。このごろは昼でも警戒警報のサイレンが鳴る。

そんな中を信子は只一つの心やり、ゴルフに小金井へ出かけている。たいていそこでは片岡鐵兵に会った。信子には男友達が多いが、菊池寛や吉川英治らと共に、片岡とも仲がよかった。

十八年の十月に出陣学徒の壮行会があった。折からの冷雨のなか、ペンを捨てて銃を担う学生たちは東条英機首相らの前を行進する。

明治神宮外苑陸上競技場。スタンドを埋める見送りの人々の歓声。わきあがる「海ゆかば」の歌声。出陣学徒代表はいう、

「生等《せいら》もとより生還を期せず」
信子の甥（三兄忠明の長男）も海軍見習軍医として出征するのであった。一族が松本楼へ集って壮行会の会食をした。兄弟の多い一族とて配偶者や子供たちを入れると二十人ばかり、信子は膝に幼児をのせ、若々しい縞のスーツ姿で微笑んでいる。老母のマサと、出征する甥を挟む。うしろに人々は並び、門馬千代もその中にいる。信子は女ながら、母と共に一族の要《かなめ》のような存在らしい。膝の幼児は四兄孝明の男児である。だいたいが信子は幼児にやさしく興味も関心も愛情もたっぷりあったようだ。信子の家で、若いころ〈行儀見習い〉のような感じで働いていられたK・Wさんのお話では、ほんの短い期間だったが、信子も千代も慕わしい人柄で、毎日が忙しいけれど楽しくてならなかった、と。

結婚して家庭の人となられたが、信子と千代からはいつも暖いたよりが届いた。小さい娘を連れて信子の家を訪れると、信子は膝へ抱きとってさまざまあやして倦《う》まなんだということである。

千代の弟も出征した。戦争はもう遠くにあるものではなかった。信子はそのころ、ふしぎな決心をしている。北京へいこう、という気になったのだ。北京を舞台に小説を書こう、というのである。大東亜文学者大会に中華民国から柳雨生という青年文学者が参加している。柳雨生は中国服の裾をひるがえし、男性ながら優美な挙措《きょそ》で見とれた、と信子は書いているが、そんなことも信子の想像をかきたてたかもしれない。当時、北京へ渡って、何がな職を得ようという人も多かった。閉塞状況の日本を脱出して大陸の空気を吸いたいという気になるのも無理からぬ時代ではあるのだが、信子がどんな小説を構想していたのか不明、昭和十九年二月二日の日記に、

「北京を舞台に創作の意、久しぶりに徐々と燃ゆ。願くばモノになれかし。此頃の溜飲を天下にさげんか、呵々」

という気炎である。

実は、告白するとこの当時十五、六歳だった私にも、北京願望があった。政治色は一切なく、ただ〈北京〉という語感から、内地ではすでに地を払ってしまったろまんの匂いを嗅いだのだ。私は少女ながらに『北京の秋の物語』を書いて、わずかに思いを散じていた。

……

信子は実行力もあり、資力もあるから、本気に北京滞在を企画したようである。中国語を習い、これは語学の才能ある彼女らしく、英語やフランス語より面白い、と気に入っている。北京には二年滞在しよう、と決心し、千代にいうと「千子《ちこ》も賛成」——尤も、千代はたいてい信子に同調する。海軍従軍の経歴から信子は海軍省にも知人が多い。経理局の大佐から、北京海軍府への紹介状など貰った。

しかし北京行きは結局実現しなかった。

それまで執筆以外の奔走で（講演その他）「連日の疲労、綿の如し」と日記に書いてい

た信子だが、筋腫を発見され、手術しなければならなかったのだ。北京どころではなくなった。小説の題も「翡翠《ひすい》」ときめ、ノートも用意していたのだが。

……

それに文学者たちもそれぞれ疎開をはじめていた。宇野千代は夫の北原武夫の郷里へ、林芙美子一家も信州へ、信子も以前、鎌倉に母のために建てていた家を少し改築して、疎開することにした。

昭和十八年の十一月、徳田秋聲が逝った。

夫人亡きのち、かの山田順子を愛人にして文壇にその純情を憫笑された秋聲であったが、順子が去ったあと、秋聲はある女性と親しくしていた。信子によれば「花柳界のひとともと思えぬ質実な人柄で私たちは好感を持った」という女人《ひと》だった。白山の花街の置屋が並んだ一軒に、秋聲はいた。信子が用あって訪ねると、文壇の大長老は小部屋の小さい置炬燵にしがみつくようにして、じじむさく咳をし、抱えっ妓《こ》が二人いる置屋に同居するとも思えぬ風情、――しかし秋聲はここでの愛人との生活によって、愛人をモデルにした『縮図』を書いていた。それを新聞連載中、時局をわきまえざる作品、この時代に芸者が主人公とは不謹慎な、と軍部ににらまれて、秋聲は未完のまま筆を折っていた。〈妥協すれば作品は腑抜けになる〉と。

七十歳、硬骨はおとろえていなかった。

信子が病院へ見舞にゆくと、秋聲は明快に、

〈日本は負けるよ〉

といった。えっ、と信子は息を呑む。死に近き人の、身の引きしまるような洞察、と聞いた。昭和十八年十一月十八日、逝去の知らせを受け、信子はいそいで服をあらためてかけつけた。林芙美子がもう来ていた。入棺、菊やカーネーションで「お顔のまわ《ママ》りを埋む。ドライアイス手に入らずと」と信子は書いている。葬儀は二十一日、青山斎場であった。それも弁当持ちで出かけるような時代だった。

菊池寛は書いている（「文藝春秋」昭和19・1）。

「文壇の長老である藤村、秋聲両氏が、相次いで物故した。両氏とも、長い間、その特色のある創作道を歩みつづけた人である。しかし、僕はこの両氏の作品には、親しめなかった。両氏の作風とも、僕の性に合わないのだろう。この両氏の作品に比べると、白鳥氏や小剣氏の作品は愛読した時代がある。ただ、徳田さんとは、交友というわけではないが長い間知合いであり、その風格は、好きであった。自分の創作道に、しっかり足をふみしめている姿は、やはり一流の達人たることを思わせた。こういう時代になり、徳田さんの原稿まで、ほとんど売れず、影がうすれた感じであったが、それでいて毅然としたところがあり、自分の立場に不安も動揺も感じていなかった。創作以外では、律儀な真面目な老人で、時局に対しても非常な関心を持っていた」（菊池寛『菊池寛　話の屑籠と半自叙伝』）

秋聲の風格を伝えて間然するところがない。

マリアナ沖の海戦で日本の艦隊は大敗する。

アメリカ軍がマリアナ諸島を抑えたことは、即、日本本土の空襲につながった。たちまちマリアナ基地からB29が飛来して東京を襲った。

信子が鎌倉へ疎開したのは昭和十九年三月だった。母の隠居所にと建てたものだったので小さい家だった。大仏裏の小谷戸、

「あゝかまくらはやはりよい。いよ〳〵永住、終生《つい》の棲家はこの梅咲く松山のかげに」

（日記、昭和19・3・5）

久米正雄が鎌倉二階堂に住んでいて暖く迎えてくれた。

〈しばらく筆を休めて休息するんだね。こんな時代がいつまで続くものか〉

小説が書けないあいだ、信子は俳句に親しみ、「鶴」の同人、清水基吉、石塚友二らを知って、宗有為子の俳名で投句していた。鎌倉には虚子居がある。虚子はすでに小諸に疎開していたが、立子たちがいたので、信子は「ホトトギス」へも投句してみようと、心が明るんだ。

「初雁にわが家月番の札掛けて」　信子

鎌倉にも隣組があり、空襲警報は鳴った。

ここも戦争中であることは東京と同じだったが、鎌倉には大佛次郎、高見順ら文士も多く、また久米正雄（俳号三汀《さんてい》）ら俳句好きが集って句会が開かれている。作家仲間の交際は東京にいるより賑やかで全く暗夜の灯のようにうれしい思いだった。（以下の句、信子）

「初鏡女洋袴《ズボン》も窈窕《ようちょう》に」

もんぺより、おしゃれの信子にしてみればスラックスをはきたかった。

「原稿紙ペンの遅速に遠蛙《とおかわず》」

――いまは発表のアテもない。執筆禁止同様の事態である。しかし信子は思いついた小説のヒントやテーマを、書きつけておかないとすまぬ心地だった。

「壕を出で再び梅の縁に縫ふ」

空襲の警報《サイレン》が鳴るたび、庭に掘った防空壕へとびこむ。そして出れば、千代はまた縫物を続ける。縫ったり編んだり、衣料も町では払底しているので、器用な千代はリフォームに余念なかった。

こんな戦争下では誰が先に逝くかあとになるか、運命に任せるほかはないけれど、作家仲間の病死がつづいた。秋聲は老齢であったけれど、昭和十九年早春に逝った矢田津世子《つせこ》はまだ三十六の若さだった。新聞で訃を知り、信子は汽車で東京へいった。津世子は信子好みの美女で、滋味のある抑制のきいたいい小説を書いた。まるで少年のようにすがすがしい風情の、優しい人柄、〈女流文学者会〉でよく信子の家へも来たのに……。津世子の家の、垣の下を通るとき、棺の蓋の釘を打つ音を信子は聞いた。遅かった。すでに棺は閉ざされていたので黒いリボンの遺影に合掌しつつ、信子は涙があふれた。円地文子はじめ、女流文学者会員の誰彼の顔もあった。

「春灯や黒きリボンの写真笑む」

片岡鐵兵が旅先の紀州田辺市の知人宅で肝硬変のため死んだのは、十九年の年も押しつまった頃だった。五十歳。花やかな才人で、信子は文学報国会で会えばよく話した。親しい男友達の一人だった。「フェミニストの唯一の文士だった」と信子は日記に悼んでいる。

「冬薔薇《しょうび》一年鳴らさぬ蓄音器」

といって自分もいつまで生き永らえ得よう、と思う。

小金井ゴルフ場へ、クラブを取りにゆくと、片岡鐵兵のそれがまだあって、せつない思いに打たれた。

鎌倉のようなところでも昼から不気味な警戒警報のサイレンが鳴りわたるようになった。夜中も、暁も。

千代はキミという女中を使い、日々の食事に心を砕く。手蔓を求めて買出しにゆき、わずかの米、麦、メリケン粉、せんぎり、芋などわずかずつでも買い求めてくる。キミはよくふくれ、千代がそれに立腹し、信子が仲裁することがよくある。それでも信子は俳句を作っていれば心がなぐさめられた。

「桜貝なほ拾ひけり五十路《いそじ》かな」
「しんしんと冬菜は青し松よりも」

サイパンの島は在留邦人・日本軍ともに玉砕、グアムも玉砕した。

神風特攻隊が出撃する。ドイツの降伏は昭和二十年の五月だったが、その前、三月十日の東京大空襲で、信子が愛した砂土原町の家が焼失した。敵機三百機以上来襲、焼夷弾・爆弾が雨あられと降った。鎌倉にいた信子が焼失を知ったのは十二日、十三日に上京してみれば一面の焦土で石灯籠のみ残っていた。

千代は軽井沢へ疎開しようと提案する。もはや鎌倉も安全ではないというのだった。信子はせっかく住みなれた鎌倉を出たくないという。

それに鎌倉の文士たちが集って貸本屋〈鎌倉文庫〉を作ろうということになった。明敏な久米正雄のアイデアで、当世、書くみちを失った文士たちが窮余の一策としてそれぞれの蔵書を出し合い、八幡通りにあった「鈴や」という玩具屋を借りて貸本屋をはじめたのだ。久米をたすけて積極的に協力したのが川端康成と高見順である。

『全集』月報の「吉屋信子略伝」（巌谷大四氏）によれば、かなりの配当がある。本に飢えている人々には喜ばれたらしい。第一回の配当は最高の久米正雄が「九一一円四四銭」、信子は「五六円三八銭」、その後も二三〇円、三五〇円という配当があって、これは収入の絶えた文士たちにとって有難いことだった。

沖縄本島にアメリカ軍が上陸した。信子は兄たちにはかって、母のマサを鶴岡へ疎開させようとする。転出届や何やと煩雑なところへ、もう連日のサイレンであった。敵機は爆弾だけでなく、ビラも撒いていった。

「日本国民は次の自由（私権）を享有すべきである。
一、欲望の自由　一、恐怖からの自由　一、言語の自由　一、圧制からの自由
右の自由を得る道は唯一つある。この戦争を惹起した軍閥を除去し自由国民の仲間入りをし給へ」

信子は発熱や下痢とあいかわらず体調はすぐれない夏だった。それでも鎌倉に居残るといいつづけ、警報が出れば壕へ入った。

八月七日の日記、「広島に新型バクダンのため相当被害ありと。ああ」。

そして。――

「八月十五日　はれ　今日正午陛下の勅御みづから御放送のよこく（予告）ありけり。胸ふさがる心地。おぼん、地主へ南瓜、トマトなど。お返しにトリのエ《ママ》サ。
正十二時、戦争終結への初のお声。ラジオに泣きて向かふ。あゝ、かなしき君ヶ代。
新聞五時頃来りよむ。皇軍機空をゆく音しきり。
『蟬も哭き人も泣きけり今日真昼』」

ポツダム宣言受諾後の敗戦国では、〈日本文学報国会〉などという過去の遺物はいそい

で片付けなければならない。その解散について〈女流文学部〉も招集を受けた。

信子は上京した。日記によれば九月二十日である。暑い日ざしの中、東京は見渡すかぎりの焦土であった。その焼野が原の代々木近くに奇蹟的に残ったような、古びた日本家屋があり、そこに事務局が移っていた。

信子が訪ねてゆくと、焼跡の間からもんぺ姿の村岡花子があらわれた。そのうち、また一人、また一人、なつかしい顔が。……あの暗澹たる時代をともかくも生き延び、命あってめぐりあえたのだ。女流作家仲間たちが。……

〈よかったわねえ！〉

涙ぐむように名を呼びあい、なつかしさに堪えかねて手を握りしめあった。

その日〈文学報国会〉は解散し、〈女流文学部〉もおのずから解散、ということになったが、当日ただちにその日の出席者ではかって、ふたたび戦前の、〈女流文学者会〉を再開することをきめた。会員ははじめのように、小説、評論、劇作、随筆の人のみとした。

その報告を、信子は鎌倉へ帰って久米正雄にした。久米のほうは出資家が現われて、「鎌倉文庫」の名称をそのままに、雑誌や書籍を刊行できると機嫌よかった。

〈女流文学者会を後援して、鎌倉文庫で〝女流文学賞〟というのを出すことにしようか、どうです〉

それはすてきね、と信子ははずんだ。

九月になると、もう東京から編集者たちが信子を訪れた。十月には早くも旧著『小市民』が再刊された。

人々は読みものに飢えていた。無性に本を読みたがった。

雑誌は続々復刊される。編集者たちは次々と信子の家に顔を見せはじめた。食糧難の時代だが、千代の働きによって、信子は守られていた。久しぶりの長篇の構想をあれこれと按じながら、それでも俳句はなお捨てず、

「松風の小径《こみち》となりぬ破魔矢持ち」

――鶴岡八幡宮へおまいりしたかえりの句だった。

宇野千代もまた、早くも「スタイル」を復刊していた。信子は頼まれて『夕月帖』という長編にとりかかる。

（ああ、また小説が書けるようになったんだわ……）

ふつふつとこみあげる喜び。

生きていてよかった。

生き抜いてよかった。

「書き初めは恋の場面となりにけり」

（下巻につづく）

❖付録…吉屋信子のアルバム②

渡欧直前（1928年）

1923年夏頃　左から金子（山高）しげり、信子、門馬千代。

奉天にて（1928年10月）　シベリア経由でパリに向かう途中、張学良と会見。左から2人目・張学良、新妻伊都子、しげり、信子、河崎なつ、門馬千代。

右：**牛込砂土原町の家**　歌舞伎座などの建築で知られる吉田五十八による数奇屋住宅は男性作家たちの嫉妬の的となった。

下：**吉屋信子邸で**（1936年）左から林芙美子、窪川（佐多）稲子、信子、宇野千代。

ペン部隊の文士たち（1938年）　左から菊池寛、小島政二郎、浜本浩、北村小松、信子、吉川英治。

〔写真提供・所蔵〕
p528下、p529：日本近代文学館
上記以外：神奈川近代文学館

『ゆめはるか吉屋信子――秋灯机の上の幾山河』
初出誌　「月刊Ａｓａｈｉ」一九九三年十月～九四年三月
「アサヒグラフ」一九九四年四月八日～九八年十二月十八日
単行本　上下巻、朝日新聞社、一九九九年九月
文　庫　上下巻、朝日文庫、二〇〇二年五月

編集付記

一、本書は朝日文庫版を底本とし、三分冊にしたものである。巻末に新たに「吉屋信子のアルバム」を収録した。

一、底本中、明らかな誤植と思われる箇所は訂正し、難読と思われる語には新たにルビを付した。

一、本文中、今日の人権意識に照らして、言い換えるべき語句や表現が見受けられるが、著者が故人であること、刊行当時の時代背景と作品の文化的価値を考慮して、底本のままとした。

中公文庫

ゆめはるか吉《よし》屋《や》信《のぶ》子《こ》
——秋灯《あきともし》机《つくえ》の上《うえ》の幾山河《いくさんが》（中《ちゅう》）

2023年 7 月25日　初版発行

著　者　田《た》 辺《なべ》 聖《せい》 子《こ》

発行者　安 部 順 一

発行所　中央公論新社
〒100-8152　東京都千代田区大手町 1-7-1
電話　販売 03-5299-1730　編集 03-5299-1890
URL https://www.chuko.co.jp/

D T P　平面惑星
印　刷　三晃印刷
製　本　小泉製本

Published by CHUOKORON-SHINSHA, INC.
Printed in Japan　ISBN978-4-12-207395-1 C1123

中公文庫既刊より

各書目の下段の数字はISBNコードです。978-4-12が省略してあります。

た-28-21
ゆめはるか吉屋信子 秋灯机の上の幾山河（上）　田辺聖子
大正、昭和と絶大な人気をほこった小説家・吉屋信子。少女時代から敬愛してやまない著者がその真の姿を描き尽くす本格評伝。上巻は『花物語』執筆と青春時代。
207378-4

た-28-12
道頓堀の雨に別れて以来なり 川柳作家・岸本水府とその時代(上)　田辺聖子
大阪の川柳結社「番傘」を率いた岸本水府と川柳に生涯を賭けた盟友たち……上巻は、若き水府と、柳友たちとの出会い、「番傘」創刊、大正柳壇の展望まで。
203709-0

た-28-13
道頓堀の雨に別れて以来なり 川柳作家・岸本水府とその時代(中)　田辺聖子
川柳への深い造詣と敬愛で、その豊醇・肥沃な文学的魅力を描き尽す伝記巨篇。中巻は、革新川柳の台頭、水府の広告マンとしての活躍、「番傘」作家銘々伝。
203727-4

た-28-14
道頓堀の雨に別れて以来なり 川柳作家・岸本水府とその時代(下)　田辺聖子
川柳を通して描く、明治・大正・昭和のひとびとの足跡。川柳への深い造詣と敬愛でその豊醇、肥沃な文学的魅力を描く、著者渾身のライフワーク完結。
203741-0

た-28-15
ひよこのひとりごと 残るたのしみ　田辺聖子
他人はエライが自分もエライ。人生はその日その日の出来心——七十を迎えた「人生の達人」おせいさんが、年を重ねる愉しさ、味わい深さを綴るエッセイ集。
205174-4

た-28-17
夜の一ぱい　田辺聖子／浦西和彦編
友と、夫と、重ねた杯の数々……。四十余年の長きに亘る酒とのつき合いを綴った、五十五本のエッセイを収録、酩酊必至のオリジナル文庫。〈解説〉浦西和彦
205890-3

た-28-19
大阪弁ちゃらんぽらん〈新装版〉　田辺聖子
「あかん」「わやや」……。大阪弁に潜む大阪人の気質と、商都ならではの心くばり。大阪弁を通して、大阪人の精神を考察するエッセイ。〈解説〉長川千佳子
206906-0

た-28-20
大阪弁おもしろ草子　田辺　聖子
「そこそこ」「ぼつぼつやな」。短い言葉の中にも多様な意味やニュアンスが込められている大阪弁を通して、大阪の魅力を語るエッセイ。〈解説〉國村　隼
206907-7

さ-18-7
男の背中、女のお尻　佐藤　愛子／田辺　聖子
女の浮気に男の嫉妬、人のかわいげなどを自在に語り合い、男の本質、女の本音を鋭く突いた抱腹絶倒の対談集。中山あい子、野坂昭如との鼎談も収録する。
206573-4

は-54-4
愉快なる地図　台湾・樺太・パリへ　林　芙美子
旅だけがたましいのいこいの場所――台湾、満洲、欧州など、肩の張らない三等列車一人旅を最上とする著者の若き日の旅。文庫オリジナル。〈解説〉川本三郎
207200-8

は-54-5
掌の読書会　**柚木麻子と読む　林芙美子**　林　芙美子／柚木麻子編
「おフミさん」のふてぶてしさに何度も元気づけられた――作家・柚木麻子が、数多く残された短篇・エッセイから一二篇を選び、魅力を語る。〈解説〉今川英子
207367-8

う-3-7
生きて行く私　宇野　千代
〝私は自分でも意識せずに、自分の生きたいと思うように生きて来た〟ひたむきに恋をし、ひたすらに前を見つめて歩んだ歳月を率直に綴った鮮烈な自伝。
201867-9

う-3-17
青山二郎の話・小林秀雄の話　宇野　千代
稀代の目利きと不世出の批評家を無垢の眼で捉えた全文集。両者と大岡昇平による著者をめぐるエッセイを併録。文庫オリジナル。〈解説〉林秀雄・宇月原晴明
206811-7

う-3-18
九十歳、イキのいい毎日　宇野　千代
陽気は美徳、陰気は悪徳を信条に九十八歳の天寿を全うした著者。最晩年のイキのいい毎日を綴った名随筆を精選。「私の文章作法」「私の発明料理」収録。
207336-4

の-1-3
秀吉と利休　野上彌生子
愛憎半ばする交わりの果てに迎えた宿命的破局――そこにいたる峻烈な人間関係を綿密重厚な筆で追求した絢爛たる巨篇。女流文学賞受賞作。〈解説〉山崎正和
207169-8

各書目の下段の数字はISBNコードです。978-4-12が省略してあります。

え-7-2
食卓のない家
円地文子
過激派学生による人質籠城事件。世間は学生だけでなく親たちの責任も追及するが——連合赤軍事件をモチーフに個人と社会のあり方を問う。〈解説〉篠田節子
207166-7

き-49-1
受難華
菊池寛
女学校の仲良し三人組の恋愛と結婚に、思いもよらぬ試練が次々とふりかかる——。『真珠夫人』をしのぐ大正エンターテインメントの傑作。〈解説〉酒井順子
207016-5

か-18-7
どくろ杯
金子光晴
『こがね蟲』で詩壇に登場した詩人は、その輝きを残し、夫人と中国に渡る。長い放浪の旅が始まった——青春と詩を描く自伝。〈解説〉中野孝次
204406-7

か-18-9
ねむれ巴里
金子光晴
深い傷心を抱きつつ、夫人三千代と日本を脱出した詩人はヨーロッパをあてどなく流浪する。『どくろ杯』につづく自伝第二部。〈解説〉中野孝次
204541-5

か-18-10
西ひがし
金子光晴
暗い時代を予感しながら、喧噪渦巻く東南アジアにさまよう詩人の終りのない旅。『どくろ杯』『ねむれ巴里』につづく放浪の自伝。〈解説〉中野孝次
204952-9

よ-59-1
饒舌抄
吉田五十八
伝統建築の枠にとらわれない、現代の住まいとしての数寄屋を提唱した和風建築の泰斗が、戦前から戦後にかけ折に触れ、綴り語った随筆集。〈解説〉佐伯泰英
206319-8

さ-73-1
名作うしろ読み
斎藤美奈子
名作は〝お尻〟を知っても面白い！　世界の名作一三二冊を最後の一文から読み解く、斬新な文学案内。文豪たちの意外なエンディングセンスをご覧あれ。
206217-7

さ-73-2
吾輩はライ麦畑の青い鳥　名作うしろ読み
斎藤美奈子
名著の〝急所〟はラストにあり。意外と知らない唐突、納得、爆笑⁉な終わりの一文。世界の文学137冊をうしろから味わう型破りなブックガイド第2弾。
206695-3